千年女皇

천년여황 박경범 지음

도서출판 恩範商會

- 記錄者의 傳言 -

우주의 여행자들 사이에는 알려진 바 가장 생명의 기운이 넘치는 한 푸르른 행성의 널리 사는 무리의 한 이야기가 시공을 넘나들어 전해 내려오고 있으니, 나는 이를 받아 기록하여 우주오지에 있는 모든 이들에게까지 전하고자 하였다.

나는 그 구구절절 맺힌 사연들의 애초 가진 의미를 남김없이 통할 수 있도록 힘써 보았다. 그러나 우주공용어의 섬세한 본뜻을 말끝이 무딘 국지어(局地語)로써 온전히 나타내기란 세제곱 입방공간에서 항성간을 여행하려 함과 같이 무모하기만 한 것이었기에, 지금도 미진한 마음을 떨쳐버리지 못한다.

게다가 그 이야기를 가장 잘 안다기에 찾아내 한사코 붙들어 말을 들었던 자는, 하필이면 그 심성이 지극히 심약하고 중심이 없어 한참 동안 이야기를 늘어놓다가도 결정적 순간마다에는 가슴이 메어지는 듯하며 말을 잇지 못하는 것이었다.

그를 달래어 억지로 말을 끄집어내고, 농을 걸어 마음을 가벼이 하여 주변 얘기라도 잇게도 했다. 그러나 내 또한 위인(爲人)이 우유부단하기 짝이 없어, 그가 한사코 자기의 감정에 빠져 있으면 덩달아 그의 분위기에 휩싸여들고 마니, 끝끝내 그의 아는 것을 캐내기란 불가능했다. 기실 그가 알고 있는 애끊는 사연의 본말을 속속들이 알기에는 스며오는 두려움이 적지 않았으니 위인이 어찌 한심스럽다 아니 할 수 있을까.

이런저런 까닭으로 인해 있었던 이야기 중에 빠지거나 대충만 남은 것이 숱하나 기록된 모든 것은 있는 사실이고 없는 사실을 올려놓지는 않았으며 차후라도 기록을 더할 일이 있으면 더하리라 마음 두고 있다.

나는 앞으로 이 이야기를 우주 각 곳을 돌며 만나는 자마다 붙잡고서는, 그가 듣기를 원하든 원치 않든 간에 기어이 들려주려 한다. 이제 이 일만은 그저 과단성 있게 힘써 해나가기를 마음 먹으니 그리하여 그가 이야기를 다 들은 그날에는 밤을 도와 마음의 충격을 진정하면서 감흥에 젖은 뒤에, 이후 다음 날 아침부터는 한결 진지하고 현명한 자가 된다면 더없이 기쁠 따름이 그곳은 그 푸른 곳 중에서도 철 따라 오색 꽃 만발하며 색다른 향기를 누리에 번지게 하고 화창한 날 뿐만 아니라 비 그치는 날 눈 소복한 날이 고루고루 돌아 나오니 사는 이들 마음 또한 다정다감하며 온화유순할 수밖에 없는 곳이라 한다. 도처를 감돌아 흐르는 강줄기는 삶의 보금자리를 등굽혀 감싸 보듬는 모체로부터 나오는 젖 줄기인 양 하니 우주방랑자의 떠도는 영혼이라도 지나치다 그곳을 알게 된다면 서둘러 머물고자 마음먹게끔 하는 곳이라더라.

이곳에 살아오고 지고 하던 하많은 인생들 다 저마다 깊고 서린 사연 있어 그네들 이야기 모두가 하나하나 심금 울릴 얘깃거리 될 수 있으나 그 중 우주 일년의 선천과 후천을 두루 뒤집어 살펴 가장 기구한 이야기가 있으니 바로 이네들에게서 후천시대에서는 개국의 시조며 선천시대에서는 전설의 여신(女神)되는 마고(麻姑)에 얽힌 이야기라.

해동(海東)아사녀국 국태조(國太祖) 귀순마야희고는 여황족 계보로 보아 후천의 개벽시조로부터 제 百二十三代 손으로서 · 천성의 지선(至善)함이 그녀의 영지(嶺地) 곳곳에 배어들어 인간사(人間史) 이래로 드문 만큼의 복된 나라를 이루고 살았다고들 한다.

그녀가 그녀의 나라를 세우기까지의 모든 겪어온 일도 그러하지만 앞으로 풀어나가는 이야기는 그녀의 나라에서 일어난 일과 또한 그녀의 나라가 세워지기까지의 있었었던 일을 있는 그대로 기록하여 전하고자 하는 것이다.

- 서문 -

어떻게 이런 이야기를 썼는지 의아하게 느껴진다.
그러나 돌이켜 보면
이미 이야기의 몇몇 편린들은 미리부터 주위를 맴돌아왔다.
이야기가 만들어지기 오래전에도,

숱한 장면들은 내게 그거 모르게 나타나곤 했던 것이다.
그동안 주위를 맴돌던, <기록자>와의 만남에 의해
이제 비로소 이야기가 엮였나 한다.
이곳에 지금 사는 우리의 이야기가 아니라 해서
우리와 먼 이야기가 아니다.
이것은 그대로 지금의 우리 인간의 이야기가 될 수 있다.
왜냐하면 인간의 정신은
그 담아내는 그릇이 달라질 뿐
이 세상이 지속되는 한 영원히 이어가리라 생각되기 때문이다.

- **작자의 의도** -

인간은 원시시대를 거쳐 유사 이래 그들의 보다 효과적인 사회체제를 이루기 위해 부단히 노력해 왔다.
그러나 인간의 사회는 그 구조 자체가 안정되지 못한 것으로서, 지도자의 자리는 항상 다툼과 경쟁의 중심이 되기도 하는 것이다.
인간 사회와 비견되게 사회생활을 하는 생물로서 개미와 벌을 이야기한다. 그러나 그들의 사회는 인간 사회나 여타 집단생활을 하는 짐승들과는 근본적인 차이가 있다.
그것은 이들에게 있어서 집단사회의 중심은 힘에 의한 경쟁과 다툼의 승리자가 자리하는 것이 아니다. 이들에게 있어서는 바로 자식을 낳는 생명 창조의 힘이 지배력으로 작용하고 있다.
여성지배의 사회를 말할 때 아마조네스의 이야기 등을 거론한다. 그러나 그것은 겉

모양만을 여자로 했을 뿐 그들의 전투적인 성향은 다른 남자 사회의 이야기와 다를 것이 없다. 진정한 여성의 이야기는 여성의 본래특성 그 자체가 힘으로 작용할 수 있는 사회가 되어야 하지 않을까.

여성 그 자체의 능력이 바로 강력한 힘을 갖게 되는 것, 그것은 가장 발달된 사회라는 벌과 개미의 사회가 인간의 사회에 적용되었을 경우를 상상할 수 있다. 그것은 물리적 힘에 의한 통치가 아닌 모성에 의한 통치로서 다툼과 경쟁이 없는 인간 이상사회의 한 전형을 말하는 것이다.

- 주인공 소개 -

귀순마야희고 :: 여황족

생명가치의 구현 그것만을 위해 진화된 女皇族의 후예로서 女皇族 하나는 곧 한 민족이나 나라를 상징한다고 볼 수 있다. 貴順摩耶姬姑는 우리의 전통여신 摩姑에서 따온 이름으로서 韓민족 시조여신을 상징한다.

女皇族은 태어난 많은 아이 중에서 젖을 먹고 자라는 아이로서 선택됨으로써 자라난다. 초기에는 현재인류(소설 안에서는 선천인류)와 마찬가지로 성장한다. 그러나 풍만한 성인여성의 몸을 이룬 후에도 그 모습은 늙지 않고 계속 성장하여 범인족(凡人族 - 女皇族 이외의 모든 사람)의 키의 네 배까지 성장한다. 그리하여 한 배에 많은 아기를 출산할 수 있게 된다. 그런데 몸이 크데 반해 몸 전체의 생김새와 구조는 그저 현생인류의 아름다운 여성의 모습으로만 있기 때문에 원활한 활동을 할 수 없게 되어 모든 일상사는 일사람들의 시중을 받아야만 한다.

그 외 전반적인 면에서는 초월적인 강한 생명력을 갖고 있으며 천년을 가까이 산다.

아림(일사람)

일사람은 그본은 여성이지만 생식을 위한 몸의 모든 부수적 기능이 생략되고 오로지 일사람의 효율성을 위해 진화한 형태이다. 그 일처리 능력의 효율성과 뛰어남은 선천인류의 상상을 초월할 정도이나 자기의 맡은 일 이외에는 그다지 신경 쓰지 않는다. 아림은 출생시의 곡절로 인해 일사람으로는 있을 수 없는 정분 사건을 일으킨다.

희영(선천인류、후천개벽의 시조)

인류의 출산이 자동화 된 미래사회에서、이러한 비인간적인 체제를 타파하고 스스로 한 몸으로 자식생산을 전담하고 다른 뭇 여성들은 계속해서 자아실현에 매진하게끔 하여、새로운 인류생활양식의 시대 즉 후천개벽을 연 시조여성。

표지그림 :: 莫子瀟、90設計 — Pngtree

차례

- 記錄者의 傳言 ····· 2
- 서문 ····· 3
- 작자의 의도 ····· 4
- 주인공 소개 ····· 5

第一部

一、 아림의 情事 ····· 10
二、 審問받는 아림 ····· 19
三、 女皇 貴順摩耶姬姑 ····· 26
四、 熙永 大始女皇 ····· 38
五、 正史와 野史 ····· 53
六、 새 時代의 開幕 ····· 91
七、 女皇族의 隆盛 ····· 111

第二部

八、 北國의 女皇 ····· 121
九、 女皇族 姉妹 ····· 136
十、 東方遠征 ····· 147

十一、大平原의 建國 159
十二、새 땅을 찾아 東으로 173
十三、일사람들의 反亂 182
十四、理想國의 봄 225

第三部

十五、백성 위한 삶 234
十六、學部大臣 아림 241
十七、새라와 영화 286
十八、아림의 情分 297
十九、超女의 恨 322
二十、女皇의 落淚 328

후천女皇國을 탐방(探訪)한 객(客)의 질문과 주인의 답 ... 337

第 一 部

- 序 詩 -

우주의 영원 속에
인간은 한 순간의 섬광에 불과한 것인가.
시간의 흐름 속에
인간의 존재는 다하고 마는 것인가.

우주의 四時1) 변화를 따라
먼 옛날에도 먼 훗날에도
이제와 다른 인간 삶이 있어랴.

여기 우주일년의 벽을 넘어
인간의 순환을 말하는 기록이 있으니
이는 先天의 인간들에게

1) 동양의 우주관인 원회운세(元會運世)의 우주관을 바탕으로 한 것으로、 지구가 일년을 단위로 춘하추동의 변화가 반복하듯이 우주도 지구의 약 십만년마다 사시(四時)의 변화를 하는데 이 중 봄과 여름을 선천이라 하고 가을과 겨울을 후천이라 한다。

다가올 後天을 예고함이요
또한 前年의 후천도 이야기함이라.

一、 아림의 情事

광혜(廣惠)[2] 二百五十年、 아사녀황국(阿斯女皇國)[3]의 女皇 貴順摩耶姬姑가 그녀의 백성과 함께 대륙의 서북방으로부터 산맥과 호수와 사막을 가로질러, 이곳 동녘 끝 반도에 그녀의 새로운 나라를 세워 자리한 지 二百五十年.

이 해 女皇國의 가을도、 머나먼 옛 선천시절의 가을처럼 쌀쌀한 바람과 뒹구는 낙엽은 변함이 없었다.

태양도 태고적과 다름없이 女皇國의 온 낮을 비추다、 貴順摩耶姬姑의 두고 온 고향이 아득히 멀리 있는 서쪽으로 기울어 자취를 감추고、 대지엔 어둠이 내리 깔렸다.

학부대신(學部大臣) 아림은 오늘도 어김없이 조정(朝廷)의 일과(日課)를 마치고、 다른 대신들과 뭇 궁중사람들의 눈을 피해 여황의 정부(情夫)들의 침소(寢所)인 내전(內殿)으로 찾아들었다.

주위에는 억만년을 변치 않고 예와 같이 한결같은 귀뚜라미의 울음소리만이 간단(間斷)없이 들릴 뿐이었다.

그녀는 맨 구석에 있는 강쇠의 방을 찾아 그 앞에 섰다.

2) 광혜(廣惠)은혜(惠)를 베푼다는、 후천시대 통치자인 女皇(女皇)의 연호(年號)
3) 아사녀황국(阿斯女皇國)은 조선반도에 위치한다.

아림의 정사

문살에 발린 한지(韓紙)엔 희미한 인영(人影)이 비치고 있었다. 잠시 몸을 추스른 그녀는 가만히 손을 내밀어 문살을 살짝 잡아 흔들었다.

『강쇠 게 있느냐? 나 아림이다.』

낮 동안의 분주한 소음이 걷혀지고 난 적막한 야경을 뒤에 깔고 영롱하게 울렸다.

『예 어서 들어 오십시오.』

굵고 척척한 목소리가 대답했다. 남자의 소리면서도 푸석하게 맥이 빠진 소리였다. 강쇠는 오늘도 어김없는 아림의 방문을 기다리고 있었다. 그렇지만 오늘따라 불안한 기색을 감추지 못하고 있었다. 내전에 요즘 들어 이전에는 없던 별스런 기운이 풍긴다는 소문이 나돌아 황공하게도 어질기 이를데 없는 여황폐하의 귓전에까지 전해졌으며, 이에 따라 女皇國의 군부대신(軍部大臣) 새라를 비롯한 女皇國의 모든 치안담당관들이 바싹 긴장하고 궐 안 곳곳의 경계를 강화하고 있는 중이었다.

방안의 은은한 조명아래, 미닫이문을 자신의 좁은 어깨만큼만 살짝 열고, 바깥 세상이 방안을 향해 토해내듯이 얼른 들어선 아림의 모습이 드러났다.

단발머리의 모습은 머리칼을 잘라서가 아니라 그 이상 자라지 않아서였다. 머리부분을 보호하기 위한 만큼 이상은 활동에 불편하기 때문이다.

갸름하고 창백한 얼굴의 이목구비는 10세 가량 된 여아의 모습과 비슷하나, 눈빛은 인생의 풍상을 겪은 우수가 어렸고 이제 중년에 접어든 그녀의 나이에 따라 잔주름이 눈가에 패어 있었다.

『오시는 길에 별다른 것은 일은 없었읍니까? 이 즈음 분위기가 심상치 않습니다.』

산발한 더벅머리에 짙은 혈색 낀 얼굴의 강쇠가 그녀를 맞았다. 초점 없는 눈에 헤벌어진 입은 그가 평소에도 무염두(無念頭)의 낮생활과 무사색(無思索)의 밤시간을 보내며 관성(慣性)의 삶을 보내고 있음을 나타냈다.

강쇠의 방에는 침상 하나와, 구석의 조그만 사물함과 오락기가 있을 뿐이었다.

『별 일 있겠느냐. 어느 누가 나의 일을 꿈에라도 생각 해 보았겠느냐?』

아림은 겉으로는 아무렇지도 않은 듯 대답했지만 실상 요즘 궁중의 경계 분위기가 심상치 않음은 그녀가 더 잘 알 수 있는 것이었다.

그러나 그녀의 욕구는 하루를 멀다하고 나날이 더해가기만 하니 그 불안감도 그녀의 정사(情事)를 마다하게 할 수는 없었다. 사실 그녀가 낮 시간 동안에 넘치는 욕구를 자제한 것만도 다행스러운 것이었다. 그녀의 활화산 같은 욕구는 이미 그녀 자신의 높은 지적(知的) 성취에 수반(隨伴)되는 이성(理性)의 힘으로써도 통제할 수 없는 지경에 이르러 있었다.

마주선 아림은 왼손을 가만히 들어 강쇠의 어깨를 짚었다. 그리고는 오른 팔을 내밀어 그를 휘감아 안고는 끌어안을 듯이 당겼다. 그 상태에서 둘이는 누가 먼저랄 것도 없이 옆의 나지막한 침상위로 스르르 무너지듯 주저앉았다.

촉촉이 냉기 어린 아림의 입술에서는 따스하면서도 서늘한 입김이 내뿜어졌다. 두 손은 강쇠의 웃옷자락을 파 짚어 젖혀 넘겼다. 아림은 양팔에 더욱 힘을 주어 강쇠의 가슴을 세게 끌어안았다.

아림에 의해 이탈된 강쇠의 베잠방이는 구석으로 던져졌다. 눕혀진 강쇠 위에서 잠시 자세를 올린 아림도 관복(官服)의 옷고름을 풀었다.

방안의 불빛은 꺼졌다.

아림의 정사

그러자 바깥의 곳곳에 놓인 석등(石燈)으로부터의 밤 조명이 온 방문을 비춰, 은은하고 부드러운 미광(微光)을 방안에 뿌렸다.

문살 그림자의 사이사이에 희게 빛나는 한지를 투과해온 미광의 빛살은 아림의 허리 윤곽선에 닿아 미끄러져 내렸다. 그녀의 몸의 움직임에 따라 어둠 속에 굽이치는 빛의 완만한 폭포가 일었다.

아림은 다시 자세를 내렸다.

늦가을 쌀쌀한 바람을 맞아 냉각될 대로 냉각된 아림의 안면이, 진종일의 낮잠과 뒤척거림으로 냉각의 기회를 갖지 못하고 응축된 체열이 그대로 남아 있는 강쇠의 가슴에 닿았다.

양인(兩人)은 갑작스레 온기와 냉기가 교차되는 섬뜩함에 몸을 부르르 떨었다. 아림은 누워있는 강쇠의 몸 위를 올라가, 자기의 하체를 들어 그의 하체부와 맞닿이 하였다. 그리고 가만히 내려앉고는, 다시 오름이 있고 내림이 있었다.

한 동안을 서로를 껴안으며 상하위치를 빈번히 교대했다. 위에 있던 아림은 어느 틈에 아래에 있었다. 어찌해야 할지 모르는 듯 안절부절하는 강쇠에 비해 아림은 갈수록 강한 열의(熱意)를 보이는 것 같았다. 그녀의 허리와 하체부는 계속 긴장과 이완을 반복했다. 비록 어색한 감은 있었으나 그들이 서로의 기분에 빠져듦은 부족함이 없어 보였다.

아림의 하반신 전반에 걸쳐 표출되는 격렬한 긴장과 이완은 시간이 흘러감에 따라 점점 더 가빠졌다. 그 빨라진 만큼 빨라져감도 더해갔다.

격렬한 움직임이 고비에 이르러, 마냥 더해갔던 상천이(狀遷移)의 반복 속도를 급격히 낮추고, 아림은 가만히 속삭였다.

『강쇠야, 내가 이 느낌을 그대로 갖게 네가 움직여 보려무나.』

몸의 움직임은 늦추어 졌으나, 그녀의 심장고동와 허파호흡의 속도는 늦춰지지 않았다. 그녀의 말소리는 이기지 못할 반복성(反復性)의 주기적(週期的) 힘에 의해, 군데군데 끊기면서 가슴 차게 헐떡였다.

강쇠는 아림의 말을 따랐다. 그 움직임의 동력원(動力源)은 변했으나, 양인 몸서로간의 근거리 왕복작용은 그대로 계속되었다.

그들의 이러한 행위는, 먼 옛날 인간이 다른 여느 동물과 마찬가지로 암수의 쌍에 의한 양성생식으로 자손을 번식시켰던 때라면 지극히 당연한 일상사에 불과할 것이다.

잠시 상황 전환의 저조기(低調期)를 틈타, 아림은 말을 건넸다.

『곧 차년도(此年度) 일사분기(二四分期) 출산을 위한 수정식(受精式) 날짜가 다가오는데 강쇠 너는 어찌 될 것 같으냐?』

『이번에도 우량 종자로 선택될 가능성은 어려워 졌어요. 길동이가 아마 택해질 것 같아요. 이제 점점 나이도 들어가니 앞으로는 더욱 가망이 없겠지요. 제 인생도 이걸로 다하는 것 같아요.』

『너희들 밤낮 그러한 생활만을 해봐야 무슨 소용이 있겠어? 매일같이 폐하의 부름만 기다리다가, 일 끝나면 내쫓기고, 늙으면 버려지고…. 이런 신세로부터 벗어날 생각은 안 해봤니? 기회를 보아 나와 함께 멀리 도망치자.』

『에구, 그런 말씀 더하지 마세요. 저희들 살려면 여기 말고 어디가 있겠읍니까?.』

강쇠는 대답했다. 이들 후천의 남자들은 생식을 위한 수정(授精)외에 달리 할 수 있는 일이 없다. 몸을 쓰려 한다면, 무딘 감각으로는 당대(當代)의 섬세한 손놀림이 필요한 기기(器機) 조작에 적응하지 못하고, 머리를 쓰려 한다면, 조금만 뇌에 부담을 주는 골치 아픈 글이나 상황을 접하면 이내 과부하(過負荷) 현상을 일으키고 정신이 혼미해지고 마는 것이 그들이었다. 생식행위 외에 그들이 할 수 있는 것은, 혼자서는 쉴 새 없는 반복 손동작이 요구되는 오락기를 열심히 두드리는 것이고 두셋 이상이 모이면 내기 도박인 편지(片紙) 놀음을 밤새껏 하는 것뿐이다.

강쇠가 주도하면서 다시 점차 속력이 더해 갔다.

『강쇠야 기분이 어떠냐?』

『예 이제까지는 느껴보지 못한 것입니다. 폐하와의 수정식 때에는 폐하의 여향(女香)에 취해 정신없이 사정(射精)을 했었는데, 단지 폐하의 그 아름다운 성체(聖體)를 즐기는 기분은 이제까지는 모르던 것입니다. 아름다운 성체(聖體)를 즐기지 못하는 것이 흠이긴 하지만...』

『하하. 내 비록 폐하의 성체에 비해 보잘 것 없는 몸이긴 하지만, 나는 너 하나만의 것이질 않느냐?』

계속 둘은 엎치락뒤치락 저희들끼리의 열락(悅樂)을 즐겼다. 적은 힘을 쓰고서도 성행위를 할 수 있기에 女皇과의 수정식 때와는 달리 상당 시간 즐길 수 있다는 것도 강쇠가 느낀 새로운 매력이었다. 또한 이제까지와 같이 광폭(廣幅)한 흡입구(吸入口)에 대한 방사(放射)가 아닌, 뻑뻑한 요철(凹凸)의 맞물림 속에서의 마찰감(摩擦感)과 윤활감(潤滑感)도 전혀 새로운 것이 아닐 수 없었다.

강쇠도 분위기에 더욱 빠져들었는지 더욱 몸의 움직임이 빨라지고 강해졌다. 양팔은 더욱 거세게 아림을 끌어안았다.

땀에 젖은 양인의 몸은 애초에 가졌던 부드러운 촉감의 교환은 더 이상 갖지 못하고 미끈미끈한 액감(液感)만을 공유했다. 그들의 체온 또한 공(共)히 상한치(上限値)에 가까와졌다.

그러다 아림은 잠시 강쇠의 몸을 잡아 누르면서 행위의 가속진행을 완화시켰다. 황홀경을 넘나드는 이 긴장이 급작스레 풀어질 위험을 막고, 가만가만 늦췄다 하며 가능한 최장으로 연장하려 함이었다. 간간이 여유를 갖고 마음을 가다듬어, 이 기묘한 감흥을 재차 또 재차 더욱 깊이 느끼려는 충전(充電)의 시간을 가지려 함이었다. 흥분의 고조가 마냥의 상승세에서 주춤거리자 강쇠는 잠시 어리둥절했다. 그러나, 어둠 속 정면으로 찬찬히 올려다 보는 아림의 발그레히 상기된 얼굴에서 고혹적으로 빛나는 눈동자는 긴장감을 더해 주어, 육체적 이완의 막간을 메우기에 부족함이 없었다.

행위가 멈춰지는 것은 결코 아니고, 단지 극치를 향하여 무작정 치달아 넘어가지 않고, 그 주위를 좀처럼 떠나지 않겠다는 듯 넘나들며 맴도는 것이라고 할까.

아림의 속삭임은 다시 방안의 어둠과 고요 속에 울려 퍼졌다.

『강쇠야 정말 아무리 생각해도 너무 안타깝다. 나와 같이 아예 나라 밖으로 탈출하자. 밤중에 배를 타고 사람이라고는 전혀 없는 저 먼 곳 바다 한가운데 섬으로 탈출하면 좋을 거야. 아니면 아예 우주선을 타고 달로 가서 한 구석에 숨어살든지…. 사람들이 찾아오는 기간은 얼마 안되니까 그렇게 큰 불편은 없을 거야. 비록 살기는 어렵다 해도 거기에서 우리끼리 서로를 아끼는 마음으로 살면 충분히 행복할 수 있을 거야.』

강쇠는 말을 알아듣는지 마는지 무심코 정사에만 열중했다. 그에게 있어 앞으로의 생활을 심사숙고해 본다는 것은 심히 부담 가는 일이다.
밤하늘에는 아림의 가느다란 숨소리와 콧소리가 퍼졌다. 그러나 툇마루 밑 주춧돌 옆의 벌레소리나 지붕 위의 가을바람 스치는 소리보다 크지는 않았다.

이 때,

바깥으로부터 살금살금 가까워 오는 그림자의 한 무리가 있었다.

그들은 곧 강쇠의 처소를 에워쌌다.

다시 한 동안의 적막이 흘렀다.

이윽고, 한 줄기 맑고 강한 금속성의 목소리가 고요한 밤하늘을 가로질렀다.

『저 반역의 연놈들을 체포하라!』

예닐곱의 날씬하고 가뿐한 몸매의 흑의인(黑衣人)들이 문짝을 박살내고 들이닥쳤다. 그들은 강쇠를 냅다 발길질해 구석에 몰아붙이고는 아림을 미처 일어날 틈도 주지 않고 삽시간에 포박했다. 세장형(細長形)의 몸을 가진 그들이었지만 동작은 힘이 넘쳤으며, 팔다리의 절도 있고 용의주도한 움직임은 빈틈없이 완벽했다.

최근의 심상찮은 소문에 女皇國의 군부대신(軍部大臣)새라가 자신의 정예요원들을 인솔해 궁궐 곳곳을 수색하던 중, 마침내 이 곳의 수상한 속삭임을 탐지해 현장을 덮친 것이었다.

새라는 붉은 빛의 번쩍이는 갑옷을 입고 미소년과 같은 홍안의 얼굴이었다. 빛나는 눈빛을 수반한 시선은 날카로워, 맞서는 자의 기세를 꺽기에 충분했다. 손에 잡은 장검은 군 수뇌의 병기로서 그녀의 위용을 나타내는 것이었다.

끌려나온 아림을 본 새라는 나체인 채로 묶여 있는 아림의 가슴이 여느 일사람들과는 달리 큰 젖꼭지가 달리고 젖무덤이 봉긋이 솟아있는 것을 보고 충격을 받았다. 도대체

이 자는 어떻게 생겨난 자인가. 어서 진상을 알아내어 단호한 조치를 취하도록 해야 하겠다. 일사람의 신분으로서 어찌 숫사람과 더불어 이해 못할 행동을 하며, 그러잖아도 평소에 얼굴이 발개지거나 눈물을 흘리는 등 가끔씩 무엄하게도 만인의 지존 여황폐하를 흉내내곤 했는데 몸에서도 유사한 특질이 나타나니, 알지 못할 불안감까지 일어났다.

『역시 너였구나. 밤마다 내전에 잠입해 불순한 행동을 한다는 자가.』

평상(平狀)으로 돌아왔으나 여전히 예리하고 명료한 그녀의 소리는, 서늘한 밤 공기를 가만가만 자극하며 어둡고 적막한 내전 마당에 내리 펴졌다.

아림은 그간 女皇國의 학부대신으로서 나라에 작지 않은 공적을 하나 둘 쌓아올리면서 그녀의 혜지(慧智)를 인정받아, 최근에 女皇은 아림에게 그녀의 맡은 바 영역이 아닌 국가 대소사마저 묻는 경우가 많았다. 새라는 이러한 아림에 대한 女皇의 총애를 질투하여 어찌하면 그녀의 허물을 찾아 앞길을 막아 볼까 생각해 왔었는데 이제 하나도 고민할 필요가 없게 되었다.

아림은 지금 상황에서는 할 수 있는 말을 찾지 못함에 한동안 묵묵히 고개를 숙이고 있을 수밖에 없었다. 그녀에게 용서를 구한다는 것은 상상할 수 없는 일이었다. 그녀가 할 말은 이것뿐이었다.

『나는 어차피 잡힌 몸이지만 저 강쇠는 아무것도 모르고 내가 하자는 대로 한 것뿐이니 용서해주길 바란다.』

새라는 입가에 조소(嘲笑)를 띄우고는 대답했다.

『걱정 마라. 저놈은 그냥 놔두어도 이제 얼마 살지도 못할 것이고 그냥 단순하게 너의 음모(陰謀)에 끌려 들어왔을 뿐임을 나도 잘 안다.』

심문받는 아림

다시 그녀는 부하들을 둘러보며 말했다.
『얘들아, 저놈은 그냥 내버려두고 어서 이 자를 끌고 가자.』
새라와 스무 명의 그녀의 정예 부하들은 아림을 포박한 채로 끌고 군영(軍營)으로 향했다.

활동할 필요가 없는 시간에는 죽은 듯이 깊은 잠만 자기 마련인 다른 숫사람 대부분이 소동을 알지는 못했다. 알 필요도 없을 뿐더러, 설령 소리가 들려왔다 하더라도 생식활동 이외의 일체의 세상사에 무관심한 그들에게는 간밤의 개꿈 정도로나 느껴질 뿐이었다.

때아닌 소란에 잠시 울음을 멈추었던 귀뚜라미도 다시 울기 시작했다. 밤은 깊어 멀고 먼 옛 시대에는 인간의 꿈과 동경의 대상이었다는, 그리고 女皇國 시대의 사람들에게는 인간사의 시름을 잠시 잊으려는 이들의 휴양지로서 쓰이는 달이, 오늘도 어김없이 하늘에 남겨 떠운 자연의 은가락지로서 서럽고도 탐스러운 하현월(下弦月)의 자태로 동녘에 떠올랐다.

천년만년 변치 않은 모습의 기러기의 행렬이 女皇國의 그날 밤에도, 언제 그런 일이 있었냐는 듯 무심하게 달 그림자를 만들며 하늘을 수놓았다.

二、審問받는 아림

새라의 일행은 군영에 도착해 어느 조그만 네모진 단층건물 앞에 멈췄다. 건물의 퇴색한 흰빛은 달빛을 받아 주변보다 환히 두드러져 보였다.
이 건물은 바깥으로부터 곧바로 내려가는 계단에 달린 문이 오히려 정문인 듯 하고 건물 옆면의 지상에 나 있는 조그만 쇠쪽문은 녹슨 자물쇠로 항시 잠기어 있었다. 그들은 아림을 지하의 취조실(取調室)로 끌고 갔다.

아림은 지하에 대기중인 부하들에게 넘겨졌다. 곧 나가려는 새에게 아림은 말했다.

『옷이라도 다시 입게 해다오. 그렇게 급한 것이 아니지 않느냐? 내가 어딜 도망칠 수도 없는 것 아니냐?.』

아림의 푸른 관복은 부하들 중 하나가 수습해 가져 왔었다. 그러나 아림의 다른 소지품들과 함께 취조실 구석 탁자 위에 내던져 널려 있을 뿐이었다.

『옷은 네가 그냥 벗고 싶어서 벗지 않았느냐? 어차피 내일이면 죄수복으로 갈아입을 것이니 오늘밤은 이대로 애들과 함께 지내도록 해라.』

새라는 부하들에게 알아들을 말 못 알아들을 말이 섞인 무언가 복잡한 내용의 지시를 내리고는 계단을 올라 자신의 거처로 돌아갔다.

『아림대신님, 이게 어찌된 일이옵니까?.』

취조담당원 중의 하나가 뜻밖의 아림의 입실에 말을 건넸다. 그러나 당장 아림이 대답할 말도 없을 뿐더러 그 질문도 극히 의례적이어서 대화는 더 진행되지 않았다. 곧 그네들은 맡은 바 일의 지시 받은 대로의 실행에 들어갔다.

아림은 형틀에 묶였다. 형틀이라고 해야 그냥 의자의 모양에, 죄인의 손을 뒷짐을 지게해서 묶은 것뿐이었다.

죄인으로부터의 진술을 받아내기 위한 각종 도구들이 주변에 보였는데 그것은 선천시대 전반기에나 있을 법한 지극히 원시적인 도구들뿐이었다.

아림이 겪는 모멸감은 이루 말할 수 없었다. 바로 한 주 전만 해도 그녀는 내정순시

심문받는 아림

(內政巡視) 차 이곳을 방문해서, 음지에서 고생하고 있는 이들이라 하여 그들을 격려하지 않았던가. 그 때에 그녀가 내미는 악수의 손길을 잡고 황송해 어찌할 바 모르던 그들에게, 오늘 그녀는 발가벗겨진 채 묶여 내맡겨진 것이다.

물론 그들은 일부러 수모를 더 주려고 아림을 이 상태로 묶어 둔 것은 아니었다. 단지 죄인에 대해 좀 더 자세히 살펴보며 취조를 효율적으로 하기 위한 것이었다. 하지만 아림에게는 몹시도 견디기 어려웠다.

그들의 말투는 일단 업무에 들어가자 갑자기 다른 사람처럼 변했다.

『강쇠와는 언제부터 알고 지내왔느냐?.』

아림이 묶여있는 곳에서 탁자를 건너 맞은 편에 앉아있는 자가 물었다. 그의 앞에는 약간의 메모를 위한 도구가 놓여 있었다.

『그건 내 사생활인데 너희들이 뭣하러 알려 하느냐?.』

아림은 힘없이 푸념하듯 말했다.

이 말에 취조원의 우두머리인 듯한 맞은편의 그는, 아림을 보아 오른편에서 서있는 자를 향해 고개를 살짝 돌리고 턱을 약간 들어 무언가 신호를 했다.

곧 오른편의 자가 아림을 묶여있는 채로 걸어 차 넘어뜨렸다.

『어서 바른 대로 대지 못할까?.』

체포과정을 통해 받은 정신적 충격과 압송과정에서 얻은 피로(疲勞), 현재의 압박감과 초조함 등이 겹친 터라 아림은 이 충격에 곧 정신을 잃었다.

그러자 또 반대편에서 대기하던 자가, 기다렸다는 듯이 구석의 세면대 옆 물받이 통에서 한 양동이의 물을 퍼다가 아림에게 쏟아 부었다.

아림은 깨어났다. 그녀는 다시 일으켜 앉혀졌다.

상투적 양식의 취조를 그들은 계속했다.

『강쇠를 처음 만난 것이 언제냐?』

『지난해 봄 우량 종인(種人) 육성을 위한 학술발표대회 때 초청인사로 참석해 그 때 종인 대표로 나와있는 그를 처음 보았어요.』

이미 아림의 말투는 그들의 기세에 눌리어져 있었다.

『그 때 종인들은 학회 참석자들에게 실례(實例)로서 보여지고 난 뒤 곧 돌려보내졌는데 어떻게 그와 이야기가 통하게 되었냐?』

아림은 부끄러워 한동안 머뭇거리다가, 그들의 눈치가 험악해지자 서둘러 다시 진술했다.

『그를 처음 만난 순간부터 내 마음이 흔들렸어요. 그의 품에 안겨 내 속마음을 애기하고 싶었고 그의 품에서 하룻밤이라도 잠들고 싶었고....』

『무슨 헛소리를 하는 거야? 순순히 불어도 시원치 않을 판에 도무지 알지도 못할 소리나 지껄이고....』

철썩.

먼저 아림을 걷어찬 자가 크지는 않으나 강하게 단련된 티 나는 그녀의 오른손을 들어, 위에서 아래로 한차례 큰 반원을 그리며 아림의 면상을 후려쳤다.

『이년이 공부를 너무 많이 해서 정신이 돈 건지... 아니면 우리를 속이려고 일부러 미친 척 하는 건지...』

『아냐 그럴 리가 없어. 필시 무언가 숨기고 있을 거야.』

『숨기는 게 아니에요. 이제 무엇을 감추려 해봤자 무슨 소용이라고... 차근차근 얘기를 들어주세요.』

얼마 전만 해도 까마득한 아랫사람이던 그들에 대한 아림의 호소는 좁은 지하 취조실 안에 애처롭게 울렸다.

취조원들도 이제는 피곤해졌는지, 그녀가 말하게 내버려두었다.

아림의 이야기는 계속될 수 있었다.

『그를 우량종인 연구를 위한 명목(名目)으로 내 연구실로 오게 했어요. 그리고는 그의 신체각부에 대해 분석한다하여 그의 몸 전체를 자세히 근접 조사했고 나의 구강(口腔)과 촉수(觸手)로 그의 상하주요부를 촉무(觸撫)했어요. 처음에 그는 얼떨떨해 했지만 차츰 나의 행위에 익숙해져 가면서 그도 색다른 맛을 느끼는 것 같았어요. 정해진 날짜가 다 되고 그가 돌아가야 할 때가 되자, 그도 아쉬워하는 기색이 보이기에 그의 처소를 알아두어 나중에 기회를 봐서 가본다고 했어요. 작년까지만 해도 그는 여황폐하의 부르심을 자주 받았기에 나하고 상봉할 기회가 많지 않았는데, 올해 들어 부르심이 부쩍 줄어들자 자주 만나게 되었어요.』

『주요부를 촉무 하다니... 거기에 무엇을 숨겨 가져왔기 때문이 아니냐? 여황폐하와의 동침 시에 부근의 기밀문서나 가지고 오라고 우둔한 숫사람에게 밀명을 한 것 아니냐?』

본래에는 혈족의 분화로써만 계속 갈려나온 女皇國들도 이제는 그 역사가 오래됨에 따라 혈연적으로 먼 국가가 인접한 곳에 위치하는 경우가 많아졌다. 이러한 국가끼리는 자연히 서로간의 경계(警戒)가 심화될 수 밖에 없었다.

『아니여요, 그냥 그 순간이 내게 기쁨을 주었어요.』

『이년이 아직도 정신을 차리지 못하고 속이려 들고 있네.』

픽.

한차례의 가격(加擊)이 더해졌다.

『청결해야할 구강과 촉수로 하체부를 촉무하다니.... 지저분하기도 하군.』

『퉤, 그 입으로 밥을 먹다니....』

아림도 이제는 제 정신이 아니었다. 그녀는 답답함을 더 참지 못했는지 들이치는 구타를 아랑곳 않고 계속 말했다.

『그리고 그는 내게 무언가 생명력이 들끓는 반액체를 주입했어요.』

『그것을 받으면서 나는 비로소 삶의 환희를 느꼈어요.』

그러나 그들의 태도는 변함이 없었다.

『이년이 갈수록 더 이상한 소리만 지껄이고 있네.』

『이 미친년은 말로 해서는 도저히 더 이상 안되겠다.』

그들은 아림을 의자에서 풀고는 탁자 위에 눕히고 팔다리를 묶었다. 그리고 이자가 도대체 어떠한 밀서를 휴대했는가 엎어보고 돌려보고 하며 몸 구석구석을 샅샅이 살폈다. 그들은 그저 치밀한 업무수행을 위해서였지만 아림은 또 한층 더 이를 악무는 신적 고통을 감내해야 했다.

그러나 아무리 찾아도 수상한 소지품은 발견되지 않았다. 단지 몸이 여느 일사람보다 좀 부드럽고 가슴이 약간 솟아 나온 것 등이 달랐지만, 생체학적 지식이나 관심이 별반 없는 그들 취조원들로서는 그렇게 유의할 것이 되지 못했다. 그저 문약(文弱)한 자 특유의, 몸의 유약함 정도로 여겨질 뿐이었다.

『야단났다. 이제까지도 아무런 단서를 잡지 못했는데.... 내일 새라 대신 님이 오시면 어찌 말해야 하나.』

『할 수 없지. 이자는 본래 기억력은 뛰어날 테니까 밤새 모든 정보를 캐내어 암기

하고 있을 것이라고 보고해야지.」

지치고 시달린 아림은 새벽이 가까워 오자 잠이 들었다. 그들도 더 이상 아림을 가혹하게 다루지 않았다. 아니, 근무시간이 끝나고 장소를 떠날 시간이 되자, 그들은 아림을 구석의 침상에 들어 눕히고 찬 공기에 몸이 상할까 염려해 관복과 담요를 함께 덮어 주었다. 그리고는 이제까지 그들의 업무상 어쩔 수 없었던 행위가 심히 죄송스럽다는 듯이, 서로들 진지한 표정에 안쓰러운 눈으로 동료들과 아림을 번갈아 바라보고는, 두 명의 파수병만을 남기고 퇴근했다.

바깥의 하늘은 조금씩 푸른빛이 더해갔다. 검푸른 하늘에 떠있던 하현월은 하늘 높이 떠올라 이제 창문 밖으로는 보이지 않았다. 늦가을의 찬바람이 더욱 쌀쌀한 새벽녘까지, 아림은 피멍투성이가 된 채로 간간이 가느다란 신음을 내며 밤을 지새우고 있었다.

이윽고 날이 뿌옇게 밝아지자 네댓 명의 수감인 호송원들이, 찬 서리에 젖은 아침 공기를 휘저으며 계단을 내려와, 삐걱거리는 녹슨 철문을 열고 취조실 안으로 들어 왔다.

그들은 아림을 데리고 나가려고 침상으로부터 끌어내 안았다. 책임자인 듯한 자가 깨어나는 아림에게 말했다.

「아림대신 님 고생 많았습니다. 이제 법에 의한 절차로써 매듭 지으셔야지요.」

아림은 축 쳐진 몸으로 아무 대답도 없이 그들에게 안겼다. 눈을 뜬 아림은 여전히 피곤에 지친 상태여서 자신의 꼴에 대한 부끄러움을 느낄 겨를도 없었다. 아림은 열린 철문 사이로 들어 오는, 아직 붉은 빛을 띤 아침 햇살의 눈부심에 다시 눈을 감았다.

호송원들은 그녀에게 옷을 덮고는 고관대작(高官大爵) 전용의 무륜저상차(無輪低床車)에

태웠다.
잠시 후 그들은 미끄러지듯 떠나갔다.
군영은 평상시와 다름없는 평온한 분위기로 아침을 맞았다.

三、女皇 貴順摩耶姬姑

저 산너머 님의 모습이 다가온다. 마야(摩耶)는 기다림의 한을 푸는 벅찬 마음에 그를 향해 달려나와 반야(般若)의 넓은 가슴에 안긴다. 그의 굳센 팔의 압박감이 그녀를 숨결을 불규칙하게 한다. 그녀의 체온은 상승한다.

그녀의 몸의 긴장은 계속 고조(高潮)되다가, 어느 순간 일시에 풀어지며 깊은 사랑의 아득한 심연(深淵)에 내맡겨져 하염없이 빠져든다.

貴順摩耶姬姑는 사랑의 꿈에 때로는 숨이 가빠지며, 때로는 안타까움에 긴 한숨을 내쉬며, 때로는 새근한 평화로움으로, 때로는 완만한 뒤척임을 보이며 늦가을의 긴 밤을 보냈다.

女皇國의 아침은 뿌연 안개 속에서 女皇의 거처 모란성(牡丹城)의 망루와 첨탑이 하나 둘 모습을 드러내면서, 황궁(皇宮)의 고대광실(高臺廣室)의 웅자(雄姿)와 함께 시작되고 있다.

그 누가 이 광경을 보고 있는 다면 그의 귀에는 이미 꿈속에나 들었음직한 음률의 가락이 환청으로 들리고 있을 것이다.

선천시대 자금성(紫禁城)과 같은 높고 군건한 성벽과 모슬렘 사원(寺院)과 같은 장려

(壯麗)한 건물들로써 이루어진 이 신비로운 별세계(別世界).

여인의 향기 자욱한 중앙 태화각(太花閣) 침전(寢殿)은 女皇 貴順摩耶姬姑의 애달픈 사랑의 꿈이 밤마다 잉태되는 곳이다.

여명(黎明)이 틀 무렵부터 그녀의 침상 주위에는 이십 여명의 기상식(起床式) 집전관(執典官) 일행이 모여들었다. 그들은 女皇의 기상 시각에 맞춰 그녀를 깨워, 女皇國의 새 하루를 여는 의식(儀式)을 거행하는 이들이다.

이윽고 女皇의 기상 시각이 되었다. 모두 한결같이 경건한 제례 의식을 위한 짙은 황색바탕에 갈색 줄무늬의 수가 놓여진 의관(衣冠)을 갖춘 이들 집전관 일행은 다시 정렬(整列)을 가다듬었다.

곧 이어 이들에 의한 기상식의 집전이 시작되었다. 女皇의 머리맡의 대집전관은 서서 주문(呪文)을 외우고 있고, 좌우에 꿇어앉은 부집전관들은 연거푸 머리를 조아리며 주문을 복창했다.

『始女皇 造化定 永世不忘 萬事知 地基金枝願爲大降』
『시녀황 조화정 영세불망 만사지 지기금지원위대강』
『太越地上女皇 盛德治下到來 吸理合理 娑婆亞』
『태월지상여황 성덕치하도래 훕리함리 사바아』

약 십 분간 반복해 계속된 주문 끝에 貴順摩耶姬姑는 잠에서 깨어났다.

그러나 그녀의 모습은 이 날도 예(例)나 다름없이, 커다란 실망감과 아쉬움에 잔뜩 찌푸린 애처로운 표정이었다. 깨어나자마자 그녀는 헐떡이며 깊은숨을 거푸 내쉬었다.

『폐하 진정하소서. 성체의 냉정(冷淨)을 위해 성수(聖水)를 드시옵소서.』

그녀의 왼쪽 머리맡에 자리한 부집전관이, 꿇어앉은 자세에서 두 손을 높이 성수 잔을 바쳤다. 성수를 받기 위해 그녀는, 상체를 왼쪽으로 틀며 오른팔을 돌려 바닥을 짚고, 힘겹게 고개를 들고는 왼쪽 팔꿈치로도 바닥을 딛어 무거운 가슴을 들어 올리고, 아직 졸린 눈을 껌뻑거리면서 부스스 일어났다. 엷은 불투명의 부드러운 흰 천이 그녀의 어깨 이하를 덮고 있었다. 온몸의 완벽한 곡면화(曲面化)를 이루는 도타운 피하지방층에 싸인, 항시 열기(熱氣)에 충만한 몸을 가진 그녀는 잠자리에 들 때도 얇은 잠옷 하나로 충분하다. 그녀는 범인족(凡人族)의 가슴팍 만한 성수 잔을 한 손으로 받아 마시고 다시 그것을 돌려주었다. 먼저 성수 잔을 권했던 부집전관은 여전히 머리를 조아린 채로 두 손을 높이 들어 잔을 받았다.

기상식 집전관 일행은 곧 퇴장했다. 이어서 대기하고 있던 화장식(化粧式) 집전관 일행이 들어섰다.

여느 날에도 있는 일상사에 불과한데도, 貴順摩耶媛妊는 그들이 들어서자 금새 얼굴이 빨개지며 어쩔 줄을 몰라했다.

그들은 일제히 꿇어 엎드려 절하며 그녀에게 아뢰기를,

『폐하, 성체를 일으키시옵소서.』

하고는, 다시 연거푸 절을 되풀이했다.

그녀는 형언할 수 없는 부끄러움에 어찌할 바 모르는 듯 안절부절 하다가, 정해진 법도에 의한 절차는 어찌할 수 없는지라 몸을 뒤집어 엎드린 자세를 취했다. 그리고 길게 늘어진 어깨끈을 그러자 그들은 다가와서 그녀의 잠옷의 어깨끈을 풀었다.

범인족의 네 배의 키인 육 미터 오십 센티 가량의 그녀의 몸으로부터, 얇으나 불투명한 잠옷이 스르르 뒤로 밀려나갔다. 매끈한 곡면의 어깨 아래 황세녀(皇世女)를 기르기 위한 풍부한 황유(皇乳)의 산실(産室)이면서 그녀 몸의 조화로운 아름다움을 위해 탕실탕실하니 잘 발달된 커다란 젖가슴이 드러나 보였다. 선홍색의 두 젖꼭지는 자고 일어난 지금에도 촉촉한 물광택을 내며 양 가슴 끝단에 오똑하게 솟아 있다. 끈을 당김에 따라 그녀 몸의 뒤쪽으로 당겨지던 잠옷은 허리에 이르러 더 당겨지지를 않았다. 그냥 뒤로 잡아 당기면 잘록한 허리에 비해 너무도 탐스러이 퍼져있는 엉치에 걸려 더 당겨지지를 않는 것이다.

양옆으로 다른 담당관들이 와서 잠옷을 옆으로 잡아 당겨 벌리고 나서야 그녀의 허리 잠옷은, 사르르 양반구(兩半球)의 곡면을 굽이쳐 미끄러져 훌러덩 내려앉았다.

시렵도록 눈부신 그녀의 육체가 이제 女皇國의 오늘, 처음으로 범인족들 앞에 내보여졌다.

그 모습을 어찌 언어로 나타낼 수 있을까. 전시대(前時代)의 남자 중에는 일부, 여체를 말초쾌락적 탐닉의 대상으로만 여기고 냉소로써 일관하며 가치를 절하하는 냉혈한의 부류가 있었다. 만약 그런 자를 이 자리에 데려와 그녀를 보인다면, 그대로 이 초미체(超美體)에 의한 충격과 감동의 숨막힘에 사로잡혀 한 동안 어찌할 바 모르다가, 이내 목놓아 참회의 울음을 울 수밖에는 없으리라.

그녀는 침상에서 내려왔다. 일어나지는 않고 그대로 기어서 나왔다. 살금살금 몸을 움직거려 오십 미터 정도 떨어져있는 화장실로 향했다.

통로에는 온통 새빨간 융단이 두텁게 깔려 있어서, 그녀의 보드라운 피부의 무릎 부위가 체중을 감당하다 상하는 일이 없도록 했다. 옛적에 마모(馬毛)[4]라는 여배우가 물결치듯 주름잡힌 빨간 융단 위에서 엎드려 몸을 뻗치고 있는 모습을 참조하면 그 대강의 분위기는 짐작될 수 있겠으나, 곧 이을 아침 일과(日課)의 벽찬 감당을 예비해 주듯 수줍은 그녀의 모습을 견주어 나타낼 수 있는 것은 어느 시대 어느 문헌에서도 찾아볼 수 없다. 오직 그녀에 대해 보다 더 알고 깊이 이해하는 것만이 그녀의 일상사의 모든 모습을 그릴 수 있는 길이다.

좌우가 온통 거울로 치장된 女皇 전용의 화장실에 도착하여, 수행해 온 화장식 집전관들과 미리 대기하고 있는 화장실 당당관들에게 둘러싸여 역시 그녀에게 필수적인 아침 의식을 받는다.

그녀는 엎드린 자세로 중앙의 화장기(化粧器) 위에 몸을 낮췄다. 완만한 둔덕이룬 고운 모래사막의 한쪽, 오목하니 아담하게 관목수풀 우거져 자리잡은 오아시스에서 간헐천(間歇泉)이 흘러나오듯 하니, 담당관들은 서둘러 온수(溫水)를 받아내고 분수지(噴水池)를 닦는다. 이어서 설산(雪山) 골짜기의 검붉은 백합화(百合花)로부터 줄줄이 터져 나오는 황갈색의 꽃망울에 대해서도, 담당관들은 더욱 성심을 다해 수거하며 백합화부위의 재 청결에 만전을 기했다.

이 의식에 대해서는 본래, 보다 구체적이고 명확한 사실묘사(寫實描寫)의 기록이 있었다고 한다. 그러나, 신성한 신체 물질대사의 의미를 여타 저급하고 추악한 기피대

4) 마릴린 몬로

상의 잡것들과 구분할 수 있는 심미안(審美眼)을 갖지 못한, 반문화주의자들의 야만적 파괴행위 - 반달리즘[5] - 에 의해 대부분 유실(遺失)되고 말았다.

그들 모두 소임(所任)을 위해 최선을 다하고는 있지만 그들의 어려움은 결코 그 일 자체에 있는 것이 아니었다. 기실 지순지결(至純至潔)한 女皇의 성체로부터의 그 무엇 하나 존귀하지 않은 것이 있으랴. 단지 그녀의 극단녀(極端女)스性[6]으로 말미암아, 나날의 의식임에도 불구하고 극도의 부끄러움에 온몸을 파르르 떠는 그녀를, 어떻게 위무(慰撫)하느냐는 것이 그들의 주된 과제이다. 화장식 과정에서의 그녀의 얼굴 표정은 먼저 화장실로 오기 전까지의 수줍음에서 훨씬 강도를 더해, 비록 소리는 내지 않고, 눈물을 흘리지도 않지만 깊이 흐느껴 울고 있는 모습 그대로였다. 전시대의 일부 가학성욕자(加虐性慾者)들이 보았다면 원하는 바 최고의 쾌감을 얻을 그런 모습이었다.

그녀의 어려운 일도 이윽고 마쳐지고, 그녀는 비로소 조금 건너 위치한, 자기 몸을 본따 파인 하트모양의 거대한 욕조에 몸을 담글 수 있었다. 물 속이야말로 그녀를 범인족과 다름없이 자유로이 노닐게 하는 곳이 아닌가. 바로 전의 마음앓이에서 벗어나 그녀는 담당관들을 멀리 물리치고 잠시 가볍고 즐거운 시간을 갖는다. 텀벙, 텀벙, 그녀는 어린아이처럼 물장난을 한다. 그녀는 물 속의 요정으로 한 동안을 지낸다. 첨벙, 쏴아아. 욕조 옆의 거울이 열수(熱水)로부터의 김이 서려 뿌옇게 되자, 그녀는 양손으로 물

---
5) Vandalism : 문화파괴주의
6) 극단적인 여성으로서의 성질(性質)

을 한아름 퍼 올려 거울에 끼얹었었다. 흘러내리는 물에 거울 면이 맑아지니, 그녀 자신의 모습은 다시 잘 비치어 선명히 드러났다.

그녀의 아름다움은 그녀 자신에게도 삶의 의미를 부여해 주는 귀중한 것이었다. 그녀의 금년 나이 삼백이십세. 이십세에 이미 풍만한 성녀(成女)의 모습을 갖춘 뒤로 어언 삼백년이 흘렀지만, 아직도 그녀의 아름다움은 쇠잔의 기미 없이 나날이 더해가고만 있다. 다만 결코 영원한 것은 아니라는 것에, 때때로 느끼는 두려움과 안타까움은 어쩔 수 없지만…. 사랑의 단꿈이 번번이 깨어지고 자신의 어여쁜 몸을 진정 사랑하는 이에게 바치지 못하는 그녀. 현세에서의 사랑의 불가능이라는 벗어날 수 없는 이 숙명에 그녀는 이따금 삶의 의욕을 잃을 때도 있었다. 그러나 자신의 육체에 대해서는 생명다움과 아름다움을 지상(至上)으로 삼는 그녀 자신의 여린 마음으로서는, 마음써 소중히 여김 이외 다른 생각은 가질 수 없었기에, 그녀는 한(恨)서린 생을 자기연민(自己憐憫)의 마음으로 지속하고 있다.

욕조에서 나오니 갑자기 느끼는 한기(寒氣)에 소름이 돋으며 그녀는 몸을 와르르 떤다. 송이송이 물방울들이 소낙비 마냥 사방으로 튄다. 대기하던 담당관들은 약간의 물세례를 받는다. 모락모락 김이 나는 그녀의 몸을 여덟 명의 담당관들이, 흡사 대형 현수막 같은 긴 수건을 나란히 집어들고 와서 덮어 감싼다.

몸을 닦은 그녀는 보료가 깔린 바닥에 한쪽 팔을 짚고 다소곳이 앉았다. 물기 젖어 축축한 광택 번뜩이는 다갈색의 머리카락이 휘늘어졌다. 빗질 담당관이 자기의 가슴폭 만한 참빗을 두 손에 들고, 그녀의 머리끝에서 엉덩이까지 수직으로 빗질하는 동안에, 다른 담당관들은 그녀의 얼굴과 몸 여기저기 피부보호를 위한 화장액(化粧液)을 바른다. 모든 화장액은 투명하며 그녀 피부 빛의 보다 건강한 보전을 위함이다.

번거로운 화장식이 다 마쳐졌다. 그녀는 착의대(着衣臺)의 등받이에 몸을 기대고 두 팔을 양쪽으로 내민다. 착의담당관 중의 하나가 그녀 자신이 나날이 길쌈하며 짠 그녀의 황복(皇服)을 가져와 한 쪽 팔을 끼우고 건너편의 담당관이 곧이어 다른 한 쪽 팔을 끼운다. 앞에서 옷고름을 여미어주니 그녀의 착의는 마쳐진다. 황복은 망사와 같이 성기게 짜여있고 군데군데 금은보석으로 치장되어 있다. 그녀가 옷을 입어도 씨날로 얽힌 섬유의 틈새로 희끗희끗 보이는 상아색의 탐스러운 피부는 금은보석 장식보다 더 밝게 빛난다.

그녀는 이제 수라실로 들어간다. 미리 대기하고 있던 수라담당관들이 그녀에게 예를 취하고 그녀의 앉을 자리를 수석담당관이 옆으로 손 내밀어 가리켜 권한다. 그녀는 비스듬히 기대게 되어 있는 식대(食臺)에 자리했다.

그녀는 자기를 위해 만들어진 식탁에서 약간의 아침을 들었다. 잔 손 움직임이 거북한 그녀를 위해서는 여러 가지 찬그릇을 그녀 앞에 바꾸어 내놓는 담당관들의 노고가 필요하다. 아침식사는 그녀의 소화기관을 깨우기 위한 정도에 불과하고 그녀의 식사는 사실상 온종일 간식형태의 식사를 계속하는 방식으로 이루어진다. 생명의 활화산과 같은 육체를 가진 그녀는 당연히 많은 기초대사량을 필요로 하나, 아름다움을 위해 너무도 잘록해진 그녀의 허리는 걸맞는 양의 음식물을 한꺼번에 처리할 수 없다. 그러므로 정해진 식사시간 외에도 곁에 음식물을 두어 거의 늘 섭취해야 한다.

수라담당관들은 그녀가 아침식사를 모두 마치자, 점심 식사 때까지 그녀가 간식처럼 늘 먹을 과자 같은 음식을 그녀의 몸 모양을 닮은 보라색의 단지에 담는다. 자기들이 들어다 주겠다고 하는 수라담당 일사람들을 한사코 물리치고, 직접 가지고 가겠다며 과자단지를 오른팔로 끌어안고서 왼팔로는 바닥을 짚고 비껴 자세로 수라실을 나서는 그녀의 모습은, 마법의 요술단지를 끌어안고 날아가는 선녀와도 같이 유달리 사랑스럽다.

이제 그녀는 아침의 모든 차비를 마치고 용상(龍床)에 자리잡아 오늘 하루 일과를 보게 된다. 짙은 붉은색의 커튼이 사방가득 드리워 있는 거처에서 그녀는 오늘의 일정을 헤아려 보았다.

이제 비로소 잠이 완전히 깨어 막 반짝거리기 시작하는 적황색의 눈을 깜빡이며 그녀는 생각에 잠겼다. 눈을 깜빡일 때마다 위아래의 긴 속눈썹이 서로 부딪쳐 바삭거리는 소리가 났다.

'아참, 오늘이 매우 중요한 날인데...'

바로 오늘은, 그녀의 맏딸 화자(花子)에게 동방 바다 개척의 교지(敎旨)를 내려주기로 한 날이 아니던가. 자신의 품을 떠나게 될 딸에게 어떻게 달램의 말을 해줘야 할지 걱정도 앞섰다.

그녀는 궁인을 시켜 딸 화자를 불렀다. 정해진 수유(授乳)의 시간 보다 조금 이른 시각이었다.

곧 화자摩耶姬姑二世가 그녀의 앞에 나타났다.

『어머니 小女 부름 받고 왔사옵니다.』

『어서 가까이 오너라. 내 오늘 네게 줄 아주 중요한 교지가 있단다.』

『말씀해 주시옵소서. 소녀 모황(母皇) 마마의 뜻에 어찌 다른 마음 있겠사옵니까.』

『우리 아사녀황국의 동편에는 맑은 물로 가득 찬 깊고 푸른 바다가 있음을 너는 익히 알 것이다. 그 바다 건너에는 화산과 온천이 도처에 산재(散在)해 있는 아름다운 큰 섬들이 있다. 너는 이제부터 그 곳에서의 새로운 女皇國 건설을 위한 준비를 할지어다. 이제 너도 조금 더 자라면 활동을 하기 어렵게 된다. 그 전에 국가건설을 완료해야 한다. 지금부터 준비해서 내년 이맘때는 출발을 하도록 하여라.』

貴順摩耶姬姑가 말을 할 때에는 그녀의 감정상태에 따라 안실의 벽면이 떨리는 정도의 초저음(超低音)이 생겨난다. 이 소리는 그녀의 감정상태를 나타내는 것으로서 보통인간은 들을 수 있는 주파수의 범위를 벗어난다. 그리고 언어의 의미를 가진 일반 여성으로서의 목소리는 이 초저음 위에 실려 나온다.

보통 인간이 그 자리에 있다면, 귀를 멍멍하게 하는 둔중(鈍重)한 초저음의 떨림과 그에 어우러져 흘러나오는 맑고 우아한 중년여성의 목소리를 느낄 것이다.

貴順摩耶姬姑는 용상 뒤켠에서 붉은 바탕에 금실로 수놓은 책자 세 권을 꺼내어 앞에 놓으며 딸에게 말했다.

『나는 지금으로부터 이백칠십년 전에, 대륙서북단반도의 모황 발키리아 十三世 페하로부터 동방개척의 교지를 받고 실행해 지금에 이르렀단다. 너의 貴順摩耶姬姑二世의 청호는 곧 이어 태어날 너의 아우에게로 승계될 것이니라. 너는 이제부터 화자이 자나미(伊耶那美)의 이름을 가진다.』

화자이자나미는 현재 나이 오십 세로서 머리칼, 눈빛, 살결 등은 어머니 貴順摩耶姬姑와 비슷했지만 턱이 조금 갸름하고 살짝 덧니가 나 있는 것이 조금 달랐다. 키는 이 미터 이십 센티쯤 되었으며 하늘색 바탕에 약간의 금색장식이 수놓아진 홑벌 의상을 입고 있는데 얼굴은 선천인류 풋풋한 열 일곱 살 少女의 인상을 주었다. 인간으로서의

7) 선천인류、 후천의 범인족(凡人族)을 통칭(通稱)

성년의 나이는 물론 넘은지 오래지만 女皇族 나름의 또 다른 성숙나이인 일백세 가량에는 훨씬 못 미친다.
『어머니 어인 말씀이옵니까? 小女는 언제까지나 어머니 곁에서 같이하고 싶사옵니다.』
화자이자나미는 그 전부터 약간의 낌새를 느껴 내심 우려했던 것이 현실로 나타나자, 모황의 품으로 다가가 안기면서 왈칵 울음을 터뜨렸다.
『너의 심정을 낸들 모를 바 있겠느냐. 나도 너와 비슷한 나이 때 모황폐하의 곁을 떠나, 점차 불편해지는 몸으로 백성들과 함께 높은 산맥을 넘고 호수를 건너고 사막을 가로질러, 근 사십년이 흐른 뒤에야 이곳 동쪽 끝의 살기 좋은 땅을 발견하고 자리잡은 거란다. 나는 단지 동방개척의 교지만을 받고 춥고 거친 대륙을 오랫동안 헤매었지만 너의 경우에는 바다 건너 살기 좋은 목적지가 있으니 심한 고생은 하지 않을 수 있으리라 믿는다.』
『어머니 어릴 적 희미한 기억으로는 제게도 언니가 있었던 것으로 아는데 지금 어디에 살고 있습니까?.』
이 말에 貴順摩耶姬姑는 약간 마음이 아픈 듯한 표정만 짓고 대답을 얼버무렸다.
한동안 두 모녀는 서로의 손을 잡고 눈물로써의 의사표현만 할뿐이었다.
조금 있다 딸은 그녀의 어머니에게로 더 가까이 다가갔다. 그리고는 모황의 앞가슴위에 걸쳐있는 황복을 아래로 젖혀, 촉촉한 훈기 어린 쌍 솟을 가슴을 그대로 드러나게 했다. 그리고는 앞으로 때가 얼마 남지 않은 모황의 수유(授乳)를 받았다. 이것이 그녀로 하여금 女皇族으로 자라나게 하는 근원이다.
皇世女를 기르기 위한 수유가 마쳐진 뒤, 貴順摩耶姬姑는 꺼내놓았던 세 권의 책자를 딸에게 건네주었다.

『네가 여지껏 말로만 들었었던 우리 女皇國의 창건역사와 발전역사 그리고 우리 女皇族의 생리가 적혀 있는 세 권의 책을 읽어 내년 동방 출발 이전까지 모든 내력을 알 수 있도록 하여라.』

이 때 궁인(宮人)으로부터 보고가 들어왔다. 측근 대신중의 하나가 반역 모의 죄로 체포되어 재판을 받았지만 이렇다 할 단서는 잡지 못하여, 이 곳에서 女皇의 마지막 심판을 받고자 한다는 것이다.

『오늘 같은 중요한 날에 하필 무슨 상서롭지 못한 일이람.』

貴順摩耶姬姑는 이마를 약간 찌푸리며 다시 말했다.

『애야, 지금 떠나는 것은 아니잖느냐? 그리고 가더라도 언제라도 너와 나는 서로를 볼 수 있도록 서로의 방에 천리경(千里鏡)을 마련해 놓고, 수시로 오갈 수 있도록 전용선(專用船)도 구비해 놓을 것이니, 그리 알고 너의 거처로 가거라. 곧 중요한 일을 주재해야만 할 것 같다.』

『예, 어머니 평안히 계시옵소서. 소녀 이만 물러가겠나이다.』

화자이자나미는 모황이 건네주는 것들을 받고는, 방에 드리워진 짙붉은 윤기 나는 커튼을 걷고 나왔다. 그리고는 태화각을 나와 자신의 거처인 소화각(少花閣)으로 향했다.

소화각의 내부는 하나의 정갈한 살림집처럼 되어 있었다. 화자이자나미는 안실로 들어가 세 권의 책을 살폈다.

책의 표제는 다음과 같았다.

熙永大始女皇後天開闢史.

-列女皇記-
-女皇族生理錄-

화자이자나미는 창가의 낮은 책상에 앉아 「희영대시녀황후천개벽사」부터 차근차근 읽어가기 시작했다.

이미 날이 밝은 지는 오래였지만 밖에 해는 나지 않고 가랑비가 내렸다. 가끔씩 후둑후둑 조금은 굵은 빗방울이 창문에 뿌려졌다.

四、熙永 大始女皇

책은 비록 보관은 잘 되어 있었지만 오랫동안 펴 보지 않아서인지, 겉 표지는 조금 버겁게 열리면서 약간의 먼지를 뿜어냈다.

화자이자나미는 손을 입가에 대고 손수건으로 세심하게 먼지를 닦으면서, 뻣뻣이 굳어 겹겹이 붙다시피한 낱장을 하나하나 조심스레 떼어 펼쳐가며 읽어갔다. 어머니 貴順摩耶姬姑가 이 책을 보고 나서 서가에 보관해 둔 지도 이미 이백여 성상(星霜)이 흘렀으니, 세월의 무게는 책장 하나하나에 고스란히 얹혀 있었다.

희영대시녀황후천개벽사의 첫머리에는, 후천개벽 이전의 인간사(人間史)에 대한 서사(敍事)가 있었다. 그리고는 선천시대를 지배했던 남자들의 죄업의 시대를 딛고 일어서 새로운 시대를 연, 모든 女皇國의 시조 희영대시녀황의 등장이 이어졌다.

태초에 생명이 있었나니
생명의 근본은 여성이어라。

지순한 생명 그 가치만을 추구하며
평화로운 낙원에서 그들의 바램에
부족 없이 살던 태초의 인간들.

어느 시절 어느 이유인지
인간이 그들의 낙원을 잃은 뒤로
인간은 그 살아감을 위해
피와 땀을 요구하는 노고를 해야 했다.
삶을 위한 노동이 필요해지자
그것은 생명의 짐을 덜진 남자들이 맡아했다.
남자들은 노동으로 여자를 받들기로 맹세했다.
그 옛날 낙원으로부터의 下世의 始初에는
남자들은 여자들을 귀히 여겨 마다하지 않았다.

군은 그 맹세들은 다 어디 갔는가
인간의 삶이 태초의 숭고함을 잃어가면서
사람들 사이에는 생명 그 자체보다
그를 위한 노고를 중히 여김이 일어났다.
그리하여 목적과 수단의 선후관계는 뒤바뀌고
남자는 생명부양을 볼모로 삼아
여자를 그의 발아래 매어두게 되었다.

그들은 인간의 낙원상실 이전의 사실도 꾸며냈다.
남성에서 여성이 나온 양하여
생명탄생의 先後本末 마저 뒤집었다.
그리고는 失樂園의 책임도 여자에 엎어 씌웠다.
개체발생이 종족발생을 되풀이하듯
개개인의 來歷도 그 원죄를 재 반영하는가.
한 남자는 한 여자에게 사랑의 굳은 맹세하여
자기의 올가미에 걸어 놓고는
역시 부양의 칼자루로써 굴종을 강요하도다.

人間史와 人間事 모든 것이 남자의 손에 넘어간
그로부터 인간의 피의 역사는 시작되었다.
그리고 그들의 好戰性은
갈수록 더해만 가는 대량살육의 兵器로 나타났다.
어찌하면 남을 누르고 자신이 사느냐가
모든 남자들의 한결같은 지향이었다.
모두는 상대방을 이길 방도를 짜내기에만 골몰했다.
그들의 병기에는 갈수록 더 많은 역할이 주어졌다.
결국 병기는 그들의 맡은 바 모든 일을 대신했다.
그리하여 그들은 스스로 몰락의 길을 열어 놓았다.
이젠 남자의 완력도 기계 앞에선

아무런 소용이 없게 되었다.
남자의 본래 가진 것은 여자를 위하여 아무런 보탬이 될 수 없었다.
남자의 힘은 한낱 소유하는 여자를 억압하기 위해서만 쓰일 뿐이다.
이로부터 여자들은 남자를 볼 때
그의 면면은 자체보다는
얼마나 자기를 貪하는가를 시험하게 되었다.
남자들은 그 본디의 미덕도 잃어 갔다.
더이상 美人에게 勇者는 필요하지 않다.
이제 여자를 위해 남자가 갖출 것은
水火를 不分하는 反理性的 貪女人性과
집단사회 생존을 위한 발빠른 술수 뿐이다.
남자의 면면은 갈수록 경박하고 왜소해 갔다.

그러나 아직도 여자가 남자의 위치를 맞걸고 일어서기엔
여전히 발목 잡는 것이 있었다.
그것은 여성에게 주어졌고 또 주어졌기에 여성인
자식출산의 버거운 짐이었다.
이로 인해 뭇 여성의 희망찬 자아실현의 꿈은
한결같이 현실의 높은 벽에 부딪쳤으나
그런 중에 인간사회의 한정없는 便利化는
時流를 굳히지 않고 계속해서 진행되었다.

인간의 모든 일의 편리화와 자동화에 자손의 생산과 양육도 예외가 되지 않았다. 여자들은 자식생산에 귀중한 시간을 앗기지 않기 위해 하나 둘 대리임신과 대리출산을 택했다.
그들은 사회활동의 불리함을 떨쳐내었다.

마침내 서기 二千七百年, 지구상 모든 여성의 출산은 완전자동화 되기에 이르렀다. 지구연방은 공익 法人 國立生産院을 설립하여 全 여성의 자궁을 위탁관리 했다.
모든 인간 출산의 자동화는 인류사회에 커다란 혁명이었다.

여성들이여 그대들은 임신과 출산의 굴레에서 완전해방 되었노라. 또한 양육의 번거로운 속박도 그대들에게서 풀려졌도다. 그대들은 이제 가뿐한 몸으로 그대들의 자아실현에만 힘쓰라.
그 누가 원시적 생식행위를 직접 하려 한다는 가 저마다 삶의 질의 향상과 자아실현을 위한 치열한 다툼에 여념 없을진대 혹 누가 그런 시대착오의 망상을 갖는다면 그자는 곧바로 이 超 자동화 경쟁사회의 영원한 낙오자밖엔 될 수가 없으리라.
그 누가 쾌락을 위해 육체교접을 하려는가
무한한 즐거움의 가상연애야 말로
무한정 인간욕구의 현실한계 극복일진대.
저급하도다 육체적 성 관계여.
바야흐로 인간 性생활의 혁명이 도래했으니
그것은 불의 발견에 견줄 대전환의 의미라.

이렇듯 성생활의 혁명에 의해
세상사 모든 일 남녀간 불균형은 바로 잡혔으나
아직도 이 세상 뭇 남자들은
내려온 관습 그대로의 사회에, 미련을 두고만 있었다.
그러나 그런 중에도 머지않아 여성의 천하가 오고 말리라는 기대는
갈수록 더해 가고만 있었다.
기약 없는 세월의 흐름이 계속되었다.
지구상 모든 여성들이 희망과 초조함을 더불어 갖던 시대
마침내 인류역사에 대 전환을 이끌어 낼 絶世의 超女가 나타났으니
바로 후천의 대 개벽을 연 대시조 희영이었다.

후천개벽 大始祖 全 여황국 共同太祖 熙永 大始女皇.
그 이름 萬古에 빛나는 도다.

그녀는 서기 三千一百九十년, 지구연방공화국의 수도 東北京의 교외에서 당시 국립동북경대학 물리학과 주임교수이며 전년도 노벨상 수상자인 신정욱 교수와 당시 국립예술원의 수석 악극단원이었던 이시호 여사와의 사이에서의 최고의 지성과 최고의 감성이 맞닿뜨려 어우러진 수정란 중에 맏딸로 태어났다.

그녀는 나서부터 초인적인 총명함을 보여 이미 五세에 이르러 여섯 지방 방언을 유창히 구사할 수 있었다.
음악에도 뛰어난 재능을 보여 七세 때에는 세계 굴지의 교향악단들과 바이올린 협연을 했을 정도였다.
九세 때에는 대학까지의 전 교과과정을 완전히 습득한 바 그녀는 이미 凡人의 교육체계를 초월하고 말았다.
그녀는 또한 일찍부터 文才가 두드러졌다.
십일세 때에 쓴 수필집 '少女의 夢想'은 성인의 수준을 넘는 분석력과 소녀의 천진함을 겸비하여 유사이래 드물었던, 인간본연의 심층 정서를 드러낸 글이라고들 했다.

그러나 어린 희영 대시조는 결코 심각한 문화탐구 일색의 어려운 진지함만의 말 건네기 어려운 조숙한 소녀는 아니었나니.
대시조께서는 한편 소녀다운 발랄함과

풍부한 유머를 동반한 활동적 면모도 갖추어
그녀를 대하는 모든 이들을 편안케 하며
그녀 만남의 기쁨에 취하게끔 했다.

그녀는 각종 運動技에도 취미를 가졌는데
이내 직업선수의 수준을 넘어섰다.
十三세에는 전 지구 테니스 대회에서 우승했고
올림픽의 피겨스케이팅과 체조 수영 각 종목에서도
참가의 여부만이 문제될 뿐이었다.

대시조의 예술감각은 연기예술에도 미치었다.
十五세 때는 그녀를 보고자 갈망하는 모든 이들을 위해
映像器 방송과 영화에 출연해 그녀의 온 면모를 공개하니
만인의 마음은 그녀의 幻影으로 메워지고 말았다.
十七세 때에 세계미인대회에 참가신청을 하니
당해 년도 참가 예정자들 모두가 출전을 포기하는 사태가 벌어졌다.
그것은 그녀와 美를 견준다는 것은
그네들 스스로 초라해짐밖에 안되는 때문이더라.
그녀는 그리스 조각 같은 늘씬하고 기품 있는 몸매
정갈한 보석과 대리석을 골라 깎아만든 이목구비에
솜사탕의 달콤한 목소리로

애초부터 다른 여자와의 비교 대상이 될 수 없었다.
그녀의 美의 面面 그 무엇보다도,
맑고 초롱한 눈매에서 뿜어 나오는 理智的 아름다움은
美人大會 史上 전례가 없는 것이라고들 하더라.

모든 藝技와 모든 美德의 萬人之上 超越女 熙永,
그녀가 성장하면서 모든 면에서 여성 남성을 통틀어 최고의 위치를 차지해 가자
이제 성인이 되는 그녀가 과연 어느 방면에 진출하느냐는
전 지구연방 모든 국민 초미의 관심사였다.
그녀의 나이 十九 세에 이르러,
드디어 그녀는 자신의 진로를 밝히게 되었다.

사람들은 아마도 예술계나 연예계에서 화려한 조명을 받으며
이미 예약해 놓은 頂星의 자리를 향유할 것으로 예상했다.
그녀가 학문습득에 열중하는 가운데서도 틈틈이 그린
그녀 자신의 美象을 비롯한 각종 소재의 구상 비구상 습작품만 하더라도
이미 여느 기성 대가의 작품이상으로 호가하는 것이 되었으니
화가로서도 최고의 자리는 마련되어 있었으며,
또한 그녀의 모습이 나온다는 그것 하나만으로
곧 영화 연극 방송극 모든 영상매체의 흥행은 보장되어
진작부터 당대 최고 인기배우의 순위를 교란하고 있었으니

이는 그녀의 일상사만을 추적 촬영하여도
여타의 꾸며낸 영상매체보다
더 진솔한 감동을 보는 이에게 줄 수밖에 없는 터였더라.
그녀가 저자신의 여흥을 위해 즉흥으로 불렀던 노래의 녹음들은
이미 당대 기존 톱 가수 以上의 가창 능력에 의한 것이었고
당대 여느 최고 작곡가의 선율을 능가하는 것들이었으니
자작곡 가수로서의 最高位에의 도달 또한 그녀에게는 기다릴 필요가 없는 것이었다.
그녀의 일기장만 활자화하여 내놓아도
이미 第一賣書의 위치는 따 놓은 당상이었으니
문예작가의 마당에도 이미 頂上에는 그녀를 위한 빈 의자가 놓혀 있었다.

그런데 아무리 이들 분야에서의 최고위를 그녀가 가진다 하더라도
그 향유하는 지위는 그녀가 가진 모든 것에 비해 턱없이 부족하단 말인가.
그렇다면 이미 너무나도 충천해있는 그녀의 知名度와 인기로 볼 때
두 뺨에 솜털 남은 年少한 처녀라 할지라도
화려히 터지는 폭죽아래 남녀노소 집권당원들의 열렬한 반김을 받으며
정계에서 바라던 바 마음껏 원대한 뜻을 펼칠 수도 있었으니
이는 그녀의 평소의 말 한 마디 한 마디는
모두가 듣는 이로 하여금 당면한 현실의 정곡을 찌른 지적으로서 받아들여져
그녀의 뜻에 진심으로 감복케 만드는 힘이 있었던 연유라.

그러나 그녀의 발표는 전혀 뜻밖이었다.

차일피일 발표를 미루어 전 국민의 애간장을 태우게 하던 그녀 어느 날 자청한 기자회견서 하는 말

『나의 능력을 인류의 참 번영 위해 쓰고 싶어요 그 일에 대한 자신에의 對價가 어떠한가는 내게는 상관없는 일이에요.』

그녀는 평범한 과학기술자의 길을 택해 국립생산원의 말단 연구원으로 취직한다는 것이었다.

그녀를 흠모하던 뭇 대중들은 더러는 아쉬움에 크게 실망하기도 하고 더러는 서운함에 못내 애달파 하기도 하였으나 오히려 그녀의 갸륵한 뜻을 마음에 받아 흠모의 정을 더하는 국민도 적지 않았다.

어서 인류에 대한 말없는 봉사에 매진하고픈 마음뿐인 그녀는 곧바로 국립생산원의 연구원으로 일했다.

그러나 이미 모든 방면에서 달인의 경지에 이른 그녀가 어찌 이 정도의 직위에서 제대로 역량발휘를 할 수 있겠는가.

그녀는 전인미답의 초고속 승진을 거듭했다.

二十一세에 이미 종자개량 유전자분석실의 실장이 되었고 二十四세에는 종자개량연구개발업무 전체를 총괄하는 종자개량부의 부장으로 올랐다.

그리고 마침내 二十七세에 이르러서는, 국립생산원의 원장 以上의 실권자라 할 수 있는 종자수정단의 단장에 올라, 차세대 인류생산의 총책을 맡게 된 것이었다.

이제 갓 처녀티 나는 妙齡의 그녀이나
그녀의 미모 만나 숨결을 교류함이
마주한 이에게는 황홀경을 안겨주고
그녀 또한 순수한 동료애에 바탕 두어
그들과의 같이함에 몸 사림을 없이 할 새
직원들은 그녀의 나무람도 즐거 받아
능력 안 능력 밖을 막론하고 열심하니
자연히 연구실적은 일취하고 월장했다.
그녀의 야근에는 부서원은 물론이고
주변의 관계직원이 한결같이 자원하여
그녀 곁의 달콤한 蜜月夜를 보내고자
정성어린 수고를 마지않는 것이었다.

그리하여 지구연방공화국의 국책사업인 차세대 고품격인종개발사업은 희영 대시조의 탁월한 지도 아래 순조로이 진행되어 갔다.

그런데 신생아의 집단생산과 양육의 시대임에도 불구하고 아직 과거의 전통은 그대로 이어져, 이 시대의 사람들에게도 결혼이 요구되었다.

희영 대시조도 그 예외일 수는 없어서 이미, 그녀에게는 二十세 이후부터 각지방 각계의 내노라하는 최고의 남자들로부터 구혼신청이 쇄도했다.

그러나 그들 모두 그녀와 견주어 볼 때는 보잘 것 없는 필부에 불과할 뿐이었다.

아직은 때가 아니라고 정중한 거절만을 거듭하던 희영 대시조도 二十七세가 되던 해 즉 국립생산원 종자수정단장에 오를 때에 이르러 이제는 빈번한 각종 공식행사 때의 의전격식에 맞추어 처신해야 함을 감안해 결혼 신청을 받아들이게 되었는데, 상대는 당시 지구연방 대통령의 조카이며 상원의원이었다고 전해진다.

희영 대시조가 국립생산원에 헌신해 근무한지도 어언 몇 해인가.

그녀가 짧지 않은 세월 동안 인간사회의 개선을 위해 노력해온 바 많은 진척이 있었음에도 여전히 인간세상의 지나온 관행은 그대로 남아 있어, 정작 그녀 자신은 불만족과 회의에만 차게 되었다.

그녀의 결혼 이후 그 한계는 더욱 드러나 보였다.

지구상의 뭇 남자 뭇 남편 같이 희영의 남편 또한 숱한 경쟁과 난관을 뚫고 불세출의 초녀 희영을 자신의 아내로 取한 승자의 성취감에만 醉해 있어

이제 그간의 노고 값을 되돌려 받자는 것이었으니

『非凡의 용기로 목숨을 걸어 트란돗 공주를 취한 칼라프 왕자[8]와 같이
나는 그대의 지아비로다.
그대의 뛰어난 능력은 나를 위해 쓰이기 위함이로다.
그대는 모든 일에서 나의 婦人됨을 염두에 두라.
그리하여 나로 하여금
인류 역사상 불세출의 지도자가 되도록
마음써 힘써 내조하지 않겠느뇨?』

아아 이 무슨 얄궂은 人間事의 논리란 말인가.
이대로 여성은 아니 인류는 앞으로도 살아가야 한다는 것인가.
그토록 모두들 찬미해 마지않던
출산의 속박으로부터의 여성해방도
결국은 여성노동력을 착취하고자 하는
남자의 이기심을 위함일 뿐이란 말인가.
여전히 옛 관습의 영향을 받아
여성은 남성의 억압을 당하고만 있도다.

---

8) 풋치니의 오페라 트란돗에서 중국의 트란돗 공주는 자기와 결혼하려면 수수께끼 세 가지를 풀어야 한다고 하고, 풀지 못하면 구혼자를 죽이곤 하였다. 이 때 망명해온 소국(小國)의 왕자 칼라프는 수수께끼를 풀고 그녀의 마음을 얻는데 성공한다.

이제 어떤 혁명적인 변화를 주지 않는 한 인류의 장래, 특히 생명주체로서의 여성의 장래는 이렇게 앞으로도 여전할 것이지 않은가. 희영대시조는 크나 큰 시름에 잠기게 되었다.

이상이 희영대시녀황후천개벽사의 제일장에 나오는, 선천인류사와 희영대시녀황 성장기에 대한 기록의 내용이다.

그런데 女皇國에 떠도는 야사에는, 희영대시녀황의 면면에 대한 실상은 정사에서 서사된 바와는 어느 정도, 아니 상당히 다르다는 말이 있다.

그녀가 국립생산원의 연구원이며 수정 분야의 최고 책임자였다는 것에는 일치를 보이고 있으나, 그녀가 이 직위에 오르기 이전까지의 모든 행적에 대해서는 그저 평범한 집안에서 자랐으며 말이 적고 사교성 없는 여자였다는 사실밖에는 이렇다 할 믿을 만한 기록은 있지 않다는 것이다.

게다가 그녀의 외모는 정사에서 서술된 바와 같은 빼어난 미모와는 거리가 멀었으며, 작은 키에 평범하고 통통한 몸매에다 눈은 지독한 근시로 굵은 검은 테의 도수 높은 안경을 쓰고 있었고 얼굴은 둥글넓적하며 이중 턱을 가지고 있었다고 한다. 그녀는 평소에 웃음도 별로 없고 화내는 일도 별로 없는 무덤덤한 표정으로 지내곤 했다 하며, 또한 그녀가 수정분야 책임자로 있을 당시에 그녀의 나이는 사십 세에 가까웠으며 독신이었다고 전해지고 있다.

그러나 이것은 뚜렷한 근거가 없는 일설에 불과하니 크게 비중을 둘 만한 가치는 없다. 女皇國에서 이러한 근거 없는 야사에 관심을 두는 자들은 대개가 일사람으로서의 기능에 무언가 결함이 있는 자들로서, 제대로의 사회생활을 하지 못하고 어찌해서라도 뒤틀리고 왜곡된 것만을 추구하며 살아가는, 이 신성하고 고결한 女皇國의 옥의 티라 할 수 있는 자들뿐이었다.

가랑비는 조금씩 그 정도를 더했다. 화자이자나미는 방안에 서늘한 기운이 더하자 모포를 뒤집어쓰고는 자세를 고쳐 앉아 이 성스러운 대역사의 기록을 음미하면서 새삼스러운 감동에 빠져들어 갔다.

五、正史와 野史

야사란 것이 때로는 정사보다도 그 정확도(精確度)와 치밀함、사건의 발생에서 결말에 이르는 논리전개의 완전성 등에서 앞서는 수가 종종 있다.

정사는、발생 당시 그 사건의 역사적 의미를 모르며 기록한、史實에만 근거해 귀납적으로 전후관계를 서술한다. 그러므로 간혹 중요한 事實이 누락되어 체계의 허술함이 있을 수 있다. 그러나 야사는、좋든 나쁘든 혹은 실리(實利)가 있든 간에、무언가 목적을 가지고 있는 자들에 의해 만들어진다. 미리부터 합리성의 명분을 고려하며 연역적으로 구성되어서、때로는 정사보다도 탄탄한 줄거리를 갖기도 한다. 그리하여 대중의 호기심을 타고 事實인 양 전해지곤 한다.

야사에 의하면 당시 국립생산원의 연구개발사업도 원활히 추진되었던 것은 아니라고 전해진다. 연구원들 사이에는 어떻게 해서라도 집단의 힘을 이용해 자리를 유지하며、계속해서 하늘에서 떨어지는 자연급(自然給)을 얻어낼까 궁리만 하는 자들이 목청을 높이며 서로의 동료애와 인화단결만을 외치고 있었고、국록을 받는 만큼의 국가사회 봉사를 강조하며 무언가 보람있는 일을 추진하려 하던 일부 뜻 있는 연구원들은 오히려 현상유지만을 원하는 다수 동료들의 질시를 받고 인간관계 등에서 불이익을 받는 게 상례였다고 한다. 각 연구실장 등 관리책임자들도 무사 안일한 대다수 연구원들의 눈치보기에만 급급했다고 한다. 결국 창조적이고 생산적인 일에 목적을 두는 자들은 이윽고 떠나가곤 해, 생산원은 점차 나태 방종하며 하는 일없이 나랏돈을 타 내가려는 자들로만 채워져 가고 있었다고 한다.

그러나 이러한 얘기는, 다분히 어느 뒤틀리고 왜곡된 심성의 불평불만분자 및 조직부적응자들의 색안경을 통한 자기변명에 불과함을 유심히 따져보면 알 수 있는 것이다. 이러한 이야기가 남아 떠돈다는 것은 그 사료적(史料的) 가치는 매우 떨어지고, 단지 평화로움과 순결함이 주류를 이루고 있는 女皇國이 완전 화합의 분위기만은 아니라는 것을 나타내는 의미가 있을 뿐이다.

이어서 제이장에서는, 바로 인류역사를 뒤바꾼 후천개벽의 대 사건에 대한 장엄한 서사시가 펼쳐지는 것이었다.

바야흐로 우주는 가을로 접어 들어가 응당 후천의 人尊9)시대는 다가오지 않을 수 없게 되었도다.

그러나 아직도 地尊시대의 다툼과 혼란은 계속되고 있으니 세계는 아직도 남성의 지배하에서 벗어나지 못하는 연유라.

---

9) 우주사시(宇宙四時)의 여름에 해당하는 선천의 후반기는 지존(地尊)의 시대이고, 우주사시(宇宙四時)의 가을에 해당하는 후천의 전반기는 인존(人尊) 시대이다.

이대로 아무리 인종개발사업을 진행한다 한들 결국 남성은 남성 여성은 여성 그대로이지 않겠는가.

不世出의 超女가 나타났음에도 결국 그녀는 한 시대의 가십거리로 그치고 마는 것인가.

그녀가 이룩한 超女의 신화를 다음 또 다음 연달아 超女들이 계속 나와 이어서 진정한 인간존중 생명존중의 여성천하로 개벽을 이룰 수는 없는 것인가.

전 지구의 뜻 있는 여성들은 모두 모여 함께 이 문제를 숙고하게 되었나니.

그들은 오래지 않아 결론을 내렸다.

비록 당대에 여성들이 자신들의 부담을 덜고 자유로이 활동할 수 있게 모든 자손생산 이 기계화되어 있기는 하지만

그것도 결국은 남자들이 만들어 놓은 기계문명의 연장선상에 있는 것이니 보다 근본적인 혁명이 일어나지 않고는 아니된다는 것이었다.

그리하여 그들은 전 여성이 단결하여 새 시대를 여는 계책을 내놓았다.

『더 이상 새 시대를 열 가능성이 없는 凡人의 자손은 번성하지 말지니라.

오로지 인간 역사상 初有의 超女 熙永 大始祖의 자손만으로 늦출 수 없는 後天의 새 시대를 개막하자.』는 것이었다.

그들은 희영 대시조에게 다가가,

『우리 전 여성이 일치 단결하면 이루어지지 않을 일이 없소. 인류의 장래를 쥐고 있는 한 우리의 뜻은 관철될 수 있는 것이오. 바라옵건대 우리의 왕이 되어 주시오.

그리고 당신만의 자순으로, 당신의 超女人性[10]을 닮은 여자들만으로서 앞으로의 세상이 이루어져 가도록 하여 주시오.」

하니,

이 뜻밖의 제안을 어느 날 국립생산원 인근의 회합소에서 참석인원 일동에게서 들은 희영 대시조께서는

「내 어찌 그러한 자리를 가진단 말인가? 전혀 천부당 만부당한 엉뚱한 일을 꾸미지 말고, 어찌하면 진정 이 온 인류 여성들의 행복을 위한 제도를 만들까의 계책이나 내시오.」

하고 성을 내고는, 곧바로 총총히 자신의 숙소로 돌아가 두문불출 연락을 끊었더라.

그러나 그들의 의지는 단호하였나니 다음날부터 희영 대시조를 女王으로 추대하려는 女人士들은 그녀의 거처 앞에 진을 치고 단식을 시작하였다.

그들은 대표자를 보내 희영 대시조를 설득하였다.

그러나

「나는 도저히 그럴 자격이 없소. 정 그렇다면 그대들이 서로 합심해서, 그대들의 뜻대로 새 세상을 이끌어 나가길 바라오.」

대시조께서는 단호히 물리치시면서 한 편으로

「어서 단식을 푸시오. 그럴 용기로 그대들이 달리 해야 할 일들이 태산 같지 않소

---

10) 초월적인 여성으로서의 성질。

이까?』

하며 자애로운 심려로써, 그들이 어서 마음을 돌리기를 간촉(懇囑)하시었더라.

그러나 그들은 끝내 의지를 꺾지 않고 농성을 계속하였고 이들과 한뜻가지는 백성들이 구름같이 모여들어 굿지않는 눈물로써 수락을 촉구하니 백성들의 울음은 강을 이루었더라.

하지만 원망스럽게도 대시조께서는 좀체로 뜻을 돌리시지 않고서 모두들 진정하여 돌아가라고 거듭 나무라시기만 하도다.

급기야

희영 대시조의 왕위등극을 열망하는 몇몇 꽃다운 여대생들이 아리따운 나신을 만 대중 앞에 불살라 보이며 죽음으로써 수락을 촉구하는 실로 가슴 저미는 일이 연 사흘을 내리 일어났더라.

이에 희영 대시조께서는 痛恨의 눈물을 비오듯 흘리시고는

『그대들 백성들의 뜻이 정 그리 하다면 내 어찌 이 天命을 피할 수 있으랴.』

하고 거두어 들이시니

이 소식을 듣고는 전 지구의 모든 여성들이 서로들 부둥켜안고 감격에 환호하였고 이레 낮 이레 밤을 경축하며 즐기었더라.

마침내 희영 대시조께서는 王位에 오르시니 영광스러운 後天의 大歷史는 막이 올랐도다.

희영 대시조에 대한 한량없는 흠모의 정에 넘친 온 지구의 뭇 여성들은 즉위 후에도 그녀를 더욱 높이 받들어 모셔

凡人의 손길 안 닿는 神格의 女王으로서
天地人 三皇에 이은 女皇으로 추대했더라.
그리하여 萬古에 빛나는 후천개벽의 始祖
熙永 大始女皇은 탄생하였노라.

희영대시녀황의 즉위과정에 있었던 모든 일들에 관해서는 제대로 밝혀지지 않은 것들이 너무나도 많다.

그렇다면 이렇게 우여곡절 끝에 그녀가 왕위에 오를 때까지, 당시까지도 전 지구의 지배권을 쥐고 있었던, 지구연방대통령을 비롯한 지구상의 모든 남자들은 그냥 그대로 보고만 있었느냐는 의문이 생기게 된다.

그리고 진행과정의 서사도 지극히 단순하여 마치 선천인류 초기시대와 흡사하고 당시의 복잡다양했을 사회구조와는 어울리지 않는다. 이 때문에 고증(考證)이 결여되지 않았느냐는 의문이 남게 된다.

그러나 이것은 아마도 개벽초기에 사관(史官)의 절대부족으로 인해, 남성집단들의 행적을 밝힐 주요자료가 누락되었던 것이 원인이었으리라 여겨진다. 당시까지도 주요 사관업무 종사자들은 거의 남자들이었으므로 그들은 희영대시녀황의 즉위 이후 대부분 불만을 품고 사직했을 것이다. 그들로서는, 더 이상 남성위주 역사를 기록할 수 없음에 심히 좌절했을 것이다.

이에 비해 야사는 오히려 더 전후관계의 논리 정연함을 가지고 있다. 이러한 이야기를 지어내어 유포한 자의 치밀성이 놀랍기도 하지만 아니 땐 굴뚝에 연기 안 나라는 인과의 원칙을 들어 생각하면, 혹 누락된 당시의 시대상황을 알 수 있는 약간의 근거가 될 수도 있다.

그러나 자세히 내부를 파 들어가 보면, 역시, 의도를 종잡을 수 없는 왜곡된 억하심정이 다분히 배어 있을 뿐이다.

야사에 의하자면 정사의 시대와 비슷한 시점인 서기 三二一五年, 그 해 연말 지구연방 전 인간생산의 총본산인 국립생산원 수정실에서 이야기는 시작된다.

담당 책임자 희영은 이제 막 저녁 시간이 되어 퇴근 준비를 하는 부하직원들에게 말한다.

『오늘은 좀 야근을 해야 될 것 같은데요. 김정자씨와 양수정씨는 최정수씨와 같이 남아 종자선별 작업을 할 것 같아요.』

이 말에 김정자는 말하기를,

『실장님, 저 오늘 크리스마스 이브를 맞아 약속이 있거든요. 오늘을 그대로 보내면 앞으로 칠 년 동안을 홀로 보내게 된데요. 호홋.』

하며 급히 핸드백 속에 화장도구를 챙겨 넣고 또 무언가 담겨있는 쇼핑 백을 들고 일어나 종종걸음으로 문을 향했다.

문을 열고 밖으로 나가는 김정자를 무표정하게 바라보던 희영은 옆자리의 양수정에게로 고개를 돌렸다.

『양수정씨는 남아있을 수 있지요?』

『죄송해요. 저 오늘은 가족과 함께 보내야 하겠는데요. 오늘 낮에 구내매점에서 케익도 큰 것으로 사다 놓았어요. 어머니와 동생들이 오늘은 같이 성탄예배를 드리자고 하거든요. 실장님, 정말 죄송해서 어쩌죠?』

자연히 희영의 눈길은 선임연구원인 최정수에게로 갔다. 그러나 그는 대뜸 멋쩍게 뒤통수를 긁적이며 이내 하는 말이,

『허허. 실장님 오늘 안 들어가면 저 마누라하고 완전히 끝장납니다. 벌써 일주일째 망년회다 동창회다 해서 집에 안 들어가서 집의 가상성험기(假像性驗器)가 녹슬 정도예요. 제 마누라만큼 그걸 잘 다루는 여자는 찾기 힘들다고 저도 보거든요. 그러니 오늘은 일찍 들어 가야죠. 실장님도 애인 없으세요? 어디 시내 좋은 곳에 가셔서 좀···.오늘은 하루라도 쉬셔야죠. 허허.』였다.

희영은 어찌할 방도가 없었다. 그렇다고 취업규칙에 없는 강제야근을 시킬 수도 없고, 만약 그녀가 「일은 목전에 와 있는데 그렇게 자기생각만 하고 무책임하냐?」고 화를 낸다면, 이내 그들은 슬슬 내빼며 뒷전에서 쳇, 저러니까 저 나이에 시집도 못 가지···.-하는 소리나 할 게 뻔했다.

이들이 모두 퇴근하고 나서, 전 직원 중에 몇 명이 안 남아있는 썰렁한 구내식당에서 희영은 혼자 저녁식사를 마쳤다. 그녀는 다시 종자수정실로 돌아와 자기 자리의 의자에 걸터앉아, 무덤덤한 표정에 늘어진 자세로 담배를 한대 피웠다. 그리고는 옆의 기기조정실(器機調整室)로 자리를 옮겨, 혼자서라도 닥친 일을 처리하고자 기계의 상태를 점검하기 시작했다.

그녀는 차세대를 이을 당해 년도 지구연방 자손 생산의 책임을 맡고 있는 것이다. 사실 직접 기계를 만지는 일은 이미 책임연구원급에 속하는 그녀가 해야 할 일은 아니었다. 그러나 막상 기계를 점검할 일선 연구직원들 모두가 퇴근하고 없으니 어쩔 수 없었다.

올해 년도 생산목표를 채우기 위해서는 별관 자궁 실에 비치되어 있는 2억5천만대의

여성국민의 대여자궁 내에다가 수정실의 보관정자 중 우수한 형질의 것을 선택적으로 주입하여、 그 오류 확률을 감안하더라도 적어도 2억2천만의 신생아의 생산준비는 완료해야 한다。 오늘 내로 여기에 수정할 정자들을 선별해 별관자궁실의 주사(注射) 장치에 실려보내야만 정해진 일정을 맞출 수가 있다。

그런데 이렇게 급한 때에 그녀의 부하직원들은 모조리 저마다의 개인적 약속을 구실 삼아 자리를 비우고 만 것이다。

이 날 아침 원장과의 회의시간 때였다。 주례 간부회의는 연말을 맞이해서 어느 때보다도 더욱 긴장되어 있었다。 이 자리에서 원장은 올해 목표를 차질없이 수행해야 됨을 강조하며 모두를 격려했다。

『지금 우리는 우리 국립생산원이、 차세대 인류창조의 방향을 제시하며 전 지구사회를 이끄는 일급 기관이 될 것이냐、 아니면 한낱 저급하고 귀찮은 생식행위의 대리자에 불과한 하급 기관이 되고 말 것이냐 하는 기로에 서 있소。 각 부서는 올해의 맡은 바 목표를 모두 차질없이 달성해 내년에는 우리 모두 보다 희망찬 시무식을 거행할 수 있도록 하기 바라오。』

원장은 야심이 많은 자였다。 그는 내년에 신설되는 차세대대부 장관자리가 자신에게 돌아오기를 꽤나 기대하면서、 실적을 올리기 위해 적잖이 조바심을 내는 것 같았다。 그도 그럴 것이 차세대대부 장관자리란 바로 다음 세대의 모범적 인간 육성의 지침을 결정하는 자리이니 그 자리에 앉은 자의 손에 의해 인간사회의 미래가 달려있다고 해도 과언이 아니었다。 이미 십 년을 가까이 국립생산원장직을 지켜왔던 그로서는、 이제 이렇듯 강력한 권한을 가질 것이 틀림없는 새 자리로 옮아앉고 싶은 게 당연하기도 했다.

그런데 여기서 또 정사와의 다른 점이 발견된다. 정사에는 국립생산원이 연구실 위에 연구부, 그리고 연구부 위에 연구단의 여러 단계를 거친 방대한 조직으로 나타나 있으나, 여기에는 말단 연구원 위에 실장 그리고 원장으로 되어 있는 그다지 크지 않은 조직인 것처럼 씌어 있다. 전 지구 인류의 차세대 인간생산을 도맡아 하는 국립생산원이 이렇게 작은 조직으로 될 턱이 없다. 야사의 전파자들은 당시에는 이미 모든 생산활동이 자동화되어 있어서 그다지 많은 인력이 필요없었다고들 하지만, 그렇더라도 이런 중요한 인간의 생산에 인간의 손길이 없이 되겠는가. 워낙 엄청난 규모의 이 일을 수행하려면 최소한의 기기 점검을 위해서라도 다단계 조직의 많은 인력이 필요했을 것이다. 선천시대 중기 한낱 어느 작은 나라의 전화선설비 정도나 하는 대단찮은 연구소도 다단계의 비대한 조직으로 구성되어 있었다고 한다. 이것만을 보아도 희영대시녀황의 행정에 대한 야사는 역사적 事實보다는 이야기 전개의 편의를 위한 조작임이 드러나는 것이다.

원장의 격려는 사실상 이 일의 책임자인 희영에 대한 다그침이었다. 묵묵히 고개를 내리고 원장의 말을 듣고만 있던 희영은 용기를 낸 듯 고개를 쳐들고 원장에게 말했다.

『원장님 현 상태로는 목표달성이 거의 불가능합니다. 연말이라 부하직원들도 거의 휴가를 나가고 그나마 남은 직원들도 요즘 기분이 들떠있기만 해서…』

원장은 목소리를 높여 그녀를 향해 말했다.

『무슨 소리요? 휴가간 직원들은 다시 불러오도록 해요. 요즈음 원내 조직의 기강이 해이해진 것 같소. 연구개발의 일은 예술과는 다르오. 객관적이고 이성적인 판단이 필요하고, 합리적이고 체계적인 사고가 요구되는 과학에 있어서는, 연구개발 조직의 탈없는 운영이 일의 성패를 좌우하오. 우리의 국책사업의 성공을 위해서는 원내 구성원들간의 원만한 인화관계가 절실히 요구되는데 신실장은 문제가 있는 것 같소. 윗사람이 솔선해 모범을 보이면 아랫사람들은 저절로 따라오게 되어 있소. 원 책임자가 그렇게 통솔력이 없어서야.』

배석했던 다른 동료 실장들도 슬슬 이 문제에는 발을 빼면서 모든 책임을 희영의 담당 부서로 돌렸다. 그들로서는 연말의 연휴를 결코 빼앗기고 싶지 않은 것이었다.

『신실장은 집에 가야 기다릴 사람도 없는데 좀 남아서 수고해줘요.』

바로 옆에 앉아 있던 최적화분유개발실의 최준혁 실장이 은테안경을 낀 거무스레한 얼굴에 미소를 지으며 희영의 어깨를 살짝 두드리고는 말했다. 다른 실장들도 모두 고개를 끄덕였다. 원장도 그것 보라는 듯이 고개를 들어 희영을 빤히 쳐다보았다.

한 순간의 정적이 흘렀다. 이윽고 희영은 힘없이 말을 흘렸다.

『한번 최선을 다해보지요.』

그렇지만 장담은 못하겠는데요...』

원장은 다시 고개를 들어 희영을 쳐다보면서

『뭘 그리 생각을 해요? 이 일은 꼭 되어야만 하는 것이란 말이오.』

하고 격려인지 위협인지 모르는 말투로 그녀에게 말했다. 옆의 최 실장은 다시 희영을 보고

『신실장 힘내요!』

했다. 곧 따라서 다른 실장들도 『신실장의 어깨가 무겁소. 일이 잘 돼야 하는데...』라고들하고는, 말꼬리를 흐렸다.

다시 한 동안의 정적이 흘렀다.
원장은 목소리를 가다듬어
『신실장을 믿겠소. 그럼 수고하시오!』
하고는 벌떡 일어났다. 다른 실장들도 금방 기립박수라도 칠 듯이 일어났다. 개중에는 장난삼아 손을 털듯이 부벼대는 이도 있었다. 회의가 끝난 뒤 모두들 바쁜 걸음으로 자기의 연구실로 걸음을 옮겼다. 어서 남은 日課를 정리하고 오전 중에라도 빨리 퇴근하자는 것이었다. 그들 중에 희영과 같이 걸어가는 자는 없었다.

희영은 면전에서 불가능하다고 해봤자 원장에게 들어 먹히지도 않을 것을 알기에 해보겠다고 하고 나온 것이다.

이렇게 해서 희영은 혼자 연구실에 남았다. 그러나 결과는 눈에 보이는 것이었다. 목표량을 채우지 못할 것이 거의 확실해지자 그녀는 매우 초조했다. 새삼 이런 다급한 때에 자리를 비운 부하들에 대한 분노도 일었다. 그렇나 어찌할 것인가. 그들은 설령 그녀에게 잘못 보여 직장을 그만둬도 그 젊은 나이엔 어디 가서 붙어먹고 살 데가 널려 있으니 아쉬운 것이 없음에랴.

그러나 반평생을 이 분야에만 종사해왔고 달리 마땅한 사회적응력도 없이 나이만 먹은 희영은, 상사에게는 파리목숨일 뿐이었다. 원장의 눈밖에 나면 그녀는 갈 곳이 없다. 그녀는 동료 실장들과의 사교에서도 소외되어 있어서, 이런 다급한 일의 해결사 역할을 않는다면 그들에게서도 이용가치를 잃어 더 이상 직장생활은 어려워질 것이다. 당장 직장에서 쫓겨나면 독신인 그녀에게는 새로 직장을 얻을 때까지 생활을 도와줄 남

정사와 야사

편도 없다. 오직 직장에서 자리를 유지하는 것만이 하나뿐인 삶의 길이다.

희영은 우울한 표정으로 주조정(主調整) 단말기 앞에 앉았다. 주전산기 내부에 저장된 정자품성모록도표(精子品性目錄圖表)를 열어 그 안의 자료를 점검했다.

그러다 어느 순간, 그녀는 갑자기 눈이 번쩍 뜨였다. 그리고 자판(字板) 위에 얹은 손을 멈춘 채 멍하니 있었다.

한동안 그녀는 그대로 있었다.

다시 그녀는, 비장한 오기를 띤 큰 결심을 한 표정으로 이를 악물었다.

그리고는 이윽고, 지금 마음먹은 바를 실행에 옮기기 시작했다.

이제 곧, 전 인류를 경악케 할 일이 그녀에 의해 일어나는 것이다.

그녀는 우선 생산원 내에 위탁돼있는 수많은 자궁의 작동열쇠인 비밀번호를 바꿨다.

이제 희영 말고 아무도 이 기기의 조작을 할 수 없다.

그리고 다시 긴장된 표정으로 무언가의 작업에 몰두했다.

밤 열 한시가 넘어 작업실밖에 차 소리가 들렸다. 미안한 마음을 가지고 있던 부하 연구원 양수정이 다시 돌아온 것이다.

양수정은 희영의 작업현장에 올라와서는

『실장님, 아니 언니, 지금 할 일 많지요?』

하고는 옆자리에 와 앉았다.

희영은 그대로 앉아, 색색(色色)을 교대하며 바삐 움직이는 단말기 화면만을 바라보면서

『아니 필요 없어. 오늘은 내 혼자 다 할 수 있어.』

하고 대답하고는, 고개도 안 돌리고 하던 작업에만 열중했다.

양수정은 그녀가 혹 화가 난 것이 아닌가 해서

『아이 언니, 그러시지 마세요. 제가 도와 드릴께요.』

하고는 단말기 앞에서 비밀번호를 넣었다.

그러나 작동이 되지가 않았다.

『아니, 언니 왜 안되죠 ? 번호를 바꾸셨어요 ?』

희영은 그제야 양수정을 향해 고개를 돌렸다.

『만지지 말래도. 이번에 내가 혼자 아이디어를 내서 곧 놀라운 결과를 발표하려 한다. 잘 모르고 손댔다가는 망칠 위험이 있으니 못 만지게 해 놓았다. 걱정 말고 어서 가거라. 그럼, 메리 크리스마스.』

『예 언니, 기대하겠어요. 메리 크리스마스.』

양수정은 다시 한밤중의 생산원 앞 한적한 도로로 차를 몰고 떠나갔다. 경비원들도 야간 순찰을 밤이 깊어 이제 아무도 희영의 작업실에 올 사람은 없었다.

마치고는, 실장님 수고하시라는 말을 남기고 자기들의 초소로 떠났다.

그 동안 희영이 하고 있던 일은, 자료분석을 통해 보관자궁 중 우수한 형질의 것을 각 부분별로 찾아내는 것이었다. 유전자특성, 발생하는 양수(羊水)의 질(質) 등 각 요소의 우열을 검색해 각각에 있어서의 최적의 것을 찾아내 부분별 최적자궁의 목록을 작성했다.

이렇게 얻어진 자료에 따라 별관 자궁 실에 있는 각 부분의 최적자궁들로부터 각각 최적의 부분요소들을 원격조종으로 분리했다. 그리고 모두 본관과 별관을 잇는 자궁송출로(子宮送出路)를 통해 이 쪽으로 끌어내었다.

다시 이들을 자궁이상치료기(子宮異常治療機)를 이용해 취합하니, 훌륭한 합성최적 자궁(合成最適子宮)의 구성이 이루어졌다.

그녀는 이것을 자궁적출기(子宮摘出機)에서 신생아로부터 자궁이 분리되어 나오는 통로의 출력부에 위치시켰다. 그리고 모니터 앞에 다가가 자궁적출 프로그램을 위한 변수(變數)들의 설정 값을 모두 그 보수(補數)11)로 바꾸었다.

그녀는 주위를 두리번거렸다. 주위에 아무도 없음이 확인되자 그녀는 흰색 실험가운을 벗어놓고 치마를 풀어 내렸다. 모두를 경악케 할 일을 꾸밀 때는 정신없이 몰두하던 그녀가, 막상 옷을 벗으려 할 때에야 혹 누가 훔쳐보지나 않을까 염려한다는 것은 아이러니였다.

조심스레 팬티를 벗어내린 그녀는 자궁적출기의 침대에 누웠다. 신생아를 대상으로 만들어진 수술대에 눕자니 그냥 걸터앉은 자세나 다름없었다. 웃저고리와 스타킹, 구두를 모두 착용한 채 쭈그린 자세로 다리를 벌려 누워있는 그녀의 모습은 오래된 도색잡지에서 흔히 볼 수 있는 그런 것이었다.

희영은 가랑이를 최대한으로 벌리고는 음문(陰門)을 자궁분리흡입구(子宮分離吸入口)에 밀착시켰다. 그리고 스위치를 눌러 자궁적출 프로그램을 역(逆) 작동 시켰다.

『윙。』

작은 엔진 소리를 내면서 자궁적출기가 작동했다. 합성최적자궁은 자궁적출기의 통로를 통해 빨려 들어가기 시작했다. 보통 때는 반대 방향으로 내뱉는 통로인데 역작동을 거꾸로 수행하게 한다.

---

11) 1의 보수는 -1、2의 보수는 -2、즉 0을 중심으로 한 반대의 값。숫자를 거꾸로 함으로써 프로그램을 거꾸로 수행하게 한다。

명령을 받으니, 조금은 어색한 듯 그렇게 잘 움직이는 것 같지는 않았다. 또한 본래 신생아 자궁의 적출 통로로써 이용되는 것인데, 다 자란 자궁의 조합인 합성최적자궁은 그만큼 통과가 힘겨울 수밖에 없었다.

몇 번 움찔움찔 하면서 헛 작동을 하는가 싶더니, 어느 순간 스르르 풀어지는 듯하며 합성최적자궁은 통로를 미끄러져 들어왔다. 기계가 동작하자 희영은 긴장을 느끼면서도, 원활한 착상(着床)을 위해 가랑이를 힘껏 최대한 벌렸다.

『헉!』

둔탁하고 강한 충격이 희영의 하복부를 꿰뚫었다. 순간 그녀는 이제까지 느껴보지 못했던 강한 성적(性的) 감흥을 느꼈다. 그것은 어릴 적 자위행위를 했던 때나, 자라서 시내의 성인오락실에서 단독 가상성험기를 썼을 때나, 혹은 모두들 지저분하다고 하는 육체실교접행위(肉體實交接行爲)를 시내 뒷골목에서 몰래 해봤을 때 등, 그 어느 때 느꼈던 것보다도 더한 것이었다. 육체실교접행위는 이 시대 사람들에게는 번거롭기만 할 뿐 사실상 무의미한 것이나, 일종의 변태적 성행위로서 은밀히 성행되고 있었다.

희영은 자궁적출대(子宮摘出臺)에서 사지를 늘어뜨렸다. 한 동안 그녀는 정신을 잃고 그대로 있었다. 음부에는 착상과정에서 터진 선혈이 낭자하면서、양 허벅지의 안 쪽 경사면을 타고 내려가 아래 바닥으로 뚝뚝 흘러내렸다. 기분은 비몽사몽간을 헤매고 있었다.

그러다 희영은 지금 황홀경에 취하고만 있을 때가 아니라고 반사적으로 깨닫고는, 몸을 깨었다.

이제 당대의 여느 여자와 마찬가지로 자궁대여를 했던 희영의 몸 속에는, 그녀가 선

정사와 야사

택 조합한 최적의 합성자궁이 다시 설치되었다. 그녀의 몸은 고전적 여성인간으로 환원되었다.

자궁착상이 무난히 이루어지자 그녀는 만족한 듯 안면에 살짝 미소를 띠우고 일어났다. 그리고는

『어디 보자.』

혼잣말을 하면서 고개를 숙여 내려다보기도 하고 옆의 거울을 통해 비춰보기도 하면서 자신의 하체를 유심히 살펴보았다. 옛 그림을 통해 보았던 고전여성의 나체마냥 그녀의 하체는 이루어져 있었다.

그리고 옆의 단층촬영장치로

그녀는 장치를 작동시켰다. 일 센티 간격으로 그녀의 하복부의 세로단면, 가로단면의 단층영상을 모니터에 비춰보니, 과연 문헌에서 보았던 고전여성의 그것과 조금도 손색이 없었다. 오히려 그녀는 예전의 여성들로서는 불가능할 정도의, 각각의 기능에서 가장 우수한 구성요소를 모아 합성한 최상의 초 강력 자궁을 가지고 있는 것이다.

성공적인 자궁이식을 확인한 희영은 그 다음 할 일이 있었다.

우선 주전산기의 모니터에서 여성대여자궁의 자료체계를 검색했다. 수십 억의 자료들은 모두가 연령, 배우자정보, 신체특성, 건강상태, 기타 사회이력 등이 각각의 식별자(識別字:ID)에 따라 방대한 연록(連錄:linked list)을 이루고 있었다.

『애초에 내가 생명과학을 전공했던 것은 생명의 신비를 탐구하기 위해서였던 것인데 이런 일이나 하고 있다니. . . 신성한 인간의 생명창조를 물품생산 공정(工程)처럼 취

급하다니。。。 이런 건 없애버려야 해.」
희영은 화면에 나타난 자료체계도의 맨 위로 화살표를 위치시키고 이동단추(mouse)를 눌러 처리대상을 지정했다. 그리고는 비밀번호를 넣어 초사용자(超使用者)[12] 상태로 전환시켰다.

다시 화면상단의 사용자메뉴 하나를 끌어당기고 그 안의 메뉴 하나를 선택했다.
그것은 붉은 색 바탕에 「지우기」라고 씌어 있었다.
그녀는 비장한 표정으로 이동단추를 눌렀다.
「정말 지워도 되나요?」하는 질문이 나왔다.
그녀는 이에 아랑곳하지 않고 다시 눌렀다. 나뭇가지처럼 연이어 늘어서 있는 자궁정보집단 상자표식 들이 하나하나 사라져 갔다. 옆의 주전산기 본체에는 자기원반(磁氣原盤)이 바삐 돌아가는 소리가 사각사각하니 요란하게 들렸다.
화면상의 자료체계가 모두 사라지고 원반장치(原盤裝置: 하드디스크)의 표식(標識)만이 남았다. 희영은 다시 상단으로부터 기억장치 지정 메뉴를 끌어당겼다. 그리고는 백업테이프 장치에서 같은 과정을 거쳐 모든 여성대여자궁정보를 지웠다. 백업테이프의 자료는 일년마다 백업 저장한 것이 오십 벌이나 되므로 이들을 다 지우는 데 걸리는 시간은 꽤 오래 걸렸다. 한 벌이 다 지워지고 난 뒤에 다시 손으로 일일이 여러 확인절차를 거쳐 지우는 작업을 반복해야만 했다. 벽면에 늘어서 있는 백업테이프장치들은 마지막 발악을 하듯 씽씽 거리며 요동쳤다.

12) super user : 중형이상 여러사람이 쓰는 컴퓨터를 관리하는 사람은 초사용자가 된다. 일반사용자가 제한된 영역 내에서만 파일을 만들고 지울 수 있는 반면에 초사용자는 어느 곳에서든 어느 파일이라도 만들고 지울 수가 있다.

- 70 -   천년여황

마침내 최후로 오십년 전의 여성자궁 대여정보 기록테이프마저도 지워졌다. 지구상의 모든 여성의 자궁운용은 이제 할 수 없게 되었다.

그러나 아직 이것으로 모든 자료가 다 사라진 것은 아니었다. 생산원 내의 이십여대의 보조전산기들에는 이들 정보가 압축형태로 저장되어 있다. 그리고 주전산기에 이상(異常)이 생기면 언제라도 모든 정보를 복원해 재 가동할 수 있는 기능이 마련되어 있다.

다시 희영은 이들 보조전산기들에 차례차례 원거리접속(remote login)하여 역시 여러 차례의 확인과정을 일사천리로 넘어가며 관련정보 일체를 삭제했다. 그녀는 관련정보가 수록되어 있는 모든 컴퓨터의 초사용자 비밀번호를 알고 있었으므로 모든 것이 뜻대로 가능했다.

생산원 내의 모든 컴퓨터들에 대해서의 조치가 끝난 뒤에는 광역망(廣域網:internet)으로 들어가, 미주분원의 전산기에 원거리 접속했다.

그러나 여기서 막막해 졌다. 자기의 사용자 상태로 들어갈 수는 있었지만 이 곳에까지 초사용자의 권한을 행사할 수는 없었다.

희영은 난감했다. 성즉군왕(成卽君王)이요 패즉역적(敗卽逆賊)이라 하지 않는가. 완전무결하게 해 놓지 않으면 성죽자가 범죄자가 될 수밖에 없다.

화면상의 『國立生産院 美洲分院 American Branch、National Birth Institute』의 글자를 바라보며 잠시 걱정스레 턱을 고이고 앉아있던 그녀는 무슨 생각이 났는지 다시 자기의 자리로 갔다.

그리고는 옆의 서랍장 맨 밑에 칸을 열었다. 거기에는 여러 색깔의 표식을 붙인 디스켓들이 빼곡이 들어차 있었다.

그녀는 바삐 그것들을 헤쳐 가며 무언가를 찾았다.
이윽고 한쪽 구석에서, 표식이 세 번쯤 덧붙여 있고 글씨가 어지러이 적혀 있는 한 디스켓을 찾았다.

『흐유, 바로 이거야. 이걸 뜻밖의 목적에 쓰게 될 줄이야. 후훗.』

희영이 찾아낸 디스켓은 사년 전에 생산원의 문서를 총정리할 때, 폐기대상 자료 중에 그녀가 따로 수집(收集)한 것으로서 일천여년 전의 성행위 기록의 복사본이었다. 현재 원본도 찾아볼 길 없는 이 자료를 자료실 당국에서는 그 가치를 인정치 않고 폐기대상으로 분류했던 것이었다.

희영은 그때 이 디스켓을 자기의 숙소로 가지고 들어와서 자기 방의 컴퓨터에서 벽찬 흥미에 두근거리는 마음으로 작동시켰다. 그녀는 밤이 가는 줄 모르고 이 흥미로운 옛 시대의 성 풍속을 관람했다. 그것은 당대의 성 풍속에 대한 반감이 많았던 그녀가 동경하는 것이기도 했다.

그런데 그 다음 날 저녁 다시 이 즐거움을 가지려 했을 때, 그녀는 단지 몇 장면만을 즐기다가 이내 포기해야만 했다.

화면은 갑자기 삑삑 하는 이상한 소리를 내며 찌그러지더니, 「삐익」하는 요란한 소리가 울리면서 화면에는 그저 검은 바탕에 회색의 큰 글씨로

「暗黑魔王電算菌 침투완료」

라고 씌어 있을 뿐이었다.

암흑마왕전산균은 당대의 어느 백신제작가도 치유법을 개발하지 못한 최악성 전산균으로서, 일단 어느 형태로라도 이것에 감염된 디스켓을 읽은 컴퓨터는 하루 내 임의의

시간에 동작이 정지하고 모든 정보가 사라지고 마는 것이다. 이것은 컴퓨터 자동운전 시스템의 프로그램 오류로 인해 아내와 두 딸을 잃은 한 천재 과학자에 의해 만들어졌다고 하는데, 만든 자도 곧 자살해 버렸기 때문에 이에 대한 대책은 어디에도 없다. 다만 이것이 발견되면 곧바로 디스켓과 컴퓨터를 폐기처분해야 하며, 위반하면 전산관리법에 의해 법정 최고형인 2년의 징역형에 처하도록 되어 있다.

그러나 희영은 이것을 버릴 수 없었다. 그리하여 연구실에서 수시로 내용을 분석하며 몰래 해독(解毒)의 방안을 연구하고 있었다.

희영은 디스켓을 주전산기에 넣었다.

그리고는 디스켓의 내용을 생산원내 전 컴퓨터와 전세계 각 분원의 수십 대의 컴퓨터를 향해 동보전송(同報傳送)했다.

전산균이 배포된 모든 컴퓨터 중 하나만 발병(發病)하더라도, 곧바로 통신망을 통해 다른 모든 곳에 증세가 나타날 것이므로, 효과를 기대하는 시간은 하루가 아닌 두어 시간이면 충분할 것이다.

무사히 보내졌음을 확인한 후, 희영은 초사용자 상태 그대로 주전산기의 최상위 근간방(根幹房:root directory)에 화살표를 위치시켜 처리대상을 지정했다.

그리고는 상위의 붉은 메뉴를 선택했다. 무려 열 여섯 번이나 확인 질문이 같이 나왔지만 그녀는 더이상 귀찮은 듯 거침없이 「그렇다」로 일관하며 이동단추를 눌렀다.

---

13) 한 전산기에 감염이 되면 증세가 일어날 시간은 24시간 이내 임의의 시간이므로 그 예상시간은 평균해서 12시간 이후 정도가 된다. 그러나 여러 대에 감염이 되었으므로 그 중 맨 처음으로 증세가 발생하는 예상시간은 이보다 훨씬 앞서게 된다.

어차피 전산균의 침투로 곧 파괴될 운영체제이지만 이 김에 분명한 확인을 눈앞에 보고 싶어서였다.

동작 소프트웨어는 휘하에 거느리는 모든 것을 지우고는 종국에는 그 자신을 지웠다.

전산기는 정지하고 화살표도 깜빡이지 않았다.

이것으로 전 인류여성의 출산을 대신해 주던 국립생산원의 방대한 설비는 더 이상 동작하지 않게 되었다.

다음 날 아침 출근한 원장은 희영이 밤새 야근하고 숙직실에 가 있다는 것을 알고는 그녀에게 전화를 했다.

『신실장. 어때요? 결과는 잘 나왔소?』

그러나 희영은

『죄송해요, 원장님, 호훗. 저 피곤해서 이만 좀 쉬어 야죠.』

하고는 전화를 끊었다.

원장은 평소에 자기에게 그렇게 쩔쩔매던 그녀가 예상찮은 태도를 보이자 적잖이 당황했으나, 일단 결과가 더 걱정되는 것이므로 곧 수정실로 발걸음을 옮겼다.

원장은 수정실로 들어섰다. 그가 나타나자 거기 있던 연구원들은 기다렸다는 듯이

『원장님 큰일났습니다. 기기가 작동하지 않습니다.』

『전반적인 운영체제가 모조리 파괴되었습니다.』

하고 모두들 심각하게 원장을 향해 말했다.

『아니 어쩐 일이오?』

원장은 퍼뜩 머리에 스쳐 오르는 예감이 있었다. 그러나 역시 수습부터가 급선무이

『그렇다면 빨리 예비 운영체제를 설치해서 작동시켜야지 뭘하는 거요?』
하고 명하니 들 서있기만 하는 연구원들을 향해 언성을 높였다.

그러자 이들 중의 선임자가 대답했다.

『하지만 그렇게 하더라도 관리되고 있던 모든 자궁에 관한 정보는 이미 파괴되었습니다. 백업테이프의 정보 또한 모조리 파괴되었습니다.』

『그렇다면 어서 미주분원에 연락해 그곳의 백업을 가져와야 하지 않겠소?』 원장은 애써 태연한 듯 무너지는 가슴을 붙들어 쥐며 말했다.

『그곳에도 방금 연락해 봤습니다. 그곳도 난리가 났습니다. 광역망을 통해 전산균이 침투해 그곳 시스템의 모든 정보가 사라졌다 합니다. 거기 있는 백업 테이프는 오십년 전의 여성들에 관한 자료라서 현재는 쓸모가 없다고 합니다.』

아무리 방대한 설비가 파괴되었다 하더라도 설비 그 자체는 당시의 발달된 지구연방의 과학기술과 재력으로는 복구할 수 있을 것이다. 그러나 모든 정보가 사라져 생산능력을 잃은 이 전 인류여성의 자궁은 어찌할 것인가. 국립생산원에서의 출생과 동시에 모든 여성의 자궁은 위탁되어 공동으로 관리되어 왔던 것이다.

『이. 이를 어쩐다...』

원장의 벗어진 이마에 식은땀이 흘렀다. 평소 그의 모습은 안경너머의 눈매는 차가우면서 입가에는 여유 만만함이 깃들어있는 것이었는데 이런 당황스런 모습은 그에게 어울리는 것이 아니었다.

원장은 곧바로 숙직실로 향했다. 간부 몇 명과 경비원들을 대동하고 황급히 여직원 숙직실로 들어갔다. 남녀유별 따위를 의식할 상황이 아니었다.

『신실장 어찌된 일이오? 다시 복원할 길은 없소?』

숙직실 구석 침대에서 속옷 바람으로 이불을 걷어 찬 채로 누워 있던 희영은, 눈을 반쯤 뜨고 기지개를 켜며 부스스 일어나고는 그대로 비틀거리며 원장을 향해왔다. 그러더니 털썩 그를 끌어안으며

『그.....이제 안돼요, 아저씨, 아니 오빠. 모든 것은 다 결딴났어요.』

술 취한 듯 혀 꼬부라진 소리를 냈지만 전날 그녀가 술을 마신 것은 아니었다. 단지 원장을 비꼬아 조롱하는 의도가 역력했다.

『이 여자가 미쳤나?』

원장은 멈칫하며 물러섰다. 옆에 있던 경비원들과 간부들이 그녀를 붙잡아 떼어냈다. 간부들은 그녀에게

『어서 옷을 입고 같이 나갑시다.』

했다. 그러나 희영은

『에이 귀찮게 뭘.....뭐 물어볼 말 있어? 그러면 그냥 나가지 뭐.』

하고 걸음을 옮기려 했다. 그러자

『희영 언니 그러지 말고 제발 좀 정신차려요!』

평소에 그녀에게 친절히 대했던 별관 연구동(研究棟) 인종연구실의 조진숙 실장이 그녀에게 타일렀다. 희영은 그제야 비시시 웃으며 옷을 입고 나왔다. 그들 모두는 원장실 옆의 대회의실로 향했다. 그녀를 앉혀놓고 모두들 진지하게 대책을 숙의하려는 것이었다.

대회의실은 생산원 안의 전 간부직원들이 소집되어 이 심상치 않은 일을 맞아 삼삼오오 모여서 웅성거리고 있었다. 원장 일행이 들어오자 주요간부들은 자리에 앉았다.

희영도 가운데의 자리에 얼른 끼여들어 앉았다.
희영은 많은 남녀 간부들 앞에서 치마 차림으로 무릎을 들어 앞의 탁자에 발을 올려놓고는
『모든 것은 다 소용없어. 내가 이 분야 일을 일 이년 해봤어? 나보다 이걸 더 많이 아는 자가 누구 있어? 이미 모든 가능한 복원장치를 다 없앴어.』
하며 소리 높여 지껄여댔다.
처음에는 이 여자가 정신이 이상해진 것이라고만 생각하던 일동도 점차 그녀의 발설이 논리정연하고 그녀가 시스템의 모든 상태를 속속들이 알면서 그 기능마비를 의도적으로 한 것이라는 게 확실해지자, 모두들 이 엄청난 재앙에 크게 동요하며 서로의 표정들은 심각해져갔다.
그러다가 이윽고 한 간부가
『그, 그렇다면.... 인류는 우리 대를 끝으로 멸망하고 마는 것이 아니오?』
하고 눈을 크게 뜨고 그녀를 향해 물었다.
그러자 희영은 고개를 젖히고 크게 웃어 제끼면서
『호호호, 그런 걱정일랑 하지 마세요.』
하고는 흐트러진 자세 그대로 갑자기 치마를 올리고 내의를 걷어내려 그들 모두에게 하반신을 내 보였다.
옆에서 보던 동료간부들은 그녀를 제지하려는 듯 손을 내저으며
『이게 또 무슨 망측한 미친 짓이오!』
『화장실은 조금만 걸어가면 되는데 여기서 용무를 보려 하다니...』
했다.

그러나 남자 간부들은 계속 말로만 따지는 것이었다.
옆에서 보고 있던 조진숙이 그녀에게 접근해 붙잡으려했다. 그러자, 희영은 혹하니 뿌리치고는, 네깟게 무얼 참견하느냐는 눈초리로 쏘아보았다.
조그만 키에 허약한 인상의 조진숙은 곧 얼굴이 벌개지며 물러서고 말았다.
희영은 오히려 가랑이를 더욱 벌리며 크게 소리질렀다

『봐 ! 보란 말야 ! 이 멍청이들아 ! 』

『。。。』

『어휴. 가까이 와서 자세히 보라고 이 한심한 연놈들아 ! 』

민망해 하면서도 워낙 상황이 상황인지라 가까이 와서 그녀의 하체를 유심히 보던 몇 간부들은 한동안 의아해 하다가, 오래지 않아 뭔가 다른 것이 있음을 깨달았다.
그녀의 아랫배는 당대의 여느 여자와는 달리 봉긋하니 솟아나 있지를 않은가 ?
그녀의 몸은 완전한 고전여성의 모양새를 갖추고 있었던 것이다.
원장과 그들 모두 경악하지 않을 수 없었다.
종합출산관리시스템이 파괴된 이 지구상에 자궁을 가지고 있는 여자는 오직 희영 그녀 한 사람 뿐이다.

이 사실은 곧 지구연방 대통령에게도 보고되고 긴급뉴스로 지구 전역에 보도되었다.

『이 이럴 수가 있단 말인가 ! 』

지구연방 대통령과 모든 국민 다 희영의 이 엄청난 행위에 크게 분노했다.
여기저기서 모임을 갖고 대책회의도 하고 성토대회도 벌어졌다.
시민단체들은 성명을 발표했다.

『사태가 이렇게 된 책임자는 누구인가? 철저히 가려 엄벌에 처해야 한다.』
『아니, 생명의 존엄성을 등한히 했던 우리 모두의 책임이다.』
과학기술연합회 또한 그들 나름대로의 성명을 발표했다.
『제멋대로 임기를 연장하며 안일하게 국립생산원을 운영해온 원장의 파행경영이 이런 사태를 불렀으니 원장은 물러나야 한다.』
한편 야당에서는,
『아니, 대통령의 부덕의 소치이니 물러나야 한다.』
하는 등 말이 많았으나, 모두가 이제는 헛된 것임은 물론이었다.
이 상황에서도 인류의 명맥을 이어가야 함은 절대적인 것이었으므로 어느 누구 하나 희영을 함부로 하지는 못했다. 아니 그들은 진정국면으로 돌아오자, 인류 장래의 열쇠를 한 손에 쥔 희영을 귀하게 모시는 것밖에 다른 선택의 여지가 없었다. 연방정부는 그녀에 대한 철통같은 이중 삼중의 완벽한 경호를 취했다.

『희영씨가 각하를 만나잡니다.』
지구연방 대통령은 어느 날 보고를 받았다. 물론 그녀를 만날 수밖에 없었다. 건들거리는 걸음으로 대통령 집무실에 들어온 희영은, 농익은 암내가 풀풀 나는 엉덩이를 털썩 가벼운 먼지를 내뿜으며 소파 위에 갖다 붙였다.
그녀는 예(例)의 그 흐트러진 자세로 담배를 꼬아 물며 여유를 부리더니
『각하한테 한가지 청이 있습니다.』
하고는, 피우고 있던 담배를 소파사이에 놓인 재떨이에 비벼 껐다.
그리고 양 팔꿈치를 무릎에 대고 두 손을 모아 그녀의 이중 턱을 받치고는, 한쪽

눈을 살짝 윙크하듯 흘겼다.

「어서 말해 보시오. 내, 국민으로부터 부여받은 모든 권한을 행사해서 그대를 위해 할 수 있는 모든 조치를 다해 주겠소.」

「호호. 각하의 권한이라 하기에는 좀 뭣한 건데요..」

「글쎄. 권한에 좀 벗어난다 해도 권력을 가진 인간으로서 할 수 있는 것이라면 그대를 위해 무엇인들 못하겠소? 이 지구 이 인류를 위해 할 수 있는 것이라면 무엇이든 하겠다는 것이 내 선거 공약이고 국민과의 약속 아니겠소?」

「훗. 국민과의 약속을 반절쯤 저버리셔야 합니다.」

「아무튼 내가 할 수 있는 거라면 해 주겠으니 어서 말이나 해 보시오.」

「그렇다면. 흠. 말을 해 드려야죠...」

희영은 자세를 고쳐 앉더니

「각하는 십 년 동안 전 지구 국민을 위해 일하겠다고 하셨죠? 지금 약속의 반은 지키셨지만 앞으로 오 년은 지키지 못하셔도 괜찮겠죠?」

하고 살짝 올려보았다. 도톰한 그녀의 입술모양은 말하던 상태 그대로에서 멈췄다.

「그러니... 그대는...」

「오호호. 그래요. 이제는 부족한 제가 이 자리에 앉아보아야 하겠어요..」

대통령의 흰 머리카락은 잠시 흔들리는 듯했다. 그의 불그스름한 얼굴에는 순간적인 경직이 일어났다.

「으음. 나 하나 자리 잃는 거야 이 지구를 위해서라면 서운하지 않소. 결코 자리에 연연해하지는 않소. 그렇지만 그대가 집권한 뒤 군부가 그대 말을 잘 따라 줄지가 의문이오. 군부의 장악력이 권력의 성패를 좌우하는 거요. 결코 이 자리만 얻는다고

되는 일이 아니오.」

「호호! 원 걱정도 많으셔. 제가 조직생활을 일이 년 해봤어요? 조직을 장악하려면요, 모름지기 순서가 있는 법이죠. 바로 어제 저녁에 지구방위 총사령관 집에 가서 총사령관과 주요 육해공 참모장 등 모두 모이게 해서 다 만났어요. 그네들하고 한바탕 신나게 놀면서 앞으로 내가 낳을 아이는 당신네들 아이를 우선으로 하겠다고 했어요. 그러니까 모두들 신이 나서 저보고 원하는 대로 다 밀어주겠다고 했어요. 모두들 저만 물끄러미 쳐다보면서 행여나 자기가 빠질까봐 초조해 하는 꼴이란... 참 재미있었어요. 모두들 제 아랫배가 도대체 어떻게 생겼냐고 하도 궁금해해서 보잘 것 없는 제 몸매지만 홀라당 빨가벗고 한 차례 나체쇼도 해 보여 줬죠. 킥킥.」 희영은 제 스스로 웃음을 못 참겠다는 듯 손으로 입을 막고 몸을 들썩였다.

「그 그만. 아 알겠소. 아참, 그런데 나도 좀 끼워 줄 수는 없겠소?」

「잘 협력하신다면 지금이라도...」

희영은 살짝 눈짓을 하며 제법 고혹스러운 표정을 짓더니, 앉은자리에서 치마를 사르르 걷어올리고 팬티를 살며시 내려 희뿌연 알궁둥이를 노출시켰다.

「제발 그만하시오. 여기서 뒤를 볼 생각이란 말이오?」

「어? 아닌데요. 그냥 각하의 아이를 만들어 보려는 것인데요.」

「그러려면 그대가 근무했던 국립생산원에 있는 나의 정수(精水)를 받으면 되지 않소? 그대가 너무 순진하게 옛날식 사랑에만 미련을 두고 있기에 결혼을 못하였다고는 익히 들었소만...」

「아차. 참 그렇지...」

희영은 얼굴이 빨개지며 다시 팬티를 걷어올렸다.

그녀는 다시 똑바로 고쳐 앉아 눈을 반뜩이며 대통령의 얼굴을 가까이 쳐다보고는
『어쨌든 약속하시는 거겠지요?』
하고 물었다.
대통령은 대답했다.
『그대가 원하는데 낸들 어쩌겠소? 내 곧 하야(下野) 담화를 발표하겠으니 아무쪼록 잘 좀 해 보시오. 부탁하오.』

그날 저녁 지구연방 전역의 영상기 방송에는 내일 오전 열 시 대통령의 긴급 특별담화가 있다는 소식이 전해졌다.
『음 아마도 대통령의 하야 성명이겠지. 그럼 드디어 우리가…….』
지난번 선거에서 패한 야당 진영에서는 드디어 자기들에게 기회가 왔다고 두근거리는 기대로 다음 날의 특별담화를 기다렸다.
그 동안 크고 작은 문제가 생길 때마다 이 문제의 원인은 대통령의 부덕의 소치이니 물러나야 한다는 성명을 계속 발표하곤 했는데, 이번의 것은 실로 어마어마한 사건이니 정말로 할 말이 없으리라 여겨졌다.
그런데 다음날 대통령의 성명(聲明)은 정말 그들에게 뜻밖이었다.
하야는 분명 하야인데 자기의 후계자로 바로 전 지구 유일의 자식생산능력자인 희영을 옹립시키기로 했다는 것이다.
『안된다. 국민 뜻도 묻지 않고 밀실에서 저희들끼리 대통령직을 주고받는 행위는 야당 당수(黨首)는 즉각 반박성명을 냈다.
국민의 이름으로 결코 용납할 수 없다.』

그리고는 전 지구 국민의 의사를 묻는 국민투표를 할 것을 촉구했다. 이들의 반발활동은 거세어, 한동안 전 지구의 모든 민주인사들이 거의 다 가담할 정도였다.

『아이, 어쩌나…』

먼젓번 대통령의 하야 즉시 자리를 물려받았던 희영은 몹시 당황했다. 군부의 지지만을 얻으면 원활히 다 될 줄로 알았는데 생각지도 못했던 일이 일어나니 어찌해야 좋을지 몰랐다.

그녀는 자기 자리가 얼마나 갈지 모른다는 불안감에 싸였다. 그에 따라 그녀는 지금 자리에 있을 때 어서어서 하고 싶은 바를 실행해 보기로 마음먹었다.

희영은 서둘러 담화를 발표했다.

『이제 전 여성들의 숙원인 여성위주의 사회건설에 착수해 여성만을 위한 새로운 혁명적인 정책을 펴 나가겠다. 앞으로 가정을 포함한 모든 곳에서 전통적인 남자의 기득권은 일체 인정하지 않는다.』

그리고는 곧바로 모든 법률에서의 남자의 기득권이 있는 조항을 과감히 삭제시키고 이에 따르는 모든 사회적 관습들도 철저히 배제시키는 개혁을 해 나갔다.

당시에는 모든 사회활동에서 남녀의 활동영역의 구분은 없었다. 단지 남자의 위치를 받쳐주는 것은 이전부터 이어 내려온 각종 법률과 사회관습들 뿐이었다. 대다수의 여성들은 이러한 불평등에 대한 불만이 없을 수가 없었다.

희영의 거침없는 개혁이 일사천리로 진행되자, 처음에는 남자들과 마찬가지로 희영의 당돌한 행위에 당혹해 하던 지구상의 모든 여자들은, 쌍수를 들고 희영에 대한 지지로 돌아섰다.

야당 당수의 부인도 예외가 아니었다. 야당 당수는 그의 아내에게 국민투표 서명운동에 함께 참여하자고 했다.

그러자 그의 아내는

『그것은 거절하겠어요. 저는 솔직히 희영 대통령의 새 여성정책이 이루어지길 오히려 바라는데요.』

하는 것이었다.

놀라고 당황한 야당 당수는 그의 부인에게 다시 호소했다.

『여보 우린 대통령 자리, 아니 당신의 제일숙녀(第一淑女) 자리를 얻기 위해 그 동안 얼마나 피눈물나는 노력을 쏟았소? 이제 절호의 기회가 온 거요. 어서 이 기회를 잘 활용해 나는 대통령 당신은 제일숙녀의 자리에 앉아, 그 동안의 고생을 보상받고 안락하고 품위 있는 여생을 보냅시다.』

그러나 결국 그의 부인은

『당신을 섬기는 제일숙녀보다는 여성해방사회의 한 평범한 여인이 되겠어요.』

하고 마는 것이었다.

다른 여자들도 마찬가지였다. 모든 여성들은 남편보다 희영 대통령에 대한 지지가 우선되었다. 희영을 지지하지 않는 남자와는 일체의 교제를 하지 않으며 기존의 남편이라면 가차없이 이혼했다.

지구상의 모든 남자들은 희영을 지지할 밖에 다른 길이 없었다.

이리하여 희영은 대통령의 자리를 다시 굳건히 유지할 수 있었다. 그와 더불어 그녀의 대개혁은 계속 과감하고 거침없이 진행될 수 있었다.

다시금 용기를 얻은 그녀가, 새로운 시대를 열게 될 야심찬 국가정책의 추진을 기획

하려 하니, 넘겨받은 자리의 잔여임기가 앞으로 오년 뿐이라는 것이 마음에 걸렸다. 희영은 측근각료들과 집권연장을 의논해볼까 생각했다. 그런데 좀처럼 기회는 오지 않아 눈치만 살피고 있었다.

그러던 중 다음 해의 연두 기자회견에서 희영은 기자들로부터 질문을 받았다.

『후계자 양성 문제는 어떻게 해결하려 하십니까?』

이 말에 희영은 심히 불편한 표정을 하며

『아직 생각해 본 바 없소이다.』

하고 잘라 말했다. 회견장은 어색하고 뒤숭숭한 분위기가 되었다. 집무실로 돌아온 그녀는 분한 생각마저 들었다.

『흥, 임기가 몇 년이냐고? 나는 종신이 자리에 있어야만 한다.』

희영은 보좌관을 불렀다.

『내 임기를 무제한으로 바꾸려고 하는데 어떻게 하면 좋겠어요?』

그러자 보좌관은 대답했다.

『각하. 현직 대통령이 자신의 임기를 무제한으로 연장하는 것은 민주사회가 제대로 정착되기 이전의 관행이고 현대사회에서는 그러한 일은 불가능합니다.』

『그러면 어쩌란 말이에요? 나 말고 누가 이 자리를 맡는단 말이에요?』

『각하가 계속 집권해야 하리라는 것에 저도 동감이지만 제도가 그에 맞지가 않습니다. 저도 난감하네요.』

『그놈의 제도가 무슨 소용이라고 그래요. 어떻게 해야 할지...』

『아니죠, 제도는 바로 인간사회의 기틀을 이루는 것으로서 지도자의 권력도 그 바탕 위에서 있는 것이죠.』

『흠. 그렇다면...』

희영은 보좌관을 물러가게 하고 다시 골똘히 생각했다.

그녀는 자신의 지나온 젊은 시절을 돌이켜 보았다.

떠오르는 것이라곤 틀에 박힌 현대 사회가 주는 답답함과, 조직 내 인간관계에서의 온갖 미움과 다툼이 주었던 고통뿐이었다.

『내가 살아온 기억만 더듬어도 십 년 전, 이 십 년 전에는 지금보다 훨씬 사람이 운신할 수 있는 마음과 공간의 폭이 넓었어. 그러니 백년 전이 백년 전 쯤에는 얼마나 지금보다 여유가 있었을 것이고 하물며 천년 전이 천년 전 쯤에랴. 앞으로 이대로 계속 더 인류사회가 나아간다면 백년 후 이 백년 후 그리고 몇 천년 후에는... 생각만 해도 끔찍해.』

그녀는 혼자 푸념했다.

『자유로이 날아야 했을 내 청춘의 나래를 붙잡아매어 이렇듯 무미건조함만으로 일관되게 만든, 이 현대의 사회제도가 싫다.』

『아예 이 기회에, 내가 그 동안 막연히 바라기만 했던 사회를 과감히 실현해 보는 것은 어떨까...』

한참을 더 생각하고 나서 희영은 무언가 깨달은 듯, 책상을 「쿵」 치고 일어섰다.

그녀는 승리의 만세처럼 외쳤다.

『나는 여왕이다. 아니 예전의 그런 흔한 여왕이 아니고 지구상에 전에 없었던 신격 (神格)의 유일한 여왕이다.』

기실 그녀는 이전부터 대통령이나 국가원수의 칭호에 만족하지 않았다. 그리하여 마침내 제도 자체를 바꾸기로 결심한 것이다.

희영은 곧 담화문을 발표했다.

『이제까지 지구연방의 통치지침이 되었던 공화정을 폐지하고 왕정을 복원한다.』

이 발표가 있자 그 충격은 실로 엄청났다.

이제까지 희영을 따르던 진보, 급진 여성주의자 등을 비롯한 대다수가 그녀를 향해 화살을 퍼부었다.

『이러한 발상은 시대착오적이며 역사 역행적이다.』

『개인의 영달을 위한 제도 변경이 갈 때까지 이른 것이 아니냐?』

한동안 다시 희영의 대 개혁작업이 차질을 빚는 듯 했다.

그러나 이것도, 이윽고 가진 희영과 진보여성주의자대표단간의 면담 이후에는 잠잠해질 수 있었다.

『그대들이 미련을 갖는 공화정의 강점이 무엇이오?』

희영은 대 접견실에서 앞에 나란히 앉아 있는 여성대표들에게 물었다.

『그야 모든 인민이 동등한 권리를 부여받으면서, 서로가 동등하게 행복의 기회를 추구하도록 하는 제도 아닙니까?』

『거기에 함정이 있는 것이야. 모두가 다 동등한 권리를 얻어야 한다고 하니까, 다들 제각기 자기 분수를 모르고는 남 위에 올라서서 자기 걸 챙기려고 나서게 되지. 그래서 결국은 목적을 위해 수단방법을 안가리는 비열한 부류의 남자들이 자기 것을 많이 차지하고 말지….

그런데 그러한 제도의 기초가 되는 사상을 주창한 자들이 누구더라?』

희영은 의자를 앞뒤로 흔들흔들 하면서 한 손에 기구를 쥐고 툭툭 손톱을 깎으면서 그들에게 물었다.

『그야 존 로크, 쟝 쟉 루소, 제레미 벤담, 존 스튜얼 밀 등입니다.』

대답이 끝나기 무섭게 희영은 주먹을 들어 앞의 테이블을 쾅 내리쳤다. 깎은 손톱조각들이 앞에 앉은 이들의 얼굴에까지 튀었다.

『그들 모두가 다 남자 아냐? 자기네들 입장으로만 쓴 것이지!』

『이제는 나의 모성을 발판으로 전에 없는 방식의 새로운 통치를 시작하겠다는데 웬 말이 많소?』

참석한 진보여성주의자 대표들 모두가 평소에 과격성발언을 일삼았던 여자들이라, 이 말에 무슨 토를 달아 자기네의 선명도(鮮明度)를 낮출 여지가 없었다.

아니, 마음속으로 그녀의 말이 지당하다고 느껴지니 그들은 모두 고개를 숙이고는

『저희의 생각이 짧았습니다. 앞으로는 각하의 하시는 일에 다시 적극 협조하겠습니다.』

했다.

『응. 그래 알았어. 다음부터는 각하라 부르지 말고 폐하라고 불러야 한다.』

하고 그들을 돌려보냈다.

이러한 진보여성주의자대표단과의 면담내용에 대한 보도가 나가자, 전 지구의 모든 여성들도 공감했다. 가장 설득이 만만찮은 부류의 여자들인 이들 대표단도 수긍하는데 일반여성은 말할 나위 없었다.

이리하여 희영의 재 취임식 아니 대관식이 거행되었다.

먼저번 취임식을 하던 원형식장(圓形式場)에서 다시 했는데, 그녀의 의상부터가 달랐다. 식장에 모여든 군중이나 방송을 통해 보는 국민 모두, 그녀의 새로운 모습에

한결같이 놀라움을 표시했다.

『저게 바로 희영이라는 여자의 모습인가?』

『이제까지는 볼품없는 여자라고만 알았었는데 막상 이렇게 보니까 꽤 아름다운데…』

그녀는 몸에는 빨간 망토를 걸치고 머리에는 박물관에서 서둘러 가져온 금관을 눌러 썼다. 그리고 왼손에는 끝에 주먹만한 다이아몬드가 금장식과 함께 달려있는 지팡이를 쥐고는 금빛옥좌에 앉았다. 화려히 빛나는 금관과 망토사이에 희끗이 보이는 그녀의 얼굴과 양 손 그리고 정강이가 퍽 인상적이었다.

가히 역겹지 않은 모습이었다. 그녀의 모습과 식장주변의 치장이 모두 동화적인 환상의 분위기를 자아내니, 감성이 메말랐던 당시대인들에게는 신선한 충격으로 받아들여졌다. 누구도 차마 대놓고 악평을 할 엄두가 나지 않았다.

『새로운 시대를 개막하기 위하여 본인은 오늘 지구연방국 국왕에 정식 취임하노라.』

모여든 군중들과 영상기로 시청하는 국민들 모두가, 진심으로 그녀의 즉위를 축하하는 분위기였다. 이제까지 역사책이나 사극영화에서만 보았던 것들이 실제로 눈앞에 보이고, 그들 모두 나름대로 마음속에 동경했던 옛 시절로 되돌아간다고 하니, 국민들은 마음이 정화되는 듯 기쁨에 차 있었다.

희영은 지구연방국의 국왕에 정식 취임했다. 지구연방의 정식 명칭도 지구연방공화국에서 지구연방왕국으로 변경되었다. 이제 입헌군주제의 국가도 아닌 실질적인 왕정국가로서의 출범을 하게 된 것이다.

무사히 왕위에 오르게 된 희영은 이제 기존의 사회체제 내에서의 개혁이 아닌, 완전히 새로운 체제를 바탕으로 하는 인류사회의 근본적 개혁에 착수할 수 있게 되었다.

『女王? 음, 되고 보니 명칭이 너무 평범하다.』

女皇帝로 부를까 해보니 너무 정형화된 권위의 명칭이라 속 들여다보이는 느낌이 났다. 그렇다고 다른 쓸만한 글자도 없었다.

『어떡하나, 女君? 피이, 그건 女王보다 오히려 격이 낮지...

그럼 女帝라고 할까?

아냐, 이건 전 지구 여러 민족을 패권으로 장악하는 인상을 주니 사랑과 모성에 의한 통치를 꿈꾸는 나의 갸륵한 마음과는 맞질 않아.』

결국 가장 알맞은 字는 皇 밖에 없었다.

『나로 말할 것 같으면, 우주가 있음으로 해서 그 중에 지구가 가장 귀하고, 지구가 있음으로 해서 그 중에 사람이 가장 귀할진대, 또한 사람이 있음으로 해서 그 중 가장 귀한 眞女가 되고자 함이라.』

희영은 자신의 지위를 天地人 三皇과 同列의 神格化된 王의 뜻으로 女皇이라 칭했다. 이때 그녀의 나이 삼십팔세였다. 그리고 자신은 최초의 女皇이라 하여 始女皇, 정식의 호칭으로는 자신의 본명 姬英을 熙永으로 바꾸고, 熙永 大始女皇이라 했다.

역시 야사의 내용은 아니나 다를까 지극히, 치우친 사고방식으로 시대의 대 군주를 폄훼하려는 구절이 곳곳에 눈에 띈다.

그러나 어느 시대 어느 때라도 이러한 부류의 잉여인간들은 있게 마련이다. 이들은 어찌해서라도 현실의 가치체계를 뒤집어 생각해보고 싶어하고, 그러한 생각을 퍼뜨리는 것에 변칙적인 희열을 느끼는 것이다. 아니 어쩌면 이들은 자기들과 공감 가능한 인간류를 역사의 흐름 안에 억지로라도 집어넣음으로써, 자기들과 같은 류(類)의 존재가치를 찾아보려는 것인지도 모른다.

그러나 이들의 존재 사실은 학부대신 아림과 같이 이야기의 흐름에 어떤 내용 있는 역할을 하는 것도 아니므로, 이들에 관한 언급은 더 이상의 의미가 없어 이만 그친다. 이 존귀하고 성스러운 女皇國의 구성원 중에 인간말종의 비율은 선천인류 시대의 경우보다 비교할 수 없을 만큼 적다. 그도 그럴 것이 선천시대 이러한 인간류의 주된 구성원이었던 남자들이 모조리 황궁 내의 소수 씨내리들로만 남았으니, 본질이 여자인 일사람들 중에서 그러한 자들이 훨씬 적게 나오는 것은 당연한 것이었다.

한 차례 번갯불이 소화각의 창문을 「번쩍」하고 밝게 비쳤다. 화자이자나미는 깜짝 놀라 손에 책장을 잡은 채 몸을 움찔했다. 하마터면 이 귀중한 책의 장(張)을 훼손할 뻔했다.

조금 있다 우르릉 하는 소리가 상당히 먼 곳에서부터 들려왔다. 늦가을 비는 조금씩 그 강도(强度)를 더해가고 있었다.

六、새 時代의 開幕

이제 더이상 야사의 이야기는 없다. 天命에 의해 즉위한 희영대시녀황에 의한 새 시대의 새 역사만이 펼쳐지는 것이다.

새 역사는 곧 이제까지 그리도 오래도록 예견되어 오기만 했던 우주가을 후천개벽의 대 역사를 의미한다.

만 여성의 시대를 여는 새 국가의 이름은 시녀황의 나라라 하여 시녀황국에 꽃 花字를 보태어 始花女皇國이라 하니, 人間事 모든 일의 곳곳에 아름다움을 부여하고자 하는 그녀의 갸륵한 마음이 어린것이라.

시녀황은 연호(年號)를 惠元이라 하니, 혜원 원년은 곧 후천개벽 원년으로서, 인간 존중과 사상통일의 大道時代로서의 첫 해이다. 이 때 시녀황의 나이 삼십 세였다.

혜원 원년 벽두부터 시녀황의 새 세상 만들기는 시작되었다. 半生을 보낸 현대 조직사회 내 인간 상호간 온갖 질시와 알력의 얽힘은, 천성이 지순지결한 시녀황의 심중에 不淨스런 얼룩을 숱하게 남기었으매, 작금의 인간사회에 대한 그녀의 환멸은 당연스러운 것이었어라. 그리하여 시녀황은 人間의 혼탁오염 이전의 옛 제도에 대한 그녀의 동경(憧憬)에 말미암아, 이에 기초하여 새로운 시대에 필요한 새로운 통치 이념을 환원(還元) 정립코자 하는 것이라.

惠元 元年 그녀는 포고령을 발표했다.

『전 지구의 모든 역사서를 불사르라!』

전 지구의 역사학자를 비롯한 모든 지식인들은 경악하지 않을 수 없었다.

『지나온 역사를 거울 삼아 보다 나은 미래를 만들기 위해 역사의 연구가 있는 것이 아닌가?』

『과거의 불합리한 관행, 무수한 시행착오를 앞으로의 인류 역사에서 되풀이하라는 말인가?』

『아니다. 시녀황은 이들에게 교도(敎導)하여 이르기를

『태초의 모계사회에서는 서로의 사랑에 바탕한 순결하고 고귀한 인간의 삶

새 시대의 개막

이 있었다. 그러나 남성의 부계사회로 전환된 이후의 역사시대에서, 남자들은 서로 상대방을 죽이고 자기가 살기 위한 술수만을 쌓아올리기에 급급했다. 그 결과 인간의 삶은 갈수록 저급하게 타락하기만 했다.

사랑에 빠진 자가 고통과 불행을 당하는 기록을 보고 사랑을 기피하게 되었다. 패자(敗者)에게 관용을 베푼 뒤에 패자에게 복수 당하는 기록을 보고는 더 이상 패자를 관용 않게 되었으며 혈육간의 왕위다툼과 골육상쟁의 기록을 보고는 혈육도 믿지 않게 되었다.

이것은 황금(黃金)의 시대로부터 철(鐵)의 시대로 타락한 서양의 역사나, 요순(堯舜)의 시대로부터 전국(戰國)의 시대로 타락한 동양의 역사나 모두 공통되는 사실이다.

하니, 이 말을 듣고 역사학자 등 모든 지식인들은 그 사리 맞음을 깨닫고는 묵묵히 그네들의 전업(轉業)의 준비나 할뿐이었다.

그리하여 태초의 실락원(失樂園)이래 기록되어온 모든 남성 위주의 역사는 말소되고, 이어서 새로 태어나는 세대에게는 기존의 역사를 교육하지 말도록 했다.

지구의 역사는 초기화(初期化)되어, 다시 새로이 시작되는 것이었다.

『전 지구의 모든 사회과학서를 불사르라.』

전 지구의 사회과학자들을 비롯한 모든 지식인들은 더한층 경악했다.

『인간사회의 유지를 위해 반드시 필요한 것이 이들 인문 사회과학서 아닌가? 『인간의 자유와 권리에 대해 기술(記述)한 이들 문헌의 참고가 없이, 어찌 복된 인간의 미래를 약속할 수 있단 말인가?』

시녀황은 이에 대해 교지(敎旨)하기를

『아니다. 이제까지의 인간사회는 남자들에 의해 지배되어 오면서 그들은 그 지배의 힘을 생명에 대한 역작용(逆作用)의 방법으로써 얻어 왔다. 작게는 가정 내에서의 아내와 어린이에 대한 구타로부터 크게는 불복종자에 대한 주살(誅殺)에 이르기까지, 남자들은 상대에 대한 위해(危害)의 위협(威脅)으로써 그들의 지위를 지켜왔던 것이다. 그리하여 남자들은 더 높고 강한 지위를 얻기 위해서, 저마다 상대에 대한 공격을 일삼았다. 이러한 세상이 계속되다보니 때로는 서로가 같이 살아남기 위해 어느 정도의 타협이 필요하게 되었다.

앞으로의 세상은 생명 앙양(昂揚)의 은덕을 그 다스림의 근간으로 삼는, 모성(母性) 통치의 시대가 될 것이다. 그러한 시대에 이들 분쟁타협안 문서들은 필요치 않을 것이다.』

하니, 이 말을 듣고 모든 지식인들은 또 한 번 수긍했다. 사실 이미 그녀가 이런 포고령을 내린 이상, 어차피 시녀황의 나라에서는 그들의 사회과학 연구의 바라던 바 목적을 이룰 기회도 오지 않을 것이라 여겨지니, 그들은 순순히 이들 학문에 대한 미련을 버렸다.

이리하여 이제까지 전 지구 인류사회의 구성지침이 되어 왔던 모든 사회과학서는 불살라지고 파기되었다. 로크의 인간오성론, 루소의 사회계약론, 벤담의 도덕및 입법의 諸원리, 밀의 자유론 등이 모두 이에 포함되었다.

어찌 보면 이들 문헌과 그 저술자들은 희영이 지적한 남성지배사회의 특질과는 관련이 적었다. 나이 육십이 되어서 삼십년간 말도 못 건네던 여자에게 사랑을 고백하다 거절당하거나, 여자 하나 제대로 얻지 못해 아이 둘 가진 유부녀의 후부(後夫)가 되기도 하는 등 당시 남자의 주된 성향에는 어긋나는, 이미 절멸된 부류에 의한 것이었

새 시대의 개막

다.[14] 그렇지만 바로 그 때문에 더욱 희영의 대 개혁에는 방해가 될 수 있었다. 남자란 본디 탐욕의 게걸스러움으로 뭉친 즉흥반응적 단세포체가 아니던가? 남아무튼 남자들이 만든 집단사회의 통치이념은 이제 필요하지 않았다. 오직 女皇의 모성만이, 이 온 지구의 백성을 통치하는 근간이 되는 것이다.

『전 지구의 모든 살상무기를 폐기 처분하라.』

제 아무리 절대 권력자의 자리에 오른 희영대시녀황이라 할지라도 어찌 이 엄청난 일을 단숨에 명령해 이루어지게 할 수 있었겠는가?

희영은 이 거사를 결심한 다음, 지구연방 방위사령관, 아니 시화녀황국 군부대신을 자신의 집무실로 불렀다.

곧 가슴과 어깨에 오성(五星) 계급장을 붙인 건장한 체격의 중년사내가 그녀의 집무실로 들어왔다.

『어인 일로 폐하께서 소신(小臣)을 부르시나이까?』

사령관의 말투는 어색했고 조금 비꼬는 듯도 했다. 엉뚱하게 대통령을 왕으로 바꾸고 장관, 사령관들의 직함들마저도 바꾸니 지나치다 생각되었던 것이었다.

『여쭈어 볼 것이 있어 불렀다네. 지금 우리가 보유하고 있는 핵무기를 비롯한 각종 첨단 무기들은 무엇을 위해 있는 것인지 알고 싶네.』

『그야 외계로부터의 침입이 있을 때 우리의 영토를 방위하기 위한 것 아닙니까?』

『최근에 외계로부터의 침입의 기미가 있었나?』

14) 사상가들의 전기(傳記) 참조

「그건... 아직 없지요.」

「침입이 있다면 무슨 수로 막겠나?」

「그야 침입하는 적의 우주전함은 핵 로켓을 쏘아 올려 파괴하고, 지구에 상륙하는 적의 전차는 광자포로 격퇴하고, 쳐들어오는 적의 병사는 광선 총으로 처치하고 또, 또...」

희영은 가소로운 듯 미소를 지으며 다시 물었다.

「그들 외계인들이 그런 방식으로 침입할 것이란 건 어떻게 알았나?」

「무슨 말씀이십니까?」

「그들이 우주 전함으로 우리 눈에 보이게 서서히 접근하고, 바다에 착륙한 다음 전차를 이용해 뭍으로 올라오고, 전투병 각각이 우리 앞에 걸어 들어 온다는 각본은 어떻게 만들어진 것이냔 말이오?」

「그야 인간의 전투방식이란 다 그런 것이 아닙니까?」

사령관(아직 익숙지 않으니 그냥 이렇게 부르기로 한다.)은 대답했으나 그도 전투의 생리에 대해서는 평생을 연구해 본 감각이 있어, 자기의 대답엔 뭔가 개운찮은 구석이 있음을 느꼈다.

예상대로 희영의 힐난이 뒤따랐다.

「적이 뭐 우리 마음대로 행동하는 우리 하수인들이란 말이오? 우리 편리하게 우리 사고방식대로 만든 각본에 그들이 따라하는 것은 아니란 말이에요.

스페인 군대가 아메리카를 침략할 때 돌칼과 돌창으로 처들어 왔었나요? 그들은 우리 눈에 보이지 않게 마음속으로 침투할 수도 있고 전혀 엉뚱하게 지구 안에 숨어 들어

새 시대의 개막

가 어느 날 땅을 가르며 나올 수도 있고... 우리를 공략하려는 자들이 우리보다 고도의 문명을 가진 자들이라면 분명 우리의 사고방식으로는 생각지 못한 방법으로 우리를 침략할 것입니다. 안일한 생각을 버리세요!』

사령관은 잠시 고개를 숙이고 있다가, 다시 들어 희영에게 반문했다.

『그렇다면 어떻게 하면 좋겠습니까? 우리가 외계인의 침입방식을 미리 알 수 있는 능력도 없고...』

『사실 나도 별 뾰족한 대책은 없어요. 단지 외계인이나 우리나 살아 움직이는 생명임에는 똑같을 수밖에 없으니, 나의 이 아름다움과 건강함으로 생명력의 우월함을 보인다면 그들의 기세가 꺾여질 것으로 기대하는 수밖에...』

희영은 뒷짐을 지고 굽이 뭉툭한 구두로 뚜벅뚜벅 바닥을 거닐다가, 획 돌아서 사령관을 보며 다시 말했다.

『그렇지만 지금 당장에 확실한 것은, 우리가 보유하고 있는 이 많은 재래식 및 첨단 무기들이 지구 방위에는 아무런 소용이 없다는 것이에요. 오히려 이러한 데 들이는 노력으로 우리의 삶 그 자체의 강화에 주력하는 것이 보다 더 굳건한 지구 방위의 길이 될 수 있을 거란 말이에요.』

『그러니 어쩌란 말씀입니까? 무기를 모두 해체하란 말입니까?』

사령관은 어조는 조금 높아졌다. 자기 자신의 지위까지 위협이 오니 흥분하지 않을 수 없었다. 어차피 재래식 무기를 다루고 관리하는 군대는 구성할 인원이 곧 모자라게 되므로 일단 해체 개편될 운명이다. 그러나 첨단 자동화부대는 무기의 운용관리를 위해 적은 수의 인원이라도 존속시킬 것으로 기대했었다.

희영은 고개를 위로 향하고 껄껄 웃으며 다시 말투를 바꿨다.

『걱정 마시게. 내 그대를 위해 내 가진 것을 아낌없이 줄 테니 그대는 앞으로는 나와의 즐김을 인생의 주목적으로 삼고 권력의 미련은 버리도록 하게나.』

그녀는 이렇게 말하며 접견을 위해 걸쳤던 붉은 바탕에 금장식 달린 예복을 벗어졌다. 그리고는 흰 속 블라우스 차림으로 사령관에게 다가가 그를 끌어안았다.

『각하, 아니 폐하, 그러시려 한다면 가상성험기의 작동을 해야하지 않겠습니까?』

사령관의 이 말에 희영은 살짝 화를 내며 그의 가슴을 밀치고 물러서고는 말했다.

『아니 내가 당신의 마누란가? 그 깟 것이나 같이 하고 앉았게? 저번에 약속하지 않았나? 내가, 아니 짐(朕)이 그대를 위해 그대의 정자를 받겠노라고.』

『그건 정자은행에…. 아니 죄송합니다.』

『해 봐! 좀 동물 같은 느낌이 들지도 모르지만 옛날식 성교가 맞붙이면 재밌어.』

이렇게 말하고 희영은 그 자리에서 속옷까지 모두 벗고는 다시 사령관을 끌어안아, 밀치듯 소파 위에 뉘었다. 사령관도 희영이 강권하니, 본래 체면을 상하는 느낌이 들게 마련인 육체실교접행위를 그대로 묵인하며 수용할 수밖에 없었다.

행위가 진행되고 약간의 시간이 흐른 뒤에 사령관은

『각하 저는 아무래도 좋으나 군대는 나라의 통치를 위해 아직 필요하지 않습니까?』 하고 물었다.

모처럼 기분에 취해 있던 희영은 눈을 살며시 감고 입을 헤벌린 채로 잠결의 혼잣말같이 대답했다.

『음. 그 그건. 지난 시절에는 아무래도 필요했겠지. 국민의 불만을 외부로 돌리고 권력에 대한 충성을 받아내기 위해 처들어 오지도 않는 적을 자꾸 처들어온다고 하면

새 시대의 개막

서 겁을 주곤 했지. 이제 나의 모성통치시대에는 그런 야비한 술수는 필요 없는 거야.

「제 밑의 사람들의 반발이 염려되는데요.」

「그건… 이렇게 해. 경계병 두어 명과 사단장 하나쯤만 매수하면 되는 거야.」

희영은 누가 듣지도 않는데 입술을 사령관의 귀에다 가까이 대고 속삭였다. 그녀의 움직이는 입술이 사령관의 귀와 매끈축축한 마찰을 일으켰다. 그녀의 입술이 도톰한 만큼, 흡착하여 닿는 면적도 꽤 넓었다.

「과연 각하는 영명(英明)하십니다. 곧 실행하겠습니다.」

「응. 그런데 각하? 그래, 당신은 나 아무렇게나 불러도 좋아. 그냥 희영 씨라고 불러도 좋고. 그럼 수고해….」

희영은 웃저고리를 걸치고 따라나가 집무실 문 밖까지 그를 전송했다.

다음날 새벽이었다. 전 지구에는 비상사태가 선포되었다.

『외계인의 침략이다. 모든 국민은 대피하고 지구방위대는 전투 준비에 돌입하라.』

전 지구인들은 당연히 경악했다.

「이게 웬 일이냐? 공상과학영화에서나 나오는 일이 현실로 나타나다니….」

「그들의 전력(戰力)은 대체 어느 정도일까?」

「지구에 여자 지도자가 들어섰다고 얕보고 그러는 것은 아닐까?」

「계속 황당한 일들이 일어나더니 이제 지구의 종말이 오는 건 아닐까?」

모두들 대피처로 피하면서 수군댔지만 당장에 필요한 것은 닥친 일에 대처하는 것이었다. 전 세계인들은 방공호 안에서 전황(戰況)을 예의(銳意) 주시(注視)했다.

침략 외계인은 태양계 외부로부터 침입해 오고 있으며, 지구연방 수도 동북경 시각으로 서기 三三二六年 八月 十五日 저녁 여덟 시 반, 태평양 한가운데의 날짜 변경선과 적도가 만나는 곳에 항공모함 규모의 우주전함 사십여 척이 지구를 향해 수직낙하로 침투한다는 것이었다.

적의 침투예상지역에로의 출동명령이 내려졌다.

「지구방위군 대공포화(對空砲火) 발사부대는 태평양 중앙으로 집결하라.」

지구방위군이 보유한 초대형 항공모함 스무 척이 핵폭탄 등 현존하는 최강의 무기들을 모두 싣고 일제히 태평양 중앙으로 모였다.

출동한 방위군은 극도의 긴장 속에서 한밤중의 외계인 침략을 기다렸다.

밤 열 한시 오십 분쯤이었을까. 그들에게 사격명령이 떨어졌다.

「쏴라.」

「남김없이 쏴라.」

방위군은 핵무기를 사령부가 지시한 방향으로 연거푸 쏘아댔다. 태평양 상공에는 때아닌 인류역사상 초유의 대규모 불꽃놀이가 벌어졌다. 핵무기를 실은 로켓으로부터 내뿜는 밝은 연황색(軟黃色)의 불꽃들이 하늘을 가득이 수놓았다. 그 아래 물결의 프리즘을 따라 색분해되어 비친 청(靑), 남(藍), 자(紫), 주(朱), 홍(紅), 녹(綠), 적(赤)의 불빛들이 현란하게 바다를 뒤덮었다.

그러나 외계인 전함은 보이지 않았다.

새 시대의 개막

출동 방위군 대장은 사령부에 문의했다.

『침입하는 전함이 하나도 발견되지 않는데 계속 쏘아댈 필요가 있습니까?』

이에 대해 사령부에서는 다시

『그들이 대기권에 진입하기 전에 핵무기로써 궤멸시키자는 전략이다.』

라고 하며 계속 발사를 독려(督勵)했다.

『핵폭탄이 몇 발 안 남았는데요?』

『아직 외계인 전함은 격퇴되지 않았다. 지구를 구하는 일이 중하다. 있는 대로 더 쏴야 한다.』

마침내, 마지막 남은 한 발의 핵폭탄도 사령부의 명령에 의해 우주공간으로 쏘아 올려졌다.

『이제 핵폭탄은 다 떨어졌습니다. 그들이 나타나면 근접전이 불가피할 것 같습니다.』

보고를 받은 사령부에서는 다시 지시를 내리기를

『그들의 남은 전력은 얼마 되지 않는 것 같다. 나머지 재래식 폭탄들을 그들이 나타나는 즉시 모두 폭파시킬 것이 위협이 될 것이다. 전함을 남기고 전원 퇴각하라.』

하니, 모두들 전투태세를 거두고 철수준비를 했다.

스무 척의 항공모함이 동원되고 전 지구의 모든 핵무기가 실려있는 대규모 군단이지만 승무원은 한 배당 열 댓 명 정도밖에 안 되는 자동화 부대였다. 그들은 사령부의 지시에 따라 수송기 한대에 타고 사령부로 돌아오기 위해 출발했다. 당시의 항공모함들은 모두 잠수함을 겸하고 있었으며 대강의 운항(運航) 동작은 원격

조종이 가능했다. 사령부에서는 총사령관의 지시에 따라 모든 항공모함을 잠수시켰다. 잠수의 깊이는 최대한으로 했다. 더욱더 깊이 가라앉자 잠수함(항공모함)과 사령부의 교신은 두절되고 말았다.

한편 지상에서는 또 다른 일이 벌어지고 있었다.

『외계인들이 우리의 무기설계도를 훔치려고 한다. 모두 모아 사령부에 숨겨두어라.』

모든 설계도와 작동 소프트웨어들은 사령부에 집결되었다. 민간 방위산업체에 있는 모든 자료도 징발되어 사령부에 모여졌다. 철저한 전산화 관리 체계 하에서 누락은 있을 수 없었다.

이곳을 지키는 병사들에게 사령관은 명령했다.

『이들의 사본은 현재 지하 비밀창고에 보관되어 있다. 지금 이곳의 모든 자료를 파기시켜라.』

병사들은 명령대로 곧 모든 자료를 파기했다.

그러나 지하의 다른 자료보관소는 있지 않았다.

모든 무기가 다 소진되고 모든 무기제작 자료가 사라졌으며 우주인의 침입도 거짓말이라는 것을 이윽고 모든 국민이 알게 되었다.

그러나 국민들 대다수는 아니나 다를까, 속았다는 생각보다는 이제까지 지구의 장래를 위협하던 공포의 무기들이 모두 사라지고 다시 만들 수도 없게 되었다는 사실에 기쁨과 만족감을 표시했다. 이제까지 지구연방은 말이 통일국가지 실제로는 사단장들 사이끼리의 세력다툼에 의한 국지전(局地戰)이 끊이지 않아, 모두들 언제 가공(可恐)할

새 시대의 개막

핵무기의 사용이 있을지 공포에 떨고 있던 것이다. 이제 최소한의 치안과 경호를 위한 원시적 무기, 아니 도구만이 남고, 대량살육의 흉기는 이 지구상에서 사라지게 되었다.

국민들은 입을 모아 말했다.

『이제 됐다. 희영 여왕의 영도 아래 개막되는 새 시대의 새로운 인류들은 과거의 악습을 계승치 않는 평화의 시대를 맞이하게 될 것이다.』

『남성지배를 합리화 시켰던 각 종교의 경전들을 불살라라.』

선천시대의 중기(中期)만 되었어도, 아무리 절대권력자라도 이와 같은 포고령은 상상 못할 것이다.

그러나 당시에는 출산자동화시스템의 영향으로, 이미 모두의 인식이 인간과 생명을 생태기능의 관점으로만 보았기 때문에, 그들에게 있어서 종교란 거의 취미생활에 가까운 것이었다. 따라서 이 일의 추진에 큰 문제는 없었다. 각 종교의 지도자들과 열성신도들은 입을 물론 어느 정도의 저항은 없을 수 없었다. 각 종교의 지도자들과 열성신도들은 입을 모아 말했다.

『사람이 어찌 빵만으로 산다고 이런 조치를 내리는 것인가?』

『윤리와 도덕의 지침이 되어야 할 근본이 필요한 것인데...』

그러나 이에 대해 시녀황은 이르기를,

『아니다. 태초의 각 종교의 경전에는 모두 남신(男神)과 여신(女神)이 공존하며 조화롭게 세계를 다스리는 이야기들로 차 있었다. 그런데 어느 날 이후, 그 중 아집과 독선에 찬 한 남신이 다른 신들과 여신들을 모두 가짜 신으로 매도하며 억누르고 배척

하기 시작했다.

이 때문에 마음을 의지할 여신을 잃은 남자들은 그에 따른 정서의 불안으로 인해 더욱 더 흉포화 되고 단순화되어 가며 이웃을 침략했다. 이렇게 해서 그 남신만이 진짜 신이라고 받드는 자들의 세력이 더해지면서 세상은 자연히 남성중심의 사회로 굳어졌던 것이다.

이후 남성의 입장에서 남성위주로 씌어진 경전들이 모든 윤리강령의 중심부에 서 있었기 때문에 진정한 여성사회는 올 수 없었던 것이다.

하니, 모든 종교인들도 여성해방이라는 대 명제 앞에 시녀황의 조치를 받아들이고, 새 시대를 맞아 그들의 새로이 행할 바를 강구했다.

이렇듯 전대미문(前代未聞)의 탁월한 혜지(慧智)에 의해, 후천사회를 이룰 인류사회 혁파(革罷)의 과업을 눈거침없이 해낸 시녀황은 드디어 후천개벽의 핵심을 이루게 될 인간변혁의 강령을 발표했다.

『이제까지 여성의 출산의 무로부터의 해방이라는 미명 아래 계속되어온 기계에 의한 출산은 인간성 상실의 결과를 초래할 뿐이었다. 이제부터 출산은 직접 나의 몸으로 하겠다. 그리고 출산의 역할은 내 혼자서 맡을 것이니 다른 여성들은 그대로 자기 자신의 일을 통한 자아실현에만 힘쓰라.

나의 이후에도 아이의 출산은 그를 위해 정해진 여자만이 하게 될 것이다. 앞으로의 여자도 아이의 생산자로 지목된 여자 외엔 자궁을 지니고 다닐 필요가 없다. 그리고 남자는 수정(授精)을 위한 최소한 만큼만 태어나게 할 것이다.

이 교지(敎旨)야말로 새 시대를 여는 후천인간의 양식(樣式)을 정하는 실로 중차대한

새 시대의 개막

것으로서 후천개벽의 본류(本流)인 것이다.
시녀황의 이 혁명적인 차시대(次時代) 인류진화방향의 지침에 대해선 적지 않은 우려도 뒤따랐다.
그녀의 뜻을 헤아리지 못하는 많은 자들은 그녀에게 이 조치의 필연성에 대해 의문을 제기하며 하나하나 물었고, 시녀황은 이들에게 그 참 의미를 낱낱이 이르며 훈도(薰陶)했다.

『아니 그렇다면 앞으로 수십 년간 몇 명이나 이 지구상에 새로 태어날 수 있단 말입니까? 무리입니다. 수정란은 폐하의 것을 복제한다 할지라도 출산시스템은 따로 갖추어야 할 것이옵니다.』

이에 시녀황은 가로되

『물론 처음에는 사람의 수가 절대 부족할 것이다. 그렇지만 나의 자연출산으로도 차세대를 이어갈 수 있을 만큼, 지금의 생명과학기술을 총동원하여 나의 출산능력을 극대화할 것이고, 앞으로 나의 후손 중 출산을 떠맡은 자들은 더욱더 강한 출산력을 가지도록 진화하게 될 것이므로 인류의 미래는 얼마든지 번창할 수 있을 것이다.』
라 하니, 이는 그녀가 곧 다가올 후천의 시대를 미리 내다보는 혜안(慧眼)을 지녔음에라.

『어차피 모두 女皇폐하의 자손이온데 그렇게 출산족(出産族)과 비 출산족으로 구별지을 필요가 있겠습니까? 아예 모두에게 출산의무를 지워야 차세대 인류의 충분한 증가가 이루어지는 것이 아닙니까?』

이에 대해 시녀황은 다시 가벼이 나무라며 이르기를

『그대들은 하나는 알고 둘은 모르는도다. 짐의 후손이라 할지라도 모두들 차세대 인류사회의 일원으로서 저마다의 역할을 할 자들인데, 그들은 작금의 일반 여성들과 마찬가지로 가뿐한 몸으로 저마다의 일을 가져야 함은 물론이고, 이제부터는 남편과 자식에 대한 온갖 사회적 부담도 덜게 된다는 것은, 어찌 뜻 있는 일이라 하지 않겠는가? 지금까지 천수백년간 여성은 자아실현을 위한 일의 열중과 후손양육을 위한 모성유지의 이중부담의 딜레마에 빠져 있었지 않았느냐? 이제 그 해답이 주어진 것이니 모성실현의 부담은 앞으로도 일체의 후계(後繼)의 의무를 진 여자만이 도맡아 하게 되느니라. 다른 모든 여성은 이제 일체의 등걸림에서 벗어나게 될 것이니라.』

했으니, 이는 곧 누천년(累千年)의 여성핍박사의 종지부를 점(點)함이라.

『어차피 세상일은 남자와 여자가 같이 어우러져 해나가게 되는데 굳이 남자를 그렇게 줄여야 할 필요가 있겠습니까? 그들 중에서 일부만을 종인(種人)으로 삼으면 되지 않사옵니까?』

시녀황은 껄껄껄 웃고 나서는,

『어차피 지금까지의, 남녀간 임의(任意) 선택교합(選擇交合)으로 이어온 인류의 진화는, 진정한 의미로는 퇴화밖에 될 수가 없었다. 초기 인류사회를 이끌어갔던 철인(哲人)들은, 모두 하나같이 그들의 능력과 지위에 걸맞는 높은 도덕성을 가지고 있었다. 그러나 이후 탐욕스러운 남자들은 우수한 자질의 여자들을 앞다투어 차지하곤 하여 우수한 능력과 저급한 도덕성의 비합리적인 교잡(交雜)은 되풀이되었다. 이렇게 해서 능력 면에서는 우수하면서 저급한 도덕성을 가지는 자들이 계속 나오게 되어, 급기

새 시대의 개막

야는 저급한 도덕성의 자들에 의한 통치가 전 인류에게 보편화되고 말았던 것이다. 이런 식으로는 인류는 타락만을 거듭해갈 수밖에 없다.

어리석은 자들이여, 男人性15)은 이미 그 효력을 잃은지 오래건만 이제까지 우리는 과거의 관습에 매여 그저 그대로의 세상을 이어왔을 뿐이다. 단지 섬세한 손놀림과 예민한 감각이 활동에 원시적 힘은 필요하지 않음을 모르는가 ? 현대의 모든 방면의 생산 유용할 뿐이다. 남자의 과다함은 사회혼란과 범죄유발의 원인제공일 뿐이다. 그들의 수효를 최소화하여 보다 평온하고 안락한 사회가 이루어지도록 할지어다. 하고 준엄히 하갈(下喝)하니 이는 선천 남자의 누죄(累罪)의 당연스런 귀결이었어라. 전 지구의 여성은 수천 년간 이어온 질곡과 갈등이 일거에 해결되는 후련함에 실로 감읍하지 않을 수 없더라.

이렇게 하여 모성유지와 자아실현을 각기 분담하는, 차시대여성의 새로운 양식은 정립되었다.

이제부터 후계의 역할분담을 맡도록 택해진 여자를 제외하고는, 일반 여성들은 자궁을 적출하고 나서 더 이상 관리할 필요도 없다. 새시대의 여자들은 희영대시녀황의 모든 면에 걸쳐 뛰어난 일 처리 능력을 승계하며, 남편이나 자식에 대한 일체의 부담이 없이 오직 자아실현만을 위해 매진할 수 있게 된다.

혜원 十三年、 지구연방 아니 시화녀황국의 수도 동북경의 고궁에 마련된 시녀황의

---

15) 남성적인 성질、 남자의 특성

거처에는 긴장이 흐르고 있었다. 열두 명의 출산담당 의료진들이 지켜보는 가운데 배가 자기 몸 크기만큼이나 불러진 시녀황은 진통을 거듭하고 있었다. 드디어 첫 후천개벽의 인간 자손들이 태어나게 되었다.

두 명의 남자아이와 그리고 다섯 명의 여자아이가 차례차례로 태어났다. 태어난 아이들은 나란히 희영과 그의 출산보좌관들의 앞에 놓여져 각자의 앞으로의 양육형식을 결정 받게 되었다.

희영은 두 남자아이를 가리키며

『이 애들은 먼저 데려가라. 이네들은 이제까지의 남자들의 진화방향을 그대로 따르도록 전통적인 일반 분유를 먹여 키우도록 해라. 이 애들의 거주지는 궁궐 후원(後園)으로 한정한다.』

라 하였다.

그리고 남은 다섯 딸을 바라보던 시녀황은 이들 중 第三女가 가장 건실한 몸을 가지니 그녀를 후계자 熙永女皇二世로 간택(揀擇)하였다.

희영을 간택된 여아를 안고 말하기를

『이 아이는 직접 나의 모유를 먹여 기를 것이니라.』

하니, 이로부터 신생아들로부터 간택된 적손녀(適孫女)는 모유를 독식(獨食)함으로써 그 존재를 구분지었다.

나머지 여아들은 궐 밖 신생아보육소로 내보내져 최적화분유로서 키워지면서, 차세대를 짊어질 최적의 우수한 능력을 갖춘 모범인간으로서 자라나도록 했다.

비록 일곱 명의 아이 밖에는 낳지 못했으나 아직 범인족에 다름없는 육신을 지닌 시녀황으로서는 참으로 어려운 난산이었다. 그렇지만 이들의 출산은 후천의 새 역사를 여는 실로 의미 깊은 대 사건이었다.

시녀황의 超女人性16)은 범사를 차치(且置)하고 마침내 생육(生育)의 일에 이르러 더욱 두드러지니, 女皇은 그 해 일곱 아이를 낳고도 옥체의 만강함에 한 치의 흐트러짐이 없더라.

熙永女皇二世를 몸소 당신의 성유(聖乳)로 키우실 제 옛적의 예사로운 수유의 양태와는 사뭇 달랐으니, 일곱 아이를 족히 키우기에도 부족함 없는 산유력(産乳力)을 오직 한 아이에게로 부여함에 따른 당연한 귀결이기도 하여라. 시기가 과(過)히 지났음에도, 시녀황은 고양분(高養分)의 농액(濃液)을 막힘 없이 내이시니, 아이가 커서 응당 이유(離乳)하여 일반식을 먹여야 하거늘 차라리 생유(生乳)가 성장에 더욱 주효할 뿐더러, 모유의 항균성은 아이의 건양(健養)에 추호의 해악요소를 불허입(不許入)하니, 八세에 이르러 이유할 당시 아이는 그 몸체의 실(實)함과 피부의 질감은 세살 아이마냥 토실하면서 근력(筋力)과 골격(骨格)의 강건함은 이미 십대소녀의 그것이어라.

이로부터 女皇의 젖가슴에서 나오는 모유는 황유(皇乳)라 불리어지게 되니, 이는 모체의 지닌 바 초녀ㅅ성이 신비영약효(神秘靈藥效)의 모유로서 승계되는 연유라. 대를 거듭하여 수유의 기간은 길어지고, 자라는 아이는 일면 유소(二面 幼少)하고 일면 장성(二面 長成)한 女皇의 자손으로 이어지더라.

이로써 인간의 여성요소의 집약체로서의 이들을 이름하여 신격화된 창조주이며 만인의 어머니라 하여 고대의 天皇氏、地皇氏、人皇氏에 이은 女皇氏、즉 女皇族이라 부

---

16) 초월적인 여성으로서의 성질

르고 여타 모든 인간은 女皇族과 구분하여 통칭 凡人族이라 하니라. 女皇族의 후예로서 택해진 여아는 성숙하면 본국의 후계자로 책정하거나 한 무리(一團)의 범인족 백성들과 함께 따로 나가 또 다른 女皇의 나라 즉 女皇國을 세우도록 하니, 가정과 국가의 일체화합형태로서 후천 인간사회의 구성단위라.

지구상 뭇 신(神)의 허상(虛像)들도 물러갔다. 이제 앞으로는 인간의 몸으로 신의 덕을 행하게 될 지구상의 반신반인(半神半人) 女皇만이 있을 뿐이다.

시녀황의 출산은 이 후로도 약 두 해 간격으로 계속되었으며 점차로 한 배의 출산 수는 늘어나, 혜원 二十四年 그녀가 마지막 출산을 했을 때에는 열두 명의 아이를 한 번에 낳았다. 그러나 이 때 이미 출산능력을 가진 그녀의 딸 熙永女皇二世는 스무 명의 아이를 한 번에 낳았다고 하니, 출산능력 증대 지향의 진화는 이미 빠른 속도로 진행되기 시작하는 것이었다.

희영대시녀황후천개벽사에는 이후의 그녀의 예사로운 행적들에 대해서도 계속 편년체(編年體)로 기술되어 있다. 다만 혜원 五十五年에서 혜원 六十三年 사이의 일은 누락이 되어 있는데, 아마도 만년의 그녀가 모든 일을 후계자에게 넘기고 일선에서 후퇴하여고(孤高)한 여생을 보냈기 때문일 것이다.

혜원 六十三年, 아래로 三代에 걸친 女皇族의 후예들을 보아, 대를 거듭할수록 더욱 생명력 넘치는 아름다움을 가지고 더욱 풍부한 자손출산력을 가지며 영광스러운 후천의 신질서를 이룩해 나가는 이네들의 적손녀들의 모습에 흡족해 하는 희영 대시녀황은, 이제 구십삼 세를 일기로 그 파란 많은 생애를 마치니, 시녀황의 법통을 이어받은 시화녀황국을 비롯한 십여 개 女皇國들은 모두 엄숙히 그녀의 떠나감을 받아들이며 본격적인 후천 인간의 女皇國시대의 개막을 맞이하니라.

七、 女皇族의 隆盛

희영대시녀황후천개벽사의 내용은 이와 같았다. 바깥의 날씨는 쌀쌀한 바람이 불고 가을비가 쉬임없이 내렸다. 화자이자나미는 난방기를 작동시켜 방안의 온기를 더해 놓았다. 그리고는 다음의 서책인 列女皇記를 손에 들고 책상 앞을 떠나 따뜻한 바닥에서 탱탱한 하체를 이불 속에 넣고는 두근거리는 기대로 펼쳐보았다.

이 때 밖에서 부르는 소리가 있었다.

『皇世女 전하의 오락학습시간이옵니다.』

세 명의 궁인이 그녀의 일과에 짜여진 오락학습시간을 맞아 그녀를 가상현실오락견학장으로 인도하려는 것이었다.

화자이자나미는 몸은 이미 성숙한 여인의 모습을 갖춘지 오래지만、女皇族으로서는 한창의 성장기에 있으면서 천진한 어린이의 마음을 지닌 채 수십년 째 유년의 학습을 해오며 살아오고 있다. 본래 이 시간은 그녀가 가장 좋아하는 시간이기도 했다.

『오늘은 중생대 공룡사회를 견학해 보실 시간입니다. 그리하여 그들의 진화의 방향이 어떠한 것이었는가에 대해 알아보고、그것이 무엇이 잘못되어 그들이 멸망할 수밖에 없었는가 생각해 볼 시간이기도 합니다.』

그런데 화자이자나미는 문밖을 향해 말하기를

『나 자신을 알지 못하고서 어찌 남을 알려 하겠는가. 오늘은 나 자신을 알기 위한 학습에 전념하겠으니 그냥 물러가 있으시오.』

하고 마는 것이었다.
 그녀를 모시려온 궁인들은 어찌하여 오늘은 그녀가 그렇게도 좋아하는 오락학습시간을 물리치고 마는가 조금 의외로 여기면서, 또한 자신을 알기 위한다는 학습이 무엇을 말하는지 의아해 하며 물러나왔다. 그러나 평소에도 그녀가 그리 규칙적으로 일과시간을 지켜가며 지내지는 않았던 것을 알기에 그렇게 대수롭게 여기지는 않았다.
 사실 오늘 할 예정인 오락학습은 이미 십년 전쯤에 했던 것으로서 화자이자나미는 벌써 다섯 번째 차례이며 또한 담당 궁인들도 고참담당자들에게는 세 번째가 된다. 그녀의 마음은 계속 동심을 가지고 있기에 유년의 교과과정이 마치어 졌더라도, 성년의 학습을 시키는 것보다는 유년의 과정을 보다 충실히 하도록 해 만백성의 어머니 될 기초 덕성을 든든히 하자는 것이 母皇 貴順摩耶姫姑의 방침이었던 것이다.
 어찌 보면 지금 그녀가 받은 서책이 처음으로의 성년의 학습과정이 되는 지도 모른다. 열여황기 상하권과 여황족생리록에는 시녀황 이후 그 후계자들인 여황족의 발전내력과 함께, 어떠한 과정을 통해 이곳 아사녀황국의 건국에까지 이르렀느냐가 서사되어 있고, 또한 어찌하여 그녀들이 스스로도 간혹 거울에 비친 자기 모습을 마주치면 깜짝 놀랄 정도의 지극한 아름다움을 가지게 되었는가에 대해서도 씌어 있는 것이다.
 화자이자나미는 계속해서 이 모든 귀중한 기록의 책자를 하나하나 보아 나아갔다.
 오후에 들어 그녀는 식사담당 궁인이 시간을 맞추어 배달해 온 이유(離乳) 간식을 들다가 밀려오는 졸음으로 인해 낮잠을 청했다. 비록 몸은 풍만한 여인의 모습에 선천인 거인이라 할 크기였지만, 잠든 모습은 아기천사를 연상시키듯 천진하고 평화로웠다.

여황족의 융성

후천시대의 여성인간이 시녀황의 배려에 의해 저마다 모든 주변적 걸림事에서 해방된 이후로, 그들 신 인류들은 前 시대에 단지 하나의 바램으로 여겨져 왔던 것이 현실로 이루어지는 새 시대를 건설하기 위해, 자신들의 모든 것을 생산적 과업을 위해 매진(邁進)했다.

이와 함께 대를 거듭해 후세로 갈수록 최적의 효율적 육체를 지닌 후천인간의 특질이 정립되어 감에 따라, 후천시대 사회의 실질적 주역인 일사람의 탄생이 이루어졌다. 갈수록 여성인간의 자궁은 퇴화되어 결국에는 적출의 과정도 필요치 않게 되었다. 자궁과 유방이 발달하지 않는 후천여자는 자라서도 선천시대 여자의 열 살 가량의 몸 모양을 유지하게 되었다. 그것은 섬세한 손놀림이 주로 요구되는 당시대의 주된 노동양식을 소화하기에 가장 적합한 인간형이었다. 몸에는 몸의 기능을 이루는 그 자체 이외의 불필요한 부속물이 없다. 모든 성징(性徵)은 거추장스러운 것이었다.

그리고 생식활동을 위한 적은 수의 남자들도 낳았다. 이들은 생산을 위한 일체의 노동을 하지 않으며 오로지 자손번식을 위한 종인(種人)으로서 집단보호소 내에서만 살게 한다. 후천의 남자들은 이제까지의 남자들의 진화방향을 그대로 따라 이어서, 더욱 서로간의 경쟁우위추구와, 강한 탐녀(貪女)人性의 단순 찰나적 행동양식이 강화되도록 자라나고, 이후로도 대를 거듭할수록 같은 방향을 좇게 되었다.

그러면 희영대시녀황의 모성을 계승하는 적녀(適女)들은 어떤 여자인가? 그 출발은 그렇게 특별하지 않다. 오히려 특별한 모든 이들 가운데 특별하지 않은 하나라 보아야 옳을 것이다.

택해진 여아는 산모로부터 직접 젖을 먹고 자라난다. 여성으로서의 성숙이 중단되고 그대로 성체(成體)가 되는 일사람과는 달리, 이 여자만은 성년이 되면 옛 여성과 같은 풍만한 육체의 완녀(完女)가 되어, 자손생산능력을 갖는다.

후천시대의 초기는 인간이 매우 귀한 시기였다. 당시에는 이미 전반적인 과학문화의 발전은 포화상태가 되었고 모든 생활의 여건은 평준에 가까웠으므로 지역간의 격차는 있을 수가 없었다. 계속되는 새 女皇國의 건설에 따라, 많은 나라들은 기존과 신생의 다른 나라들에 대해 자기 나라를 잘 유지할 수 있는 힘을 가질 필요가 있었다.

이러한 중에서 그 나라의 인구의 증가는 곧 그 나라의 국력이었다. 국력을 키우기 위해서 女皇族은 계속 출산력의 증대를 추구하는 방향으로 진화했다.

단기간에 많은 아이의 출산이 절실히 요구되니 더욱 큰 자궁이 필요했다. 이에 따라 女皇族의 몸도 충분히 커질 필요가 있어 女皇族의 몸은 대를 이어 가면서 커져갔다.

그러나 한 배에서의 많은 출산을 위해 몸이 커져나가자 한 때 女皇族 진화의 방향이 혼동이 있기도 했다.

몸이 커져 가는 진화는 대략 키가 범인족의 4배 정도 까지 진행되었다. 그런데 몸 길이가 4배가 되니 몸의 전체부피는 4의 세제곱인 64배가 된다. 그 몸을 지탱하려면 다리의 단면적이 역시 범인족의 64배가 되어야 하므로 다리의 굵기는 범인족의 8배의 지름을 가져야 할 것이다. 또한 몸길이가 4배가 되었을 때 몸의 표면적은 범인족의 16배가 되나 몸전체의 부피가 64배인 만큼 몸의 신진대사량은 64배가 된다. 인간이란 항상 피부에서 땀 배출을 통한 대사를 하므로 이대로는 땀 배출을 위한 표면적이 매우 부족하게 된다.

시녀황으로부터 약 이십대 손 까지의 초기 여황족 시대에, 대륙 각지에 女皇國이 상당히 널리 퍼져 번성하기 시작함과 더불어 그들 사이에서의 세력 경쟁도 조금씩 생기기 시작했다. 보다 효과적으로 女皇國을 통치하기에 적합한 형태로의 진화가 이들에게 절실히 요구됨은 물론이었다.

이에 따라 간혹 일부 女皇族의 갈래 중에는 그들 자신의 원활한 활동을 위해 큰 몸의 생리에 맞게 몸의 형태도 같이 변화하는 경우가 있었다. 즉 그들이 큰 몸을 지니면서도 불편 없이 걸어다니며 움직일 수 있게 하기 위해 마치 코끼리와 같이 굵고 억센 팔다리를 가지기도 하고, 또한 많은 신진대사량에 따른 다량의 땀 배출을 자연스러이 감당할 정도의 충분한 피부 표면적을 위해, 역시 마치 코끼리와 같이 주름잡힌 피부를 가지도록 진화하는 경우도 있었던 것이다.

그러나 그러한 女皇이 지배하는 나라는 후천의 남자인 숫사람들의 진심 어린 충정(充精)을 얻을 수가 없었다. 숫사람들은 마지못해 흉내만 낼 뿐 진정한 생식행위를 하지 않고 오히려 기회를 봐서 하나 둘 다른 나라로 도망치는 것이었다. 女皇國 내전의 숫사람의 수효가 줄어드는 바람에 그 나라는 이내 명맥을 유지하지 못하고 멸망하고 마는 것이었다. 더욱이 큰 몸을 가진 女皇의 활동이 자유로우면 그만큼 다스리는 신하와 백성들을 그 때 기분에 따라 폭압적으로 다루게 되는 경우가 많아, 결국 신하와 백성들의 진심 어린 충성을 얻을 수 없게되어 더욱더 올바른 나라의 체제를 유지해 나갈 수가 없었다.

女皇은 오로지 아름다움과 출산력으로, 범인족의 진심에서 우러나는 충성을 받으며 많은 아이를 낳는 것만이 그 나라의 번영을 위하는 길이었다. 그 나라의 女皇은 얼마나 아름답고 그로 인해 얼마나 숫사람의 생식력을 증대시키고 많은 출산을 할 수 있는가에 따라서 그 나라의 번영이 좌우되었다.

이로 인해 女皇族의 진화방향은, 모든 생리적 편의성을 차치물론(且置勿論)하고 오직 옛 태고적으로부터의 여성미덕을 한결같이 좇게 될 수밖에 없었다.

그런데 아름답기만 했지 자기의 몸에 걸맞은 신체 구조를 갖지 못하는 女皇族은 이에 따라 파생되는 여러 생리적 불편을 감수해야만 했다.

아름답게 길게 뻗은 그들의 팔과 다리는 그들의 무거운 몸을 지탱하기에 역부족이었다. 따라서 그들은 거의 활동의 자유를 갖지 못하며 모든 일에 일사람들의 시중을 받아야만 했다.

또한 아름다움을 위해 터질 듯이 팽팽하고 탄력 있게 몸을 덮은 그들의 피부는 몸안에서의 많은 신진대사에 의한 땀의 배출을 제대로 해내기에는 역부족이어서, 늘 촉촉하게 땀을 흘리고 더울 때에는 땀이 비오듯이 흘러나올 수밖에 없었다. 더욱이 곤혹스러운 것은, 이러한 피부의 신진대사를 원활히 하기 위해서는, 극단녀(極端女)人性[17]에 따라 자기 몸의 노출에 대해 몹시 부끄러움을 탈 수 밖에 없는 그녀들이, 사실상 옷을 거의 입지 않은 발가벗은 상태에서 생활하여야 하는 것이었다.

그러나, 女皇族 진화의 본래 목적이 고결한 생명가치의 구현 그 자체일진대、 한낱 속물적인 신체의 편의성이 무슨 의미가 있으랴. 범인(凡人)의 경지를 넘는 고결한 초월인간의 출현은 이미 오래 전부터 끊임없이 예견되어 왔었으니、 인간이 짐승의 상태로부터 벗어나 도달해야할 理想으로서의 초인(超人)이, 바로 여성에 의해 발현된 것이 아니었던가.[18]

일찍이 아직 人間의 어지러움이 심각의 도에 다다르기 以前인 선천시대의 중기에,

---
17) 극단적인 여성편향의 성격
18) 니체、〈짜라투스트라는 이렇게 말했다〉에서、「인간이란 짐승과 초인사이에 놓인 하나의 심연(深淵)을 건너가는 밧줄이다.

人口에 빈번히 회자(膾炙)되던 어느 고전작가의 글에도, 한 생명과학자가 자신에게 헌신적인 숭고한 사랑을 바치는 여인의 피와 개의 피를 나란히 시험관에 넣고는, 개와 순결한 여인과의 거리 만한 거리를 여인의 以上으로 올라가서 있을 만한 또 다른 생명을 상상하는 대목이 있음에, 그 생명은 여인으로서는 상상할 수 없는 높음과 깊음과 아름다움을 가진 존재일 것이니 우리가 만일 그의 앞에 나선다면 우리의 추함이 부끄러워 감히 낯을 들지 못할 것이라고 하였으며, 또한 진화의 한량없는 계단에 그러한 높은 존재가 없으랄 법이 있을까 반문하며 언젠가 그 존재의 나타남을 굳게 믿어 의심치 않았지 않았던가?19)

지상의 가지각색 생명들 중에, 뭇 풀(艸) 중에는 영지(靈芝)가 있고 뭇 나무 중에는 춘목(椿木)이 있으며, 뭇 새 중에는 봉황(鳳凰)이 있고 뭇 짐승 중에는 기린(麒麟)이 있어, 저마다 그들 무리의 가장 고귀한 족속을 우러르듯이, 만물의 영장인 인간 중에도 뭇 인간의 위에 올라 있는 고귀한 인간의 족속이 있을지니, 인간의 형체를 하고 있으매 속된 인간의 면면을 넘어 근원적 생명가치의 존귀함만을 추구하는 여황족이야말로, 범계(凡鷄)중의 봉황이나 우양(牛羊)중의 기린과 같이 인간의 족속 중에 자리하는 초월고결녀(超越高潔女)의 족속이라.

인간은 실락원의 타락 이후에 자손으로 난 어느 남자도 그 잘난 정도에 있어 아담보다 못하였으며 어느 여자도 그 고운 정도에 있어 이브보다 못하였더라. 20) 이토록 원죄로 말미암은 퇴행의 수렁에서 끝끝내 벗어나지 못하며, 기약 없는 참담함으로 그날을 이어 왔던 인류여. 그러나 女皇族의 진화는 몇 대를 넘지 않아 태초녀 이브의 그날을

---
19) 이광수〈사랑〉중에서
20) 죤 밀턴、〈실락원〉중에서

고움의 정도를 가쁜히 즈려밟고 올라섰으니。。。 이는 또한 女皇族이야말로 신의 창조력을 무색케 하는, 생명가치 추구의 주체였던 연유가 아니고 무엇이랴。

人間史를 통해 이어내려온 여성미덕의 한 인간여성에게로 중첩되고 집약인 여황족 인류명맥을 위한 출산의 짐을 한 몸에 떠맡았으되 출산의 능력만이 그네들에게 필요한 전부가 아니라。
예쁜 꽃잎과 향그러운 꽃 내음 없는 암술이 제 아무리 성대(盛大)한들 무슨 소용이 있으랴。
수정(受精)의 유인원(誘引源)으로서의 여성미(女性美) 또한 필요하니, 情事時에 그 정(精)을 흠뻑 빨아들이기 위해서 女皇은 그녀의 여성미를 한껏 뿜어내야 하는 것이라。
二十세에 아름답고 풍만한 성녀(成女)의 모습을 갖춘 뒤에도 마음은 여전히 동심으로 가득 차고 모습은 不老하며,
더욱 왕성한 활기로 성장을 계속한다。
그리하여 더욱 아름답고
더욱 생명력 넘친 후계를 낳으니,
갈수록 아름다움 더하고
갈수록 생명 더하는 女皇族의 자손이여
그네들은 마침내 잃었던 태고의 인간 수명도 되찾았다。
옛 노아의 홍수 시절 노아는 구백 오십 세를 살았으나

여황족의 융성

홍수 이후 神과 멀어진 인간은
생명의 원기(源氣)를 잃고
十一代 아브라함에 이르러 일 백세 가량으로 줄어들었더라.
인간을 바탕으로 신에 가까워지는 초녀의 족속 여황족은 이 과정을 거슬러 올라
희영대시녀황이 구십삼 세에 그 파란의 생을 마친 후,
후계자 희영女皇二世는 더욱 향상된 출산력으로 팔십 세까지도 자식을 낳고는
영면(永眠)할 적에 이미 나이 일백 삼십 세에 달하였으나,
눈이 침침하지 아니하였고 기력이 쇠하지 아니하였더라.

이후 대륙의 남부 반도를 거쳐 대륙의 서부 각지로 女皇國을 개척해 나가며 대를 거
듭할수록 女皇의 수(壽)는 늘어나,
대륙 남부 반도의 시녀황의 오대손 찬드라소마에 이르러서는 삼백삼십세를 살았고,
그녀의 딸이며 시녀황의 육대손 마하테비 이르러서는 사백칠십세를 살았다. 그리고 대
륙 남서부의 시녀황의 팔대손 넵티스 누트에 이르러서는 육백삼십세를 향수 했고, 계
속해서 女皇族의 삶의 영역이 서쪽으로 나아가면서 시녀황으로부터 십일대 손으로서 대
륙남서지중해안 지방을 다스렸던 비올레타 암피트리테는 팔백칠십세를 향수 하기에 이
르렀으니,

이는 그녀들 하나하나는 이미 한 사람이라고 볼 수 없고
그녀들의 인생 또한 한 사람의 생이라고 볼 수 없는 것이라.
그리하여 그 삶과 진화의 양식에서 일찍이 지구상에 번성한 그 어느 생명에도 견줄
수 없이 사랑스럽고 어엿븐 이 족속은
우주에 홀로 우아히 생명의 미를 발현하는 이 행성을 더욱 아름답게 장식하여 가더

라.

아름다움과 생명력의 향상이라는 그들 진화의 향방이 정립된 女皇族은 계속해서 그네들에 의한 새로운 삶의 방식을 따르는 후천 인류를 지구상에 퍼뜨려 나아가니, 그들의 진화와 융성과 함께 그들의 삶의 단위인 女皇國의 번영은 역시 대륙 각지로 퍼져 나갔으며 선천 오만년의 전생(前生) 인류시대와 맞먹는 세월을 후천의 人間史로서 이어 내려가게 되었다.

희영대시녀황의 후천개벽으로부터 약 삼만 년의 세월이 흐른 시대, 대륙의 서북단반도에 위치한 시녀황의 백이십이대 손 북국여황(北國女皇) 헤다 발키리아 十三世 치하(治下)의 북미희여황국(北美姬女皇國)에로 이야기의 무대는 옮아가, 가녀린 한 여인이라 하기에는 너무나도 존귀위엄(尊貴威嚴)하고 권위로운 지배자라기에는 너무나도 애잔가련(哀殘可憐)한 女皇 貴順摩耶姬姑의 사연은 시작되는 것이다.

第二部

八、北國의 女皇

태양이 뜨고 나도 좀체로 뜬 것 같지 않고 태양이 지고 나도 좀체로 진 것 같지 않는 곳.

낮과 밤이 언제부터 언제까지인지도 모르게 온종일 음울한 박명(薄明)만이 비추이고 있는 곳.

이곳 대륙의 최서북단에 자리잡은 女皇 헤다 발키리아 13세의 北美姬女皇國의 해변에 여섯 시간 남짓했던 낮이 끝나고 주위에는 조금씩 어둠이 깔리기 시작한다.

밤이라고 해야 그저 약간 어두워지는 것일 뿐, 저편 언덕 위의 삼삼(森森)한 침엽수(針葉樹)들은 무성한 청록의 바늘잎을 그대로 어슴푸레한 허공에 찔러 대고 서 있었고, 바닷가와 언덕 기슭 군데군데 흩어져 있는 암회색 바윗돌은 아직도 오목조목하게 저네들의 윤곽을 드러내 보이고 있었다.

헤다 발키리아가 기거(起居)하는 바할라宮의 하늘에는, 어느 덧 엷은 녹색의 오로라가 구석구석엔 붉은 기운을 띠며 하늘 가득히 드리워져 넘실거린다.

저 멀리 바다 끝에 무언가 자그마한 검은 그림자가 나타났다.

일렁이는 물결 따라 은은히 반짝거리는 바닷물 빛 위에 떠 있는 한 조각 그림자는 점점 그 크기를 키워 갔다. 처음에는 그저 수직으로 일어서 있는 막대 정도로 보이던 것이 그 아랫부분이 조금씩 수면 위로 나타나면서, 오래지 않아 그것은 이곳 육지를 향해 돌아오고 있는 배 한 척임이 드러나 보였다.

이윽고 그 배는 시야에 들어왔다. 뱃머리는 높이 앞으로 솟아 있었으며 양편의 짙은 갈색의 바탕에는 울긋불긋한 꽃무늬가 빽빽이 그려져 있었다. 갑판 위에는 길다랗게 네모진 선상루(船上樓)가 올려져 있고, 그 위에 높은 망루가 수직으로 솟아 있는데, 양염으로 자기네들의 표식이 되는 깃발을 주렁주렁 매달아 멀리서 보면 하나의 색포(色布) 돛배로 보였었다.

배 위에는 열 대여섯 명의 선원이 보였는데 모두가 앳된 얼굴의 금발의 소녀들이었다. 그러나 곧 있을 배의 정박(碇泊)을 앞두고, 감겨 있던 굵은 쇠사슬을 풀어 닻을 내릴 준비를 하고 망루 위의 전망(前望) 설치물을 도르래 밧줄을 끌어당겨 잡아내리는 등, 갑판 위의 갖가지 일 처리를 하는 품은 모두가 완숙해 보였으며 전혀 어린애 같이 보이지 않았다.

배는 앞뒤 번갈아 상하 요동을 하면서 해변가로 다가오고 있다. 이 배는 전기에너지에 의한 동력선이지만 동력의 발생은 기계 특유의 단조로움을 벗어나 인간의 호흡 양식과 같이 이루어지고 있었다. 거대한 배는 하나의 살아 숨쉬는 생명처럼 우아하게 호흡하며 자기의 보금자리를 향해 깃들이러 온다.

마침내 이 용형(龍形) 뱃머리의 장선(長船)은 해변에 닻을 내렸다.

그들은 이곳 북미회여황국의 十三代째 내려오는 통치자인 일명 北國女皇 헤다 발키리아 十三世의 명을 받아, 자기네들 종족의 대륙 각지에로의 확산을 위한 남방 원정을 떠났던 이들이었다. 이제 성공적으로 임무를 마치고서 모든 장수와 병사들은 긍지에 가득 찬 마음으로 돌아오고 있다.

그들 모두는 배에서 내려 얼마 떨어지지 않은 바할라궁으로 걸어 들어왔다. 바할라궁의 성벽은 매우 얕게 있었기 때문에 그들이 들어오는 광경은 궁내에서도 훤히 볼 수 있었다. 장수 십여 명과 병사 약 오백여 명의 그들은 보무도 당당히 질서정연하게 개선하는 모습이었다.

바할라궁의 실내는 워낙 침침한 분위기에 익숙해 있는 그들이라 군데군데 굵은 기둥마다 달린 몇 개씩의 장식용 촛불 이외에는 별다른 조명도 켜있지 않았다. 다른 족속의 눈에는 상당히 음침한 느낌을 줄만한 것이었다.

女皇 헤다 발키리아는 이제 막 남방 원정을 마치고 돌아온 장수들의 알현(謁見)을 받기 위해 용상(龍床)으로부터 자신(自身)을 일으켰다. 칠미터에 달하는 몸에서 뿜어 나오는 생명의 열기(熱氣)는 주위의 쌀쌀한 기운을 제압하고도 남았다. 매우 성기게 삼으로 짠 상하의(上下衣)는 상하주요부 약간만을 가린 정도였고, 대신에 몸을 뒤덮은 황금빛 머리칼이 몸의 움직임에 따라 실낱같은 실내 조명을 반사해, 방안 가득이 찬란히 반짝이는 금싸라기의 폭포수를 쏟아 내었다.

그녀는 두터운 융단으로 덮여 있는 용상의 난간에 어깨를 걸쳤다.

자신을 알현하려는 자들을 맞아 크게 뜬 그녀의 두 눈이 어둠 속의 푸르른 인광(燐光)처럼 빛났다. 어찌 보면 눈부시게 희고 어찌 보면 반투명에 혈색을 받아 발그래히 보이는 그녀의 몸이 어둠 속의 거대한 발광체와 같이 주위를 압도하고 있었다.

이제 육백십세에 이른 그녀의 모습은 긴긴 세월의 자취가 배여 있긴 했으나, 오히려 더욱 중후한 위엄을 풍기면서 신비로운 아름다움을 더해줄 뿐이었다.

원정 대장군 노라와 그녀의 부관 애스터 등 여러 명의 인솔 장수와 병졸들이 들어와 일렬로 늘어서 그녀를 알현했다. 그들 모두 앳된 소녀의 모습이지만 한결같이 늘씬하고 장성(長成)한 체구를 갖고 있었다. 가뿐한 느낌을 주는 보랏빛의 갑옷으로부터 매끈하게 뻗은 팔다리가 시원스러이 보였다.

그들 모두는 한 쪽 무릎을 꿇고 두 팔을 앞으로 치켜들어 그들의 지존(至尊)에 대한 예(禮)를 표했다.

「오로라와 같이 빛나는 지혜와 호수같이 깊은 자비와 빙하와 같이 냉철한 이성(理性)을 지니신 대 북미회 女皇國 헤다 발키리아 이자베스 폐하께 남방 원정대 일동 영광스러운 개선의 보(報)를 전하옵니다.」

이어서 북국 女皇 헤다 발키리아의 목소리가 실내를 진동시켰다. 물론 女皇族 특유의 복합음이었다. 초로(初老)의 위엄 있는 여걸(女傑)의 목소리가 만족감을 뜻하는 장조(長調)의 가락을 지닌 초저음에 실려 나갔다.

「우리 종족의 번성을 위해 멀고 험난한 원정을 마치고 돌아온 그대들을 환영하오. 이미 보고를 통해 그대들이 혁혁한 전과를 올린 것은 알지만 이 자리에서 다시 소상히 설명해 주시오.」

원정 대장군 노라가 이에 대답했다.

「폐하의 은총에 힘입어 남방 각국을 돌며 우리의 씨를 퍼뜨려, 차세대에는 우리 종족의 모습을 닮은 자손들이 대륙 각지에 많이 나올 것입니다.」

그녀의 어깨까지 닿아 있는 은황색의 긴 머리칼은 일사람으로서는 꽤 긴 편이었다. 불그스레한 얼굴 가운데 오뚝 솟은 콧날과, 깊이 패인 눈자위 안의 회청색 눈빛이 강인한 인상을 주었다.

그녀의 허리에 찬 장검이 빛났다. 장수의 위용을 나타내 주는 장려한 모습의 병기였지만 그것을 활용할 때는 매우 드물다.

「데리고 갔던 숫사람들을, 앨마아스는 남방 지중해 반도의 율리아 아프로디테에게 동행했던 애스터가 이에 덧붙였다.

레우볼그는 서남 반도의 카르멘 갈라티아에게 랑크는 서방 섬나라의 붉은 머리 족속 이사벨라 버진메어리에게 보내어, 그녀들로 하여금 이들의 씨를 받게 했습니다. 귀밑까지 닿아 있는 샛노란 곱슬머리에 파란 눈동자의 그녀는 원정길을 가며 모든 관련된 실무를 맡아 하는 역할을 해 왔다.

『그들에게서의 어떤 저항은 없었나?』

女皇의 물음에 노라는 다시 자세를 갖추고 대답했다.

『그들의 성 문전에서 약간의 충돌이 있었지만 용맹한 우리 군사들에 의해 곧 방어선이 무너졌으며 이윽고 입성해 그들과 대좌했을 때 그들은 우리의 요구를 알고는 곧 순히 받아들였습니다. 그들은 필요한 백성의 증가를 위해 부족한 숫사람을 우리의 종족으로써 보충하기로 했습니다. 폐하의 눈부시게 아름다운 모습의 영상을 그들에게 보이니 그들도 우리 종족의 금발과 푸른 눈을 선망하여 같이 가지고 싶어 했던 것입니다.』

女皇은 만족스러운 목소리로 모두에게 말했다.

『그대들의 노고를 치하(致賀)하오. 지금은 우리가 이곳 대륙 한 구석의 소수 인종에 불과하지만 이렇듯 모든 면에서의 우리의 우월성으로 인해 우리의 종족은 곧 대륙 전역에 퍼질 것이오.』

헤다 발키리아 十三世. 역시 진정 사랑할 수 있는 이에게 자신을 바치지 못하는 한을 품고 살아가는 하나의 女皇族임에는 다름이 없었으나, 그녀는 자신의 한(恨)을 적극적인 개척과 정복의 정신으로 승화시켜 생의 활력소가 되게 하고 있었다.

女皇의 이 말에 노라는 다시 말했다.

『폐하, 우리의 종족을 대륙 전역에 퍼뜨리기 위해 이미 남방에는 아뢰온 바와 같이 숱한 우리의 숫사람들을 파견시켰으나, 동방에는 광활한 대지가 있음에도 불구하고 우리의 씨를 받을 만한 기존의 女皇國이 있지를 않습니다.」

「그래서 어찌하면 좋겠소?」

「皇世女 전하와 저희 범인족 상당수를 같이 보내어, 우리 女皇國의 핏줄을 이은 새로운 나라를 건설하는 것입니다.」

「朕(짐)도 그런 생각을 해보지 않은 바는 아니었지만...」

그녀는 잠시 생각했다. 그리고는 곧 말했다.

「卿(경)들의 의견은 내 오늘 처음 들은 것도 아니니 짐은 곧 동방 식민 개척을 위한 방안을 세울 것이니라. 그대들은 당분간 숙소에서 마음껏 쉬고 다음의 보다 큰 일을 준비할지어다.」

노라와 여러 장수들은 재배(再拜)하고 헤다 발키리아의 어전(御前)으로부터 물러갔다.

사실 다 자란 자신의 皇世女를 따로 분가시켜서 새 나라를 세우는 것은 女皇族의 당연한 전통이지만, 옛적에 시녀황의 후손들이 대륙을 서진(西進)하면서 女皇國의 건립 지역을 넓혀가다가, 온난하고 살기 좋은 지중해 연안에 이르른 다음부터는 새로운 땅으로 더 나아가 나라를 건설하는 일이 지극히 완만하게 진행되고 있었다. 기껏해야 女皇이 자신의 皇世女에게 바로 옆의 땅에 분가한 나라를 세워 주거나 아니면 아예 자기 땅을 떼어 주든지 하는 정도였다.

게다가 음습(陰濕)한 북방의 땅에 새 나라를 세우는 것은 꺼려지는 일로서, 대체로 皇의 비위를 거슬리어 쫓겨나게 되는 皇世女가 죄수, 부랑자 등으로 구성된 얼마 안

되는 범인족만을 데리고 나오면서 이루어지는 것이 대부분이었다. 이러한 과정을 밟으면서도 女皇國의 북쪽 땅으로의 진출은 조금씩 계속되었지만, 이제 헤다 발키리아 十三世의 代에 이르러서는 더 이상 북쪽으로 향할 곳이 없게 되었다.

본래 남방의 살기 좋은 곳으로부터 밀려나온 그들이 그들의 기원(基源)이었지만, 북방의 거친 환경에 적응해 살다 보니 점차로 건장한 체격과 용맹성을 대를 이어 오면서 갖추게 되었다.

또한 빛을 받지 못해 탈색된 그들의 모습이 남방인들에게 오히려 아름답고 신비하게 보이게 된 것도 아이러니였다. 남방의 女皇들은 헤다 발키리아의 모습을 알고는 자신도 그녀를 닮고 싶어하고, 기꺼이 자신의 후계는 그러한 형질을 가지도록 헤다의 숫사람들을 받아들이는 것이었다. 힘에 의한 정복이 아닌 미모에 의한 정복이 이루어진다고 할까. 그리고 상대방을 죽여 없애는 방법이 아닌, 자기네 종족을 많이 퍼뜨려 살리는 방법으로 정복이 행해지고 있었다.

그녀에게는 이미 女皇族으로서도 다 자란 일백오십세의 딸 소냐 발키리아 十四世가 있었다. 그러나 아직 마땅한 새 땅을 찾지 못해 모녀 동거를 하고 있는데, 이것은 결코 바람직한 것이 아니었다. 아니 위험하다고까지 할 수 있는 상황이었다. 한 女皇國에 출산 능력이 있는 女皇族이 둘이 있으면 국내의 범인족들을 다스리는 근본이 흔들릴 위험이 있다.

소냐 발키리아가 분가를 못하고 있을 동안에 이미, 아직은 출산 능력이 있는 女皇族의 성년은 아니지만 또 하나 女皇族으로서의 성장을 간택 받은 그녀의 아우가 태어나 자라고 있었으니 바로 貴順摩耶姬었다.

오십오년 전 헤다 발키리아 즉위 사백이십년 초가을, 바할라궁에서는 칠일간에 걸친 수정식 행사가 거행되고 있었다.

숫사람들은 모두들 평소의 무료한 생활에서 쌓인 억압된 마음을 이 기회를 통해 발산하느라 여념이 없었다. 일백 여명의 그들은 교대로 하루에 열 댓 명씩 女皇과의 수정과업을 수행하느라 극도로 흥분해 있었다. 대기 중인 자들은 자기네들끼리 밤새도록 편지 놀음을 하며 수정권의 선후 배분을 다툼하고, 더러 합의가 되지 않는 경우 서로 엎치락뒤치락 치고 받는 불상사까지도 있었다. 한편 이미 수정을 끝낸 자들 또한, 할 수 있는 만큼 못했음을 한탄하면서 밤새도록 술을 마시거나 수정권 선후 배분의 약속을 안 지켰다는 이유로 싸우기도 해, 그들의 거처는 실로 어지럽기 이를 데 없었다.

이때 이들 중 예외자(例外者)적 별종(別種)이 하나 눈에 뜨였다.

차렌이라는 이 숫사람은 고개를 약간 구부정한 채로 다른 숫사람들과는 달리 평소에 혼자 사색하듯 앉아 있거나 정원을 거닐거나 해서, 다른 숫사람들과 궁인들의 눈에 금방 뜨였다. 숫사람들은 그냥 혼자 있을 때면, 무념무색(無念無索)의 그들의 속성상한 시도 어떤 행위를 하지 않으면 참을 수 없으므로, 설새없이 손을 움직이는 오락기(娛樂器)나 투전기(投錢器) 등에 붙어 있을 것이 당연한데, 그는 어찌 되어서인지 이들 숫사람 필수 생활용구를 필요로 하지 않아 모두를 의아하게 했다.

선천 절멸류(絶滅類)의 우주사시(宇宙四時)를 건너뛴 격세유전(隔世遺傳)21)이랄까. 차렌의 별행(別行)은 수정식에 이르러 더욱 두드러졌다.

그도 역시 숫사람은 틀림없는지라 수정식 그 자체를 반가이 하지 않는 것은 아니었

21) 어떠한 유전 형질이 여러 세대를 거치는 동안 잠복해 있다가 다시 나타나는 것.

다. 그러나 그가 속한 조(組)의 차례가 되어 모두들 정신없이 서로 좋은 자리를 차지 해 女皇의 몸을 흠씬 맛보기 위해서 다툼하고 있는 동안, 그는 의관(衣冠)을 갖춘 채 로 한 발치 떨어져 멀거니 쳐다보고만 있을 뿐이었다.

숫사람들의 광란에 가까운 애무와 사정(射精)에 정신없이 자신의 알몸을 내맡기던 女 皇 발키리아가 그의 이상스런 태도를 보다 못해 그에게 물었다.

『차렌, 그대는 어찌하여 내게 등신(登身)하지 않는고?』

『 。 。 。 』

『그대에겐 나의 이 옥향성체(玉香聖體)가 흡족치 않더란 말인가?』

女皇이 다소 노기(怒氣)를 띤 어조와 표정으로 그에게 다시 말을 건네자, 그제야 차 렌은 퍼뜩 정신이 든 듯 女皇을 향해 돌아섰다.

그는 무릎을 꿇고 女皇에게 아뢰었다.

『폐하 소인인들 어찌 폐하의 옥향성체의 향취를 음미하고 싶지 않겠사오이까? 단지 그것이 소인에게는 이성(理性)에 의한 사고(思考)의 기반(基盤) 위에서 존재하는 하나의 쾌락적 유희이오나, 저들에게는 그들의 자의식(自意識)을 대치(代置)해 그들의 행동을 지배하는, 그들의 생 그 자체를 이루는 전부이옵니다. 그러기에, 보다 요구 가 절실한 자들에게 자리를 우선 내어 줌이 합당(合當)한 줄로 알아옵기에, 그들이 자기들의 욕구를 충분히 끝마칠 때까지 기다리고 있는 중이옵나이다.』

『우화 ! 호호호 ! 』

헤다 발키리아는 갑자기 크게 벌어지는 입을 손으로 막으려 하며 한바탕 웃어 제꼈 다. 그 바람에 요동을 쳤다. 그녀의 배와 허벅지도 요동을 쳤다. 그 바람에 정신없이 그녀의 몸을 핥고 더듬 고 있던 숫사람 서너 명이 한꺼번에 나가 떨어져 바닥에 나뒹굴었다.

『소문대로 과연 그대는 별종이로고...』

결국 이날의 수정식도 차렌의 차례는 돌아오지 않은 채 끝나고 말았다. 이전에 그가 특별히 주목을 받지 않을 때에도, 먼저 사정을 하려고 아귀다툼을 하는 다른 숫사람들에게 밀려 번번이 수정식 때마다 한 번도 사정의 기회를 갖지 못한 것이 그였다. 떠들썩한 수정식 기간이 끝나고 이틀인가 지났을까. 그 동안의 피로에 지쳐 모두들 며칠이고 계속될 잠에 떨어지고 있는 숫사람 거처의 한 구석에서, 홀로 깨어 일어나 사색에 잠겨 있던 차렌에게 한 궁인이 몰래 찾아 들었다. 그리고는 나직이 그에게 속삭이기를...

『차렌, 너를 폐하께서 특별히 부르신다. 어서 빨리 나오너라.』

『무슨 말씀입니까? 숫사람을 혼자 부르는 일이 어디 있습니까?』

『잔말 말고 어서 오래도... 낸들 폐하의 속뜻을 알기나 하냐? 꾸물거리지 말고 어서.』

차렌은 영문을 알지 못한 채 한밤중에 헤다 발키리아의 침실로 불러들여졌다.

『어서 오너라, 차렌. 내 너를 한번 가까이하고 싶어 불렀느니라. 돌이켜보니 내가 너에게 한번도 받은 적이 없다는 것을 알게 되었다.』

『성은(聖恩)이 망극(罔極)하옵니다. 하지만 아뢰옵기 황공(惶恐)하오나 이것은 女皇國의 법도(法道)에 어긋나는 일이 아니옵니까?』

『멍청한 자 같으니라고... 女皇國의 법도는 나의 생명 활동을 위해 있는 것인데 법도는 내 아래에 있다는 것을 모르느냐?』

이렇게 하여 차렌은 女皇의 특별 배려를 받아 사정의 기회를 갖게 되었다. 그러나 그는 여전히 의관을 갖춘 채로 명하니 서 있으면서 女皇을 응시(凝視)할 뿐이었다.

북국의 여황

『뭣하는 거냐? 어서 등신 하지 않고!』
『황공하옵니다. 폐하의 성체의 아름다움이 가져다주는 느낌의 참뜻에 대한 의문이 일어나서 잠시...』
『쓸데없는 소리 말고 냉큼 실행하지 못하겠느냐?』
女皇은 짜증 섞인 소리를 질렀다. 그녀의 저주파 음은 둔탁하게 끊어지는 소리였다.
『소인 죽을죄를 졌습니다. 즉각 따르겠습니다.』
차렌은 가만히 자신의 의관을 거두어 정돈하고서는 女皇에게 다가가서 차분히 그녀의 몸 이곳 저곳을 쓰다듬으며 그 향취를 음미했다. 그리고 그 다음에, 몇 백년을 숙성하고 땅속에서 파낸 술단지에 덮여 있는 밀봉 덮개를, 그윽한 숙향(熟香)을 맡으며 조심스레 열듯이, 女皇의 음문을 가만가만히 열어 젖혀 벌리고는 정성을 다 해 사정을 했다. 근래에 보기드문 고상하고 우아한 수정식은 북국의 어슴푸레한 긴 밤 내내 女皇 헤다의 침소를 밝혔다.

이 이색적인 수정식이 다 끝난 뒤에 북미희국 女皇은 힘들게 몸을 일으켜 정좌하고 창 밖의 여명을 배경으로 흡족한 미소를 지으며
『차렌, 그대는 아무래도 태어나길 잘못 태어난 것 같다.』
하고는 그를 그녀의 양 가슴 사이로 끌어안았다.
그리고는 또다시
『내, 앞으로 수정식 때에는 그대를 마음에 두고 의식을 거행하리다.』
하며 눈물을 글썽였다.
『아니옵니다. 폐하 저는 이제 죽어도 여한이 없사옵니다.』

차렌은 재배하면서 이렇게 말하고는 女皇과의 하룻밤 장성건축(長城建築)의 대역사(大役事)를 마치고 나왔다.

이런 일이 있은 뒤 얼마 안 되어 차렌은 죽고 말았다. 女皇과의 대역사의 밤에 혼신의 힘을 다한 것이 원인이었으리라 하기도 하고, 한편으로는 女皇과의 단독 동침의 사실을 알게 된 다른 숫사람들의 질투 때문이라는 말도 있다.

차렌이 죽은 뒤 북국女皇은 곧 삼백 명의 아이를 낳았다. 그에 대한 연민에 착잡하기도 하던 그녀는 아이들 중 맨 나중에 나온 아이의 우수 어린 눈빛으로부터 그 아이에 대해 직감으로 느끼는 바가 있었다. 그녀는 아이를 잡아 안고 말하기를

『짐은 앞으로 이 아이를 나의 젖을 먹여 키우겠노라.』

했다.

이 예기치 않은 말에 산후(産後) 담당관들은 놀라지 않을 수가 없었다.

『폐하. 이번 수정식은 전혀 皇世女 간택을 예정하지 않지 않았사옵니까?』

『지금도 과년한 皇世女가 있는데 심히 염려되옵니다.』

『간택관(揀擇官)도 소집하지 않은 자리에서 어찌 皇世女를 택하신단 말씀이옵니까?』

그러나 女皇은 이를 물리치며

『皇世女의 양육에 대한 결과는 내가 책임질 것이니 그대들은 걱정 말라. 간택관들에게는 내 잘 일러둘 것이니라.』

하고는 택한 아이를 자신의 양 가슴 사이로 더 가까이 끌어안았다.

오백년 가까이 이 나라를 통치한 혜다 발키리아의 성격을 아는지라 그들은 이내 물러섰다. 이렇게 하여 마지막 낳은 아이는 女皇 혜다의 품에서 자라나게 되었다.

아이는 나서부터 몸가짐이 고상하고 얌전하여 「貴順」이라는 이름이 붙었다. 그녀는 여성적인 일과를 좋아해 베 짜는 일을 즐겨 하므로 「摩耶」라는 이름이 붙었다. 여기에 女皇族에 흔히 쓰는, 큰 여자라는 뜻의 「姬姑」가 붙어 그녀의 정식 이름은 「貴順摩耶姬姑」가 되었으며 그곳의 발음으로 불리우기는 「키션 마야하이카스」라 했다.

모황은 貴順을 아끼고 사랑했으나 대범하고 호방하기만 한 그녀는 貴順의 섬세하고 다정다감한 성격과는 잘 맞지가 않았다. 이에 따라 어머니와 딸의 사이는 그저 작위(作爲)의 애정만이 있을 뿐이었다. 貴順는 항시 넘쳐 나는 정(情)의 갈구가 수용되지 못하는 속에서 초년 시절을 보냈다.

貴順은 때때로 엄한 행동 지침을 내리며 훈육하는 모황의 아래에서 자라왔다. 어려서 어머니를 무서워하던 그녀도 조금 철이 들면서부터는 자신을 위해 주는 어머니의 마음을 이해하고는 할 수 있는 한 어머니의 일과를 도우면서 지냈다.

貴順는 타고난 바른 몸가짐과 女皇族으로서도 빼어난 총명함, 그리고 보는 이를 편안히 해주는 아름다움 등으로 궐 안은 물론 궐 밖으로도 소문이 나서, 신분을 불문하고 그녀를 아는 모든 이의 아낌을 받는 존재로 자라나고 있었다.

『皇世女 키션 마야하이카스 발키리아를 들라 이르라.』

헤다 발키리아는 貴順摩耶姬姑를 불렀다.

貴順摩耶姬姑는 자신의 방에서 원정에서 돌아온 장수와 병사들에게 선물할 옷을 짜고 있다가 모황의 부름을 받았다.

『폐하께서 皇世女 전하를 부르십니다.』

『예? 무슨 일인가요?』
『잘은 모르지만 상당히 중요한 것 같습니다.』
貴順은 모황으로부터의 황유의 수유를 종료한지, 쉽게 말해 젖을 뗀지 삼 년쯤 되었다. 이제 특별한 일이 아니면 모황의 거처에 불려갈 일은 별로 없다. 그런데 이번에 원정대가 돌아온 뒤에 뭔가 중요한 일을 알리려 자기를 부른다 하니 조금은 두렵게 짐작되는 바가 있었다. 貴順은 곧 자기의 차림새를 정돈하고 궁인을 따라 나왔다.
貴順은 곧 모황의 거처에 도착해 절을 했다.
『서북 반도 北美姬女皇國 皇世女 小女 貴順摩耶姬姑 발키리아 자애로우신 모황 마마께 삼가 문안 여쭈옵나이다.』
貴順은 이 때 나이 이미 오십오세였지만 역시 풋풋한 어린 처녀의 모습을 가지고 있었다. 범인족에 비해 무척 크기는 하지만 아직 활동에 지장은 없는 이 미터 삼십 센티 정도의 키에 짙은 청색의 흩벌 의상을 걸쳤으며 회색빛이 감도는 분홍빛의 입술에 뽀얀 살결을 가졌고 손톱은 은광택이 나는 분홍빛으로 물들어 있었다. 그렇지만 아직은 모황 헤다 발키리아의 모습을 그대로 닮아 연노랑의 긴 머리칼에 진녹색의 눈을 가지고 있었다. 양쪽 눈에는 약간의 쌍꺼풀이 지어 있고 눈빛은 한눈에 보아도 선하고 여린 심성의 소유자의 티가 났다. 그녀의 이런 면모는 그녀의 모황도 잘 아는 사실이었다.
『어서 오너라 너의 총명함이 이제 그 쓰임이 올 때가 왔다.』
『모황마마, 무슨 일이옵니까.』
다소곳이 무릎꿇어 앉은 貴順은 여쭈었다.
『이제 우리 북미희女皇國도 커질 대로 커져서 더 이상 분가를 늦출 수가 없게 되었다. 헌데 분가를 시킬 너의 언니는 이미 女皇族으로 다 성장해서 먼길을 가는 데에는 어려움이 많다. 아직 자유로이 활동할 수 있는 네가 언니와 함께 동쪽의 너른 땅으로 새 보금자리를 찾아 떠나거라.」

올 것이 왔음을 확인한 貴順은 북받치는 슬픔을 느꼈다. 그렇지만 이러한 계획에 대해서는 이미 때때로 모든 이야기를 듣고 있었던 터이라 모황에게 별다른 이야기는 하지 않았다. 단지 동방에 대한 이미 알려진 무엇이라도 더 알고자 자기 어머니에게 물을 뿐이었다.

「어머니 출발하기 전에 어떠한 차비를 갖추어야 하겠사옵니까? 아직도 아는 바가 많지 않사와요.」

「동방은 이곳 보다 겨울이 춥다. 아직 다 자라지 않은 너로서는 추위에 이길 옷가지라도 충분히 장만하고 떠나야 할 것이다.」

「동행하는 데에는 소녀가 믿고 의지할 만한 충직한 일사람들이 많이 있어야 할 것 같사옵니다.」

「방금 개선하고 돌아온 원정대의 대장군 노라가 동방 원정의 필요성을 내게 다시 진언(進言)한 바 있으니 그가 마음이 있을 것이다.」

「그의 충직성은 소녀도 익히 아는 바이옵니다.」 직접 만나 그의 뜻을 알아보겠사옵니다.」

貴順은 재배하고 물러난 뒤 자기의 방으로 돌아왔다.

그녀의 방은 전반적으로 어둠침침한 바할라궁의 분위기 안에서 거의 유일하게 밝고 화사한 빛이 감도는 곳이었다. 그녀는 빨간 보가 덮인 하트 모양의 탁자 위에다가 버섯 모양을 본떠 만들어진 밝은 스탠드 불을 켜 놓고 책을 읽거나 때로는 길쌈을 해서 옷을 짜기도 했다.

貴順는 조그마한 오막살이집의 모양을 본딴 전화기를 손으로 잡았다. 창문같이 그려 있는 것이 번호 누름 판이고 지붕은 수화기가 얹혀 있는 것이다. 창문을 누르고 지붕을 열어 젖힌 貴順는 노라의 거처에 연락을 취했다. 노라는 원정을 마치고 자신의 거처에서 친구 몇몇과 담소하며 쉬고 있는 중이었다. 후천 시대의 일사람들의 세상사에서 친구란 바로 가장 가까운 사람을 뜻한다.

「노라 대장군이에요? 나 貴順예요. 어때요? 주위가 왁자지껄한데 지금 즐겁게 잘 지내시나 보죠?」

貴順의 평상시의 말투는 듣는 이로 하여금 편안하고 즐거운 마음을 주기 위해 자기의 기분과는 관계없이 명랑하기만 하다.

「어머 皇世女 전하. 제가 먼저 연락 드렸어야 하는데요. 지금도 건강하시고 잘 지내십니까?」

「호호. 그렇게 어렵게 굴진 마세요. 잘 다녀오시느라 피곤했을 테니까 푹 쉬고 며칠 있다 입궐할 때 내 방에 들르세요. 좀 상의할 일이 있으니까요.」

「여부가 있겠읍니까. 곧 만나 뵙기로 하지요.」

통화를 마치고 貴順는 내일 우선 이 문제를 상의하러 언니 소냐 발키리아의 거처로 찾아가기로 했다.

소냐는 바닷가에서 깊이 들어간 골짜기 후미진 곳에서 몇 안되는 일사람들의 시중을 받으며 외롭게 기거하고 있었다.

九、女皇族 姉妹

貴順摩耶姬姑는 어스름 날이 밝아 올 무렵 길을 떠났다.
언니 소냐 발키리아의 거처를 찾아가는 길은 바할라궁 옆으로 나 있는, 깎아지른 단애(斷崖)의 절벽을 양옆에 둔 협강(峽江)을 따라 수로(水路)로 가는 것이 가장 편리하다. 몇몇의 궁인들을 데리고 자신의 전용인 소룡선(小龍船)을 타고 때마침 모처럼 난 엷은 햇빛을 받으며 그녀는 나들이를 간다.

소룡선은 이름 그대로 작은 용의 형상을 한 뱃머리가 앞으로 솟아 있고 양옆에는 흰 바탕에 온통 가지가지 꽃들이 가득 그려 있는 배로서 배 위에는 호젓한 정자와 같은 구조물이 올려져 있고 돛대와 같은 마스트가 높이 솟아 있다. 물론 이 배는 전기 동력선이므로 마스트에 꽂힌 것은 돛대는 아니고, 북미희국의 皇世女를 나타내는, 꽃무늬를 수놓은 깃발이다.

날씨는 구름 한 점 없이 화창했다. 어느 정도인가 갔을까, 양옆의 절벽이 조금 낮아진 곳에 어떻게 알았는지 수십 명의 일반 일사람 백성들이 모여 와서 그녀를 환호한다.

『키션 皇世女 전하 만세!』

그들의 소리질러 부르는 「키션」는 앞의 「키」에 유달리 악센트가 붙어 있었다. 女皇族의 생은 천세(千歲)가 예사이므로 女皇族을 향한 「만세」는 사실상 선천 인류시대의 「천세」와 마찬가지 정도의 찬사이다. 최고의 지존인 女皇에 대한 찬사는 「영세(永歲)」이다.

아직 다 자라지 않은 어린 女皇族이야 말로 일반 백성들에게는 선망의 대상이었다. 더군다나 貴順빼어난 아름다움에다 그네들과 같이 마주할 수 있는 몸을 가졌으니까.

摩耶姬씨는 그 덕성과 총명함이 궐밖에도 널리 알려져 있어 그녀에 대한 범인족들의 연모의 정은 대단했다. 물론 그들 중 거의 모두가 이 촉망의 皇世女에 의한 치세를 살아보지는 못하겠지만, 그러한 사정은 더욱 그녀에 대한 그들의 애틋한 사랑을 더했다.

貴順摩耶姬씨는 살짝 오른 손을 들어 그들에게 답했다. 언니에게 너무나도 중요한 일을 상의하러 가는 지금의 심경은 매우 무겁고 진지할 수 밖에 없지만 그녀는 그 마음을 내색하지 않고 환하게 미소지어 보였다.

배는 꽤 빠른 속도로 물살을 갈랐다. 화사한 흰색의 겉옷이 바람에 날려 펄럭이며 그녀의 몸에 착 달라붙었다. 강건하게 균형 잡힌 육체의 윤곽이 생생하게 드러나 보였다. 햇빛을 받은 연노랑의 머리카락은 화사하게 나풀거렸다. 자신을 이리도 아끼어 마지않는 이 사람들과 머지않아 헤어져야 함은 그녀의 착잡함을 더했다.

혼자 놀던 하얀 아기 고래가 가족들에게 돌아가려고 바삐 헤엄치듯이 울렁이며 나아가고 있는 이 작은 배 위에서, 貴順摩耶姬씨는 왼손으로 마스트를 잡고 안면에는 밝은 미소를 띄운 채 오른 손을 높이 흔들면서, 마음속으로는 자신의 지난 시절을 되뇌어 보았다. 어린 시절 다정했던 언니의 모습이 다시금 떠오른다. 어느 시절 이후였던가 언니는 우울 증세 같은 것이 보이더니 자신과 조금씩 멀어지기 시작했다. 어린 그녀는 잘 알 수 없었지만 이제 어느 정도 주변 세계에 대한 눈을 뜨게 되니 그 이유를 대략 알 것만도 같았다.

貴順의 직계 언니가 되는 소냐는 貴順이 처음 태어나서 간택되었을 때 무척이나 기뻐했다. 이제 늦은 감이 적지 않았던 자신의 분가가 목전에 다다르자 자신의 자리를 대신 메우려고 새 皇世女, 자신에게는 황세매(皇世妹)를 간택한 것이라 여겼기 때문이었다.

여황족 자매

어린 貴順은 언니 소녀와 함께 잘 지냈다. 언니의 몸 위를 뛰어다니기도 하고 잠잘 때는 언니의 몸 위에서 자기도 했다.

어느 날이었다. 소녀가 낮잠을 자고 일어나 보려 하는데 머리카락이 무언가에 걸려 당겨지지가 않았다.

『응. 왜 이러지?』

소녀는 팔을 힘껏 짚고 일어나니 머리카락이 들려지긴 했다. 그러더니 貴順가 팔짝 뛰어 자기 품에 안겼다.

『앗. 언니이야!』

『히힛. 언니 놀랐지?』

소냐가 더욱 놀란 것은 貴順가 소녀의 긴 머리카락을 그녀가 잠든 틈을 타서 짜고 엮어 자기의 옷처럼 해 입고 있는 것이었다.

『이게 뭐야? 그럼 난 어떻게 다니라고…』

『난 언니하고 떨어져 있기 싫거들랑. 그래서…』

『나 곧 남방 원정 계획을 상의하러 어머니 만나러 가야 해. 이대로 어떡하란 말야?』

『같이 가, 언니』

소냐는 貴順를 옆에 달려 걸어가게 하고는 푸른 융단이 깔린 통로를 지나 모황의 방으로 갔다.

『북미희女皇國 皇世女 소냐 모황마마를 뵈올 시각에 이르러 문안 여쭙나이다.』

『오냐 어서 오너라. 그런데…』

모황 혜다는 소녀의 옆에 있는 貴順을 보고 깜짝 놀랐다. 貴順는 냉큼

『엄마 어때요? 재밌죠? 언니와 나는 서로 떨어져 살지 않기로 했어요.』

하면서 자기를 휘감은 언니의 머리털을 손으로 잡아들였다 놓았다 하면서 자랑했다.

그러나 돌아오는 것은 모황의 불호령이었다.

『貴順! 냉큼 풀지 못하겠느냐?. 네가 있을 자리가 아니니 장난 말고 어서 네 방으로 썩 가거라!』

貴順는 훌쩍이며 얼른 자기가 반나절 애써 짜 놓은 옷을 풀고 물러나왔다. 그리고는 자기 방으로 가서 구석에 엎어졌다.

『으앙, 앙.』

그리고는 크게 소리내어 울었다.

이 일이 있던 때로부터 얼마 지나서부터는 그 동안 자기와 잘 놀아주던 언니도 자기를 점차 무뚝뚝하게 대하면서 오히려 귀찮아하는 듯 보이기 시작했다. 다시 얼마 지난 후에는 언니는 별다른 이야기도 없이 다른 곳에서 살러 간다는 얘기만 남기고 궁궐을 떠나 버렸다. 모황은 貴順이 임의로 소냐를 만나러 가는 것을 통제했다. 그 뒤로 貴順와 언니는 어쩌다 女皇國의 공식 의전 행사에서나 가끔 마주칠 수 있을 뿐이었는데 그 때마다 언니는 별다른 얘기도 않고 그냥 지나쳤다.

햇살은 화창하고
바람은 잔잔한데
小船에 몸을 싣고
언니 찾아 가는 길에
백성들은 소리높여

이 내 한몸 반기지만
눈밖에는 환한미소
마음속엔 愁心이라

배는 그녀를 흠모해 마지않는 군중들을 아쉽게 뒤로하고 계속 협강 깊이 전진해 소나가 불과 삼십 여명의 일사람들하고만 같이 사는 수도 외곽의 조그마한 별궁(別宮)에도 착했다.

별궁은 말이 궁이지 실상 강가의 낮은 언덕빼기 위에 나지막한 울타리가 쳐져 있고 그 안에는 불과 다섯 채의 단층집이 지어져 있는 곳으로서 소나가 이곳으로 이사해 오기 전에는 女皇의 측근 대신 몇몇이 함께 사는 살림집이었다. 그래도 皇世女의 거처라 해서, 대문 안으로 들어서면 보이는 앞마당에는 가지각색의 화초를 조화롭게 꾸민 정원이 가운데 자리하고 있었다.

그녀 일행이 도착하자 그곳을 지키던 보초병들은 매우 그녀를 반겼다.

『皇世女 전하 어서 듭시옵소서。』

『여러분 수고 참 많으시네요。 모두들 행복... 』

보초병들에게 평소 그녀의 인사 버릇대로 「행복하세요。」하셔야 할 텐데... 』 하려던 貴順는 그들의 형편을 알면서도 이렇게 인사하는 것이 한낱 공치사(空致辭)에 불과하다는 것을 순간적으로 깨닫고 말을 바꾸었다.

貴順는 여느 일사람이나 다름없이 그냥 걸어서 대문으로부터 소나가 있는 안채까지 갔다.

소나는 이 날 아침 아우가 온다는 보고를 미리 받았었다.

『황세자(皇世姉) 전하를 뵈오러 오는 본궁의 황세매가 방문한다 하옵니다. 전하가 아직 주무실 때 이미 출발했다 하옵니다.』

『으응? 웬일로? 걔는 우리 모황마마의 총애를 받고 이 존귀한 女皇國의 후계 수업을 받느라 정신없어서 이런 후미진 곳에 찾아올 만치 아쉬운 일은 없을 터인데?』

『좀 중요한 일을 상의 드리러 온다 하옵니다.』

『그래? 그렇다면 아마도 우리 모황폐하의 지엄한 전갈이라도 받고 오는 모양인데...』

『아무렴, 잘 보여서 좀 은덕을 나누어 입을 궁리를 해야지.』

그리고는 약간 화장도 하고, 옷매무새도 조금 고치곤 했다. 사실 女皇族에게는 선천의 여성과 같은 화장은 필요 없었다. 그냥 자연 그대로의 모습이 진한 화장을 한 선천 여성의 모습이기 때문이었다. 단지 얼굴에 묻었을지 모르는 먼지를 좀 닦고 머리카락을 조금 가지런히 하는 정도였다. 또한 옷도 입을 옷의 한계가 있으므로 만남을 위해 특별히 차려 입을 옷은 없었다. 약간의 장식물에 지나지 않는 옷이지만 그래도 림새를 신경 쓰는 여성 본능으로, 조금이라도 낫게 보이려고 살짝 손보는 것이었다.

소나는 화장을 마치고 나서 자리에서 무심한 표정으로 기다렸다.

貴順摩耶姬姑가 들어왔다. 키 6미터의 女皇族 성년이 다 된 소나는 침대 모양의 좌상(坐床)에 모로 누워 있었다. 유난히 흰 살결을 가진 그녀는 둥그스런 얼굴에 약간 곱슬한 노랑 머리카락, 호수같이 푸르면서도 회색 빛이 감도는 큰 눈, 그리고 어머니의 센 콧날과는 달리 적당히 무난할 정도로 선 콧날에 도톰한 입술을 가지고 있었다. 女皇族의 몸도, 늘씬한 장대함만을 보이는 모황과는 달리 女皇族의 몸 크기를 생각지 않는다면 아담한 느낌을 줄 수도 있는 통통한 형태였다. 그녀의 옷은, 역시 그녀도 몸으로부터 항상 왕성한 생명의 열이 솟아 나오는 女皇族인 까닭에, 삼으로 성기게 짠 옷으

여황족 자매

로서 약간의 장식만 달린 채 상하 주요부 조금만을 가린 상태였다.

『북미희女皇國 소냐 황세자 전하께 소매(小妹) 貴順 삼가 문안 여쭈옵나이다.』

貴順는 약간의 예를 보이고 좌정했다.

『허. 내가 무슨 황세자냐? 그냥 잉여 女皇族의 하나일 뿐이지.』

貴順와 비슷하면서도 더 성숙된 맑은 처녀의 목소리지만, 밑바탕에는 그녀의 기분을 나타내듯 음산한 바람소리같은 울림이 섞여있었다.

『언니 그렇게 말씀하지 말아 주세요. 우리의 가까운 곳에는 더 이상 사람이 살만한 곳을 찾지 못했던 것 아녜요?』

『못 찾긴 왜 못 찾아. 밤낮 뻔한 땅인 남쪽으로만 원정을 보내 종자 보급이나 하고 마니까 그렇지. 그래 봐야 당장 우리 족속에게 얻어지는 것이 뭐가 있어? 지금 사는 우리 족속들을 위한 더 좋은 땅을 찾아보고 거기 새로 나라를 세우기만 하면, 나도 보다 많은 우리의 족속들을 낳을 수 있고 그러면 오히려 우리의 족속이 더욱 널리 번성할 수 있는 것인데…….』

소냐도 어릴 적에는 모황의 하는 일에 열심히 봉사해 주었다. 그러나 계속되는 남방 원정은 숫사람들의 분양에만 그쳤지 정작 자기가 가서 나라를 세울 땅은 찾지 못하자, 그녀의 실망은 갈수록 더해졌다. 이러던 중 貴順가 태어나던 시기를 전후해, 미처 분가의 준비를 갖추지 못한 채 그녀도 어느덧 女皇族 성년의 나이가 되고 말았다. 이에 따라 한 나라에 두 女皇이 있을 수 있는 위험이 생기게 되었다. 모황 혜다는 서둘러 그녀를 한 명의 숫사람도 배정하지 않고 시중들 일사람 삼십 명 남짓만 대동시켜, 이곳 멀리 떨어진 별궁으로 이사하게 하여 궁정으로부터 격리했다. 게다가 데리고 나온 일사람들도 이제는 늙어서 제대로 시중을 들지도 못하는 이가 허다한데도 좀체로 바꾸어 주지를 앉아았다.

「언니. 바로 그 때문이에요. 모황마마께서 동방으로 분가시키기로 결정하셨다 해요.」

「분가? 누가 그걸 몰라서 이러고 있는 거니? 동방은 땅이 어떻게 이루어졌는지 전혀 아는 게 없다. 나는 이제 더 이상 먼길을 나설 수가 없어. 너나 늦기 전에 어서 준비해라. 물론 어느 방향으로 가야 하는지 알 길은 없지만... 참 너는 상속자로 예비되어 있으니 그럴 필요도 없겠지.」

소녀는 귀찮다는 듯 몸을 뒤척이며 고개를 돌렸다. 그러자 하의가 흘러내려 그녀의 눈부시게 흰 엉치뼈 언저리 부위가 노출되었다.

「언니. 저와 함께 가시는 거에요.」

「뭐. 네가 간단 말이냐? 정말.」

놀란 그녀는 다시 몸을 뒤집어 엎드린 자세를 취했다. 아랫도리의 하얀 속살이 성긴 실 가닥 사이로 희끗희끗 노출되었다.

「그럼 어머니는 또 후계자 아이를 낳으신단 말이냐?」

「예. 저도 상속자의 자리를 갖는가 기대한 적도 있었지만 어머니는 아직 너무 건강하세요. 이번을 계기로 조만간 황손 간택 수정식을 거행하여 아이를 낳으실 거에요.」

「네가 가면 나 혼자보다 무엇이 낫다는 거냐?」

「언니 제 자랑은 아니지만 저는 동방의 지리에 대해 많은 것을 미리 알아보았고 또 저를 따르는 많은 범인족 백성들을 인솔할 수가 있어요. 언니는 그냥 女皇용 안락수레만 타고 가시면 될 뿐이어요.」

소냐 발키리아는 쌓였던 응어리가 풀리는 매우 반가운 일임에는 틀림이 없었으나 너무 갑작스레 맞이한 일이라 얼떨떨한 듯 잠시 무표정하게 貴順을 바라보았다.

그리고는 이윽고

『키션 황세매야, 네가 진정 나를 위해 그럴 수 있단 말이냐?』

하며 손을 내미니 貴順은 얼른 그녀의 품에 안겼다. 소냐는 기쁨과 동시에 자기도 이제 어머니를 이별한다는 야릇한 서운함이 느껴졌다. 어머니와의 이별에 대한 감정은 貴順의 경우는 물론 더했다. 자매는 기쁨, 기대, 서운함 그리고 두려움이 교차된 서로의 기분이 뒤섞여, 한동안 같이 울먹이며 몸과 얼굴을 부벼댔다.

『모든 준비는 내가 다 해 놓을 테니 언니는 출발할 때 같이 가기만 하세요.』

『그래. 어서 가자. 이 생활은 하루하루가 너무나도 견디기 어려우니 어서 준비 되는대로 떠나자.』

『그럼 이제 한 달쯤 있다가 준비가 다 되면, 내가 다시 와서 가자 할 때 같이 가세요. 언니.』

이 곳에 근무하는 일사람들도 소냐가 이제 떠난다고 하니 모두들 기뻐해 마지않았다. 물론 겉으로는 이제 皇世女 전하의 한이 풀렸다고 즐거워하며 또 약간의 진심도 있었겠지만, 실상 그들은 이제 소냐의 일상 돌보기에 지쳐 있었다. 외부에서도 이 곳으로 부임하기를 모두들 꺼렸기 때문에, 여간해서는 다른 사람을 교체시키기가 어려웠다. 그들은 기뻐하면서도 정작 소냐와 동행을 자원하는 자는 없었다.

『키션, 같이 점심이나 하자.』

때맞추어 소냐의 시중을 드는 일사람들이 식사를 가져왔다. 소냐의 식사를 돕는 인원 두 명과 貴順은 같이 자리했다.

『키션 皇世女 전하、 입맛이 맞으실는지 모르겠어요。 젖뗀지 얼마 안되는 분을 위한 이유식의 재료가 이곳에는 준비되어 있지를 않아서。 홋、 어떠실 지…。』
『괜찮아요。 좀 거친 음식도 먹어 버릇해야 위가 단련되죠。』
『우리 키션은 무엇이든 잘 먹을 것 같지 않니? 배가 탄탄하니 뭐든지 녹여 버릴 것 같잖아? 후후。』
『언니、 난 몰라 그게 뭐야? 힝。』
『좋은 말씀인데 뭘 그래요? 호호。』

소나의 시중드는 일사람들도 모처럼 즐겁고 화기애애한 자리를 가졌다。 점심 후에 貴順은 언니와 오랜만의 긴 정담을 나누었다。 한 나절을 보낸 뒤에 貴順은 더 있다가라는 언니의 말에、 어두워지기 전에 돌아가야 한다 하며 아쉬운 손을 잡아 다음에 올 약속을 재차 하고는、 별궁으로부터 출발했다。

돌아올 때 배는 천천히 미끄러지듯 내려왔다。 벌써 저물기 시작한 해는 소룡선이 타고 내려오는 협강에서는 양쪽의 높은 절벽에 가려 이미 보이지 않았다。

그녀가 바할라궁 가까이 올 때쯤엔 이미 주위는 어둑어둑 했고、 오늘 또다시 하늘에 드리워진 오로라가 넘실넘실 춤을 추는 모습이 강물에 반사되어 예고하는 이제까지 순수함으로 살아오기만 했던 그녀에게 앞으로 닥칠 시련을 불안하게 보였다。 다만 그녀 아니면 그녀의 착잡한 마음을 위로해 주려고 애쓰는 것인지 알 수 없었다。 그녀의 는 무심히 하늘의 것과 강물의 것을 번갈아 보면서 멍하니 서 있을 뿐이었다。 그녀의 큰 두 눈 속에서도 각기 두 개의 오로라가 서로 경쟁하듯 하늘거렸다。 이 쓸쓸하고 적막한 대륙의 맨 구석배기에서 그녀와 여섯 개의 오로라는 무언의 대화를 나누고 있다。 것들은 바깥의 것들보다 불규칙한 요동이 더 심한 것 같았다。

十、 東方遠征

貴順摩耶姬姑는 예정대로 대장군 노라의 방문을 받았다. 자기를 부르는 소리를 듣자마자 貴順은 꽃 넝쿨로 둘러싸인 자신의 별채 문밖으로 나와 그녀의 손을 잡았다.

『어서 와요. 언니 반가워요.』

『전하. 황송하게 그러시지 마세요.』

누가 볼까 두렵습니다.』

『호호. 뭘요. 여기는 아무도 보는 사람 없어요. 그냥 우리 둘만 있는데요 뭘. 자 들어오세요.』

貴順은 노라를 자신의 방안으로 데리고 들어왔다. 노라는 貴順보다 나이가 다섯 살 위였다. 신분의 차이가 있기 때문에 그냥 자매간이라 애기할 수는 없겠지만 貴順은 그녀의 곧고 충성스러움에 마음이 끌려 가까이 편히 지내려 했고 노라는 역시 貴順의 너무도 선한 마음에 일찍부터 감명 받아 그녀를 흠모하고 있는 사이였다. 貴順은 노라를 때때로 언니라고 부르며 명랑하고 편안한 기분으로 대했다.

천장 바로 아래 반원형 꼭지창의 지름을 맞닿아, 청홍의 직사각 색유리창이 수직으로 내리 곧게 나 있는 밑에, 궁륭형(穹窿形)의 머리맡 난함(欄檻)을 이고(戴)있는 침상에는, 황백색의 털요가 굵은 결무늬의 명암을 이루며 덮여 있었다. 같은 모양으로 나란히 있는 또 다른 수직 창문 앞에는 짙은 적갈색 광택의 둥근 탁자가 놓여있는데 테두리는 금박 장식이 되어 있고, 각각의 네 다리는 밖으로 두툼한 곡면이 볼록하다가 그 아래로 폭이 좁아지며 안으로 굽이쳐 들어가고 맨 아래 끝은 둥글게 말려져 있었다.
貴順은 탁자옆 자신의 침상에 무심코 걸터앉았다. 그러자 노라는 융단바닥에 꿇어앉았다.
『아니 장군님 그러지 마세요. 여기 침대 위에 같이 걸터앉으세요.』
『아니 되옵니다. 전하의 침상인데 어찌 제가 감히....』
『아니, 그러지 말재두요.』
貴順은 의자에서 일어나 노라의 손을 잡아 일으켰다. 그리고는 그녀를 붙잡고 같이 침상에 걸터앉았다. 노라는 조금 사양하려는 듯 하다가 잡아끄는 貴順의 힘이 워낙 강해서 그냥 따라 주었다. 둘은 침상 위에서 서로 손을 잡으며 얘기를 나눴다.
『동방 개척을 위해 곧 식민(植民) 원정대(遠征隊)가 파견된다는 것을 알지요? 나와 언니 소냐 황세자 전하가 같이 가기로 했어요.』
『물론 알지요. 제가 폐하께 주청 드리기도 한 것입니다.』
『다 아시겠지만 나와 같이 가기로 해요.』
『영광입니다. 전하를 가까이 모시면서 보필하고 싶은 것이 저의 평소의 바램이었사옵니다.』
『같이 먼데 소풍가는 기분으로 놀러 간다 생각하면 되지요 뭐. 그렇게 어렵고 힘들게 생각할 건 없지요.』
貴順은 제 마음을 감추고 마치 동방 개척을 재밌게 기대되는 듯이 얘기했다. 자신을 제외한 모든 사람들이라도 두려움을 갖지 말고 갔으면 하는 것이다. 중요한 용건은 이미 합의가 되어 있었으므로 그들은 길게 애기할 것은 없었다. 그들은 곧 함께 드러누웠다. 둘의 대화는 잡담과 수다로 들어 갔다. 노라도 어느 덧 둘의 신분 차이를 잊은 듯 즐겁게 말상대를 해 주었다. 침상 위에 같이 누운 그들은 서로 손장난도 하고 얼굴을 부비기도 하면서 저들간의 정겨운 대화에 시간가는 줄 몰랐다.

한참을 대화하고 貴順은

『오늘 여기서 자고 가요. 노라 언니.』

『그건, 곤란한데요.』

『아니요. 오늘 한번만... 힝.』

이미 시간도 너무 늦었고 貴順의 잡는 힘 역시 완강하기 때문에 노라는 그냥 자리에 있을 수밖에 없었다. 사실 가정의 단위가 모호한 女皇國의 사회에서 귀가의 의미는 크지 않다. 나라 하나가 사실상 한 가정이 아닌가.

잠자리에 들기 전 貴順은 자기의 통으로 된 웃저고리를 벗었는데 그 안에는 아무런 속옷도 입고 있지 않았다. 노라는 지엄해야 할 皇世女와의 동침이라 의관을 그대로 갖춰 입은 채로 잠자리에 들었다.

貴順은 밤새 노라의 손을 잡아다 자기 몸에 대 보기도 하고 몸을 뒤척이며 부벼대기도 했다. 노라는 貴順의 행동을 이해할 수 없었지만 그녀를 몹시도 흠모하는 자신을 위해 하룻밤 같이 있는 시간 동안에라도 자기를 흠씬 느낄 수 있도록 해주는 배려라고 생각하고, 잠결에서도 새삼 사람을 너무나도 아끼며 좋아하는 貴順의 덕성에 대한 감복(感服)의 마음이 더해 갔다.

『음. 어떡해야 하지? 난 몰라.』

貴順는 가끔 잠꼬대를 하며 밤을 지새다가, 창밖에 희미한 빛이 나기 시작할 때 즈음에 이르러서야 깊이 잠이 들었다.

북국의 가을밤은 너무도 긴 탓에, 그들이 밤늦도록의 대화 끝에 잠들고 늦게사 깨어난 다음날 아침에도, 아직 창 밖은 해가 나지 않은 채 뿌연 여명만이 비치고 있었다.
貴順은 조금 먼저 일어났다. 일어나 보니 그녀는 자기가 발가벗은 상태라는 것에 적잖이 부끄러워졌다. 어젯밤 노라와의 마음을 터놓는 대화 분위기에 휩쓸려 그냥 평소의 자기 내키는 대로 행동했던 것이다. 그러고 보니 어제 노라와 한 대화들과 몸짓 등도 아침의 맑은 기운 속에서 생각하니 몹시 창피했다.
貴順은 얼른 침상을 나와 옆의 거울 앞에 서서 머리를 빗질하고 자신의 푸른 평상복을 걸쳤다. 거울 속의 그녀는 아직 눈을 부스스하게 뜨고 있는 졸린 모습이었다. 어린 女皇族의 옷은 그냥 한 원통형으로 되어있다. 몸에 꼭 맞는 옷은 금방금방 자라는 그녀의 몸에 맞지 않는다. 그리고 아직 화려한 치장이 필요할 나이가 아니므로 그녀는 체온조절을 위한 최소한의 간단한 옷만을 걸친다.
貴順은 손님을 위한 아침 식사를 만들기 위해 앞치마를 둘렀다. 그녀는 貴順이 먼저 일어나 아침 준비를 하려 하는 것을 보고는 일어나 다가가 그녀의 팔을 잡으며
『전하가 어찌 식사 준비를 하시겠어요? 제가 하겠어요.』
하고 나섰다.
貴順은 살짝 웃으면서
『그럼, 한번 해보세요. 장군님.』
하고 자리를 비켜 주었다.
노라는 곧 貴順이 하던 식사 준비의 일을 대신 하려고 했다.
『전하, 전자렌지는 어느 온도로 해야 하죠? 몇 분 동안 동작시켜야 하나요?』

『이 전기밥솥은 어느 쪽 스위치를 눌러야 하지요?』

貴順은 곧 손을 내밀어 조리대를 잡고 말했다.

『호호, 장군님은 원래 맡은 자기의 일이 있는데 이런 일을 어떻게 한단 말이에요. 내가 할 테니까 저기서 기다리세요.』

貴順은 離乳(이유)를 준비한 때부터 십여 년 간 익혀진 自炊(자취) 솜씨로 아침 식사를 준비했다.

노라는 멋쩍게 웃으며

『황공하옵게도 전하의 후한 대접을 그냥 받을 수밖에 없겠네요.』

하고는 물러서서 탁자 옆에 앉았다.

『좀 싱거우실런지 모르겠어요. 지금 이유식을 먹고 있는 시기라서. 호홋.』

貴順는 식사를 차려 왔다. 둘은 하트형 탁자에서 정답게 아침 식사를 했다. 식사 후 貴順은 차 두 잔을 타 왔다. 차 한 잔씩을 마시면서 둘은 계속 어제 못 다한 수다를 풀었다.

대화 중에 貴順은

『참 어제 내가 좀... 정신이 없었나 봐요. 혹 실례되었다면 미안해요.』

하고 좀 난처한 표정으로 물었다.

『무슨 말씀이세요? 전혀 그런 건 없었는데요.』

노라는 눈을 치켜 뜨고 대답했다.

貴順은 다시 멋쩍어 하며

『어제 그냥 별 생각 없이 한 애기들이니까 그냥 아무렇게나 지나쳐 버리세요.』

하고 살짝 수줍은 미소까지 지었다.

『뭘 말씀이십니까?』

『어。。。제。저녁에서 밤늦게까지 한 제 얘기들이요。。。』

『아, 그 얘기요? 저는 단지 皇世女 전하의 삶은 저희와는 이토록 다르구나 하는 신기함에 귀담아 들었을 뿐이에요。재미있었어요。전혀 개의하지 마세요。』

노라는 미안해 할 것이 조금도 없다는 말인데도 貴順은 재밌게 들었다는 말에 오히려 더욱 당황하고 부끄러워졌다。어젯밤 늦게까지 貴順은 수다떠는 기분에 취해 자기에게 떠오르는 온갖 얘기를 다 하면서 자신의 몸에 나타나는 각종 생리 현상들에 대해서도 조목조목 설명을 해 가며 밤을 보냈던 것이다。

貴順은 더욱 조심스레 말을 건넸다。

『어。。。제。잠자리 혹 불편하지 않으셨나요?』

『아뇨, 전혀。무엇 말씀하시는 겁니까?』

노라가 되문자 貴順는 가슴이 철렁했다。

『아니。。。별거 아녜요。혹 잠을 제대로 못 주무셨나 해서。。。』

『잘 잤어요。皇世女 전하의 보드라운 살결을 제가 밤새도록 주셔서 꿈결 속에서도 이제껏 지내 본 예전 어느 곳의 잠자리보다 포근함을 느낄 수 있었어요。』

貴順는 얼굴이 흙빛이 되어 더 이상 말을 잇지 못했다。이윽고 바깥이 밝아졌다。노라는 차림새를 조금 손보고는

『이제 군영에 돌아갈 시간이 됐어요。그럼 皇世女 전하 편안히 쉬면서 기다리세요。제가 다 준비를 해 올테니까。』

하며 貴順에게 절하고 문을 향했다。

貴順은 창피한 마음에 움직이지 않는 몸을 억지

로 일으키며 노라를 전송하러 따라 나섰다.
자신의 근무지며 숙소인 군영으로 돌아가는 노라에게 貴順은 재삼 부탁했다.
『동방 개척을 위한 파견 대상 인원을 구성하세요. 잘들 달래서 갈 수 있도록 해 주세요.』
『염려 마세요, 우리 貴順 皇世女 전하와의 동행이라면 모두들 즐거이 따라 나설 거예요. 제 부관 애스터도 당연히 저와 함께 할 것이고요.』
문밖까지 온 貴順은 손을 입가에 대었다 떼며 웃는 낯으로 그녀를 전송했다.
노라를 보내고 貴順은 돌아와 잠시 탁자 옆의 의자에 멍하니 앉아 있었다.
그러다가 갑자기 그녀의 양 눈가에서는 두 줄기 눈물이 주르르 흘러내렸다. 눈물은 턱을 타고 흐르다 떨어져 내려 앞가슴 옷자락을 방울방울 적셨다. 그녀는 일어나 자리를 옮겨 침대맡에 얼굴을 파묻고 흐느껴 울기 시작했다.
『흐흑... 흑. 엄마. 난 가기 싫어.』

후천 女皇國의 시대의 사회는 선천 인류 시대의 사회와 근본적으로 다르다. 단지 여성의 역할 분화와 남성 역할의 최소화뿐만이 아니라 이러한 모성 지배 사회로부터 파생된 사회 구조와 사고방식 자체가 선천의 인간사회와는 다르다.
그러나 후천개벽 이후 인류는 사회 계약에 의한 통제의 개념이 없어졌다. 더 이상 힘을 바탕으로 한, 불복종자에 대한 위해(危害)의 위협에 근거한 권력 통치는 없어지게 되었으며 일반 사회에서도 복잡한 지휘 체계를 갖춘 조직에 의한 생산 활동은 더 이상 생활 과학이 충분히 발달한 이 미래 사회에서 어찌해서 이 지구에는 아직 미개척 땅이 많고 이들 불모지에 대한 정확한 지식도 없었는가에 대해 의문이 생길 수가 있다.

있지 않게 되었다. 그러므로 아직 많은 자료와 문헌이 남아 있는 과학기술 분야도 이들 많은 이론의 실제적인 구현 및 응용을 위해서는 방대한 조직을 동원해 일을 추진해야 하는 경우가 많은데 그러한 성격의 일을 추진하고자 하는 사고방식이 이들 女皇國民들에게는 없다. 그들에게는 오직 모성에 의한 통치 개념이 있을 뿐이다.

이리하여, 고도의 인력 관리 및 통제술을 바탕으로 많은 사람들의 체계적인 합심을 유도할 필요가 있게 마련인, 복합적인 목적을 띠거나 큰 규모의 성격을 가진 첨단 기술 활용 사업은 수행이 불가능했다. 그들은 오로지 단순한 목적으로서의 첨단 기술만을 보유할 뿐이다. 자동차, 비행기 심지어 우주선이 있다 해도 그들은 그것을 단순히 이동의 목적이나 오락용 등으로만 쓸 뿐 그것의 효과적인 활용이 가진 정보 수집(蒐集) 능력을 체계적으로 이용해서 복잡한 성격의 목적에 이용하려고는 하지 않는다. 그냥 장소 이동이라든가 하는 단순한 목적의 기계(車)이든가 저기 떠있는 달에 갔다 오는 기계이든가 하는 목적의 기계는 얼마든지 만들어지고 다루어질 수 있다. 그러나 지구 상공을 선회하며 정찰 사진을 찍어 그것들을 합성하여 정보를 수집하는 등의 복잡한 목적의 기계는 생각하지 않는다. 그러므로 자기들이 현재 살고 있는 땅 이외의 곳에 대해서는 구태여 알려고 하지를 않았으며 조금 남아있는 옛 시대의 기록도 그것을 일부러 찾아보려는 몇몇을 제외하고는 활용되지 않았다. 더군다나 생명 지상주의에 근거해 이룩된 女皇國으로서는, 인명 살상의 효과적인 방법을 위해 머리를 쓰며 연구하는 일은 있을 수 없기에, 과학기술을 상대방을 제압하기 위한 무기로서 활용하는 일 또한 있을 수 없다.

동방 개척의 계획은 궐 밖의 일반 백성들에게는 비밀로 부쳐지고 공표하지 않았다. 그들 모두의 연모의 대상인 貴順摩耶姬姑를 보낸다고 하면 어떤 혼란이 올지 모르기 때문이었다.

바할라궁의 위치는 옛 시대의 방위 기준으로 보아 북위 65도에 동경 10도 부근이었다. 이곳에서 배를 타고 밖으로 나갈 때는 으레, 얼음에 뒤덮인 북쪽이나 동쪽의 방향은 생각하지 않고 서남쪽의 따뜻한 해수를 따라 나아가는 것이 상례였다. 여지껏 누구도 가기를 꺼리던 불모의 땅을 향해서, 그들은 새 삶을 찾아 떠나가는 것이다.

다음날부터 貴順과 노라는 貴順의 방(房)안에서 동방 개척의 구체적인 방안(方案)을 협의하기 시작했다.

『皇世女 자매 님을 보좌해 장도(壯途)에 오를 인원은 저의 부하들과 그들의 친구들을 모집해 약 이천 명의 일사람들로 구성하기로 했습니다. 貴順 皇世女 전하와 같이 떠난다는 말을 하니 그들도 정든 이 나라를 떠나는 아쉬움에도 불구하고 모두들 기뻐하며 따라 주었습니다.』

『정말 수고했어요. 내가 뭐 별 게 있다고 그러겠어요? 다 언니가 그들을 잘 이끌어 줘 왔기 때문이죠. 그런데 새 나라를 세우려면 당연히 숫사람들도 있어야 하겠지요.』

『지당하신 말씀입니다. 그런데 숫사람들은 저희들이 불러낼 수 없으니 전하께서 적정 수를 폐하께 주청 드려 보시는 것이 옳을까 한데요.』

『물론이죠. 오늘 저녁에 엄마한테 한 백 명 정도 달라고 하겠어요.』

『전하. 우리가 새 나라를 이루고 정착하게 될 때까지는 얼마가 걸릴지 모르는 것입니다. 신(臣)이 살아 있는 동안에 이루어질지 안 이루어질지도 모르는 것이죠. 그러므로 원정대의 기동력이 오랫동안 유지될 수 있게 하기 위해 범인족의 구성원은 중장년으로부터 어린아이까지 다양한 연령층으로 구성되어야 하겠어요. 저희가 차출한 일사람들은 그렇게 구성되었사오니 숫사람들도 그렇게 구성되어야 하겠어요.』
『그래요. 물론 여러 연령층을 골고루 데리고 가야겠죠. 그런데 언니, 그런 애기는 말아 주세요. 좋은 새 나라를 건설해서 언니도 행복한 여생을 즐기도록 해야지, 무슨...』
貴順은 옛 시대 어느 발랄한 처녀가 산에 놀러 가기 전 즐겁게 계획을 짜듯 흥얼대며 지도를 펴놓았다. 지도에는 그녀가 사는 나라가 위치한 반도와 그 남서쪽 일부만이 나와 있을 뿐이었다. 그들 女皇國 시대의 사람들로서는 이제껏 살아온 곳 이외의 땅에 대해서는 생각해 본 바 없었고 또 그럴 필요도 없었기 때문이었다. 그들에게 동방이란 실로 전인미답(前人未踏)의 미지의 땅일 수밖에 없었다.
『어떻게 갈까?』
貴順은 한쪽 손을 턱에 괴고 지도 위에 손가락을 그어 보이며 말했다. 둘이 더 친밀한 분위기가 되니 노라의 말투도 조금 변해 거침없이 그녀의 구상한 바를 貴順에게 말해 주었다.
『아네요, 전하. 보세요. 우리 바할라궁의 남동 방향에는 험준한 산맥이 가로 놓여 있잖아요? 이렇게 많은 인원이 한꺼번에 건너기에는 상당히 무리이거든요. 그러니, 출발 시에는 우리에게 익숙한 방법인 배를 타고 항해하기로 해요.』
노라는 이미 배를 타고 남방 각국을 순회한 적이 있으므로 먼 거리를 가려면 배를 타고 가는 것이 가장 편리하다는 것을 알고 있었다.
『얼마 걸릴지 모르는 이 여행 동안 생활을 해 나가는데 지장이 없게끔 우리의 배들

노라는 계속 진지하게 계획을 말했다.

『중에서 가장 큰 것을 골라 시설을 개조하고 보강해 놓겠어요.』

마침내 약속한 그날이 왔다. 貴順은 일반 백성들의 눈을 피해 이날 새벽 어둠 속을 뚫고 일반 배를 타고서 먼저의 협강을 거슬러 올라갔다. 날이 밝아질 무렵 그녀는 도착했다.

『언니 저 다시 왔어요. 어서 배에 타세요.』

『원 너도. 내가 어떻게 그냥 배에 탈수가 있니?』

『아참. 죄송해요 언니.』

貴順과 같이 온 궁인들은 소냐를 부축해 승선시켰다. 그리고는 곧 바할라궁으로 데리고 왔다. 오는 길에 貴順은 혹시나 자기가 밖의 눈에 띨까 안에 들어가 앉아 있기만 했다. 마치 몰래 도망 나오듯이... 그녀가 뭇 백성들의 흠모를 뒤로하고 떠나 버린다는 것을 모든 이들이 알게 된 나면 이어질 사태가 걱정되는 것이다.

소냐와, 이미 구성되어 그녀와 동행하게 될 동방 식민 원정대 모두들과의 대면이 이루어졌다. 노라와 애스터 등 식민 사업을 지휘하게 될 주요 일사람들은 소냐에게 예를 취했다.

『북미희女皇國 창건이래 모든 女皇族을 통틀어 가장 아름다우신 소냐 皇世女 전하를 보필하게 되어 영광이옵니다.』

『흥. 예쁘기만 하면 뭘해요? 제 구실도 여태 한번 못해 봤는데...어쨌든 고마와요. 나를 위해서 그대들이 애써 준다니...』

그날 저녁 이들은 같이 모여 전야제(前夜祭)를 치렀다. 모닥불을 가운데 놓고 그들와 은 이곳 고향에서의 마지막 밤을 아쉽게 보냈다. 貴順을 포함한 모두가 저들의 노래와 춤으로 온 밤을 밝혔다.

먼 옛날에는 인간도
남녀가 서로 사랑을 했었네
사랑의 쾌락은 남자의 몫이었고
사랑의 책임은 여자의 몫이었네
사랑은 여자에게 슬픔과 아픔을 주는 것
그것은 모든 여자의 자아를 짓밟았네
사랑의 무거운 짐 진 여자들 다 내게로 오라
그리하여 나 홀로 그대들의 짐을 지리라
그대 모든 여성들 이제는 자유로이
그대들의 자아는 이제 맘껏 꽃피우리다

일사람들 모두가 女皇族의 이런 희생적인 부담이 없었더라면 자신들의 생이 먼 옛날의 여자들처럼 되었을 거라는 생각에 더욱 女皇族에 대한 감사와 경의(敬意)의 마음이 더해졌다. 그들에게 옛날 선천 시대 여성의 생활이란 생각만 해도 아찔한 것이었다. 비스듬히 누워 지켜보기만 하던 소냐도, 조금씩 흥에 겨웠는지 이제까지의 냉소가 아닌 진정한 즐거운 웃음을 웃는 것 같았다. 울긋불긋 형형색색으로 타오르는 모닥불 빛 앞에서 그녀의 모습은 더욱 눈부시게 빛나, 먼저 일사람들이 그녀에게 예를 취하며 한 인사말이 꼭 빈말만은 아님을 입증하는 듯 했다.

十一、大平原의 建國

이튿날 이들 女皇族 자매와 모황과의 마지막의 만남이 될 송별식이 거행되었다. 구름이 낮게 깔리고 곧바로 비라도 올 것 같은 날 북국女皇 헤다 발키리아는 황궁 앞의 벌판에서 기어이 이들을 보내야만 하는 날을 맞았다.

중앙에 단상에 자리잡은 그녀의 피부는 희다기보다는 반투명이라고 해야 옳았다. 불 그스레한 빛이 감도는 그녀의 몸과 황금빛의 머리칼 그리고 푸르게 번뜩이는 큰 눈은 흡사 빨강, 파랑, 노랑의 삼원색의 조화를 보는 양 신비스러웠다.

송별식에서 두 皇世女는 이제 모황과의 마지막 포옹을 하고 나면 떠나게 된다.

소냐는 이미 다 자란 女皇族의 몸을 가지고 있으므로 그녀의 어머니에게 다가가기에는 매우 힘들었다. 일사람들은 그녀가 탄 수레를 최대한 모황의 위치에 가까이 해 놓고 사이에 푹신한 보료를 깔아 가까이 접근할 수 있도록 했다. 소냐는 어렵사리 다가갔다.

두 여인은 서로 부둥켜안았다. 사랑의 한을 품고 사는 이 여인들이, 더군다나 그네들의 긴 일생을 통해서도 아마도 다시는 못 만나게 될 이별을 하는 장면. 굳이 말 안 해도 너무도 당연한 모습을 일일이 묘사한다는 것은 필요 이상의 청승일는지 모르겠다.

貴順도 마지막으로 어머니의 품에 안겨 보고 나서 짐짓 의연하게 이별의 예를 취했다.

마침내 출발하기 위해 그들은 배에 올라탔다. 소냐는 女皇전용 안락수레를 타고 승선되었다.

『사랑스런 내 딸들아 부디 행복하여라.』

평소 냉엄하기만 했던 女皇 헤다도, 자신의 분신인 두 자매를 한꺼번에 보낸다는 사실에는 서운한 감정을 억누르지 못했다. 貴順과는 근래에 자주 만남을 통해 충분한 이해가 서로 있어 왔지만 소냐와는 이미 몇 십 년 동안을 반목하며 지내 왔었다. 이제 그 반목의 원인도 풀어졌으나 결코 행복이 보장되었다고는 볼 수 없는 동방 식민 사업에 보내게 되었으니 그렇게 마음이 후련할 수도 없었다. 다만 자신이 편애한다고 소냐가 알고 있는 貴順을 같이 보내니 이에 대해서는 이젠 오해가 완전히 풀리리라 여겨졌다.

더 이상 이별의 장면 묘사는 말자. 거대한 용머리를 한 배, 이름 붙이자면 거룡선(巨龍船)이라 할 이 배는 항구를 뒷걸음쳐 빠져나가더니, 뱃머리를 돌려 전에는 한번도 가지 않았던 동북의 방향으로, 시푸른 바닷물을 무심히 가르며 힘차게 나아갔다. 북미회女皇國의 女皇 헤다 발키리아 十三世 즉위 四百七十五年, 이제껏 한 번도 지않았던 새로운 땅을 향하여, 그들은 새 女皇國 개척의 장도에 오른다.

배는 육지를 오른쪽에 끼고서 계속 동쪽을 향해 나아갔다. 貴順은 나날의 대부분을 뱃머리와 망루에서만 보냈다. 그녀는 줄곧 사방을 두리번거리며 어서 빨리 이 배가 정박해 삶의 터전을 이룰 새 땅을 찾았다. 동토(凍土)의 해안을 따라 가는 뱃길의 왼쪽에는 얼음으로 뒤덮인 망망대해(茫茫大海) 만이 보일 뿐이었다.

배는 육지를 끼고 동북 방향으로 계속 나아갔다. 갈수록 바다 위 군데군데 희묽게 떠다니는 얼음들은 늘어갔다.

『쾅, 콰르르릉, 우르르』

거대한 얼음들은 뱃전에 부딪쳐 깨어지면서 마치 바닷짐승이 서로 성내어 으르렁대며 울부짖는 소리로 들렸다. 배 안에 있는 어린 사람들은 공포에 떨었다. 하지만 그 소리는 갈수록 더해 가기만 했다.

『무서워요, 우리 배 주위를 바닷짐승들이 습격하려고 포위해 있는 게 아녜요?』

『아니란다. 이건 단지 바깥에 떠다니는 빙산들이 우리 배와 부딪쳐 깨지면서 나는 소리란다. 곧 잠잠해 질 테니 걱정 말고 있으려무나.』

달래는 성인 일사람들도 이제까지 자신들이 겪지 못했던 상황에 마음속으로 두려운 것은 마찬가지였다.

貴順은 바깥에서 빙산의 흐름을 관찰하며 되도록 이들을 피해 나가도록 지시했다. 그러나 바다를 가득 메운 빙산을 완전히 피할 수는 없었다.

『아, 여기가 지도의 끝이구나.』

貴順은 손에 들었던 지도를 놓았다. 지도에는 이 이상 동쪽의 해안에 대해 그려 있지 않았다. 이제는 그녀가 들었던(聞) 선사(先史) 전설의 어렴풋한 대강만을 근거로 뱃길을 인도해야 한다.

길을 잃지 않으려면 보다 육지에 근접한 채로 가야 했다. 검은 바위들이 불쑥불쑥 솟아 있는 오른편의 해안을 따라 항해는 계속되었다. 배에 부딪치는 얼음들은 이제 좀 뜸해진 것 같았다. 그러나 그보다 더한 실제의 위험이 도사리는 것이었다. 貴順은 배가 혹시나 있을 암초를 피(避)해 가도록 앞길을 보다 철저히 살폈다.

가다가 그녀는 갑자기 크게 소리질렀다.

『앗, 조심해! 뱃길을 왼쪽으로 돌려!』

『왜입니까? 아무것도 없는데요。。。』

일행사람들은 일단 그녀의 지시대로 조치는 하면서도 의아해 하며 되물었다.

『반사음이 그대로 들려, 저 앞 물밑에 암초가 있어.』

貴順은 배가 나아가는 소리가 물 속에서 반사되어 나오는 소리로 물밑 이물체(異物體)의 존재 여부를 청진(聽診)했다. 이상(異常)이 없을 때 배의 진동 소리는 바닷물 속으로 퍼져 나가고 미미한 잔파(殘波)만이 되돌아오지만, 물 속에 이물체가 있으면 반사되어 물위로 올라와, 웅웅 울리는 소리로서 그녀의 귀에 들린다.

날이 어두워졌다. 어서 육지를 찾아 정박해야 하나 어두운 밤의 항해는 지극히 위험하니 배는 항해를 쉬기로 했다. 또한 지도에 없는 뱃길을 가는데 貴順이 앞길을 인도해 주지 않으면 곤란하므로 그녀의 섬과 함께 배도 쉬어야 했다.

다음날 아침 항해를 마치고 배는 다시 전진했다.

며칠이고 항해는 계속되었으나 貴順은 지칠 줄을 몰랐다. 순항이 계속되면서 일행중 상당수가 갑판 위에 나와 전에 못 보던 얼음 바다를 구경하고 있는 때였다.

『아앗, 저기。』

모두들 크게 놀라 소리질렀다. 저 앞에 시꺼먼 먹구름이 무서운 속도로 다가오고 있는 것이 보였다.

곧 강풍이 불어왔다. 마스트에 걸려 있는 모든 깃발은 내려졌다.

후드득、 푹、 푹。

먹구름은 온 하늘을 뒤덮더니 손가락 굵기 만한 빗줄기를 사정없이 사선(斜線)으로 때리기 시작했다.

한 치 앞이 보이지 않았다. 이들이 달리 대처할 방도는 없었다. 모두들 갑판 아래로 대피하고 배의 운행을 정지시켰다. 그리고는 어서 폭풍우가 끝나기를 기다리는 수 밖에 없었다.

쳐얼썩, 푸우, 콰당탕.

풍랑은 거대한 갈쿠리 모양으로 높게 일더니 갑판 위에 바윗돌 같은 얼음덩이들을 쏟아 부었다. 모두들 미리 대피하지 않았다면 큰 위험을 초래할 뻔했다. 이들과 같이 안의 선실로 대피해 있는 貴順은 좀처럼 폭풍우는 그칠 줄을 몰랐다.

자기가 이 때에 어찌 할 도리가 없는 것이 안타까웠다.

「어찌하나, 이 세계에는 나보다 더 사람들을 위해서 무엇을 해 줄 능력을 가진 그 누군가가 있을 것만도 같은데, 그 모습은 나타난 적이 없으니...」

모두들 흔들리는 선실 안에 두려움과 초조함에 안절부절하고 있었다.

잠시 후 貴順은 작심한 듯 일어났다. 그리고는 갑판 위로 향했다.

옆의 노라가 묻자 그녀는

「皇世女 전하 어딜 가세요?」

「잠시 더 침착하게 기다리고 있도록 해 두세요.」

하고는 폭풍우가 몰아치는 갑판 위로 올라갔다. 쏟아붓는 비에 흠뻑 젖은 의복이 밀착하여 몸의 윤곽이 선명히 드러났다. 긴 머리칼은 다량의 물을 함유하여 상당한 무게로써 그녀의 중심 잡기를 어렵게 했다.

온통 먹구름으로 뒤덮인 하늘 아래 비껴 내리치는 폭우를 맞으며 그녀는 두 팔을 위로 들어 천천히 두리번거리면서 누군가 자기와 대화할 생명의 기(氣)를 찾았다. 흔들리는 배 위에서 그녀의 몸은 더욱 위태롭게 흔들렸다.

이윽고 그녀는 멀리서 다가오는 희미한 기운을 느낄 수 있었다. 선수(船首)를 향해서 있는 그녀가 왼팔을 쭉 벌려 조금 앞을 가리킨 쪽에서였다.
『배를 이쪽 방향으로 전진시켜요.』
어찌할 바 모르던 조타실(操舵室)에서는 앞 유리창 너머 貴順의 손짓이 가리키는 곳을 향해 뱃머리를 돌렸다. 앞이 제대로 보이지도 않는 먹구름과 폭풍우 속에서 배는 전속력으로 나아갔다.
다시 떠다니는 얼음의 양은 늘어나 뱃전에 사정없이 부딪치고 깨어지니, 배 안의 사람들은 예전보다 더 심한 굉음(轟音) 속에서 떨어야 했다.
그러다가 한 이십분 정도를 갔을까. 비바람은 급작스레 옅어지더니 앞의 시야는 트이기 시작했다.
앞에는 뽀얀 물안개만이 남았다. 바람은 알맞게 불었다. 이제 풍랑 지역을 빠져나온 그들은 다시 항해가 가능했다.
여러 일사람들은 기쁜 마음으로 밖에 나왔다. 그리고 앞에 선 貴順의 뒷모습을 흠모의 정으로 바라보았다. 그녀는 그대로 그 자리에 서 있었다.
회색 구름의 사이 틈새로 옅게 내리치는 햇살 아래 그녀는 경건히 하늘을 올려 보았다. 조금 있다 어디서 날아왔는지 흰 몸집에 짙회색 날개의 큼직한 알바트로스 새 한 마리가 나타나 배의 주위를 맴돌았다. 그녀가 미소지으며 왼팔을 뻗자, 그 새는 긴 날개를 퍼덕이며 그녀의 왼쪽 팔목 위에 와 앉았다.
이제는 그들이 살던 나라로부터 상당히 벗어났다. 상륙하기 좋을 만한 육지가 나타나면 배를 정박시키고 새 땅을 찾아야 할 것이다.
다시 순풍을 따라 얼마간의 항해를 더하니 육지는 더 이상 동북으로 뻗어 있지 않았

대평원의 건국

다. 진행 방향을 해안선을 따라 동남으로 꺾어 가다가 貴順는 해변에 이끼 풀잎 무성한, 사람이 살기에 무리가 없을 듯한 땅을 발견했다.

貴順는 기쁨에 크게 외쳤다.

『저기다! 바로 저기에 우리의 배를 정박시키자! 그리고 그 이남의 땅을 우리의 영토로, 우리의 삶의 터전으로 하자!』

대륙 맨 북단의 땅이 식물이 자라나는 곳이라면 그 곳으로부터의 이남(以南)은 생명이 살기에 부적합하지 않으리라는 판단이었다.

배는 속도를 늦춰 해안 쪽으로 다가갔다. 웅웅거리는 배의 진동 소리는 점점 더 낮아져, 貴順의 귀에도 들리지 않게 되었다. 동력은 꺼지고, 마지막 남은 관성의 힘으로 거대한 배는 얕은 대륙붕(大陸棚)가를 미끄러졌다. 물밑의 모래흙 더미가 날선 배밑바닥에 파헤쳐지면서, 좌우현(左右舷)의 사면(斜面)을 따라 물위에까지 튀어 올랐다. 거조(巨鳥)가 착륙하며 양 날개를 퍼덕이듯, 배는 누런 흙물먼지를 양편으로 뿜어대며 서서히 정지했다.

마침내 거대한 배는 육지의 기슭에 박혀 완전히 멈추었다. 거룡선의 닻은 내려져 날의 숱한 사연을 잉태한 이 배는 길지 않은 항해를 마치고 이 곳에 정박했다. 무거운 쇳소리를 내면서 거룡선의 염구리에 나 있는 상하 개폐식의 문이 열렸다. 皇전용안락수레를 비롯한 탐험용 차들이 배에서 내려졌다.

『어마, 벌써 다 왔니? 여기가 어디야?』

차내의 자리에서 세상모르고 자고 있던 소냐는 부스스 눈을 뜨며 차창 밖을 내다보았다.

『이제 육지로 온 것이에요. 여기서부터 우리가 새로 나라를 세우기에 알맞은 땅을 다시 찾아야 하는 거예요.』
어수선한 가운데서 그녀 주변을 지키고 있던 일사람들은 말해 주었다.
『그래? 그럼 더 있어야 겠네? 있다가 일 있으면 깨워 줘.』
『아니 그래도 지금부터는 우리의 영토가 될 땅이니까 좀 보시면서 가는 게 좋지 않아요?』
『일없어, 키션에게 얘기해 봐.』
소냐는 다시 눈을 붙였다.
貴順는 이 때 해안의 높은 바위산에 몇몇 일사람들과 함께 올라 전망을 바라보았다.
『저기 너머는 아담한 분지가 보이는데 거기에는 한 이삼십 명이 사는 마을을 이룰 수 있을 거야. 이 곳은 앞으로 우리가 세울 나라의 바다 진출을 위한 항구로 쓰기에 알맞을 것 같거든. 이렇게 해서 여기서부터 앞으로 우리가 발 딛는 곳을 모두 우리의 영토로 하면 좋을 거야.』
배에 있는 미리 마련된 재료와 현지에서 구한 통나무 등을 이용해 터를 닦고 집들을 지었다. 그들은 옛 인간으로서 상상할 수 있는 정도를 넘어, 단기간에 걸쳐 완벽에 가까운 공사를 마쳤다.
마을 건설이 이루어지는 대로, 여기에 남는 일부 일사람들을 제외한 모두는 대의 탐험용 차에 분승해 출발했다.
역시 貴順의 예상대로 사람이 살기에 큰 무리가 없는 땅은 계속 펼쳐져 있었다. 가다가 집을 짓고 살 만한 곳이 나타나면 부락을 만들어 삼사십 명의 일사람들을 정착시켜 그들의 삶을 새로 시작하게 하고, 나머지는 더 나은 곳을 찾아 다시 남쪽으로 나아가는 방식으로 그들은 그들의 땅을 넓혀 갔다.

대평원의 건국

가는 길에는 물론 어려움도 적지 않았다. 이제까지 그들의 고향 나라에서는 겪지 못했던 험한 지형으로 인해 여러 문제가 생길 때마다, 초녀 貴順는 자신이 가진 힘을 다해 해결해 주었다. 또한 후천에 들어와 인류가 격감된 후에 널리 번성한, 사나운 짐승들을 접하게 되었을 때에도 그녀의 역할은 매우 컸다.

그들의 전진하는 앞길이 고르지 못해 일사람 십여 명이 앞에서 길 내는 작업을 할 때였다.

『으르렁, 어흥…』

저 앞에 암호랑이 한 마리와 반쯤 자란 새끼 두 마리가 일행을 노려보고 있었다. 그들은 자기네들의 삶의 터전을 훼손하는 이들 일행을 적의(敵意)를 가지고 경계하는 것이었다. 호랑이들은 그들의 작업장 근처를 오가며 습격의 기회를 엿보는 듯해 여간 위협이 되고 신경 쓰이는 것이 아니었다.

貴順은 앞으로 나와 어미 호랑이에게 다가갔다. 그녀는 웃는 낯으로 무언가 얘기를 걸듯 그 짐승을 바라보았다. 한 동안 貴順의 자애스러운 눈길과의 눈싸움이 있고 난 후에, 어미 호랑이는 貴順에게로 살금살금 다가와 양팔을 내 벌리고 있는 그녀의 품에 안겼다. 새끼들도 곧 뒤따라 옆에 붙었다. 貴順는 그네들에게 마음의 전달을 했다.

「우린 이곳을 단지 그냥 지나가려는 것 뿐이야. 결코 너희들이 살 곳을 해치지는 않는단다.」

그녀 앞에서는 흉포(凶暴)한 호랑이도 그저 조금 큰 애완용 고양이에 불과했다. 호랑이들은 貴順이 주는 약간의 먹을 것을 물고는 옆의 숲속으로 사라졌다.

그들이 임시 거처에 천막을 치고 거하고 있을 때였다.

『크르르…』

불곰 대여섯 마리가 먹을 것이 있나 둘러 보는 듯 구석에 있는 천막 주위를 맴돌고 있는 것이 아닌가? 그 안의 어린이들을 포함한 모든 사람들은 공포에 떨 수밖에 없었다.

貴順은 곧 그리로 갔다. 그리고는 먹을 것을 주며 그중 가장 큰 어미 곰을 가까이 오게 했다.

貴順은 곰의 머리를 쓰다듬으며

「배고프면 여기 따로 너희들을 위해 먹을 것을 줄 것이니 앞으로는 아무 때나 무리로 와서 사람들을 무섭게 하지 말아라. 오늘은 이 정도만 받고 돌아가거라.」 했다.

그녀에게는 사나운 불곰이라 해도, 그저 조금 큰 살아 있는 장난감 곰인형일 뿐이었다. 곰들은 식민원정대 일행이 그곳에 머무를 동안 배고플 때마다 貴順이 지정해 놓은 식사통에 와서 먹고 貴順이 가까이 있으면 그녀에게 가서 재롱을 부렸다. 이 틈에 작은 새끼 곰들은 호기심 때문에 모인 어린 일사람들의 친구가 되기도 했다. 떠날 때가 되어 사람들과 곰들이 헤어질 때에는 곰들도 못내 서운한 듯 울어대었다. 개중에는 貴順의 자애로운 눈길만으로는 다스리지 못하는 짐승들도 있어서 그녀는 강제적인 방법으로 이들을 퇴치한 경우도 없지 않았다. 그러나 이러한 것들은 굳이 설명하지 않아도 쉽게 짐작할 수 있는 것이며 또한 女皇 貴順摩耶姬姑를 알기 위한 이야기의 주제가 되지 않으니 그냥 넘어가기로 한다.

대평원의 건국

강을 건너고 호수를 비껴 가면서 그들은 삶의 터전을 계속해서 넓혀 갔다. 강가에서 상당 기간을 생활하다가 일부 남아 생활할 사람들의 정착 준비가 완료되면 나머지는 뗏목을 만들어 하나하나 건너는 방식으로 이동했다. 그리고는 다시 새로운 식민지를 찾아 나아갔다.

고국 출발로부터 오년 정도가 지난 때에 이르러 마침내 그들은 한층 더 인간이 살기에 적합하고 너른 평원을 발견했다. 비록 고향 바할라궁이 있는 곳의 기후보다 한결 춥게 느껴지지만 기름진 광활한 대지는 그들을 흥분시키기에 충분했다. 도중에 정착하지 않고 계속 女皇族 자매를 따라 온 천여 명의 일사람들은 환호했다.

『드디어 찾았도다. 여기서 우리의 새로운 女皇國을 건설하자!』

『이곳이야말로 우리의 수도로서 손색이 없는 곳이다.』

『이제 이곳에 새워질 나라는 북미희女皇國 보다 훨씬 더 크고 부강한 나라가 될 것이다.』

『이제는 우리의 족속을 늘리기 위해서 종자분양 따위를 할 필요도 없다. 그냥 이 넓은 땅에서 우리의 족속을 마음껏 늘리자.』

女皇族 자매와 같이한 모든 범인족 일동은 이제 그들의 고생도 끝나고 한층 더 강력한 나라 건설의 기회가 왔다고 기쁨에 충천했다.

소나는 모두에게 이렇게 말했다.

『이제 더 이상 지체할 필요가 없다. 곧 수정식을 거행해 우리의 새 백성들을 낳고 이곳에 정착하자.』

누구도 이의를 달 수 없던 이 말에 곧바로 모든 일사람들은 정착 준비를 했다. 이제까지 유목민 마냥 살아 왔던 그들도 이제 제대로 갖추어진 성곽(城郭)을 지어 어엿한 나라를 세우려는 것이다.
북국女皇 헤다 발키리아 十三世, 즉위 四百八十年, 皇世女 소냐 발키리아 十四世는 오랜 세월 동안의 맺힌 응어리를 풀고 드디어 자신의 새로운 나라를 세워 가지게 되었다.

나라 이름은 이제까지 실타래를 풀듯이 오는 길에 백성들을 놓아 살게 했다고 해서 라사(羅絲) 女皇國이라 불리우게 되었다.

새로운 황궁의 건립작업도 시작되었다. 주변의 추운 환경을 극복하는 느낌을 주게 탑의 꼭대기와 지붕들은 모두 흑사 촛불이 울긋불긋한 불꽃을 내면서 타오르는 모습으로 만들어졌다. 수정식과 신생아보육을 위한 시설도 만들어 세우는 등 건국을 위한 모든 일은 일사천리로 진행되었다.

새로이 이름한, 貴順摩耶姬姑의 언니 소냐 프레이아 一世는 이제 대륙서북의 광활한 평원의 주인이 되었다.

이 때쯤에 貴順은 나날이 찬바람에 쐬이면서 험한 장정(長程)의 술한 일을 거치는 동안 얼굴의 피부는 거칠어지고 손끝 발끝은 군데군데 부르트기도 하여 흑사 야성녀(野性女)라는 말이 어울리는 모습으로 변해 있었다. 그녀도 이제는 좀 쉬고 싶었다.

그러나 이제 새 女皇國을 세울 모든 여건이 되어 있는데 한 나라에 두 女皇이 있을 수는 없다.

즐거이 새 수도건설에 매진하고 있는 뭇 일사람들과 이를 흐뭇하게 지켜보는 소냐의 사이에 서 있는 貴順은 어색하게만 느껴졌다.
소냐는 멍하니 서 있는 그녀에게 말했다.
『키션, 정말 수고 많이 했어. 이렇게 좋고 넓은 땅이 있는 줄 왜 진작 알지 못했는지… 그런데, 넌 아직 어리잖아? 아직도 자유로이 활동할 수 있잖아? 여기 오니 땅의 끝이 안보이네. 너는 더 넓고 큰 땅을 다스리렴.』

貴順은 자신이 더 남아있을 이유가 없는 분위기를 느꼈다. 데리고 온 숫사람들도 女皇용안락수레에 고이 누워 몸 가꾸기만을 해 와서 여인의 향기가 물씬 풍기는 언니 소냐의 주위에만 모였다. 이미 거친 야성녀의 모습을 한 자신에게는 아무도 고개를 돌리지 않았다. 일사람들은 그 동안의 지친 여행을 끝내고 정착생활을 준비하느라 모두 분주했다.

『언니, 알겠어요. 나는 더 좋은 땅을 찾아 동쪽으로 계속 나아가도록 할께요.』

이들이 정착한 뒤 얼마 쉬지도 않은 상태인데 貴順은 다시 길을 떠나야만 했다.

『나와 함께 동쪽으로 더 나아가, 보다 따뜻하고 살기 좋은 곳을 찾을 사람은 없어요?』

貴順은 사람들이 모인 기회를 이용해 이렇게 말했다. 그러나 아무도 나서는 자가 없었다. 이제 비로소 안락한 새 삶을 시작하려는 모두에게 또다시 먼길을 밖기를 권하는 것은 호소력이 없었다.

언니 소냐는 말했다.

『적어도 숫사람 열 명과 일사람 이 백 명은 함께 가도록 하라.』

그러나 역시 선뜻 나서는 자가 없었다.

소냐는 고개를 들어 貴順과 그녀의 평소 가까운 자들을 바라보면서

『같이 가려는 사람이 통 없는데… 어떻하지?』

하고 걱정스러운 표정을 보였다.

옆에 자리하고 있었던 지도부에서 몇 사람이 나섰다.

『그냥 부르실 필요 없습니다. 저희들이 사람을 차출해 데리고 가겠습니다.』

대장군 노라와 부관 애스터 등이 동행할 결심을 밝혔다.

소냐는 하필이면 보내버리고 싶은 일부 열등인간들이 안가고 했던 그들이 나서나 했지마는 그것마저 막을 수는 없었다. 아니 달리 생각하면 그들도 이제는 늙어 더 이상 큰 쓰임은 없을 것 같았다.

『좋소. 그대들의 충성심은 가히 전 일사람들의 모범이 될만하오.』

소냐는 흔쾌히 승낙해 동행시켰다. 그들과 그들의 동료를 포함해 모두 열 명의 일사람들이 자진해서 貴順과 함께 가기로 했다.

그리고 나머지의 숫사람과 일사람들은 어린아이들 중에서 반 강제로 어린애들을 고르는 일이니 장기적인 안목으로 인원구성을 해야 한다. 그러니

『얼마 걸릴지 모르는 일이니 장기적인 안목으로 인원구성을 해야 한다. 그러니 소냐는 貴順에게 말했다.

그 대신 장정을 위한 여행의 장비는 충분했다. 애초에 식민원정대 모두를 위해 준비했던 장비를 거의 다 쓸 수 있기 때문이었다.

『언니, 부디 행복하게 살아야 해요.』

貴順도 女皇용안락수레에 타서 비록 어린아이들이지만 일사람들의 호위를 받으며 출발했다.

그녀의 일행은 이제부터 다시, 동쪽으로 동쪽으로 알지 못하는 길을 나아가며, 새로운 땅을 찾아 기약없는 여행길을 밟아야 한다.

그런데 이게 무슨 일인가. 貴順은 몸이 자기 뜻대로 움직이기 어려움을 느꼈다. 오랫동안 서 있으면 머리가 어지러워 졌으며 자다가 자리를 일어날 때에도 얼른 벌떡 일

어나지지가 않았다.

이제 더 험한 여로가 계속될지도 모르는데, 늙은이와 어린이들로만 구성된 동행자들을 데리고 어찌해야 하나. 貴順摩耶姬姑는 앞이 캄캄했다.

十二、 새 땅을 찾아 東으로

貴順摩耶姬姑의 일행이 다시 새 땅을 찾아 길을 떠날 때 아직 그녀는 긴 여정 동안에 쌓인 피로의 후유증이 가시지 않아 있었다. 앞장서 길을 인도하며 찬바람을 쏘이고 눈비를 맞아가며 지내온 그녀의 피부는 거칠어 졌고 햇볕에도 상당히 그을려 있었다. 머리칼은 칙칙하게 퇴색되었고 눈동자는 거슴츠레한 빛을 띠었다. 이러한 그녀의 모습은 보는 관점에 따라서는 거칠고 강한 야성녀의 매력을 준다고도 볼 수 있겠지만 그것은 아무래도 애써 미화시키려는 표현이고 사실은 고된 역정에 찌들은 모습이라고 하는 편이 옳았다.

대장군 노라는 여지껏 흠모하며 섬겨왔던 皇世女가 다시 기약 없는 길을 떠남에 못내 안쓰러워 하며 몇몇 자신의 부하들과 함께 따라 나섰다. 나머지는 먼저 밝힌 대로 어린 사람들뿐이었다.

『키션 皇世女 전하. 편안히 차내에 계세요. 저희들이 알아서 길을 인도하겠어요.』

노라는 자신이 대열을 이끌겠다고 했다. 얼굴의 윤곽은 소녀의 그것이지만 자세히 보면 노안(老顔)의 모습이 드러났다.

貴順는 女皇용안락수레의 차내에 남아 쉬면서 가게 되었다. 노라와 다른 일사람들은 자기들의 판단으로 새 땅을 찾아 계속 나아갔다. 貴順도 더이상 밖으로 나가길 인도할 기력이 나질 않아 계속 그들을 믿고 쉬었다.

그들은 따뜻한 남쪽의 초원을 놔두고 계속 동쪽으로만 향했다. 남쪽은 이전에 남방원정을 갔던 나라들이 있다고 믿기 때문이었다. 어떤 특별한 경계를 찾지 못하면 계속해서 이 곳은 결국 소냐 프레이아 一世의 영토가 될 수밖에 없는 땅이다. 더 멀리 나아가 국경이 될 만한 곳을 지나야 한다. 가도 가도 끝없는 평원을 그들은 무작정 달렸다.

이제 비로소 쉬게 된 貴順에게 그들은 새로이 몸단장을 해 주었다. 몸이 청결을 유지하도록 자주 씻겨 주면서 보다 빨리 고운 피부를 되찾도록 거칠게 부르튼 몸에다 약을 발라주었다.

그런데 떠날 때 가지고 왔던 그녀의 옷들은 이제 3미터 가까이 자란 그녀의 몸에는 맞지 않았다. 게다가 거의 모두 헤져 버려 더 이상 쓸모가 없었다. 貴順는 이러한 옷들을 모두 벗을 수밖에 없었다. 그러나 당장에 다른 옷이 있지도 않았을 뿐더러, 이제는 女皇族의 성년이 되어 가는 그녀의 몸에서는 자체방출열(自體放出熱)이 오르고 있고, 몸전체의 완벽한 곡면화(曲面化)를 이루는 풍부한 피하지방층은 바깥공기에 구애됨 없이 체온유지를 가능케 하므로, 추위을 막을 옷은 필요치 않았다. 다만 부끄러움을 갖추기 위해서는 최소한의 옷이 필요했으므로, 그녀는 가지고 있는 재료로 스스로 길쌈해 자신의 새 옷을 만들어 나갔다. 당분간은 그녀는 옷을 전혀 입지 않은 채로 皇龍안락수레 안에서 몸을 사리며 꼭 만나야 할 사람만 만나며 지낼 수밖에 없었다. 때로는 폐허가 된 선천인간들의 유적이 널려있는 황량한 벌판을 지나가기도 하며 근 일년여를 여행자의 생활을 하던 이들 앞에 멀리서부터 보이는 것이 있었다.

그것은 거대한 산맥이었다、가로로 널리 퍼져 있어서 돌아나갈 곳이 없었다.

『저 앞에 크게 펼쳐진 산맥이 보이네.』

『됐어. 저 산맥을 넘으면 그 다음부터는 우리의 영토로 삼을 수 있을 땅이 펼쳐질 거야. 자 가자.』

선두의 일사람들은 말하면서 이 곳을 넘기로 작정했다. 그리고는 貴順에게도 보고했다.

『전하, 기뻐하십시오. 이제 이 산맥을 넘으면 이곳을 국경으로 그 다음부터 모두 우리의 땅입니다.』

貴順은 보고를 듣고 그다지 크게 기뻐하지는 않고 조용히 미소지으며

『그래요、우선 우리가 무사히 잘 넘어가야지요.』

했다.

모두는 산맥을 넘기 시작했다. 산(山)과 산、봉(峰) 사이를 요리조리 돌아나가면서 전진했다. 그들이 탄 차들은 원거리 장기간 이동을 위한 다방향쌍무한궤도차(多方向雙無限軌道車)[22]들로서, 이 차는 두 개의 무한궤도가 비행접시모양의 차체 밑에 달려 있고 각각은 360도 회전 가능하다. 그러므로 어느 방향으로라도 자유롭게 방향을 바꾸며 험한 지형을 넘나들 수 있다. 女皇용안라수레는 다른 차들보다 길고 우아한 유선형의 차체에 화려한 꽃무늬장식이 그려 있는 것이 다르다. 이렇게 산악을 달리기에 적합하게 만들어진 자동차들이라 산을 넘기에 그렇게 큰 장애는 받지 않았다. 게

---

22) 어느 방향이로든지 자유로이 돌아 나갈 수 있는 탱크와 같이 생긴 차 (Multi-Directional Twin Caterpillar Car).

다가 노라와 몇몇 일행은 이전에도 군대를 이끌고 남방의 땅에 상륙해 이보다 더 험준한 산맥을 수 차례 넘은 적이 있었기 때문에 전진에 그다지 어려움은 없었다. 다만 그 때에는 가뿐한 전차를 몰고 넘었지만 지금은 많은 짐이 실려있는 탐험 및 이동생활차라는 것이 조금 부담스러웠다.

산맥을 거의 넘어와 이제 넘어야 할 산이 한 둘 정도 남았다 할 무렵에, 모두가 산너머의 무엇을 기대하며 쉬임 없이 전진하던 중 갑자기 진행이 멈추어졌다. 선도차(先導車)가 가다가 계곡의 바위에 몸체의 중앙이 걸리어 오도가도 못하게 되었기 때문이었다. 앞뒤의 궤도바퀴는 헛돌기만 해서 아무리 차를 빼내려 해도 빼지지가 않았다.

물론 이러한 일은 먼저 소냐와 헤어지기 전에도 종종 있었던 일이었다. 그러나 그런 일이 있을 때마다 貴順이 나서서 거뜬히 차를 들어주었기 때문에 그렇게 어려움이 계속 나아갈 수가 있었다. 일사람 여럿이 힘을 합해서 한 들 잘 되지도 않았고, 들어올려 봐야 범인족의 키로는 바윗돌을 치울 수 있을 만큼 올릴 수도 없었다.

한참 전진이 안되고 있고 바깥이 시끄러워지자 貴順은 일어나 밖을 살폈다.

『무엇 때문에 지체하고 있니?. 갈 길은 너무나 멀지 않아?.』

『전하. 선도차가 바위에 걸려 도저히 빼낼 수가 없게 됐어요. 어떡하죠?.』 아무래도….』

더 이상 이들이 아무리 힘을 합해도 안 된다. 貴順의 요즘의 상태는 안락수레의 밖으로 나오는 것만도 심히 부끄러운 상황이지만 어찌할 도리가 없었다. 그녀는 모두를 좀 멀리 물러서라 하고는 자세를 삼가며 조심스레 밖으로 나왔다.

貴順은 뭔가로부터 몸을 피하듯이, 걸려있는 차의 앞쪽으로 가까이 다가갔다. 그리

새 땅을 찾아 동으로

고는 두 손으로 차의 앞부분을 잡아 가만히 들어내었다. 곧 차는 가볍게 올려져 바위로부터 벗어날 수 있었다. 조금 떨어진 곳에 모여서 지켜보던 그녀의 얼마 안되는 범인족 백성들은 환호했다.

『키션 皇世女 전하 만세.』

물론 貴順의 이러한 역할은 이전에 평원에 도착하기까지의 여러 역정 중에서는 다반사였다. 그러나 그 기간 중에 그녀는 언니를 생각해서, 절대 자신을 찬사하지 말라고 엄명을 내렸었다.

그런데 차를 들어 가만히 옆으로 비껴 내려놓는 순간이었다. 그녀는 갑자기 눈앞이 어지러워지며 몸 속의 피가 거꾸로 흐르는 듯이 느껴졌다.

『아아아아아....』

첨벙.

그녀는 이내 정신을 잃고 그대로 개울물에 빠지며 쓰러지고 말았다.

『아앗. 전하!』

황급히 몇 사람이 달려들어 그녀를 끌어내려 했으나 장수 몇 명은 이미 늙은이들이라 스스로는 큰 힘을 쓰지 못했다. 나머지 모두들도 어린아이들 뿐이라 힘도 없을 뿐더러 합심해서 일하도록 통제도 되지 않아 도저히 그녀의 몸을 끌어낼 수가 없었다. 단지 어깨 위 상체만을 들어올려 받쳐줌으로써 얼굴을 물밖에 내놓게 하고는, 어서 깨어나기를 바라며 간단한 응급조치를 하는 것만이 그들이 할 수 있는 일이었다.

차가운 물 때문인지 貴順은 오래지 않아 깨어났다. 깨어나고서는 자신이 아룀 그대로 어린이들을 포함한 이 여러 자신의 백성들 앞에 한동안 흐트러진 자세로 내방쳐 있었다는 것을 알자 그녀는 얼굴이 홍당무가 되었다.

그러나 물에 흠뻑 빠져 온통 젖은 얼굴이 발그레히 상기된 모습은, 모처럼 그녀가 여전히 아름답다는 것을 재확인시켜주는 것이었다. 화끈 달아오른 두 뺨의 열에 의해 증발되는 수증기가 모락모락 피어올라 그녀의 얼굴을 온통 휘감았다. 그녀 자신도 그리도 부끄러워하는 와중에서도, 물에 비친 자기의 어여쁜 모습에 어느 정도 자신감과 용기를 되찾은 듯, 회분홍빛 입가엔 살짝 미소가 감돌았다. 때마침 물가 여기저기에 대중없이 널려 피어있는 볼품없는 모양새의 이름 모를 여름 山꽃들도 그녀와 함께 하니, 장미백합이라면 도리어 그녀의 장미(壯美)에 눌리어 초라했을지언정, 더할데 없이 어울리는 장식화(裝飾花)로 그녀의 주위에 수놓아져 있었다.

하지만 貴順은 제 정신을 찾자, 누가 더 볼새라 얼른 일어나 바삐 자기 자리로 돌아와 누웠다. 이 날의 모습은 그녀가 달음박질치는 모습으로는 마지막이었다.

노라는 수심이 가득한 얼굴로 貴順에게 말했다.

『전하. 앞으로 험한 지형은 통과하기 어렵겠어요. 앞으로는 오래 걸리더라도 이런 지형들은 피해 나가야 될 것 같아요.』

貴順은 일동에게 말했다.

『너무 걱정하지 않아도 될 거야. 내가 그 동안 모든 지질과학 관련 자료를 조사해 본 바에 따르면 더 이상 동방으로 가는 길에는 험한 산맥은 없을 것으로 알거든. 단지 동쪽으로 갈수록 더욱 더 추운 벌판만 나올 거야. 땅만 넓지 사람이 살 곳은 못된단다.

이제는 이전에 우리가 살던 곳에서 동쪽으로 많이 벗어났어. 가는 방향을 조금 남동쪽으로 해도 좋을 거야.』

貴順이 방금 당한 일은 사실 그녀 자신에게나 그녀를 따르는 모두에게나 충격적인 일

새 땅을 찾아 동으로

이고 많은 우려를 가지게 하는 일이었다. 그러나 그녀는 이를 내색 않고 계속 웃는 낯으로 이들을 안심시키며 새나라 건설을 위한 여행을 독려했다.

과연 이제는 그렇게 험한 지형은 나타나지 않았다. 이들은 계속 동으로 동으로 삶의 터전을 옮기면서 생활해 나갔다. 떠나오면서 지니고 왔던 여러 생활 물자들이 모두 소모되자 새로운 환경에서의 삶의 방편이 요구되었다. 이들은 식량으로 가져온 가축을 이동과 함께 기르면서 유목민의 생활을 해 나갔다.

아무런 인간의 자취도 없는 거친 환경에서 외따로 모여있는 자들이 자급자족으로 살아나가기는 참으로 어렵고 힘든 일이었다. 이런 중에도 몇 년의 세월이 흘러가면서 어린 일사람들도 조금씩 자라나니 점차 짐이 덜어지고 힘의 보탬이 되는 것은 참으로 다행이었다.

그들의 계속되는 노력의 결과로 거친 벌판을 유랑하면서 나름대로의 삶의 방법도 터득되어지고, 시일의 지남에 따라 이러한 유목민으로서의 삶의 방식이 모두의 몸에 차 배어 가기도 했다.

하지만 이것을 결코 자신과 자신의 백성들의 삶의 방식으로는 취하고 싶지 않은 것이 그녀 貴順摩耶姬였다. 자신의 타고난 다정다감한 천성에도 불구하고 정작 자기자신은 情(정)의 부족함 속에 자라난 그녀는, 아늑히 자신을 감싸주는 지형의 땅을 그녀의 새로운 보금자리로서 머리 속에 그리고 있었다. 끝없이 펼쳐진 황량한 들판은 그녀에게는 마음의 안식을 가져다 줄 수 없었다.

헌데 가도가도 그녀의 안식처를 삼을 만한 땅은 좀처럼 나타나지를 않는 것이었다. 貴順의 모습은 변화된 기후에 맞추어 서서히 달라지고 있었다. 얼굴과 콧날의 윤곽은 좀 더 부드러워졌으며 머리칼 색은 진황낮이 되면 태양은 뜨겁게 작열(灼熱)했다.

색으로 짙어져 있었다. 눈빛은 어느 틈엔가 진녹색의 빛을 버리고 노란빛을 띠게 되었다.

하지만 역시 변치 않는 것은 그녀의 어여쁜 자태였다. 동행자들 모두는 달라진 환경에 따라 변하는 그녀의 모습에 신기해하면서 이제까지 모르던 새로운 미인의 형태에 감탄해 마지않았다.

더구나 이제 서서히 성(性)에 눈뜨기 시작하는 숫사람 아이들에게 그녀의 자태는 관심의 대상이 아닐 수가 없었다.

貴順이 뜨거운 햇볕을 피해 거처에 들어가 쉬고 있을 때였다. 몸소 다 짜놓고 평소에 걸치던 성긴 베옷도 뜨거운 한낮의 더위에 실내에서 걸치기에는 부담스러웠다. 그녀는 가만히 옷을 벗고 거울 앞에 드러누웠다. 그리고는 자신을 비춰보며 하루가 다르게 자라며 달라져가는 몸 곳곳을 신기한 듯 살폈다.

그러던 중 그녀는 거울 속의 생각지도 못했던 형상에 급히 놀라 몸이 와락 움츠러들며 비명을 질렀다.

『어마! 깜짝이야.』

거울에 비친 자기 몸 뒤의 천막에 살짝 틈이 벌어져 있으며 그 틈으로 두 명의 숫사람 어린이의 얼굴이 貴順의 몸을 물끄러미 바라보고 있었다. 그들 뒤에는 자기들도 보자고 잡아당기며 승강이를 벌이는 다른 아이들도 있는 듯 했다.

그네들은 이렇게 때마다 기회만 있으면 貴順의 주위에 숨어 접근해 몰래 그녀의 모습을 엿보곤 해, 조용히 자기만의 사색에 잠기며 임의의 편한 자세로 있던 그녀를 화들짝 놀래키며 당황하게 만들곤 했다. 아직은 그들의 접근이 공식으로 허락되지가 않은 상태였다. 貴順의 나이나 그들의 나이나 공히 아직 성행위를 할 성년의 나이가 아니지

『네 이놈들 썩 가거라!』

貴順의 비명소리에 얼른 달려온 일사람들은 허락 없이 그녀의 몸을 엿보는 자들을 엄히 꾸짖어 쫓아냈다. 그러나 貴順은 놀라움과 수치감에도 불구하고, 자기를 연모하는 마음을 참지 못하는 이네들에 대해 더 이상의 원성을 늘어놓지 않았다.

동방원정 이전, 貴順의 고향이 위치한 곳 부근의 각 나라에서는 女皇의 몸을 허락 없이 훔쳐 본 숫사람에 대해서는 가차없이 사형에 처하거나 눈을 멀게 하는 등으로 다스렸었다. 특히 지중해 연안의 바로 북쪽 산맥기슭에 자리잡았던 알프스女皇國의 女皇 라비니아 다이아나는, 일사람들과 사냥놀이를 갔다 온 후에 자신이 목욕하는 것을 훔쳐보았다는 이유로 다섯 명의 숫사람들을 즉결 처형한 것으로 유명하다.

貴順의 몸 시중을 주로 하던 솔베이그가 말했다.

『전하. 저들이 이렇게 제멋대로 전하의 주위에 숨어드는 것을 그대로 놔두어서는 저들을 통제하기가 참 어렵겠어요. 비록 숫사람들의 수가 부족해서 극형에 처하기는 어렵더라도 허락 없이 전하의 몸을 엿보는 자는 눈을 멀게 함으로써라도 엄히 다스려야 하겠어요.』

그러나 貴順은 아무렇지도 않은 듯 살짝 미소를 띠우면서 대답하기를

『그렇게 할 것까지는 없지 않겠니? 저들이 내 몸을 엿본다 해도 내게 해가 되는 것은 없잖니? 사람이 사람을 좋아하고 그리워해서 생겨나는 일에 죄를 물을 수는 없는 거란다.』

하는 것이었다.

貴順摩耶姬姑의 이 유례없는 자비와 덕성에 그들은 또 한 번 감복하지 않을 수 없었

다. 어서 이어진 女皇에 의한 새 이상국 건설의 날이 오기만을 그들은 애타게 기다리고 있는 것이다.

十三、 일사람들의 反亂

貴順摩耶姬姑의 일행은 새 보금자리를 찾아 동쪽으로 나아갔다. 가도가도 춥고 황량한 벌판은 계속되었다.

일행이 거친 환경에서의 유랑의 생활을 해 온 지도 십 년 가까이 흘렀다. 어느덧 광활한 대륙 중부의 평원을 지나와, 그들 앞에는 완만한 산지가 나타났다. 그리고 그 골짜기 마다에는 큰 물줄기들이 보였다.

앞짜섰던 노라가 소리쳤다.

『皇世女 전하 큰 강이 보입니다! 사람이 살기에 좋은 땅인 듯 싶쯤니다!』

貴順도 이 말을 듣고 밖으로 나왔다. 과연 산지의 위에는 의외로 큰 물줄기의 강이 보였다. 물은 삶의 터전을 세우기에 필수 불가결이다.

『그래, 이 강물줄기를 계속 따라가면 따뜻하고 살기 좋은 곳이 나타날 것 같아.』

貴順과 일사람들은 강줄기를 따라 계속 나아가기로 했다. 모두는 경사면을 오르면서 전진했다. 갈수록 기후는 더 따뜻해지는 것 같았다. 용기를 얻은 그들은 계속해서 그들이 머물만한, 보다 아늑하고 포근한 땅을 찾아 따라 올라갔다.

마침내 그들은 앞에 커다란 물을 발견했다. 호수인지 바다인지 알 수 없었지만 어쨌든 끝은 안 보였다. 물은 지극히 맑고 투명해 물밑이 훤히 들여다보였다. 기후는 이제까지 그들이 겪어온 어느 곳보다도 온화했다.

『전하, 여기가 대륙의 끝인가 봐요. 기후도 좋고, 여기서 우리의 나라를 세우는 것이 좋을 것 같아요.』

노라와 대열을 이끄는 여러 일사람들은 이렇게 생각하고 그만 여기서 정착하고 살고 싶어했다. 그들도 단조롭고 긴긴 여행의 생활에 지친 것이었다.

『아니, 조금만 더 가면 좋을 것 같은데...』

貴順이 말을 흐리자 일사람들은 다시 강조해 말했다.

『전하, 보십시오. 이렇게 많은 물이 한없이 펼쳐 있는데 이보다 더 좋은 곳을 어디 가서 찾겠습니까? 지금이 아직 얼음이 풀리지 않을 때인데 날씨도 우리의 고향처럼 한결 온화하지 않습니까?』

『전하, 이제는 기나긴 여행도 지쳤습니다. 우리도 우리의 영토를 한 번 가져 봄이 어떠할지요?』

이들이 계속 이렇게 말하자 貴順은,

『그래요. 일단 이 곳에 자리잡아 살아보도록 하지요.』 했다.

貴順은 이 곳에 내키지는 않았으나 일사람들에게 더 이상 고생을 시킬수가 없어 마지못해 그들의 의견을 따라했다.

그들은 곧 이 곳에, 장기적인 생활의 터전을 이루기 위한 일에 착수했다. 그러나 아직 건설을 위한 인력과 기술이 너무 부족해서 일단 천막으로 움집형태의 집을 짓고 살기로 했다.

먹을 것과 입을 것은 이제까지의 유목생활에서 기르던 가축을 이용하고 부족한 것은 주변 산에서의 사냥이나 물가에서의 고기잡이 등을 해서 충당했다. 밭을 일굴 만한 여건은 되지 않았지만 이제까지의 떠돌았던 삶에 비하면 한결 풍족해진 것 같았다.

이들이 이곳에서의 생활에 어느 정도 적응되어 나가던 때에 노라는 貴順에게 말했다.

『皇世女 전하, 이제 이곳에 새로운 나라를 건설하여 황위(皇位)에 오르십시오.』

그녀의 말은 여느 때와는 다르게 격식을 갖춘 어조였다.

『아직 그렇게 서두를 때가 아니지 않아요? 다음 세대를 이을 백성도 하나 낳지 못했는데.』

『이제는 우리 주위에는 아무 나라도 없습니다. 우리는 이미 우리 만으로의 나라를 가지고 있는 것이나 마찬가지입니다.』

『그래도 아직은….』

『전하, 저의 소원입니다. 더 늦기 전에….』

『더 늦기 전이라니, 무슨 말이오?』

『소신(小臣)의 기력이 날로 쇠하여지는 것이 느껴지옵니다. 소신의 생전에 貴順 皇世女 전하의 등극을 보고자 소신은 원정길을 따라 나섰고 여지껏 기다려 온 것입니다.』

貴順는 크게 당황했다. 그러면서도 이제 새 독립국의 설립은 더 늦출 수가 없었다.

드디어 貴順摩耶姬姞는 母皇으로부터의 완전 독립을 공식 선언했다. 서북평원의 언니 소냐 프레이아키에프 一世의 라사女皇國에 이어, 호수의 모양을 따라 이름지어 바칼女皇國을 창건하니 바로 북미회女皇國 十三代 女皇 혜다 발키리아 즉위 四百九十年이고 그녀가 母皇의 곁을 따나 새 창업을 위한 여행을 시작한지 十五年이 되는 해였다. 이 해는 또한 라사女皇國의 초대女皇 소냐 프레이아키에프의 즉위 十年이 되는 해였다.

女皇으로서 즉위하려면 응당 성대한 대관식을 가져야 할 것이나 아직 생활여건이 너무나 미비한 탓에 약식으로 거행되었다. 물가 조금 넓은 터를 골라 貴順는 배산(背山)하여 무릎 꿇고 앉았다. 그녀와 마주하여 범인족 일동이 모두 꿇어앉았다.

그리고는 서로 절을 올림으로써 군민(君民)의 연(緣)을 공식 확인했다.

그녀는 모든 백성들에게 두루 은혜를 베푼다는 뜻으로 연호를 광혜(廣惠)라 하고 이곳 물가의 산기슭에 거처를 자리잡아 새 생활을 시작했다.

貴順과 주위의 일사람들은 상의 했다.

『이제 이곳 물가에 터를 잡아 우리의 궁궐을 지어야 하겠지요.』

한 사람이 말하자 곧 다른 사람이 『그런데 어떻게 지어야 하지요?』 물었다.

이에 대해 貴順은 얘기하기를

『누가 좀 나서서 건설을 지도해 줄 사람 없을까요? 떠나올 적에 건축을 위한 모든 문헌을 가져오기는 했는데...』 라고 했다.

그러나 이들은 잠시 머뭇거리다가는 모두들

『지금 저희들이 배워서 활용해요? 도저히 불가능해요.』

『언제 그걸 다녀보기만 했지 책 보는 건 몰라요. 호호』

하고는 貴順과 서로의 얼굴들만 빤히 쳐다보았다.

일사람들이 이렇게 말하는 것은 당연했다. 貴順을 따라온 일사람들은 모두 노라의 측근 군속(軍屬)들 뿐이었다. 쓸만한 기술자들은 모두 저들의 안락한 삶을 위해 소냐의 라사女皇國 건설당시 그 곳에 남았던 것이다. 그리고 이제까지 평원을 헤쳐 오면서 살아남기에만 급급했지 그들이 언제 자기들과 아이들이 기술을 익히게 할 겨를이 있었던가.

貴順은 이들에게 부담이 될까 해서 다시 말했다.

「당장에는 그냥 이대로 천막을 쳐서 생활하도록 하지요.」

「폐하께서 불편하실 것 같은데요...」

일사람들은 빈말로나마 걱정스레 물었다.

「그래도 할 수 없잖아요?」

貴順은 일단은 그네들의 부담을 덜기로 하고, 그 동안 소중히 보관해 온 온갖 문헌 서책을 훗날의 문명국 건설을 위해 차세대에게 교육시키기로 했다.

貴順은 일행의 전반적인 생활을 관리하는 애스터를 불렀다.

「애스터, 훗날을 위해 어린 사람들에게는 건축술을 교육시키도록 하지요.」

「예... 한번 말해 보지요.」

애스터는 대답하고 나갔다.

그러나 며칠이 지나도 무슨 일을 도모하는 낌새가 없었다.

「어떻게 되었어요? 요 옆에 크게 지은 천막에서 어린 사람들을 모아 기술을 가르쳐야 하지 않겠어요?」

貴順의 물음에 애스터는 옆머리를 조금 긁적이면서

「저희들도 아는 것이 하나 없는데 무얼 가르친단 말입니까?」

「같이 보아가며 하면 되지 않아요? 내가 아는 것에 대해서는 직접 도와 줄 수도 있어요.」

「지금 당장 살기 위한 방법을 찾는 것이 더 급합니다. 아이들도 도무지 모이지를 않습니다. 어떡하면 이 곳에서 사냥과 목축을 잘 해서 살아갈 방도를 터득하냐는 것이

일사람들의 반란

「모두에게 시급합니다.」

貴順은 그들이 구해오는 식량으로 살아가는 입장이기도 했다.

「그러면... ... 할 수 없지요. 좀 더 생활이 풍요해 진 다음으로 미루어야 할밖에... ...」

일사람들은 이 곳에서 문헌을 참조해 보다 효율적인 건설이나 생산기술을 익히려고 하지를 않았다. 貴順도 굳이 그들에게 강권해 정착도시를 건립하게 하려는 마음이 나지를 않았다.

이러는 중에 그 동안 원정대를 이끌어오던 노라는 점점 더 쇠약해져서 일과를 보기 어려워져 갔다.

이곳에 자리잡은 이듬해 겨울 마침내 노라는 자리에 눕고 말았다.

갑자기 닥쳐온 추위에 호숫가가 온통 얼음과 눈에 덮인 날 밤, 중앙의 움막에 모두가 모인 자리에서 노라는 애스터 등 수하 동료들에게 이렇게 말했다.

「부덕몽매(不德蒙昧)하였던 저가 없더라도 가여우신 우리 貴順 女皇폐하를 諸臣(제신) 모두께 잘 부탁합니다.」

모두들 침울하게 고개를 숙이고 있는 자리에서 貴順은 소리질렀다.

「언니! 더 살아야 해요. 이제 난 누굴 의지하고 살란 말이에요?」

극한 상황에 이르자 그녀의 말은 모든 격식을 떠난 혈육의 정으로부터 나오는 말이었다.

「황공하옵니다, 폐하. 그러나 소신의 생명이 이미 다 되었음을 느끼옵니다.」

노라는 오래지 않아 숨을 거두었다.

고토(孤土)의 호수에는 처연(凄然)한 겨울달빛이 어렸다. 호수면(湖水面) 어느 곳은 희멀겋게 반짝이고 어느 곳은 검푸르게 잔잔하다. 검푸르게 보이는 곳은 아직 얼지 않은 곳이다. 그러나 그 곳도 어느 덧 얼어붙을 것이다.[23]

「애스터, 그대가 앞으로 짐을 도와 이 나라의 기틀을 잡는데 힘써 주오. 눈물 젖은 얼굴로 貴順은 말했다.

「陛下、흑, 제가 어찌 그런 대임을 맡는단 말입니까.」

「지금 달리 어찌할 수가 없지 않아요? 그대를 의지하는 수밖에····.」

노라의 뒤를 이어 애스터가 일사람들의 통솔을 맡았다.

그러나 그녀는 전임자 만치 아랫사람들을 잘 다루지 못해、 이들의 사회는 점차 기강이 흐트러져 갔다. 게다가 계속되는 생활의 어려움으로 인해、 젊은이들은 힘들여 먹을 것을 구해오는 일을 하는 자기네들이 마땅한 대접을 받지 못한다고들 여기게 되었다.

「이년들아! 폐하께 드릴 수라를 너희들이 먼저 다 먹어버리고 남는 걸로 가져오다니···.」

애스터는 어느 날 사냥에서 돌아온 조(組)가 貴順에게 진상할 음식을 자기네들이 먹다 남은 걸로 가져오는 것을 보고 이들 젊은이들에게 버럭 화를 냈다.

그러나 그들은 낯빛 하나 변하는 것 없이 서로들 쳐다보며 말하기를

「쳇, 우리는 죽을 고생하며 잡아왔는데 우리가 먼저 먹어보는 건 당연한 것 아니에요?」

「그래도 혹시 해로운 거 있을까봐 먼저 실험해 본 거라고요. 드시게 하세요. 저희

23) 이광수 <有情> 중

일사람들의 반란

들 이렇게 멀쩡하잖아요? 후훗.』

『이거, 고생하는 사람 따로 있고 편히 앉아 누워 쉬기만 하는 사람 따로 있고 원 살맛이 나야 말이죠.』

하며 슬금슬금 피해 갔다.

애스터는 아까보다는 목소리를 낮추어 조금은 타이르듯

『이년들아. 세상 이치는 그게 아니단 말이다. 당장에 먹을 것 구해오는 것이 다가 아니란 말야.』

했으나 그들은 전혀 귀담아 듣는 기색이 없었다.

『굶어 봐요, 그런 얘기 나오나.』

『어쨌든 내일 먹을 걱정 지금부터 해야겠어요. 이만....』

그들은 이렇게 내뱉고는 안에서 이 광경을 보고 있는 貴順은 본체만체 돌아서서 자기네들이 모여서 노는 곳으로 갔다. 비록 어수선한 가운데서나마 새로운 독립국을 세운 엄연한 女皇인 貴順摩耶姬姑 一世에게 젊은 일사람들은 마땅한 예를 보이는 경우가 드물어졌다.

貴順의 식사를 돌봐주는 오제와 안네가 사냥조가 가져온 먹다 남은 고기를 가지고 貴順에게 상을 차려주었다. 애스터와 이들은 貴順의 앞에서 흐느꼈다.

『폐하. 망극하여이다.』

貴順은 이들을 위로했다.

『괜찮아요. 그래도 먹을 만 한데요 뭘. 저들이 잘 먹고 기운을 써야 우리 모두가 살 수 있는 것 아니겠어요?』

그러나 이들이 더욱 슬퍼하는 것은 바로 당장의 일 때문만이 아니었다. 그들 모두도 이미 노쇠해 자신들의 생명이 얼마 남지 않은 것을 느낄 수 있었기 때문이었다.

애스터는 貴順에게 대책을 건의했다.

『폐하 어찌하오리까? 저희들도 이미 힘이 부침을 느끼옵니다.』

貴順도 이제 막연하게 힘내라는 얘기는 소용없음을 알았다.

『젊은 일사람들을 좀 가까이 데려다 일을 맡기세요.』

이렇게 해서 젊은 일사람들에게도 일행의 살림을 책임지는 일을 조금씩 넘기기로 했다. 각자 맡은 일을 할 때마다 젊은 일사람들을 동행해서, 일에 대한 모든 사항을 일러주고 같이 모든 일의 본말(本末)을 관장(管掌)할 수 있도록 했다.

그러나 그네들은 마지못해 따라 할 뿐 貴順을 보필해 제대로 된 나라의 기틀을 세우려는 마음은 도무지 있는 것 같지가 않았다.

어수선한 체제 속에 이곳에서의 생활은 계속되었다. 이들이 이 곳에 자리잡은 지는 오 년 가까이 지났다.

솔베이그와 젊은 일사람 두 명이 貴順를 물가에서 목욕시키는데, 솔베이그가 머리를 빗질하고 있는 동안 둘은 貴順의 양 다리 부분을 씻겨주는 일을 맡아 하는 중이었다. 그런데 이 일을 맡은 젊은이들은 솔베이그의 눈을 피해서 딴전을 부리거나 그냥 호숫물을 貴順의 하체에 퍼붓기만 하는 등 도무지 정성을 들이는 기미라고는 없었다.

貴順에게 살림의 형편을 보고하려고 오다가 이 광경을 본 애스터는 노하지 않을 수 없었다.

『이년들아, 폐하를 그렇게 모시는 법이 어디 있느냐!』

애스터는 호통을 쳤다.

그리고는

『억…』

그녀는 곧 정신을 잃고 그 자리에 쓰러졌다.

『어머나, 대장군님.』

깜짝 놀란 솔베이그가 그녀 앞으로 와서 얼른 붙잡았다. 貴順도 얼른 힘들게 다가와서는 지 못했다.

『흑, 정신차려요. 우리 모두 그대를 바라고만 있는데…』

하며 흐느꼈다.

그러나 그녀는 다시 일어나지 못했다.

이렇게 애스터도 점차로 와해되어만 가는 女皇國의 기강을 바로 세우려고 안간힘을 쓰다 원장대장의 직을 받은 지 몇 해 못 가 세상을 떠났다. 이때 이미 그녀의 동료 페트라와 오제는 죽은 후였다.

솔베이그는 원래부터 간호의 일만을 맡아왔던 여자이고 안네, 레기네 등도 이미 자기들의 몸도 가누기 힘들게 된 상태인데 다시 원정대장을 물려 임명한다는 것은 부질없는 일이었다.

얼마 안되어 안네와 레기네가 죽었고 솔베이그도 죽었다. 이렇듯 애스터가 죽은 때를 전후해서 두어 해 동안에, 북미희 女皇國을 출발할 때에 이미 장년의 나이 이상이 었던 솔베이그, 페트라, 오제, 안네, 레기네 등의 일사람들이 조금만 더 있어 달라는 貴順의 간절하고 처절한 울부짖음에도 불구하고 하나 둘 모두 약속이나 한 듯이 그 생을 다하고 말았다.

오랜, 기간 거친 환경에서의 불안정한 생활 끝에 풀린 긴장은 이들의 생명을 더욱 재촉한 것 같았다.

『으앙, 언니 죽지마, 흑흑.』

貴順의 통곡소리는 호숫가 전체에 메아리쳐 졌다.

『참. 저렇게 소리내서 무얼 한단 말이야? 이제 그만 할 때도 되었는데...』

『저렇게 소리낼 힘으로 좀 돌아다녀서 먹을 것을 구해오는 힘이 있었다면 얼마나 좋을까?』

남아있는 젊은 일사람들은 말했다.

어린 범인족들 중에서 오던 길에 병이나 사고로 죽은 자들이 이삼십 명이 되니 이제 불과 백 수십 명의 사람들, 게다가 제대로 된 훈련과 교육을 받지 못한 자들만을 데리고 있는 그녀의 생활은 말이 건국이지 실상은 초라하기 이를 데 없는 유랑의 무리다 를 바 없었다.

그 동안 가까이 의지하며 지내던 언니뻘의 일사람들이 하나 둘 모두 세상을 떠나면서 눈물이 마를 새 없었던 그녀의 앞에는 한층 더 모진 시련이 기다리고 있었다.

『응, 왜 이리 몸이 움직이기가 힘들지?』

貴順의 몸은 더욱 자라 이제는 웬만한 일상사들도 자기 스스로는 처리하기 힘들게 되었다. 식사, 화장, 그리고 온갖 여타의 용무까지도 점차로 일사람들의 잔손질이 더 해져야만 가능하게 되었다.

『女皇폐하를 시중들 사람들을 늘려야 하겠어요. 대여섯 명 가지고는 안 돼요. 적어도 스무 명은 되어야 해요.』

솔베이그를 도와 貴順의 몸 시중을 했던 일사람들이 모두에게 말했다. 그네들의 입장에서는 좀 사람이 늘어야 자신들의 부담도 줄어들 것 같아서였다. 사냥과 목축의 고된 일과에 지친 일사람 열 댓명이

『그래요? 우리가 도와주기로 하지요.』
하고 자원하여 귀순의 몸시중 일에 가담하기로 했다.
결국 일사람들의 그녀에 대한 부담은 더욱 커졌다. 의식주를 해결하기 위해 제대로 일할 수 있는 사람이 전체로 보아도 불과 백 명이 못되는데 그 중 거의 사 분의 일이 귀순을 위해 일해야 하므로 그만큼 그들의 생활을 위한 생산 활동은 줄어드는 것이다. 젊은 일사람들은 귀순의 마음과 그녀에게 필요한 것이 무엇인지를 잘 몰라서 시중을 들면서 일일이 그녀에게 물어보고 행동했다.

『어떻게 해 줘야 돼요? 요기 말예요?』
『응. 거... 기... 조금 아래 좀 씻겨 줘.』

다른 무엇보다도 특히 그녀의 몸을 돌보는 일은 피차에 곤혹스러운 것이었다. 먼저 언니뻘 되던 일사람들이 살아 있을 때는 그나마 편하게 부탁할 수 있었는데 사정을 모르고 이해심이 적은 젊은 일사람들에게 의지한다는 것은 매우 부담스러웠다. 한편 출발 때부터 지도역할을 했던 중신들이 모두 죽자 이들의 새로운 지도자가 필요하게 되었다.

『누가 새로운 지도자의 일을 맡을까요?』
솔베이그의 장례를 치르고 난 뒤에 모인 자리에서 귀순은 이들에게 말했다.
이때
『제가 맡겠습니다.』
하고 나서는 젊은 여자가 있었다.
그녀는 이전에부터 노라와 애스터의 곁에서 일을 도와오면서 중간 지도자의 경험을 쌓아온 엘레나라고 하는 이십육세의 일사람이었다.

「고마와요, 이제까지는 원정대장을 승계하라고 하면 스스로 나서기도 해 주다니... 여러분 젊은 세대들에게 기대를 많이 할 수 있겠어요.」

貴順은 반가왔다. 다른 나서는 이도 없고 엘레나는 그전부터 이미 일행의 살림을 앞장서 처리하곤 했었기에, 그대로 원정대장으로 임명되었다.

엘레나가 일행의 살림을 관장한 뒤로 그다지 큰 탈없이 이들의 생활은 유지되어 갔다.

어느 날 그녀는 동료 몇몇 일사람들과 함께 貴順의 앞에 모여 살림에 관한 회의를 하고 나서는

「이제 원정대장이란 명칭은 맞지 않잖아요? 우리는 이제 이 곳을 우리의 삶의 터전으로 삼고 있는데.」

라고 貴順에게 말했다.

「그래요 맞아요.」

일사람들은 동의했다.

貴順은 묵묵부답 했다.

「어떻게 생각하시죠?」

엘레나가 재차 묻자.

「그냥 자네들이 정하세요. 난 그에 따를 테니깐...」

貴順은 그들에게 맡겼다.

「그럼 저희들이 새로운 체제를 궁리하고 보고 드리기로 하지요.」

엘레나는 주요 일사람 대여섯 명과 함께 貴順의 앞에서 물러나왔다.

『저 건너편 물가에서 우리끼리 따로 회의를 해보자. 貴順의 앞으로부터 떠나간 뒤에 그들은 얼굴빛이 달라지면서 서로들 눈치를 보았다. 모두들 자리에 모여 앉자 그들 모두는 저마다 할 말이 많아 보였다. 이미 이때 젊은 세대 중에서는 체제에 대한 동요가 일어나고 있었다. 그들 중에는 자신들의 행동력을 자기 자신들을 위해 씀으로써, 자신들의 진정한 삶을 찾아야 한다는 생각을 가진 이들이 많아져 갔다. 엘레나 또한 그런 자들 중 하나였다. 의 대장임명 당시에도 貴順은 이런 사실을 알 리가 없었다. 그러나 그녀 엘레나는 모두를 돌아보며 말했다.

『단순히 명칭만 바꾸는 게 아니라 이제 우리 세대에 맞는 새로운 사회체제를 꾸미는 것이 어떻겠니?』

『맞아. 이젠 어떤 체제의 변화가 필요해.』

그녀의 친구 리즈가 이에 맞장구를 쳤다.

『우리가 살아가기 위해서는 일이 최우선이야. 우리가 먹고 살 수 있는 물자를 생산하기 위한 일을 잘 이끌어 나가는 사람이 우리의 우두머리가 돼야 해.』

그녀의 또 다른 친구가 이를 더욱 부추켰다.

이들의 표정을 읽은 엘레나는 다시 좌중을 둘러보고는

『일사람들은 활동 능력이 떨어지게 되면 때를 맞추어 세상을 떠나곤 하는데 女皇은 활동능력은 점점 떨어지면서도 도리어 양식만 더 많이 소비하고 우리의 부담을 늘리고만 있다. 우리가 이렇게 고생해가며 女皇을 모셔봐야 얻어지는 것이 뭣이 있는가? 이제 우리는 우리의 자아를 찾아 실현하는 일에 매진하는 것이 합당하지 않을까?』하고 연설조의 이야기를 했다. 그녀의 갸름한 얼굴의 회색빛 두 눈은 이미 무언가의 야심을 품은 듯 반짝이고 있었다.

이 말은 특히 貴順의 모든 용무를 보아주는 궂은 일을 맡아하고 있던 자들에게 큰 영향을 주었다. 그들은 처음에는 사냥과 목축보다 편할 줄로만 알았었는데 나중에 보니 그녀의 대소변을 받아내는 등의 일은 오히려 더욱 힘들고 고되기만 한 것이었다. 그들은 이내 맞장구를 쳤다.

『매일 해주는 건 말할 것도 없고 달마다 어김없이 피를 한 바가지씩 쏟는 거 치워주기도 고역이야. 그럴 때마다 왜 그리 까다롭게 심통은 부리는지.』

『그래요, 그녀에게 들이는 노동력을 부족한 우리의 생활물자 생산에 돌렸더라면 우리는 이렇게 어렵고 힘든 생활은 안 했을 것이에요.』

엘레나는 단정적으로 말했다. 『貴順은 그저 요상하게 모양만 번듯한, 비효율적인 육체를 가진 무용지인(無用之人)에 불과하다. 그로 인해 생기는 부담을 우리가 자아를 희생해가면서까지 떠맡을 필요는 없다.』

대부분의 젊은 일사람들에게도 貴順은 이렇게 밖에 보이지 않았다. 이미 貴順에 대한 그들의 마음속의 경멸은 더해 가고 있었으며 그들의 貴順을 대하는 태도 또한 날로 변해가고 있었다.

『이제 우리가 주인이 되는 새 체제를 건설하자.』

『그래, 진정 땀흘려 일하는 사람이 대접받는 새 시대를 열자.』

『우리의 인생은 우리 자신의 것이지 남을 섬기려는 것이 아니다. 빼앗겼던 우리의 자아를 되찾자.』

이들은 의기투합하여 엘레나를 지도자로 추대하고 일사람들의 새 사회를 이룩하자는 결의를 했다.

다음날 아침 貴順은 여느 날과 마찬가지로 잠을 깨어 주위를 두리번거렸다. 그런데 평소에는 아침부터 주위에 모여 그녀의 시중을 들 준비를 해야 할 일사람들이 보이질 않았다.

「어마, 아무도 없잖아 ? 웬일일까 ?」

貴順은 곧 화장식을 해야 하는데 그녀 혼자서는 원활히 용무를 볼 수가 없는 것이다. 그들이 수발을 들어주러 올 때는 부끄러워하던 그녀도 막상 그들이 보이지 않자 당황하지 않을 수 없었다. 貴順은 일사람들 중 생각나는 자들을 불렀다.

「엘레나, 리즈 어디 있니 ? 좀 와 줘。」

한참 있다가 엘레나가 나타났다. 그녀는 貴順을 향해

「이제부터 우리는 우리의 삶을 찾기로 했소. 당신의 문제는 당신 스스로 해결하시오。」

하고 뻣뻣이 말했다.

貴順은 크게 당황했다. 그전부터 이들의 태도가 날로 불손해져 왔던 것은 느껴져 왔지만 이렇게까지 나올 줄은 미처 몰랐다.

貴順은 자신의 용무가 급함을 느꼈다. 더욱 당황한 낯빛으로 그녀는 소리쳤다.

「도와줘요. 제발。」

조금 있다 리즈도 왔다. 그러나 그녀 또한 같이 멀거니 보기만 하면서

「안돼요. 이제 버릇을 달리해야 해요. 우리 인생은 우리가 제대로 찾아야 하겠소. 당신도 이제 당신의 일을 스스로 해결하시오。」

라고 역시 훈계조로 말했다.

스스로의 거동이 날로 불편해지고 있는 貴順은 이미 혼자 나가서 단 열 발짝을 걷기

도 힘들었다. 급한 그녀는 혼자서 천막을 나와 물가를 향해 기어갔다. 그러나 다가기 전에 이미 기운은 빠지고 몸은 불덩이같이 열이 났다. 더 움직이지 못하는 그녀는 결국 그 자리에서 생리작용을 더 이상 막지 못하고 말았다.

『으ㅡ흥. 엄마야....』

어찌할 수 없는 상태에서 그녀가 할 수 있는 것은 서러움에 통곡하는 것뿐이었다. 이미 일사람들 사이에서는 일체 그녀의 일상사를 돌보아주지 않기로 합의된 것이었다. 그녀의 울음소리에 부근의 모래흙이 휘날려 떠올라졌다. 그리고는 다시 바람에 날려 그녀의 얼굴 위에 뿌려졌다.

얼굴엔 눈물 젖은 흙탕물이 범벅이 되고 하체엔 또한 이물질이 범벅이 되어 처량하기 이를 데 없는 몰골의 그녀에게 서너 명의 숫사람들이 다가왔다. 이제 그들도 청소년기에 다다라 貴順의 여향(女香)에 적잖이 끌려 그전부터 그녀 주위를 기웃거려 왔었는데, 그 동안은 일사람들이 그녀의 주변에 지키고 있어서 뜻대로 하지 못하고 있었다. 貴順은 이들에게서라도 도움을 청할 수밖에 없었다.

『얘들아 나 좀 도와줘. 응? 제발.』

그러나 그들은 여전히 재미있다는 듯이 한동안 그녀의 곤경을 물끄러미 쳐다보며 히죽히죽 웃기만 했다.

『나 물 좀... 그리고 씻겨 줘. 안 그러면 죽을 것 같애.』

범인족에게는 女皇族에 관해 「죽는다」 애기가 나오는 것은 본능적으로 공포감을 주는 것이다.

『이크, 큰일났다. 그러면 우리는 무슨 낙으로 산담.』

그들은 급히 주변에서 물그릇을 주워다가 물가에서 물을 퍼와 貴順에게 들이부었다.

그래서 그녀의 불덩이 같은 열을 조금 식히고 엉망이 된 하체부위를 조금 씻겨주었다. 그러나 그들의 손은 워낙 무뎌서 물을 부어 열을 식혀줄 때에도 정말 필요한 목이나 어깨 등에는 붓지 못하고 엉뚱한 곳이나 맨바닥에다 버리기 일쑤고, 씻겨줄 때에는 더욱 그러하여 도대체 씻겨주는 것인지 그냥 물을 묻혀주는 것인지도 모를 정도였다. 그리고는 그녀의 음부 부위에 다다라서는, 더이상 다른 곳은 손대지도 않고 그대로 무작정의 작위적 마찰만을 거듭했다.

貴順은 그들에게 하소연했다.

『하지 마아, 인제 그만…….』

그러나 그들은 오히려 더 신이 난 듯 웃기만 하며

『재밌잖아요? 헤헤.』

하며 손질을 쉬지 않았다.

이들의 제멋대로의 작태에 貴順의 참담한 심정은 이루 말할 수 없었다. 그러나 아무 조치도 안하고 그냥 놔두는 것보다는 차라리 나으니 어쩌랴. 이제부터는 이들에게 미우나 고우나 의지할 수밖에는 없다.

제대로의 사회체제가 갖춰지지 않은 이 상황에서 숫사람들은 일사람들로부터 빌어먹거나 극히 단순한 심부름들을 하며 살아가고 있었다.

이날 이후로 貴順은 이들 사회의 일상에서 오히려 소외당하면서, 마지못해 인정상 부양 받는 신세로 전락했다.

일사람들은 자기네들끼리 貴順의 거처에 대해 상의했다.

『貴順의 거처는 저쪽 구석의 움막으로 하게 하자.』

『그래 거기서 숫사람들과 같이 지내게 하면 돼. 지저분하고 냄새나니까 구석으

몰아놔야지.』

이렇게 합의하고는 貴順을 숫사람들과 같이 북쪽 변두리 음지에 있는 창고를 겸한 움막에 가서 살게 했다. 그리고는 그녀의 모든 일상생활에 대해 더 이상 마음써 돌보지 않았다.

다시 일사람들은 貴順의 할 일에 대해서도 의논했다.

『저 여자도 살기는 살게 해 주어야 할 텐데 어떡하지?』

『이 여자가 할 수 있는 일을 골라 시키자. 그것의 되 나가는 것을 봐서 먹을 것을 줘야지. 사람은 어떤 형태의 사람이건 자기 밥값을 해야 하는 것 아니겠어?』

그들이 낸 결론이었다. 女皇國의 사회에서 「여자」라는 말은 女皇族을 자기네 일사람들과 근본이 같다해서 동격으로 취급하려는 것으로서, 일부 저급한 일사람들이 자기네들끼리만 있을 때 쓰는 용어였다. 제대로 된 그들 사회에서 공개적으로 이런 말을 쓰는 것은 있을 수 없다.

회의를 끝내고 나서 엘레나를 비롯한 권력주변의 일사람들은 貴順에게 찾아와 말했다.

『당신은 이제 우수리 인생을 사는 것이니 우리 모두를 위해 일하며 사는 것이 어떻겠소?』

貴順은 묵묵히 듣고만 있었다. 그녀가 할 수 있는 대응은 아무 것도 없다.

엘레나는 다시 貴順을 향해 물었다.

『당신 할 수 있는 것을 하, 할 수 뭐지?』

『베짜는 것을 하, 할 수 있어요.』

일사람들의 반란

풀죽은 貴順은 대답했다.

『그래요? 그건 익히 아는 바이니 내일부터 우리 전원을 위한 옷감을 만드는 일을 하시오. 비록 삼베가 아니라 짐승 가죽이라 입맛에는 안 맞는 일일지 모르지만, 먹고 산다는 게 그리 쉬운 일이 아니라는 것을 당신도 알아야 해. 자기 하고싶은 일만 하고 살수는 없는 것이란 말이오.』

고개 숙인 채 웅크리고 앉아 있는 貴順의 앞에서 발걸음을 왔다갔다 옮기면서 말하던 엘레나는 한 동안 말이 없었다가, 다시 貴順을 향해 똑바로 서서 고개를 치켜들어 바라보며 말했다.

『그런데 당신이 소비하는 식량에 비해서는 그것만 가지고는 제값을 못하지….』

『….』

『조오기 우리 나라의 입구에는 사냥하고 잡아온 짐승과 땔감 등이 수북히 어지럽게 쌓여 있는데, 그것들을 정리하고 우리가 잘 이용할 수 있게끔 해 주시오.』

이렇게 해서 貴順은 옷감 만들기와 물건 정리하기의 일을 하기로 했다. 옷감 만들기야 원래 즐겨 하기도 한 것이니 조금 일이 많아져도 그런 대로 할 수 있는 것이었다. 그렇지만 물건 정리하기는 달랐다. 그녀는 제대로 서서 일을 할 수가 없으니 어색한 자세로 일을 해야 하고, 또 완전히 옷을 갖추어 입지 못하는 자신이 바깥에 나와 그런 모양으로 모두에게 자꾸 노출되는 것은 견디기 힘든 고역이었다.

貴順은 이제 일사람들의 노예나 다름없었다. 그녀에게 관심 가져 주는 건 性에 대한 호기심으로 충만한 몇 명의 숫사람들 뿐이었다. 貴順은 싫으나 좋으나 생활을 해나가려면 그들을 의지할 수밖에 없었다.

그러나 곤혹스러운 것은 일부 숫사람들의 행동이었다. 특히 악취미를 가진 자들은

貴順이 물건 정리하는 일을 할 때 그녀를 졸졸 따라다니면서 그녀의 몸 여기저기를 흘끔흘끔 기웃거렸다. 어떤 자는 수시로 다가와 제멋대로 그녀의 몸에 손을 대곤 했다.

『이러지 마, 정 그러면 나중에 저녁에 쉴 때 그러면 되잖니?』

貴順이 타일러도 그들은

『저녁까지 어떻게 기다려요? 낮에 딴 할 일도 없는데、헤헤。』

하면서 계속 그녀의 주변을 서성댔다.

그러나 貴順은 이들의 행동을 달리 막을 길이 없었다. 그녀는 숫사람들의 희롱을 어쩔 수 없이 받아가면서、한편으로는 자신에 대한 시중이 필요할 때 그들의 열등한 노동력으로부터의 봉사를 받으며 살아야 했다.

貴順은 이러한 형국에서는 절대로 아이를 낳을 수는 없기에 숫사람들의 희롱이 있을 때에는 자신의 음문을 철저히 닫아두어 불상사가 생기지 않도록 했다.

어느 날에도 모처럼 오후의 여가를 얻어 자신의 천막에서 곤한 낮잠에 빠져있던 貴順에게 아니나 다를까 기회를 놓치지 않고 숫사람 셋이서 들이닥쳤다. 그런데 이날 貴順의 하체부를 더듬고 있던 한 숫사람이

『이제 사정(射精)을 좀 해보자』

하며 그녀의 음문을 열려고 했다.

그러나 貴順의 음부 힘은 실로 강력하여 도무지 열려지지를 않았다. 그러자 옆의 또 한 자도 가담해 힘껏 貴順의 다리를 벌리고 음문을 열려고 했다.

貴順은

『안돼。너희들、그것만은。。。이 판국에 아이를 낳아봐야 기를 수도 없는데 무슨 끔찍한 일을 저지르려고 그래?』

하며 이들을 만류했다.

그러나 이들은 막무가내로

『에이, 우리도 그 동안 많이 참았어요.』

『원래 폐하와 우리는 이런 걸 하기로 되어 있는 거 아녜요?』

하며 더욱 달겨들었다.

『정말 그만두지 못해? 지금 책임질 수도 없는데 어떡하란 말야?』

貴順은 언성을 높였다. 그러나 역시 대답은 마찬가지였다.

『책임? 그거 말 뜻 우린 몰라요.』

이들이 말을 듣지 않자 貴順은 손을 뻗어 그녀의 다리 사이에서 음문을 열려 하는 자를 붙잡았다. 그리고는 목덜미를 움켜쥐어 당기니 그자는 그대로 끌려나왔다.

『으아악。』

숨이 멎고 가슴이 으스러지는 고통을 느낀 그자는 전에 없이 貴順에게 사정(事情)을 하고 용서를 빌었다.

『다 다시는 안 그럴 테니 살려주십쇼。』

貴順은 화가 난 울상으로 달래듯이

『다시는 이런 짓 저지를 생각 말아요。』

하고는 재차 다짐을 받고 풀어 주었다.

이 일이 있은 뒤로는 숫사람들은 그녀에게 강제로 실제 성행위를 하는 것은 엄두를 내지 못했다.

그러나 그 이외의 모든 일에 있어서는, 여전히 貴順의 여린 마음을 발판으로 해서 그녀의 몸으로 마음껏 내키는 바 온갖 유희를 즐기었다.

그들은 스스로 자신의 모든 일의 처리가 어려워진 貴順의 몸을 씻겨줄 때에는 필요 이상으로 특정 부위만을 철저히 씻겨주며, 생리작용의 수발을 들어줄 때에도 각종의 불필요한 행위를 일삼아 그녀를 울먹이게 했다고 하는데 이에 관한 더 자세한 기록은 남아있지 않다.

貴順와 일사람들이 이곳에서 살아온 지가 약 이십년 가까이 되었다.

그 동안 일사람들 사이에서는 다단계(多段階)의 상하관계(上下關係) 조직이 성립되었다. 엘레나는 총 보스의 자리에 앉아 이들을 감독했다. 그녀는 사냥과 목축의 전과정의 계획을 짜서 지시했다. 다른 일사람들은, 리즈 등 몇 명은 중간 보스로서 명령전달을 하고 나머지는 직접 가축을 기르거나 야생짐승을 잡아오거나 해서 중간 보스에게 상납했다.

간혀있는 지세(地勢)의 탓인가 변칙적인 체제의 탓인가. 여전히 그네들은 가지고 있는 문헌자료를 토대로 새로이 문화를 일으켜 나라의 기틀을 세울 의지는 생기지 않았다.

보다 효율적인 생산의 기술이 결여된 상황에서, 생활유지를 위한 그들의 일과는 나날이 연년이 고됨이 더해갔다. 처음에는 자신들의 행동 능력만을 믿고 마음껏 자기들만의 생활을 누리던 일사람들은, 하나 둘 나이를 먹어가자 일일이 만사를 제 손으로 처리하는 것이 힘들고 귀찮아지기 시작했다. 이에 따라 일사람들은 서로 자기가 높은 위치를 차지하고 남을 부하로 부려 고된 허드렛일을 대신 시키기 위해 겨루고 다투기를 일삼았다.

이러한 체제가 변함없이 계속되자 많은 일사람들은, 특히 서열이 낮게 책정되어있는 자 일수록, 자기는 앞으로의 일생 동안 고된 허드렛일을 떠맡는 말단 부하로서의 생활만을 계속해야 될 걸 생각하니 앞날이 암담했다. 이런 판국이니 개개인의 일의 능률도 떨어지고 생산성도 줄어들어, 생활수준은 애초에 엘레나가 집권하기 이전만도 못해졌다.

이러는 중에 중간보스인 리즈는 엘레나에게 말했다.

『엘레나, 우리의 삶의 질이 갈수록 더 떨어져 가는 것 같애. 어떤 대책을 세워야 하지 않겠어?』

『무엇이? 우리 중에 굶는 사람은 없잖아? 그래서 남는 걸로 조오기 저 여자와 숫사람들까지도 먹이고 있잖아? 뭐가 어때서?』

『그야 너는 가운데 잘 되어있는 집에서 뭐든지 기중 좋은 것들만을 골라 쓰니깐 잘 모르겠지만 우리 모두를 좀 봐. 집들도 낡았고 옷들도 헤져있어 다시 짓고 다시 만들어야 하는데도 하지 못하고, 사냥 갔다가 부상당해도 치료할 방법이 없고, 더울 때는 밖에 나가서 자면 모기들이 설쳐서 잠을 못 자고 안에 들어가면 너무 덥고, 추울 때는 집안에 들어가도 너무 춥고 땔감은 너무 부족하고, 등등 도무지 삶을 위한 모든 것이 이루어지지를 않았어. 매일 근근히 먹고사는 데에만 만족하면 도대체 사는 의미가 무엇이냔 말이야?』

『뭐긴 뭐? 일사람으로 나(生)서 자아가 가진 능력을 유감없이 실현해 보는 것이 삶의 의미 아니겠어?』

『너야 충지도자니까 자기 하는 일의 의미를 느낄 수 있어 그렇겠지만 우린 아니란 말야.』

이 말을 뱉고 리즈는 말을 잘못했음을 느꼈다. 그러나 이미 말은 하고야 만 것이었다. 말을 들은 엘레나는 얼굴이 붉어지며 노기를 띠었다. 잠시 고개를 살짝 돌리다가 도로 리즈를 쳐다보고 그녀는
『넌 그래도 내가 중간보스를 시켰는데 그럴 수 있어?』
하고는 다시 밖을 돌아보고 밖에 있던 여자 하나를 불렀다.
『카체리나, 앞으로 네가 중간 보스를 담당해. 그리고 리즈 너는 오늘부터 말단 작업원의 위치에서 일한다.』
『어머 정말이에요? 엘레나 언니?』
밖의 여자는 얼른 안으로 들어와 반색을 하며 반문했다.
『그럼, 정말이지. 너 나이 어리다고 말 안 듣는 년 있으면 내가 가만 안 둘 거야.』
카체리나는 엘레나와 리즈보다는 어린 나이였지만, 그녀도 나이가 마흔 살이 가까워 저 아랫사람으로서만의 역할에 적잖이 싫증을 내고 있는, 이들 최연소층 일사람들 중 하나였다.
『엘레나, 그런 식으로 하지 마.』
『뭐가 어째? 너 또 그러면 징계위원회에 회부할 것이니까 앞으로 잠자코 네 일이나 해. 앞으로는 내게 말도 함부로 건네지 마.』
리즈는 권력의 서열에서 밀려났다.
그녀는 하층 일사람들과 함께 지내게 되었다. 그녀는 그네들과 자기들의 불만의 이야기를 서로 주고받으며 사귀게 되었다.
어느 날 저녁, 리즈는 같은 입장의 일사람 몇 명과 함께 신세한탄을 주고받았다.
『우리들은 앞으로 죽을 때까지 이런 일만 해야 되나?』

『힘들기도 하고 귀찮기도 하고。』

『이러다가 늙으면 어찌 살아야 할 지 모르겠어。。。』

이 때 리즈는 선뜻 깨달은 바가 있어 고개를 처들었다。 그녀의 둥그스름한 얼굴에 쌍꺼풀진 적갈색 눈이 크게 반짝였다。

『아니다。 우린 그전에 노라장군 등 여러 중신(重臣)들의 통솔을 받아가며 일하지 않았어? 나이 먹은 그들은 젊고 어렸던 우리들을 아랫사람으로 부리고 자기들은 지휘 감독만 하고 살았잖아?』

그녀는 목청을 조금 높여 설명하듯 말했다。

『그런데 우리 밑에는 우리보다 젊고 어린 일사람들이 없잖아?』

그러자 다른 일사람 하나가

하고 말을 받았다。

리즈는 다시 회심의 미소를 지으며,

『우리 아래 세대는 새로 만들면 되잖아?』

『어떻게?』

『어떻게긴 어떻게? 지금 저 구석배기 천막에 살고 있는 저 여자는 구경거리로만 저렇게 요상하게 호리병 마냥 생긴 줄로 아니?』

『응? 아 그 몸집만 크고 제대로 움직이지도 못해서 숫사람들과 같이 우리 허드레 심부름만 하는 그 여자?』

일사람들 중에 지능이 낮은 축에 속한 자들은, 아예 女皇族의 본래 역할이 무엇인지 도 모르면서 지내 왔었다。

『참。 여태 그것도 모르다니。。。 그 여자를 이용하면 우리 밑의 일을 해 줄 차세대 일사람들을 많이 얻을 수 있단 말야.』
『그런데 어떻게 그 여자가 아이를 낳게 할까?』
『체제의 변화를 다시 일으켜야지. 이젠 때가 됐어.』
 그녀는 자리를 옮겨가며 기회를 만들어, 다시 다른 일사람들에게도 女皇族의 본래 역할에 대해서 설명해 주었다. 설명을 들은 여자들은 모두 기대가 컸다. 자신들에게 부담된 밑 사람 역할을 다시 넘겨받을 차세대를 길러 낸다는 것은 실의에 빠졌던 그네들에게 희망을 주었다.
 그녀는 같이 앞장서기로 한 동료들과 모의했다.
『내일 엘레나와 회의하는 자리에서 내가 그자의 말을 되받아 칠 테니 그 때에 너희들이 모두 우리의 의사표시를 하면 돼. 내가 말을 하면 내 말을 따라 말을 맞추어 나가면 되는 거야.』
 모의가 끝난 후 이들은 결의했다.
『이래 부하가 되나 저래 부하가 되나 마찬가지다.』
『우리를 받쳐 줄 차세대를 낳기 위해 女皇을 다시 모시자.』
 이렇게 하여 엘레나의 몇몇 측근을 제외한 많은 일사람들은 다시 貴順를 女皇으로 모시기로 작정하고 권력자의 위치에 있는 엘레나를 타도하기로 결의했다.
 거사의 날이 왔다. 엘레나가 주재하는 회의가 열렸다. 이번 달의 생산량과 소비량을 산출하고 목축에 의한 생산량의 부족 분을 메우기 위한 다음달의 사냥의 작전을 토론하는 자리였다.
『저 북쪽의 산기슭에 짐승이 많이 잡으니 살고 있으니 고기를 저장하는 것은 제삼분대가 각각 맡아 처리하고 제사분대는 소비관리를 맡도록 하시오.』

엘레나는 지시했다. 평소라면 모두들 지도자의 지시이니 그냥 받아들이는 평범한 발언이었다.

이때 리즈가 나서서 말했다.

『나를 어떻게 알고 창고지기나 하란 말이야? 나도 너 같은 권한만 있으면 얼마든지 사냥의 작전도 짜고 식량수급의 원활한 조정도 할 수 있어.』

갑작스런 이 말에 대처할 틈을 주지 않고 또 다른 여자는 말했다.

『원 참 이 나이에 어떻게 날랜 짐승을 찾아다니며 사냥을 하란 말이야? 몇백 미터만 쫓아가도 나는 숨이 헐떡거리고 짐승은 저 멀리 도망가고 마는데...』

『원 이 나이에 짐이나 나르면서 살라니 참...。。그냥 돌아다니기도 힘겨운데...』

뒤이어 너도나도 한 마디씩 하며 모두들 웅성거렸다.

엘레나는 뜻밖의 소리를 듣고 당황하며

『그럼 어쩌란 말인가? 나 혼자 이 모든 일을 다 하란 말인가?』

했다. 리즈는 다시 앞장서 나서서 말했다.

『네 혼자 다 하든지...。。어쨌든 우리는 네가 시키는 허드렛일만 하며 살수는 없어. 우리도 이제는 아랫사람들에게 일시켜 가면서 좀 품위도 갖추고 편안히 살아야지 원. 일사람 인생 길어야 백년인데 살면 얼마나 산다고 이렇게 아둥바둥 살아야 한단 말야?』

『이런 방자한...。。이봐, 저년을 어서 잡아 가두어라!』

그러나 다른 일사람들도 엘레나의 지시에 따르기는커녕 다시 빈정대면서

『같이 늙어 가는 처지에 뭐 그래. 호호호.』
『쟨 내 친군데 어떻게 차마 체포할 수 있겠어?』
『쟤가 내 할말 다 해주네. 후후 재밌다.』
하며 오히려 더 신이 난 듯 왁자지껄 했다.
사태를 파악한 엘레나는 이를 악물고 냉정을 되찾고는 리즈를 향해 말했다.
『그렇다면 어떡하란 말야. 리즈 네가 이 자리에 대신 앉을래?』
『무슨 소리? 나는 너와 달라. 나는 자신의 영달을 위해 이러는 것이 아니란 말이다.』
『그럼 도대체 바라는 게 뭐야?』
『그냥 네가 물러나면 돼. 나머지는 우리들이 알아서 처리할게.』
자리에 모인 일사람들은 모두 입을 모아 엘레나에게 말했다.
『이제 그만 지도자의 자리에서 물러나시오.』
엘레나는 멈칫했으나 다시 자세를 가다듬으며 이들의 요구를 거부했다.
『안 돼 우리 모두의 뜻도 아닌데 목청높이며 나서는 너희들 몇몇의 말만을 들을 수는 없다.』
그러자 리즈는 덧붙였다. 『우리는 이미 모두들의 뜻을 알아보고 온 거야. 여기 없는 사람들에게 물어봐도 마찬가지 일거야.』
엘레나도 속으로는 수긍했다. 그러잖아도 생활의 질이 처음에 여기 자리잡을 때보다도 떨어져 가고 있음은 그녀도 모르는 바가 아니었다. 그러나 그녀는 계속해서 전체의 의사가 아니라고 하며 물러나라는 요구를 거절했다.
리즈는 엘레나의 속마음을 알아챈 듯,

『보복을 당할까 두려우니? 그럼 내가 이 자리에서 모두에게 약속할게.』 하고는 모두를 돌아보며
『앞으로 엘레나가 물러난 이후에 그녀에게 보복을 목적으로 위해를 가하는 것은 절대금지하고 어기는 자는 벌하기로 한다. 동의할 수 있겠니?』 했다.

일사람 몇몇은 『에이 우리가 그 동안 저년한테 당한 것을 생각하면...』
『그 동안 너무 억울했어...』 하고 불평을 늘어 놓았다.
그러자 리즈는 『얘들아. 참아야 해. 그러지 않으면 얘가 자기 자리에서 안 물러난 말야. 그러면 그 동안의 우리의 활동 내역이나 이곳 지리에 관한 정보 등 얘가 가지고 있는 자료들이 많은데 그걸 우리가 인계 받지 못하고 앞으로도 불편이 많을 거야. 그리고 여태 좀 못되게 굴긴 했지만 그래도 우리가 이 곳에서 살아가는데 때로는 잘 이끌어 준 것도 없지 않아. 그러니 좀 참고 동의해 줘.』 하고 모두에게 부탁했다.

『할 수 없지 뭐. 우리야 뭐 아는 거 있니? 그냥 누가 이끌든 따라하면 되는 거지. 어쨌든 밥 잘먹고 옷 잘입고 좋은 집에서 살게만 해 줘.』
『그래 고맙다. 그럼 약속한다.』
리즈는 다시 엘레나에게 고개를 돌렸다.
『네 신변도 내가 보장하니 이제 자리를 물러나 줘.』
『마음대로 하려무나.』
엘레나는 그저 그 자리를 피하는 것이 최선이었다. 엘레나가 간 뒤에 리즈는 모두에게 말했다.

『자. 이제 모두들 각자의 생업에 전념하도록 하고 너희 몇 명만 나를 따라와 봐 리즈를 비롯한 주요 일사람들은 貴順이 있는 곳으로 갔다.

貴順은 이 때도 자기의 움막에서 숫사람들의 장난기 어린 애무에 시달리고 있었다. 그녀의 배 위를 놀이판으로 해서 「가다 서다」 라는 편지(片紙)놀음을 하고 먼저 판에서 이긴 자는 다음 판에는 자기가 원하는 부위를 만질 수 있게 해 주는 것이 그들이 정한 놀이였다. 貴順의 배 위에는 직사각형의 종이조각들이 더러는 멧돼지, 달, 벚꽃 등이 그려있는 앞면을 보이고 난잡하게 놓여져 있고 더러는 적갈색의 뒷면을 보이고 엎어진 채로 쌓여 있었었다. 그러면서 네 명은 조각종이를 꺼내 놓을 때마다 그것을 貴順의 배 위에 힘껏 내리치고 그녀의 입, 양 젖가슴, 음부를 사정없이 만지작거렸다. 貴順은 이제는 모욕감도 만성이 되어서 이들의 이런 장난쯤은 그냥 일상사로 넘기고 있는 실정이었다.

놀음이 끝나자 이번에는 술판이 시작되었다. 貴順을 가운데 놓고 빙 둘러서서 그녀의 배 위에 안주를 놓고 술을 권작하며 즐기는 것이었다. 그 중 하나가 술잔을 貴順의 배 위에 올려놓자 다른 하나가
『야 그러지 말아. 숨쉬면 귀중한 술이 엎질러지잖아?』
하고 다시 내려놓게 했다.

이윽고 그들 모두 취기가 돌자 다시 그 중 하나가 貴順에게 술을 건네며
『우리 폐하께서도 한잔 드셔야 하지 않겠어요? 너무 보리자루 마냥 가만히 있지 말고요.』 하고 술 단지째 거의 들이붓듯이 그녀의 입가에 가져갔다.
『안. 안 마셔.』

『에이, 드세요. 저희들 앞으로 살면 얼마나 산다고 이렇게 까다롭게 구세요? 이것도 겨우겨우 구해온 거예요.』

貴順이 안 마신다고 고개를 돌리고 있자 건너편에서 보고 있던 좀 거친 성격의 숫사람은

『아니 댁에가 사는 게 누구 덕에 사는데 우리 기분도 안 맞추어 주는 거요?』

하고 퉁명스럽게 소리질렀다.

이 말에 그 옆의 좀 점잖은 티 내는 다른 자는 다시

『에이 그래도 그렇게 험하게 말하면 쓰나. 명색이 우리의 女皇님인데 우리가 잘 타일러 기분을 맞춰드려야지.』

하며 貴順의 뺨을 쓰다듬고 입술을 만지작거렸다.

이들이 계속 승강이를 벌이자 貴順은 곧 그들의 원하는 대로 해 주려고 마음먹을 수밖에 없었다.

『그럼 몸이나 일으키고서 마셔야 하잖아. 잠깐.』

그런데 貴順이 어깨를 나무기둥에 기대려고 손을 짚고 몸을 일으키는 순간, 먼저 술을 권하던 자는 그녀의 입술에 술병을 댄 채로 부주의하여 단지 째로 엎질러버렸다. 술은 그녀의 목에서부터 몸의 중앙선을 축으로 하여 삽시간에 흘러내렸다.

『아앗. 이 귀중한 술을... 이걸 어쩌나.』

술병을 들었던 자가 그녀의 배 위에 흐르는 술을 손으로 막아가며 말했다. 그러자 건너편의 자는 곧 엎드러 그녀의 몸에 입을 맞추며

『할 수 없지... 없어지기 전에 핥아서라도 다 마셔야 하지 않겠어?』

하고 술에 젖은 그녀의 몸을 핥았다. 다른 자들도 곧 그의 행동을 뒤따랐다.

그들은 貴順의 몸 위의 술을 다투어 핥아 갔다. 그리고는 하부의, 아직 많은 양이 흘러 들어가 괴어있을 듯한 곳에 이르자 그들의 다툼은 더욱 심해져, 괴어있는 술을 자기가 손수 덮개를 열고 다 먹겠다고 서로 치고 박았다. 이들의 다툼이 심하면 심해 질수록 貴順의 수치감과 서러움은 더해갔다. 더 이상의 자세하고 구체적인 기록 역시 남아 전해지지를 않는다.

貴順과 숫사람들이 따로 몰려서 사는 구석편 천막에 일사람들의 일행이 당도했다.

『이놈들 썩 물러가지 못할까!』

리즈는 이들을 향해 크게 소리질렀다

숫사람들은 갑자기 닥친 일사람들의 출현에 혼비백산 흩어져 도망쳤다. 그들의 움직임은 오로지 성행위의 동작방향으로만 강하고 다른 생산적인 일에는 부적합하며, 전혀 여타의 일상사에 대한 합심성이나 의지력도 없으므로 애초부터 모든 행동력에서 일사람과는 비교가 되지 않는다.

『저런. 가엾기도 해라 원...』

모두들 이제껏 무심하게 구석의 천막에 내버려져 있던 貴順의 애처로운 모습을 보고 혀를 찼다. 그녀가 애써 자기 옷을 지으면 짓궂은 숫사람들이 이내 찢어버리기 때문에 옷도 하나 제대로 입지 못하고 아무렇게나 헝클어진 머리칼에 몸 군데군데에는 세게 집 히어 상처 난 자국이 숱하게 있었다. 일사람들은 가끔 가다 貴順의 천막으로 가서 맡은 일의 성과를 보고 먹을 것을 던져 주며 새 할당량을 일러주고 돌아올 뿐 그녀의 일상사에 대해서는 아무런 관심을 두질 않았던 것이다.

리즈를 비롯한 일사람들은 이전과는 다른 태도로

일사람들의 반란

『이제 당신을 女皇의 자리로 다시 모시겠으니 우리를 위해서 차세대 아이들을 낳아 주세요.』

하고, 貴順을 다시 女皇의 지위로 받들 약속을 했다.

일사람들은 우선 그간 엉망이었던 貴順의 생활환경부터 손봐야 했다.

『세상에, 이렇게 어지러울 수가…. 우선 목욕부터 시키고 정리정돈이나 해야겠네.』

『아니 저어기 엘레나가 살았던 곳으로 모시지. 그곳이 그래도 젤 낫잖아?』

『그래 그렇게 하자.』

그들은 貴順의 몸을 깨끗이 씻고 단장해 주고 거처를 새로 잘 마련해 주었다. 貴順은 예기치 못하게 갑작스레 들이닥친 변화에 얼떨떨하며 가만히 그들이 해 주는 대로 따랐다. 그러면서도 자기 앞에서 수고해주는 이들에게는

『고마와요. 내가 부족한 탓에 여러분께 이런 수고를 끼쳐 드려 미안하기도 하구요.』

하며 젖은 눈을 글썽이며 말을 건네는 것을 잊지 않았다.

『뭘요, 다 필요해서 하는 일인데요.』

일부 일사람은 솔직하게 그녀의 말에 답했다.

일사람들은 貴順에게 강제로 노동을 시키는 것을 중단하고 그들의 능력을 다해 貴順을 편안히 지낼 수 있게 생활물자를 보조했다. 그리고 다시 그녀의 몸을 돌보는 각종 봉사도 해주었으며 숫사람들의 무절제한 접근도 통제했다.

일사람들은 貴順을 다시 옹립한 소기의 목적을 곧 실행에 옮기기로 했다.

『이제 어서 새나라를 건설할 신세대 창조를 위해 수정식을 거행하자.』

리즈를 비롯한 주요 일사람들과 貴順은 첫 수정식의 준비를 했다. 貴順도 과년(過年)한 때가 되었으므로 더 이상 미룰 수는 없었다.

貴順을 가지고 장난을 못하게 되자 의기소침했던 숫사람들은 다시 환호하고 기뻐했다.

비로소 그들은 女皇國을 구성하는 모든 요소가 갖추어진, 제대로 된 생활을 시작하는 것이다.

문헌을 참고해 신생아 양육실의 설비를 갖추는 등, 모두가 수정식의 준비에 바빴다.

『야! 신난다.』

그러던 날이었다. 貴順은 주변의 일사람들에게 말했다.

『이상한 소리가 들려요. 우리가 사는 땅 밑이 심상치 않은 것 같아요.』

『폐하, 무슨 애기예요? 아무 소리도 안 들리는데...』

『아녜요. 지금 소리가 점점 더 다가와요. 어서 피(避)해요.』

貴順이 하도 재촉하니 영문을 모르는 일사람들도 그녀를 데리고 소리가 난다고 하는 곳으로부터 멀리 피했다.

그러자, 먼저 소리가 난다는 방향으로부터

쾅, 쾅, 쩍.

지축을 흔드는 소리와 떨림이 물가의 땅이 쩍쩍 갈라지고 마는 것이 아닌가. 지진이었다. 지진은 그치지 않고 호수 여기저기서 계속 일어났다. 호숫가의 땅이 갈라져 전에 없던 새 만(灣)이 생겨나는 등 그 정도는 매우 심했다. 물가에 터전을 자리잡은 그들에게는 물가 어느 곳도 안전하지가 않았다.

며칠동안 대피를 계속 하던 貴順와 주요 일사람들은 대책을 숙의했다.

『이 곳을 떠나야 할 것 같아요.』

貴順은 조심스레 말했다. 기실 처음부터 그녀는 이 곳을 자기가 정착할 곳이 아니라고 여겨 왔지 않은가.

『이제 곧 우리의 나라를 제대로 세우려고 하는데 또다시 유랑을 떠나야 한단 말인가요?』

한 일사람이 이렇게 말했으나 사실상 그냥 푸념하는 의사를 말하는 것은 아니었다.

곧이어 다른 일사람들도 貴順의 의견에 따라

『예 이곳은 안전하지가 못해요.』

『불안해서 잠을 잘 수가 없어요.』

하며 찬성했다.

貴順은 다시 부언했다.

『그리고... 땅은 백성을 낳아 기를 만치 지세의 포용력이 부족해요.』

잠깐 동안의 침묵이 흐른 뒤에 다시 한 일사람이 貴順에게 물었다.

『그런데 땅은 이곳을 지나도 더 있을까요? 우리 거의 땅 끝까지 온 것 같은데요. 이곳은 우리가 오랫동안의 유랑생활을 거쳐 겨우 발견한, 그래도 비교적 살기 좋은 땅이라고 했던 곳이 아닌가요?』

『땅은 이 다음에도 더 있어요. 더...』

다시 말하던 貴順은 갑자기 얼굴을 손으로 가리며 와락 치받치는 울음을 터뜨렸다. 이 곳에 자리잡은 뒤로 겪었던 많은 일들이 그녀에게 연이어 떠올랐다.

그러나 그녀는 후회하지 않았다. 이 곳에 머무름으로 해서 그나마 충신들의 죽음을 객사를 면하고 편안케 해 주었다고 스스로 위로했다. 貴順의 울음에 일사람들은 더 말을 건네지 않았다. 그들 모두도 이제 떠나야 함은 피할 수 없다고 느꼈기 때문이었다.

이렇게, 막 새로이 생활의 정착이 이루어지려는 때에 그들은 다시 이 곳을 떠날 수 밖에 없었다.

『겨우 마련해 놓은 생활의 기반인데 모두 무위로 돌리고 새로운 시작을 다시 해야 한다니...』

모두들 허탈해 했다.

그 동안의 생활용구 중에 버리고 가지고 갈 것은 버리고 가지고 갈 것은 다시 챙겨서 떠날 준비를 했다. 그간 쓰지 않았던 이동생활차도 다시 점검해 이용 가능하도록 했다.

다행히 아직까지는 유목민 식의 생활을 해 왔기에 새 이동에 크게 어려운 일은 없었다.

廣惠 二十年、 바칼女皇國 女皇 貴順摩耶姬姑와 그녀의 백성들은 그들의 기왕에 개척한 터전을 버리고 새 땅을 찾아 다시 기약 없는 여행을 떠나야 했다. 이 해는 곧 북미희 女皇國 第 十三代 女皇 헤다 발키리아의 즉위 五百十年이고 서북평원의 라사女皇國 초대 女皇 소냐 프레이아 즉위 三十年이며 북미희女皇國으로부터 동방식민원정대가 출발한 지는 三十五年이 되는 해였다.

녹슬고 낡은 탐험차가 움직였다. 그나마 女皇國시대 특유의 섬세하고 꼼꼼한 기술로 제작된 것이 아니라면 사용하지 못했을 것이다.

웡。 웡。 웅。 웅。

호수의 남쪽을 돌아 나가니 또다시 넓은 평원이 펼쳐졌다. 아직도 대륙은 계속되었

일행은 남동쪽을 향해 계속 달렸다. 낮의 태양은 계속 더 뜨거워졌다. 女皇용안락수레 안의 貴順은 땀을 비오듯 흘렸다. 차의 내부는 그만큼 그녀는 많은 물을 마셔야 했다. 그러나 충분한 물이 없었다. 이미 오미터 가까이 자란 그녀가 필요한 물의 양은 막대했다.

『물, 물 좀』

貴順은 고통스러워 신음했다. 본래 자신으로부터의 열이 항상 솟아나 그걸 방출하기에도 바쁜 그녀의 몸이 이 열사(熱砂)의 지대를 거쳐가는 것은 너무도 고통스러웠다.

『폐하 조금만 더 참으세요. 곧 물줄기를 찾을 겁니다.』

새로 貴順을 돌보는 일을 맡은 일사람 아우링바트가 말했다. 주위의 일사람들도 그녀를 진정시키면서 어서 갈 길을 재촉했다.

그러나 더러는 뒤로 수군대면서

『우리들은 며칠간 물을 제대로 못 마셨음에도 불구하고 요전에도 저 여자에게만 물을 주었는데 또 물을 달라다니…』

하고 그녀를 향해 눈을 흘기는 이도 있었다. 범인족 몇십 명분의 물을 소비해야 하는 그녀를 그저 안쓰럽게 바라보기도 했다.

일사람들은 당장의 응급조치로서 차창들을 열고 엷고 성긴 貴順의 옷마저 벗겨 몸에 최대한 바람을 맞게 했다. 동승한 자들 일부는 계속해서

『에이 찬바람을 계속 쐬기는 불쾌한데…』

하며 불평을 늘어놓았다. 그러나 이미 차세대 생산을 위해 서로 합의한 것은 가정사실이므로 그들의 지도층은 貴順을 보호하는 일에 계속 최선을 다했다.

밤이 되니 기온은 급강하했다. 貴順에게는 이제 더위의 고통은 없었다.

『폐하 이제는 좀 괜찮으세요?』

아우링바트가 묻자 貴順은

『응 괜찮아요. 그런데 좀 춥네.』

하고 대답했다.

『폐하가 춥다니…… 괜찮은 거죠 뭐.』

아우링바트는 종일토록 더위와 갈증에 시달린 그녀가 춥다고 하니 이제 시원하게 된 걸로 알고 그냥 넘겼다.

낮 동안에 貴順를 돌보느라 제대로 쉬지도 못했던 주위의 일사람들도 피로에 지쳐 차가 세워지자 모두들 자리를 찾아 깊은 잠에 빠졌다.

그러다가 한밤중 貴順의 신음소리가 나서 다시 눈을 떴다.

『아아니, 이런……』

『이를 어쩌나……』

모두들 소스라치게 놀랐다. 貴順은 얼음 조각들에 갇혀 있는 것이다.

낮 동안 흘린 땀에 흥건히 적셔있는 몸이 영하의 기온을 맞으니 쩍쩍 얼어붙어 군데군데 살이 트이고 진물이 나곤 했다.

일사람들은 부담은 더 늘어났다. 다시 貴順의 몸에 약을 바르고 동상을 방지하기 위한 조치를 했다.

다음 날 해가 질 무렵에 아우링바트는

『해가 져요. 어제 같은 일은 미연에 방지해야 해요. 폐하의 온몸을 철저히 닦아 물기를 제거하는 조치를 취해야 되겠어요.』

하고 다른 일사람들과 함께 貴順의 몸의 물기를 구석구석 철저히 닦았다.

貴順은

『미안해요. 너무 걱정과 부담을 주게 되어서…』

하며 얼굴을 또 붉혔다.

『그렇게 생각하실 것 없어요. 원래 우리는 女皇폐하를 돌보아 주어야 하는 것이 당연한 것인데요.』

아우렁바트는 貴順을 위로했다. 그녀는 이전에 貴順이 구석의 천막에서 숫사람들과 살면서 고생하는 것을 멀리서 바라보며 측은한 생각이 들었다. 그래서 貴順이 女皇으로 복위되고 시중들 사람을 찾자 곧바로 자원했던 것이다.

이런 와중에서 계속되는 갈증은 貴順을 더욱 고통스럽게 했다.

『강이 보인다.』

앞에서 가던 이들이 기쁨에 소리질렀다. 그들은 물줄기를 찾아 나아갔다. 강을 따라 물은 구할 수 있었다.

『이 곳에서 한 번 생활해 봅시다.』

『그래요. 살아 보고서 괜찮으면 정착할 수도 있고…』

일사람들은 이렇게 상의하면서 일단 자리를 잡아 보기로 했다. 貴順도 묵묵히 그들의 의견에 따랐다.

이들은 이전의 유목생활의 방법으로나마 잠시 자리잡아 생활하려고 했다. 그러나 그들은 얼마 안가서 이 곳으로부터 떠나라는 자연의 명령을 받았다.

『어마. 강이 말라버렸네.』

『이젠 흙탕물조차도 구할 수가 없네.』

몇 달지나 강은 다시 마르고 말았다. 물이 있는데도 숲이 우거지지 않았던 이유를 알 수 있었다.

다시 일행은 길을 떠났다. 그들은 더욱 길을 재촉했다. 그러나 가도가도 황량한 바윗돌 투성이의 사막만 보일 뿐이었다.

『걱정이야. 차들도 이제는 오래 된 것들이라 혹 모조리 기능을 다하지 못할까 염려 되는데…』

『여태 무계획한 생활만을 계속하면서 아무런 기술축적을 해 놓지 않았으니…』

추가의 불안이 그들에게 더해졌다. 그들로서는 차가 고장나면 어찌할 방도가 없다. 벌써 당초의 열 다섯 대의 탐험용 다방향쌍무한궤도차들 중에 이제까지 여섯 대가 망가져 쓸 수가 없게 되어 도중에 버려졌었다. 아니 망가졌다기보다는 그냥 사소한 작은 고장일 수도 있는데 그들이 전혀 대응책이 없었기 때문일 것이다. 하다못해 연료공급을 위한 태양축전지도 조금 사용자의 범위를 넘는 이상(異常)이 생기면 속수무책이었다.

『이들을 모두 사용 못하게 되면 다른 대책이 없어. 어떡하나.』

『말을 타고 다니지, 옛날 선사시대에는 그랬다고 하는데…』

『체, 언제 말을 길들여?』

『우리는 그렇다 해도 女皇폐하는 어떻게 모셔?』

『마차(馬車)를 만들지.』

『피익, 어느 철년(季年)에 그걸 다 만들어? 우린 만들 줄도 모르는데.』

『아냐 마차는 자동차보다는 훨씬 쉬울 거야. 전설에 의하면 마차는 혼자서는 나아가는 장치가 없어 못 가고 말을 연결시켜서 말이 끌고 가게 했대. 그러면 훨씬 구조는

「단순할 거야.」

「그래, 만일 그렇게 되면 그래서라도 가야지. 그 때봐서 한번 생각해 보자.」

「그것도 안 되면 어떡하지?」

「정 안되면 까짓거 그냥 사막에서도 살려면 못살 것 같아? 우리 만물의 영장이 말야.

「우리 모두, 특히 女皇폐하에게 필요한 그 많은 물을 어디서 퍼와?」

「땅을 파야지 뭐.」

「아무데나 파도 물이 나올까?」

「그럴 거야, 깊이만 파면.」

「아무 학문의 분야이든지 깊이 파면 진리에 도달할 수 있다는 이치와 같은 것인가?」

일사람들은 이 즈음에 와서는 점차로 학문에 대한 관심을 가져가고 있었다. 물론 아직도 여건이 되지 않아서 실제의 학습은 못하고 있지만 그 중요성은 서로들 깨달아 가고 있었다.

「듣고 보니 그럴 듯도 하네, 호호.」

「사람이면 다 사람인가? 사람(四覽)이 가능해야 진정한 사람이지. 우리 이제부터라도 진정한 사람이 되도록 좀 노력해 보자고.」

「그래 우리는 우리 주변사방의 모든 것들을 제대로 보는 눈을 가질 필요가 있는 거야.」

이렇게 일사람들은 걱정반 수다 반으로 말을 주고받으면서 계속 나아갔다.

몇 개월을 걸려 어렵게 사막에서의 생활을 보내고 나니 다시 초원을 만나게 되었다.

『여긴 그래도 좀 낫다. 가축을 먹일 풀도 있으니 최소한 식량걱정은 안 해도 될 거야.』

『그래도 썩 좋지는 않은데... 이런 곳은 우리가 저번에 호숫가에 살기 이전에도 많이 지나쳐 왔던 곳인데...』

『그래도 당장 아쉬운 대로는 좀 괜찮잖아?』

일사람들은 자기네들끼리 얘기를 주고받다가 貴順에게 물었다.

『우리 貴順 女皇폐하는 어떠세요?』

貴順은 이들의 물음에

『괜찮아요, 살기에는 그런 대로... 하지만...』

하고 얼버무렸다.

일사람들은 貴順의 대답도 시원치 않다는 것을 알고,

『흡족치 못하다는 얘기시죠? 그럼 살아가면서 계속 동쪽으로 나아가야죠.』

하며 곧 그들의 의견도 貴順의 말에 수렴시켰다. 이번에는 일사람들은 전적으로 貴順의 뜻을 따르려는 것 같았다.

다시 그들은, 호수에 자리잡아 살기 이전의 불안정한 유목생활을 상당 기간 해야 했다.

여름은 뜨겁고 겨울은 춥고... 貴順의 얼굴과 몸매는 추운 바깥날씨에 따라 좀 더 부드러운 곡선을 가지게 되었으며 피부는 직접 간접으로 햇빛을 많이 받아 옅은 황색을 더한 상아색이 되었다. 머리칼은 다갈색으로 변했고 눈동자는 적황색으로 진해졌다. 나머지 범인족 일행들도 몇 십 년간의 역정에 피부가 많이 그을려지긴 했지만 貴順처럼 온몸이 조화를 이루며 적응되어 나가는 것은 아니었다. 그저 칙칙해진 머리칼 색과 검

회색이 가미되어 붉게 그을린 피부를 가질 뿐이었다. 그들 모두의 겪어온 고생은 그들 제 각기의 모습에 배여 있었다.

정말이지 이 지리한 방랑은 이제는 끝나야 할 것이다. 겨우 되찾은 이네들의 충성심인데 또다시 고통스런 여정이 계속된다면 일사람들에게 크나큰 부담을 주는 그녀의 처지는 어찌 될지 모른다.

아니 그들 일사람들도 이제는 자기들을 받쳐 줄 차세대가 필요한 나이인 것이 파국을 막을 수 있었던 이유일 것이다.

살아나가기 위한 일에 지친 그들 모두는 한결같이 아직 나타나지 않은 그들의 이상향(理想鄉)이 실현되기를 바랬다. 그것은 그렇게 화려하고 사치스러운 향락이 있는 곳도 아니었다. 단지 살아가기 위한 온갖 걱정근심이 없는 곳만이라도 가졌으면 하는 것이 그들의 바램이었다.

그들의 진행하는 저 앞에 희미하게 보이는 것이 있었다. 더욱 다가가 자세히 보니 꽤나 높고 위용스런 산들이 연이어 늘어서 있는 산맥이 보였다. 그 중 가장 높은 산의 등성이에는 구름의 띠가 신비로이 자욱히 퍼져 있었다. 저 산의 너머에는 정말 무언가 이상향(理想鄉)이 있을 것처럼.

十四、理想國의 봄

그들은 무언의 합의를 했다. 보이지 않는 힘에 이끌리어 저 앞에 보이는 높은 산을 향해 무작정 달려갔다.

갈 데 까지 다 가서 더 이상 차(車)로는 오르지 못하게 되자 대열은 일시 정지했다.

몇몇 일사람은 밖으로 나와 주변을 돌아보며 앞으로의 갈 길을 논의했다.

『이 곳 산기슭에 한 번 자리잡아 보는 게 어떨까? 온갖 동식물이 풍요히 번성하니 살기에 좋을 것 같은데...』

『그래도 차가운 서북풍을 막으려면 저 산을 돌아 건너편에 자리잡아야 하지 않겠어?』

이들이 저 앞에 보이는 산을 돌아가 보기로 하고 다시 승차하려 돌아설 무렵, 貴順은 그녀의 성긴 베옷을 걸치고 차에서 나왔다. 그녀가 갑자기 나오자 밖에 나와 있던 일사람 하나가 말했다.

『폐하 웬일로 나오십니까? 아직 사람이 살 만한 곳은 도착하지 않았습니다.』

『나는 저기 저 높은 곳에 올라가고 싶어. 내가 그렇게 바라던 것이 저기 있을 것 같아...』

『그건 어렵습니다. 사람을 몇 명 보내서 조사해 보고 오도록 하지요.』

『싫어. 난 갈래. 저기. 꼭.』

비록 다시 자기의 지위를 되찾았다고는 하나 일사람들에게서 한 차례의 크나큰 수모를 당한 이후의 貴順의 말투는 통치자의 권위라기보다는 보호받는 약자로서의 의기소침함과 연약함만이 깃들여 있었다. 그러나 그러면서도 산 정상(頂上)을 응시하는 이슬진 그녀의 눈동자는 영롱하게 빛나고 있었다.

그녀는 마치 응석을 부리듯, 힘들 것이니 자기들이 대신 가보고 오겠다는 일사람들의 만류에도 불구하고 한사코 자기가 직접 저 끝까지 올라가겠다고 했다. 그녀의 고집을 꺾지 못해 이십여 명이 동행해 올라가 보기로 했다. 사실 차량으로도 꽤 깊숙이 들어와 있었으므로 산의 정상까지는 그렇게 먼 거리는 아니었다.

산을 기어오르는 것은 평지를 서서 걷는 것보다 오히려 자연스럽게 할 수 있는 것일지 모른다. 그녀의 연약한 피부가 바위 가시덤불에 찔리고 해서 자꾸 상처가 나곤 했지만 동행하는 자들이 즉각 즉각 응급조치를 해 주었기 때문에 큰 어려움은 없이 산의 정상에 가까워질 수 있었다. 그녀의 헐떡이는 숨에 앞길에 쌓여있던 山 낙엽들이 이리저리 날렸다. 땀에 젖은 그녀의 몸은 온통 달라붙은 나뭇잎들과 잔가지들로 덮였다.

그녀도 더 이상 마음의 힘만으로는 해 나가지 못할 즈음, 산 정상이 눈앞에 보였다. 지친 그녀가 가쁜 숨을 몰아 쉬며 정상에 손을 뻗치니 뜻밖에도 때마침 몰아치는 거센 바람에 물보라가 튀어 고된 산 오름에 열불이 나있던 그녀의 손을 차갑게 적셨다.

깜짝 놀란 貴順은 다시 마지막으로 온힘을 다해 몸을 일으켰다. 그러자 눈앞에 펼쳐지는 것은...

『아...』

온 천지에 일시에 대화음(大和音)이 울려 퍼지는 환청(幻聽)이 저절로 들리는 충격이었다. 휘몰아치는 바람에 따라 흘러 다니는 구름에 가려 그 모습을 일거에 다 볼 수는 없었지만, 사방에 병풍처럼 드리워진 산세(山勢)의 가운데 웅장하니 자리잡은 파란 호수의 거울같이 맑은 물결이 긴긴 여행의 온갖 오욕에 지친 貴順의 마음을 달래 주듯 일렁이고 있었다.

저 멀리 동남쪽을 바라보니 그곳은 검푸른 바다가 끝없이 펼쳐져 있었다. 이제 진정 대륙의 끝으로 온 것이다. 남으로 연연(連延)히 펼쳐진 산들의 아름다움은 이제까지 지내왔던 곳들의 것에 비할 바가 못되었다.

드디어 그녀의 마음이 안식(安息)할 곳은 나타난 것이다. 그녀는 경건하게 꿇어앉아 가만히 이 호수의 물을 손으로 퍼 올려 하늘을 바라보며 앞가슴에 껴안듯이 뿌렸다. 동행했던 자들도 이 신천지의 장관(壯觀)에 한 동안 넋을 잃고 바라다 보기만 할뿐이었다.

貴順摩耶姬姑는 하늘인지 물인지 구분이 안가는 이 맑은 호수 물에 목욕했다. 비로소 마음의 안정을 찾은 평화스런 모습의 그녀를 이 하늘아래 첫 연못이 포근히 감싸안아 어루만져 주었다. 곱게 사랑 받아야만 할 그녀는 여지껏 얼마나 많은 가당찮은 모진 풍파에 시달려만 왔던가. 애당초 그녀의 태어남의 목적은 그러한 것이 아니지 않았던가. 그녀의 북받쳐 터져오르는 눈물은 바람에 날려 흩뿌리는 물보라에 뒤섞여 잘 보이지 않았다.

이제 다른 무슨 이야기가 더 필요 있으랴. 이 곳이야말로 貴順摩耶姬姑와 그녀와 고생을 같이 한 모든 이들의 이상향을 세울 곳이 아니던가.

그들은 산을 내려와 양지바른 강가에 생활의 터전을 자리잡고 오랫동안 유명무실했던 그들의 나라를 다시 일으켰다. 먼저의 호숫가에서 세운 나라의 명맥을 이어 이제 비로소 명실상부하게 그들의 나라를 다시 가지게 되었다.

나라 이름은 맑은 새 아침을 연다는 뜻으로 쥬신(朝鮮)아사녀황국(阿斯女皇國)이라 했다. 때는 광혜 二十五年, 북미희女皇國 발키리아 十三世 즉위 五百十五年이고 라사女皇國 프레이아 一世 즉위 三十五年이 되는 해이며 貴順摩耶姬姑가 눈물의 여로를 밟아온지 근 사십년이 되는 해였다.

모두는 함께 새 나라 건설의 희망찬 출발을 했다. 바람 따라 구름 따라 흘러 다니던 삶을 이제는 청산하고 의 양식을 생산하도록 새 나라 건설의 희망찬 출발을 했다. 밭을 갈고 씨를 뿌려 해마다 생활

흙의 고마움을 느끼며 살아가는 새 시대를 일구어내자는 것이었다.

그녀가 거처할 황궁은 당장에는 건축술을 터득할 수가 없어 제 격식을 갖추게 짓지는 못했으나 그래도 이제까지의 움막과는 다르게 초가지붕이 얹히고 아담한 사립 울타리가 둘러졌다.

안마당을 초례청(醮禮廳)삼아 조촐한 대관(戴冠)의 式을 올렸다. 개나리꽃 싸리 다발 이 그녀의 왕관이었다. 따사로운 햇살아래 貴順과 범인족 일동은 서로간에 큰절을 올 림으로써 군민(君民)간의 사랑과 충성의 맹세를 다시 했다. 貴順은 이전의 얼떨하고 불안한 마음이 아닌, 수줍으면서도 행복감을 가지고 식에 임했다.

삶의 터전이 갖추어지는 대로 그간 너무나 늦추어졌던 새 세대 출산을 위한 수정식은 즉각 거행되었다. 부족하나마 그녀를 위해 마련된 보금자리 안의 온돌침대에서 貴順摩 耶姬姑는 일사람들의 모처럼의 진지하고 정성어린 보살핌을 받으며 수정식을 위한 몸단 장을 했다. 비록 미리 정해진 숫사람들과의 수정이라 하더라도 여인의 향기와 아름다 움을 최대로 발산하여야 보다 건강한 아이들을 낳는 것이다. 숫사람들은 제대로 된 나 라라면 벌써 자기의 역할을 마치고 하나 둘 생을 마쳐야 했을 나이들이었지만 오랜 방 랑생활동안 그들의 역할을 할 기회가 없었기에 여지껏 살아남아 수정식의 때를 기다리 고만 있었다.

貴順摩耶姬姑는 오랜 방랑생활을 마치고 비로소 다소곳이 자리잡은 여인의 모습으로 돌아와 자신의 화장 거울 앞에 앉았다. 그녀의 모습을 이제 괄목(刮目)하여 다시 한번 보도록 하자.

女皇 摩耶姬姑一世。

오직 生産力과 女性美만을 좇아 一千年씩 一百代를 이어온 그 모습.
그녀의 움직임따라 女人의 진한 香氣는 퍼지고
주변은 그녀의 젖은 숨결로 가득찬다.
前時代 남자가 그녀를 마주한다면
쉬이 잔 이슬 맺히는 그녀의 적황색 눈동자에 홀려 얼어붙다가
이윽고 그 자욱한 女香에 휩싸여
色의 마약에 취한 듯 혼절하고 말 것이다.
그녀가 몸을 뒤척일 때마다,
엉덩이에 다다르게 길게 자란 그녀의 머리칼은
펼쳐진 갈색의 비로드 위에 은모래가 쏟아지듯 출렁인다.
진종일 촉촉한 뽀얀 살결을 통해 열과 물기를 방출하는 그녀의 몸
바깥의 氣를 막는 버거운 옷은 입을 수 없어
부끄럼 감추려 그나마 손수 짠 옷을 걸치더라도
성긴 실 가닥 사이사이 그녀의 어여쁜 알몸이 드러나 보이니
뉘라도 함께 할시엔 수줍은 얼굴 붉어진다.
유난히도 實한 그녀의 허벅지는
왕성한 생산력을 위해 極히 발달한 골반부와의 자연스런 어울림이다.
그로부터 내리 뻗은 다리는 오로지 脚線의 美를 추구하고 있나니
女皇族의 진화는 한결같이 철저한 여성미의 지향인 연유라.
허리는 너무도 잘록하니 움푹 들어가 그녀의 다리보다 가늘 듯 하다.
皇世女의 젖물림을 위한 그녀의 젖가슴

유독 아름다움을 위해 너무 잘 발달해 있어
그 무게는 두 팔에 힘겨울 정도이다.
그녀의 生命庫는 어찌 말을 하랴.
바로 누우면 보드라운 대지 한 가운데 움푹 패인 신비의 옹달샘 수풀이요.
엎드리면 兩半球의 포근함에 싸인 생명의 地下寶庫라.
이 비옥한 寶地에 刺枝가 파고들어 씨뿌려지면
그녀로 말미암은 나라 이룩되어 찬연히 번성하리라.

만반의 준비가 갖추어 진 뒤、이윽고 걷기 위함보다는 아름다움을 지향해 풍성한 골반부로부터 매끈하게 이어져 뻗어 내린 그녀의 다리는 들어 올려져 양옆으로 걸쳐졌다.
이러한 수정식의 실행 방식은 일사람들 모두 고향을 출발할 당시에는 이 의식을 겪어보지 못한 어린아이들이었으므로 그 동안 보관해 왔던 문헌을 참조해 가장 교과서적인 방법으로 거행되었다.

그리고 기타 주변정리를 하고 나서 일사람들은 그녀의 침실에서 퇴장했다. 그러나 몇몇 노파심 많은 자들은 밖에서 문의 창호지에 침으로 구멍을 내고 그녀의 수정식을 엿보았다. 물론 성의 호기심에 의한 것은 아니었고 순전히 그냥 좀 지켜보기 위한 것이었다. 혹 무슨 차질이라도 생기면 조치를 해야 하기도 하므로…. 그녀의 방안은 원래도 항상 자욱한 여향을 뿜어내는 그녀가 가뜩이나 수정식을 맞이해 더 일층 배가 (倍加)되어 뿜어내는 여향으로 가득했다.

아직 수정식의 경험이 없는 여섯 명의 숫사람들은 특별히 다른 방법은 취하지 않고 역시 교과서적인 기본과정을 따라 행했다. 그들은 배정된 순서에 따라 각기 차례로 貴

順의 얼굴, 가슴, 배, 엉덩이의 순으로 애무하고는 그녀의 음부에 정(精)을 방사(放射)했다. 숫사람들은 비록 옛 남자에 비한다면 그들의 존재근거를 갖게 하는 부위가 매우 크긴 했지만, 그래도 그녀의 광폭(廣幅)한 흡입구(吸入口)에 비하면 현저히 모자랐기 때문에 피차간의 조여지는 맞물림은 있을 수 없었다. 그냥 절구통을 드나드는 절구공이요 우물 속을 드나드는 두레박일 뿐이었다. 그녀는 처음 맛이하는 수정식에 따른 부끄러움 중에도, 맡은 바 역할을 비로소 하게 된 기쁨에 모처럼의 행복을 느꼈다.

그녀는 여러 숫사람의 정을 동시에 받아 임신했다. 더욱 극진한 일사람들의 간호가 행해졌다. 그녀의 잘록한 배의 신축성은 놀라워 임신 중에는 평상시 자기 몸의 약 세배 가량이나 불어났다. 이런 때 그녀가 몸을 옴짝달싹 못함은 물론이었다. 그녀는 모든 일체의 행동을 중지하고 오직 임신 중의 몸조리만으로 지냈다.

약 닷새동안의 임신기간 끝에 貴順摩耶姬妞는 드디어 성년 女皇族으로서의 첫 출산을 해 닷새동안 밤낮을 쉬지 않고 일백 이십 명의 아이를 낳았다. 이제 비로소 女皇으로서의 제 구실을 얻게 된 貴順摩耶姬妞의 감회는 남달랐다. 오랜 유랑생활로 인해, 당연히 있어야 할 자기들의 후세를 갖지 못했던 범인족들도 매우 기뻐했다.

태어난 아이들은 곧 그들이 다른 어느 시설보다도 급히 서둘러 마련한 집단보육시설로 옮겨졌다. 그 규모는 물론, 그 이전의 자연 생식 시대의 대형 산부의원(產婦醫院)의 수준은 지 못했지만, 그래도 女皇시대 개막 직전의 전인류차세대공동보육시설에는 미치되었다. 그리고 옛 전통대로 서둘러 합성 조제한 최적화 분유를 사용해 키워졌다.

새로 낳은 아이들은 얼굴형, 피부색, 머리칼색, 눈빛 등이 모두 그녀의 모습을 닮아 있었다. 이제 비로소 그녀에 의한 새로운 민족이 생겨난 것이다. 貴順은 자신의

이상국의 봄　　　　　　　　　　　　　　　　　　　- 233 -

자녀들을 가짐에 따라 명실상부한 女皇의 권위도 얻을 수 있었다. 새 나라에서의 생활은 전과는 비교할 수 없을 만큼 모두가 만족스러웠다. 주변의 아름다운 경관과 풍부한 자원도 그렇거니와, 여기에다 모든 일상사가 얽힐 때마다 나타나는 그녀의 고운 마음으로부터 우러나는 덕성(德性)으로 모든 이의 정서가 함양되는 효과가 더하여져서, 백성들로 하여금 물심양면으로 풍요로운 생활을 누리게 했다.

貴順摩耶姬姑의 새 女皇國의 山河에도 봄이 왔다.

겨우내 침전에 누워만 있던 그녀는 모처럼 밝은 햇빛을 보기 위해 밖으로 나왔다. 아직은 조촐한 규모의, 황궁이라고 하기엔 어쭙잖기만 한 거처의 뒷동산에 올라 貴順摩耶姬는 따스한 햇볕에 온몸을 내맡기며 풀 위에 엎드려 누워 향긋한 풀 내음을 맡았다. 태어나서부터 무언가 모르게 마음속에 그리던 그러한 평안을 그녀는 가진다. 태양조차 부끄러워하는 그녀의 얼굴색과 같이 만발한 진달래가 동산을 뒤덮고 있었다. 한 동안이 지났을까, 모락모락 피어오르는 아지랑이 속에 살포시 감겨지려하는 그녀의 눈을 다시 살짝 뜨이게 하는 소리가 들려왔다.

『貴順 女皇폐하, 식사하실 시간이에요.』

『응? 여기 와 봐. 이렇게 모두가 좋지 않니? 여기 와서 같이 하자꾸나.』

선천, 후천을 통틀어 유례없는 이상국의 새 봄은 이리도 한가롭기 그지없었다.

第三部

십오、 백성 위한 삶

貴順摩耶姬姑가 새 삶의 보금자리에 자리잡아 살아감에 따라 그녀의 모습을 닮은 백성들을 계속 늘리니、 그리하면 그리할수록 포근한 이 신천지는 그녀와 하나가 되어 갔다.

철 따라 오색 꽃이 만발하여 색다른 향기가 누리에 번지고 화창한 날 뿐만 아닌 날 비 긋는 날、 눈 소복한 날이 고루고루 돌아 나오니 사는 이들 마음 또한 다정다감 할 수 밖에 없었다. 도처를 감돌아 흐르는 강줄기는 삶의 보금자리를 둥굽혀 감싸 보듬은 母體로부터 나오는 쉬임 없는 젖줄기인 양 하니 이 땅은 애초에 그녀를 위해 예비되어 그녀를 기다리고 있었었던 것 같았다.

그녀는 한 해에 네 번 가량 일백 명에서 이백 명 사이의 아이들을 낳으니 세월이 흘러 광해 二百年 경에는 어느 덧 약 오만 명의 백성들을 거느린 어엿한 한 나라가 되었다.

그녀가 처음 오른 산의 기슭으로부터 남으로 내려가 반도의 끝에 가까워 다시 우뚝 솟은 산의 기슭까지가 그녀의 영토였다. 그녀의 대쥬신 아사녀황국의 국가 기원의 연대는 애초의 그 호숫가의 건국 때부터 합산했다. 지나온 쓰라린 기억을 지우지 않고 오히려 국가 창건을 위한 진통으로서 승화시키기 위함이었고 또한 훗날 언젠가 국력이 강해지면 그 옛날 고난의 역사가 새긴 곳을 다물하고자 함이었다.

貴順摩耶姬姑와 그녀의 신하 백성 모두 유목 생활과 농경 생활을 거쳐、 이제는 어엿한 문명국을 이루기 위해, 지니고 온 문헌을 토대로 학문과 기술의 재건에 합심해 노력했다. 자라나는 아이들을 교육하기 위해 세워진 서당은 초기에는 성인 일사람들 중에도 제대로 공부를 했던 이들이 드물어, 학생이나 선생이나 같이 문헌을 해석하며 공부하는 방식으로 운영되었다. 그리고 생활을 알차게 만드는데 필요한 여러 물건들을 개발하고 만들어내는 연구당(研究黨)과 공작당(工作黨)도 세웠다.

광혜 일백십오년 아사녀국의 황궁 모란성은 완공되었다.

사람이 안락하게 살아갈 편리하고 튼튼한 집을 짓는, 삶을 위해 필요하며 간단명료한 목적의 기술 개발은 그들 인간 모두의 지향하는 바였으므로, 가지고 온 문헌을 토대로 이곳의 풍토에 맞게 설계해 웅장한 위용의 황궁을 어렵지 않게 지을 수 있었다.

황궁의 일반 건물들은 단층의 기와집이 대부분이나 女皇과 皇世女의 전용 거처인 태화각과 소화각은 女皇族의 생활에 필요한 많은 편의(便宜) 시설을 갖추어야 하므로, 충분한 넓은 공간을 덮을 수 있도록 꽃봉오리 모양을 닮은 거대한 반구형(半球形)의 지붕이 올려졌다. 일반 백성에게 짐을 주지 않겠다는 뜻으로 사방에 높이 둘러쳐진 담장은, 분홍빛과 은빛 나는 화강석(花崗石)으로 층층이 쌓아올린 위에 청회색 기와가 덮이어, 멀리서 보면 마치 성 전체가 고운 청색과 연분홍의 테를 두른 듯 했다.

모란성의 누각들의 주위는 온통 봄 여름 가을 겨울을 연이어 피어나는 꽃들로 둘러싸이게 했다. 그리고 복숭아나무를 사방에 심어 貴順摩耶姬妁가 그녀의 몸 모양과 얼굴빛을 닮은 이 과실을 정원에 산책 나올 때마다 수시로 따먹을 수 있도록 했다.

중앙의 태화각 바로 옆에 있는 큰 연못은 화용지(花容池)라 하는데, 여름이면 이곳에서 저녁에 대신들과의 연회를 겸한 회의 모임을 가지기도 했다. 특히 삼복의 열대야가 기승을 부리는 밤에는 가까운 측근 대신들만 있는 자리에서 자신의 황복을 접어두고 알몸을 연못물 속에 담근 채로 모임을 갖기도 했다. 그러다가 그녀는 가끔 기분에 따라 몸을 뒤척거리기도 하는데, 주위를 온통 둘러싼 오색 석등의 흔들리는 조명 아래 반짝이는 그녀의 젖은 몸은, 비취 호박으로 세공(細工)된 살아있는 여인상(女人像)이었다.

貴順摩耶姬姑는 계속 나이 들어 성숙해 감에 따라 더욱 본격의 女皇의 풍모를 갖춰 갔다. 그녀의 회분홍 입술은 점차 짙어져서 보라색을 띠더니, 그녀의 나이가 이 백세 가까이 될 즈음에는 짙은 연지를 바른 듯 핏빛 그대로의 새빨간 색이 되었다. 손가락 마디 하나가 더 있는 듯이 길게 자라나는 그녀의 손톱의 색깔도 점차 자연스레 물이 짙어지더니 역시 보라색을 거쳐 새빨갛게 되어, 흡사 옛 여인네들이 봉숭아물을 짙게 물들인 것과 같이 되었다. 얼굴빛은 살짝 황색 氣가 있는 상아색의 피부에 두 뺨에 는 홍조(紅潮)를 띠어, 그녀는 자연 그대로가 마치 매우 화려한 치장을 한 여인의 모습이 되었다. 이 홍조는 그녀가 범인족을 접견할 때나 기타 감정의 변화가 있을 때마다 얼굴 전체로 퍼지곤 했다.

그녀의 백성 사랑은 연년이 더해 갔다. 태어난 곳에서부터 주변 뭇 사람들을 사랑하며 그들 타인들의 행복만을 염려하며 살아왔던 그녀. 자신과 친하게 지낸 이들은 두말 할 나위도 없고, 자신을 장난 삼아 놀래주던 이들, 자신을 홀대하며 업신여기던 이들, 심지어 견디기 힘든 수모를 주었던 이들의 기억조차도 모두 사랑과 용서의 한 방울 눈물에 용해시켰던 그녀로서, 이제 숱한 역경 끝에 어렵사리 얻은 자신의 분신과도 같은, 그녀의 백성들에 대한 사랑은 어느 정도일까 가히 짐작되는 바 있으리라. 이에 반해 또한 특히나 아름다운 그녀의 모습은 전 일사람 백성들에게도 선망의 대상 이 될 수밖에 없었다.

『폐하께 아뢰올 말씀이 있사옵니다.』

행정관 중의 하나가 어느 날 그녀에게 말했다.

『어서 말해 보오. 사랑스럽기 그지없는 짐의 백성들의 사회에서 무슨 문젯거리라도 있나요?』

『폐하를 직접 뵙고자 하는 백성이 많습니다. 같은 인간으로서 어찌 그토록 존귀하고 아름다우실 수 있는가 한번 직접 눈으로 확인하면 원이 없겠다는 자들이 너무나도 많사옵니다.』

貴順摩耶姬妁는 당황했다. 그녀는 평소에 자기를 알현하는 신하를 접할 때도 자기의 全體가 드러나는 것에 대한 부끄러움에 얼굴과 몸이 화끈 상기되곤 한다. 그런데 몇 사람도 아닌 여러 백 여러 천의 사람들에게 自身을 보일 필요가 있다는 말이니 당황하지 않을 수가 없다.

그러나 그녀는 오래지 않아 결정했다.

『다가오는 새해에 짐이 직접 황궁 앞 광장에서 신년하례사(新年賀禮辭)를 하겠어요.』

그녀는 스스로 자신의 삶이 모든 백성을 위한 삶임을 알기 때문에 자기 혼자만의 기분은 구애될 수 없다고 생각했다.

약속했던 신년하례식의 때가 왔다. 아사녀황국의 황궁 모란성의 정문 홍화문(紅花門) 앞의 광장에는 그녀를 흠모하는 수만(數萬)의 일사람 백성들이 모였다. 그들 모두는 약속대로 그녀의 모습이 나타나기를 기대감에 들떠 있었다. 전 백성 중에서 별다른 사정이 없는 한 거의 모든 이들이 함께 모여 이 축복에 가득한 이상국의 새해를 함께 출발한다.

쾌청한 겨울 하늘에는 약간의 엷은 흰 구름만 군데군데 떠 있다. 아침해도 높이 돋은 사시(巳時)에 이르러, 홍화문의 노대(露臺) 위에 간간이 부는 차가운 바람을 녹일 듯한 기운을 풍기며 貴順摩耶姬姑는 그녀의 자태를 드러냈다.

순간,

『와아!』

팽팽히 드리워져 있는 짙파란 하늘이 찢어지고 아직 풀리지 않은 살얼음 덮인 땅이 갈라질 듯한 함성이 입춘(立春)의 황궁 앞 광장을 메웠다. 아사녀황국 女皇 貴順摩耶姬姑는 얼굴 가득 환한 미소를 머금고 두 팔을 활짝 펼쳐들어 답례했다. 그녀가 서있는 동안 처음에 화끈 달아오르던 그녀의 얼굴은 이내 썰물처럼 홍조가 흘러나가더니 창백하게 변했다. 하지만 그것마저도 보는 이들에게는 조화무쌍한 그녀의 미를 더욱 흠뻑 느끼도록 해 주었다. 얼굴의 혈색이 빠진다해도 입술은 새빨간 색 그대로였다. 본 디 그녀 입술의 피부 빛이 그러하기 때문이다.

그녀를 보는 모든 백성들은 같은 인간으로서 저토록 존귀한 아름다움을 지닐 수도 있다는 사실을 직접 확인하면서 새삼 인간으로서의 긍지를 드높일 수 있었다.

군중 속의 한 아이가 옆의 여자에게 말했다.

『언니 나 좀 안아 올려 줘요. 女皇폐하 좀 보고싶어요.』

『그럼.』

아이의 부탁을 받은 여자는 곧 아이를 자기의 어깨에 목말 태워 주었다. 올려진 아이는 손뼉을 치며

『야! 어쩜 저렇게 예쁠 수가!』

하고 감탄의 소리를 질렀다.

태워준 여인은 아이에게 친절히 설명을 해 주었다. 얼굴 모습으로만 보면 둘은 별 다를 바 없는 아이의 모습들이었다.

『저 분이 우리 모두를 만드신 분이란다. 먼 옛날에는 인간이 자신들의 창조주를 눈앞에 볼 수도 없으면서 무작정 섬기곤 했었단다.』

『정말 그랬어요? 얼마나 답답했을까?』

『그리고 그 때의 창조주는 자기는 실제로 아무런 일도 않으면서 그의 앞잡이인 남자들을 시켜 우리 여자들에게 창조의 힘겨운 짐을 떠넘겼었지. 인간 창조의 공로는 神, 남자, 여자의 순으로 매기면서 그에 따른 짐은 반대의 순으로 지었었던 것이지. 그로 인해 당시의 여자들은 자신의 삶을 살기가 거의 불가능했단다. 어쩌다 진정한 자아를 실현하려는 여자는 모두 이상한 여자로 몰려 또 다른 고통을 받았고...』

『정말 옛날 여자들은 불쌍했겠네요. 우리 일사람들 모두는 女皇폐하의 고마움을 알아야겠네요.』

『그럼. 물론이지.』

기쁨과 환희에 충천해 있는 그들은 선천의 시절 눈앞에 보이지도 않는 신을 섬기던 사람들의 막막한 심정을 동정했다. 그들은 그들 모두의 창조모(創造母)의 존귀하고 아름다운 모습을 눈앞에 볼 수 있는 것이다.

貴順摩耶姬姑는 연(連)하여 만면(滿面)에 웃음을 띠우고는 다시 오른 손을 번쩍 쳐들어 휘젓듯이 흔들면서

『신년을 축하해요. 여러분 모두 사랑과 행복에 찬 한해를 보내세요!』

하고 광장에 퍼져있는 냉기(冷氣)를 온통 녹일 듯이 소리쳤다. 찬 공기에 엉긴 그녀의 입김이 바이얀 구름 안개가 되어 그녀의 앞에서 퍼져 올라갔다.

그녀의 자애로운 외침에 군중들의 감격의 함성은 다시 하늘을 찔렀다. 그녀의 짧은 신년사는 그 말 그대로, 듣는 모든 이들에게 그 해 동안의 사랑과 행복이 절로 스며들게 하는 것이었다.

이해 광해 一百二十五年부터 貴順摩耶姬姑는 그녀를 보고 싶어하는 백성들의 원을 풀어 주고자 매년 정월 초하루 신년하례식에는 황궁 앞의 광장에 모인 백성들을 위해 몸을 일으켜 주는 관례를 만들었다. 물론 그녀는 자신을 내 보이는데 대해 몹시 수줍어하는 마음은 어쩔 수 없었으나, 그것은 백성들을 위한 또 하나의 베풂이라는 큰 목적에 비하면 아무 것도 아니었다.

하지만 그녀의 백성을 위한 마음에도 불구하고 그녀는 오분을 넘게 서 있지 못하고 이내 받침대를 잡고 주저앉아야만 했다. 그리고는 앉은 자세에서 나라 전체의 전년도 살림 정산과 새해의 계획을 발표하는 신년하례식의 진행을 참관하지만, 앉아있는 자세도 그녀에게는 부담스러운 것이었으므로 신년하례식에 그녀가 참관하는 시간은 반 시진 (時辰)을 넘지 못했다.

그러나 그녀가 형언할 수 없는 부끄러움의 감정을 극복하고 백성들을 위해 자신의 실제 모습을 나타내어 준다는 것 자체가 매우 큰 의미가 있는 것이었다. 식이 진행되어 가는 중에도 대부분의 일사람 백성들은 발표 안건보다는 옆에 다소곳이 앉아 있는 貴順摩耶姬姑의 모습을 보느라고 더 정신이 팔려 있었다.

신년하례식의 全 과정이 끝났다. 貴順摩耶姬姑는 좌상에서 일어나 군중들을 향해 다시 손을 흔들고는 몸을 돌아서 퇴장했다.

군중들은 그녀를 들여 보냄에 못내 서운해하면서도, 땅이 꺼질 듯한 우뢰와 같은 박수 소리로 그녀의 영광(靈光)을 기렸다.

그녀를 몇 번 보지 못한 아이들은 다시 그녀의 뒷모습을 보면서 감탄과 더불어 신기한 호기심의 눈초리까지 더해졌다.

『어쩜 저리도 몸이 호리병처럼 생기셨을까?』
『바로 조오기 안에서 우리병들이 모두 생겨났었대.』

군중의 함성은 군데군데 재잘거림이 섞여 있었다. 돌아서 퇴장하는 그녀의 얼굴은 잠시 다시 발갛게 상기되었다가 이내 창백해졌다.

貴順摩耶姬姑는 안으로 완전히 들어서자, 미리 그녀 앞에 푹신하게 마련되어 있는 이동 침대에 아름드리 하얀 꽃나무가 무너져 내리는 듯 엎어졌다. 그녀는 그대로 거처로 옮겨지고 있는 그녀는 비록 심히 힘들고 부끄러웠음에도 불구하고, 자신의 아끼는 백성들의 정서 함양을 위해 어려운 일을 치른 보람에, 정신이 혼미한 와중에서도 엷은 미소를 짓고 있었었다.

十六、學部大臣 아림

나라는 더욱 융성해 가고 생활은 안정을 찾아갔다. 貴順摩耶姬姑는 이제 그녀의 딸 중의 딸인 皇世女로서 키울 女皇族의 후예를 갖고 싶어졌다.

그리하여 광혜 二百年, 아사녀황국은 皇世女 출산을 위한 황손 간택 수정식을 거행했다.

황손 간택 수정식의 형식은 일반 수정식과 크게 다른 것은 아니고 낳은 여자아이들 중에서 女皇의 젖가슴에서 나오는 황유를 먹여 女皇族으로 기를 아이를 택하는 것이 다르다. 이에 따라 수정으로부터 임신, 출산까지 女皇의 영양상태를 좀 더 신경써 돌보며 숫사람도 우량종자로 선발된 자들만을 엄선한다. 貴順摩耶姬姑는 약 한 달간의 임신 기간 끝에 이 백 이십 명의 아이를 열흘간에 걸쳐 출산했다.

신생아 보육실에서 그녀는 아이를 몸소 골라보기로 했다. 그녀는 몸을 반쯤 일으키고 자리를 옮겨가며 아이들을 하나하나씩 살펴보다가 한 아이를 발견했다. 눈빛이 초롱초롱하니 꽤나 총명해 보이는 아이였다.

『아이 참 깜찍도 해라. 내가 직접 안아 봐야지.』

그녀는 이 아이를 택하여 무릎 위에 놓고 곧 이름을 아림(雅琳)이라 지었다.

그런데 옆에서 지켜보고 있던 간택관들이 입을 모아 말했다.

『폐하 이 아이는 몸이 강건하지 않아 皇世女로서의 간택은 적합치 않은 것 같사옵니다.』

사실상 간택의 권한은 간택식(揀擇式)의 담당관들이 가지고 있었었다. 그들은 자기의 일생 동안에 한 번 있을까 말까 한 이 행사를 위해서 이와 관련된 모든 분야의 자료를 평생토록 연구하기만 하는 이들이었다.

그러나 貴順摩耶姬姑는 이들의 말을 듣는 둥, 계속 조그마한 아이를 손으로 잡고 무릎 위에 들었다 놓았다 하며 어르고 있었다.

조금 후에 간택관들은 貴順摩耶姬姑가 아직 둘러보지 않은 아이들이 있는 곳으로 가서 몇마디 말을 주고받더니 한 아이를 안고 돌아왔다. 그들은 골격이 튼튼하고 살이 통통한, 말 그대로 강건해 보이는 아이를 貴順摩耶姬姑의 무릎 위에 얹어 놓았다.

『폐하, 이 아이야말로 만인의 어머니 될 皇世女로서의 간택에 부족함이 없는 줄로 아옵니다.』

『으음. 이 아이도 좋긴 하네…』

貴順摩耶姬姑도 이들의 선택에 동의하지 않을 수 없었다. 아이의 이름은 화자(花子)라고, 이 아이는 皇世女 摩耶姬姑二世로서 간택되었다. 이제 이 아이는 앞으로 오십여 년간을 女皇 貴順摩耶姬姑의 품에서 그녀의 젖을 먹고 자라난다. 그리하여 또 하나의 女皇族의 후예로서 키워지게 된다.

『이제 간택도 마치었사오니 폐하의 백성 될 아이는 놓아 보내 주시옵소서.』

간택관들은 청했다.

그런데 그녀는 먼저 택한 아림의 눈에서부터 애틋한 정(情)의 미련을 떨칠 수가 없었다. 간택에서 도중 탈락된 아이는 곧 다른 일반 아이가 있는 곳으로 보내게 되어 있지만 그녀는 이미 자기의 손길이 닿은 이 아이를 쉽사리 떼어놓을 수가 없었다.

『이 아이도 내 곁에 있게 하면 어때요? 이미 짐의 손이 간 터이라 정이 들어서 차마 놓아 보낼 수가 없구려.』

貴順의 이 말을 듣고 수석 간택관은 다시 말했다.

『폐하. 아니되옵니다. 역사서를 보면 皇世女가 다 자라 한 나라에 모녀 두 女皇이 있을 때마다 갈등과 문제가 생겨나곤 했는데 하물며 동기(同氣) 자매 女皇이란 있을 수 없는 것이라 여겨지옵니다.』

그러나 그녀는 아이를 쉽게 떼지 못했다.

『내 당분간만 키우다 내보내겠으니 별 문제는 없을 것이야…』

貴順은 이렇게 말하면서 한사코 이 아이를 곁에 두려 했다.

『아무튼 안되는 일이옵니다. 적당히 때를 잡아 폐하의 품으로부터 떼어 내보내야 수석 간택관은 결국

하리라 여겨지옵니다.」

하고는 아이를 그녀의 품에 남겨 놓았다.

그녀가 워낙 간청하는 듯이 얘기하니 담당관들도 더 이상 문제삼지를 못했다. 단지 어느 정도 자란 후에는 반드시 떼어놓겠다는 약속을 그녀에게 하도록 했다.

태어난 순서로는 아림이 언니가 되었다. 둘은 貴順의 거처에서 같이 놀며 어린아이의 시절을 보냈다. 단지 식사시간에는 궁인들이 아림을 따로 돌려 궁궐 밖의 집단보육소에서 인공유아식을 먹게 하고 화자만이 貴順의 품안에서 황유를 받아먹도록 했다. 궁인들은 혹 차질이 생기지 않을까 염려하며 항시 감시의 고삐를 늦추지 않았다.

그들은 날 때부터 그렇게 지내왔으므로 둘은 자연스레 그런 생활을 계속했다. 어린 아림은 어느 날 화자와 놀며 뒹굴다 입이 맞닿았다. 이 때 아림은 화자의 입가에 묻은 달콤한 액체를 맛보게 되었다.

「화자야 그것 참 맛있었다. 어디서 먹는 거니?」

「응. 우리 엄마에게서 나오는 거야.」

「나도 먹고 싶다.」

「그럼 한 번 우리 엄마한테서 내가 먹을 때 와봐.」

「안돼, 난 식사시간 때마다 궁인 아줌마들이 밖에 데리고 나가는데....」

「참. 그렇지....」

「무슨 수가 없을까? ....」

아림은 잠깐 생각하다가 눈을 번쩍 뜨고 화자에게 말했다.

「그러니까... 우린 밥 먹을 때마다 같이 있지를 못하니 어떻게 하냐면 말야. 내가 나갔다 올 때마다 궐 밖에서 아이들에게서 요즘 인기 있고 유행하는 과자를 하나씩 갖다줄께. 그 대신、 네가 엄마한테서 젖 먹고 올 때마다 그걸 한 입씩 물어서 나한테 좀 줄래?』

『그래 젖먹을 때마다 한 모금씩 물어 올께』

이렇게 하여 아림은 화자의 입에 묻은 황유를 때때로 조금씩 맛보는 기회를 가지게 되었다.

세월은 흘러 아림과 화자는 열 살이 되었다. 예전의 수석 간택관은 말했다.

『폐하、 이제는 아림을 皇世女와 같이 있게 할 수 없겠사옵니다. 皇世女를 위한 입학(入學)의 시기가 닥쳐왔사옵니다.』

貴順摩耶姬姑는 서운한 마음 감출 길 없었으나 더 이상 막을 명분은 없었다.

『아림아. 이제 너는 바깥 사회에서 살아야 한단다.』

그녀는 아림을 불러 앉히고 말했다.

『무슨 얘기예요? 엄마?』

『네가 밥 먹을 때마다 나가는 바깥 일반 사람들의 사회가 있잖니? 이제 너는 다 컸으니 내 품을 떠나 거기서 일반 사람들하고 같이 살아야 한단다.』

『화자는 요?』

『걘。。。』

『걔는 요?』

『걔는 개대로 앞으로 해야 할 생활이 있단다.』

『엄마。 왜 나는 화자하곤 달리 젖도 안주고 이제 와서는 내보내기까지 하는 거예요?』

아림은 새된 소리로 어머니에게 따졌다. 여느 일사람 아이라면 이 정도의 감정이라도 눈물 같은 것은 안 나오고 얼굴이 붉어질 정도일텐데 아림은 눈시울이 벌써 축축하니 물들어 있었다.

貴順摩耶姬姑는 잠시 아무말을 않고 가만히 있다가

『아림아. 너는 그래도 나의 품도 거치지 않고 나간 저 수많은 백성들보다는 큰 행운을 얻었던 것이란다.』

하고는 손으로 얼굴을 가리다가 이윽고 고개를 돌렸다. 곧 궁인들이 와서 버티는 아림을 붙잡아 데려갔다.

한참 동안 어전의 바닥이 떨렸다. 아림이 가지 않으려고 발버둥친 건 잠깐밖에 안되니까 그것 때문이 아니다.

貴順摩耶姬姑는 고개를 안으로 돌려 한동안 몸을 움찔움찔 하며 소리 없이 흐느꼈다.

이렇게 해서 아림은 어머니와 이별하고 일반 사회로 나왔다. 아림은 이제 여느 일사람들처럼 자기를 돌봐줄 언니를 찾아야 했다.

『아림아 너 오늘은 집에 안가니?』

식사 후에도 궁궐로 돌아가지 않는 아림을 보고 같이 있던 아이들은 물었다.

『응, 나 오늘부터 나와(出) 살기로 했어. 궁궐에 잔심부름 일은 이제 자동으로 하는 기계가 있어서 안해도 된대.』

『그것 잘 됐다. 앞으로 우리하고 친구 하자.』

『그런데 어떻게 사는 거지? 앞으로 뭘하면서?』

『그건 언니한테 물어 보면 되잖아?』

『언니라니? 내가 아는 언니들은 궁궐 안에 밖에는 없는데....』

『아참, 너는 아직 살 집을 정하지 않은 모양이구나. 우리하고 같이 가봐. 언니 소개해 주는 곳을 알려 줄께.』

아림은 식사 때 알았던 친구들을 따라 국립중개소(國立仲介所)로 가기로 했다. 국립중개소는 수도(首都)의 교외(郊外)에 위치해 있다. 아림과 친구 어린이들은 길 밖으로 나왔다.

길 밖은 선천 시대의 여느 도시의 풍경과 별 다름이 없다. 단지 모든 건물과 길이 아름다움과 실용성을 반드시 동시에 추구하는 형태로 지어졌다는 것이 다르다. 거리는 번화하고 차량도 숱하건만 모든 건물들은 크던 작건 높던 얕건 간에 선천 시대 이곳에 번성했던 인간사회의 고유 건축양식과 비슷하게, 세련된 기와 지붕에 울긋불긋한 단청 무늬로 채색되어 있었다.

貴順摩耶姬妊가 무인(無人)의 원시지(原始地)였던 이 곳에 정착한지 이제 불과 이 백년 가까울 뿐인데 어떻게 벌써 이렇게 완전한 문명사회를 이룩해 놓을 수 있는가 의아스러울 수 있다. 그러나 생각해 보라. 선천의 사회 같으면 생식과 육아 등의 가욋일 (加外事)에 얼마나 많은 인간의 정력을 쏟아 붓는가. 얼마나 많은 사람들의 잠재능력이 이성(異性)과의 문제로 인해 묻히고 말았던가. 후천 사회에서의 인간 노동력의 효율성이란 가히 선천 인간의 상상을 초월하고도 남음이 있다. 곧 지나가는 한 여인이 차를 세워 그들에게 묻는다.

『너희들 어디 가니?』

『예. 여기 애 국립중개소에 데려다 줄려고요.』

『그래? 아줌마가 데려다 줄 테니까 타라.』

이 여인도 물론 자기의 볼일이 있어서 가는 길이었다. 그러나 후천 시대 사람들의 일에서 남의 일이란 개념은 없다. 더군다나 모두가 돌봐주어야 할 어린이들의 일인 경우에랴.

차는 번잡한 도심을 벗어나 높다란 가로수가 늘어서 있는 교외의 한적한 길로 접어들었다. 얼마 후에 길이 왼편으로 꺾이면서 맞은편에는, 푸른 잎사귀 무성한 넝쿨로 둘러싸인 정문 안에 노란 꽃과 청록풀잎이 어우러져 장식된 원형 화단이 앞에 자리해있는, 아담한 이층의 석조건물이 나타났다.

『아줌마. 잘 가세요.』

『그래, 좋은 언니 소개받아라.』

이곳은 집단 양육 과정을 마친 일사람 어린이가 자신을 보살펴 줄 성인 일사람과 한 작은 가족이 되도록 맺어주는 기관이다. 이 맺음의 관계는 선천 시대의 결혼과 견줄 수 있는 것으로서 모든 일사람들의 인생에 큰 영향을 미치는 것이다.

아림은 담당자의 면접을 받았다.

『이름이 뭐라고 했지?』

『아림이라고 합니다.』

『나이는? 좀 커 보이는데...』

『열살이에요.』

『어째 그렇게 많지? 다른 아이들은 대개 네 살이면 집단양육소에서 나와서 유아원에서 대기하다 대여섯 살 이내에 언니와 맺어지고 늦어도 일곱 살까지는 다 자기에게 맞는 사람을 찾아 출가를 하는데...』

학부대신 아림

『전 그 동안 궁궐에서 잔심부름을 하는 동녀(童女)로 있었었습니다.』

아림은 떠날 때 궁궐에서 시키던 대로 대답했다.

『좋아. 좀 늦기는 해도 용모도 준수하고 머리도 총명한 것 같으니 곧 좋은 언니와 맺어질 수 있을 거야.』

중개소에서는 아림의 성품에 대한 자료를 가지고, 돌봐주고 싶은 동생을 갖길 원하는 젊은 신청자들 중에서 아림을 맡아줄 만한 충분한 학식과 소양을 갖춘 이들을 골랐다. 그리하여 그 중에서 가장 적합하다 판단되는 한 여인을 아림에게 소개해 주었다.

아림을 돌봐주게 된 언니의 이름은 유정(由晶)이라고 전해지는데, 아림이 십세인 당시 이십오세였다고 하며 직업은 일사람 사회에서의 글월 지어 팔기였다고 한다.

아림은 국립중개소의 접견실에서 유정을 처음 만났다.

접견실은 공공 기관의 장소이면서도, 본질이 여성인 일사람들의 성향을 나타내듯 세심한 실내장식과 조명으로 분위기 있는 옛 카페를 방불했다. 천장에는 흰 석류(石榴) 모양의 큼직한 현등(懸燈)이 군데군데 유리돌기의 굴절률을 따라 주(朱)색 홍(紅)색 황(黃)색의 빛터를 묻히고서 그 아래 실내를 황백광(黃白光)으로 덮어감싸고 있었다. 사방의 벽면에는 깊은 산수(山水)의 풍광(風光) 속에 각양각색의 조수(鳥獸)가 노니는 모습이 희화(戲畫)로 그려져 있었다.

『누굴 만나러 왔지요?』

『소개받을 언니를 여기서 기다리려고요.』

『그러면 호호, 중요한 순간이니, 어때요?』

『어떻게요? 한 번 해 보세요.』

『분위기를 잡아 볼까요?』

접견실 관리인은 현등의 불을 약하게 하고 사방 벽모서리에 서 있는 네 갓등(笠燈)의 불을 켰다. 그러자 위로는 바알간 미광(微光)의 은근한 습기가 실내를 둘러쌌고 아래로는 누렇고 조금 강한 황색조명의 온기가 가득이 퍼져 깔렸다.
약간의 두려움과 기대감으로 두근거리는 가슴을 안고 기다리던 아림의 앞에 이윽고 눈이 크고 흰 얼굴에 시원스런 인상의 젊은 여인이 나타났다.
「안녕, 난 유정이라고 해.」
「예, 반가워요. 언니..」
「참 총명해 보이는구나. 넌 앞으로 뭐 할거니?」
「잘 몰라요. 그냥 많은 사람들을 위해 좋은 일을 하고 싶을 뿐예요. 언니는 뭐 하세요?」
「나는? 호홋. 나도 학생 때는 남들로부터 똑똑하다는 소리 많이도 들었었지. 그래서 우리 세상에 만연해 있는 큰 문제를 해결하기 위해 부지런히 나서며 다녔단다. 그런데 그러다 보니 생활을 위한 별다른 기술을 가진 게 없어 그냥 이런저런 애기 글월로 써서 여기저기 팔아서 먹고살고 있단다.」
「저는 나이에 비해서 세상 물정을 잘 모르니 언니가 많이 도와주셔야 하겠어요.」
「그럼. 자 이제 우리 집으로 가자.」
이렇게 해서 유정의 집에서 아림은 성년이 될 때까지 생활했다. 유정의 집은 안방 한쪽에 계단을 다섯발짝 딛고 올라가는 다락채가 붙어있었다. 아림은 하늘을 올려다볼 창이 붙은 그 방이 맘에 들었다.
「언니, 이곳 참 좋은데요. 제가 여기 있어도 돼요?」
「그럼, 여태까지 거긴 내 책 창고로만 썼었는데. 이제 제 주인을 만났구나.」
아림은 조금 늦었지만 女皇國의 일반 사람들과 같이 교육과정을 밟았으며 자신의 아픈 기억을 딛고 학업에 착실했다.

아림이 바깥 사회에 잘 적응되어 살아나간다는 소식은, 성회(聖懷)를 놓아 보내 초사(焦思)해 마지않던 어머니 貴順摩耶姬姑의 은밀한 부탁을 받은 궁인을 통해 그녀에게 전해져 그녀를 기쁘게 했다.

조금 자란 아림은 유정에게 그녀의 하는 일에 대해 물었다.

『언니가 글을 쓰면 어떤 사람들이 읽는데?』

『응, 신보(新報)나 잡사서(雜辭書) 같은데 실리곤 해. 때로는 따로 한 책(冊)으로 나오기도 하고…。』

『그럼 언니의 글을 읽는 사람은 언니의 말을 귀담아 듣는 것이나 마찬가지겠네?』

『그…。…렁。…다고도 할 수 있겠지.』

『우린 학교에서 선생님의 말씀을 한시간씩 열심히 듣는데…。 그리고 열심히 듣고 나면 먼저보다는 많은 것을 배우게 되는데. 그렇다면 언니의 글을 읽는 사람은 언니에게서 많이 배우겠네?』

『…。…』

『야! 그러면 언니는 우리 학교의 선생님들보다 더 많은 사람들을 가르치는 선생님이겠네. 신난다. 친구들한테 자랑해야지…。』

『풋。 별로 그런 건 아냐. 내 글을 읽는다고 해서 읽는 사람이 뭐 많이 배우는 게 있는 건 아니고 그냥 그 사람이 읽으면서 심심하지 말라고 하는 거야. 나도 그래서 그 사람들이 좋아하는대로 따라서 쓰고…。』

『응? 이상하네. 난 새로 배우는 것만 아니라면 학교 수업 듣는 것은 따분하던데。…。 배울 것도 없는데 왜 남의 이야기를 귀담아 듣지?』

『아무튼 그 사람들이 읽고, 또 요구하니까 쓰는 거지... 나도 달리 별 뾰족한 기술이 없으니깐 그것이라도 해서 살아야 하고...。』

『그래도 좀. 뭔가 비어있는 것 같은데...。』

『아림아, 언니도 가끔은 속상하단다. 누구 못지 않은 좋은 머리 가졌다고 말은 들어와 놓고는 별로 이 사회를 위해 도움도 주지 못하고 있다고...。 그러니 우리 딴 애 기하자 응?』

이렇게 아림은 언니 유정이 자기가 하는 일에 대해서, 남들에게 실제 도움을 주지 못한다고 늘 한탄하는 것을 들어왔다. 이에 따라 아림은 더욱 남들에게 정말 도움을 준다할 일을 하고 싶었다.

아림은 초중등의 교육 과정을 거쳐 십칠세 때에 언니 유정의 축하 속에 국립영재학교에 입학했다.

입학과 동시에 그녀는 다른 동기생들과 함께 국립영재학교의 교장으로부터 훈시를 들었는데 이 때 받은 훈시에는 후천 시대의 과학기술에 대한 가치관의 전반적인 사항이 잘 집약되어 있어, 이야기의 흐름에는 별 관계가 없지만 여기 소개한다.

『여러분은 과학의 길이라는 것이 여타의 人間事들과 본질적으로 어떻게 다른가를 알아야 할 것입니다.

최근에 일부 무책임한 축성(築城)의 책임자에 의한 건축물의 事故[24] 등에 따른 크나큰 사회문제들을 제군들은 알 것입니다. 본디 불완전할 수밖에 없는 인간이 자기의 思考의 편의에 따라 짜여지고 만들어진 것은 자연에 의해 반드시 그 허점이 들추어지게

---

24) 기록 일자 1995년 5월 30일

되어 있었습니다.

인간은 자연을 흥밋거리로 생각하고 자신들의 思考 유형에 자연이 따르기를 바라나 자연은 좀처럼 그렇게 되어 주지를 않는 것입니다.

인간 자체의 뒤바뀜이 있었음에도 불구하고 아직도 이 시대의 과학에 입문하려는 사람들 중에는 일부 옛 공상 소설에 현혹되어, 어떤 기발한 아이디어를 내서 하루아침에 유명해지고 큰돈을 번다든지 혹은 어떤 가공(可恐)할 무기를 발명하여 권력을 얻을 수 있는가 하는 허무맹랑한 기대를 가지는 사람들이 있는데, 제군들은 본교에 입학하는 것을 계기로 이러한 선사 시대적 사고방식의 잔재를 없애기 바랍니다.

말하자면 과학을 하려는 이들은 흔히들 진로의 성패를 대 발견을 하여 크나큰 영예를 얻느냐 아니면 그냥 뭇 사람들의 주목을 받는, 일없이 평범하게 역할을 마치느냐의 갈림길과 같은 것으로 잘못 생각하기 쉽습니다.

그러나 이 「영예의 가능성을 대기하는 상태」는 과학의 쌓여온 成果 누적의 기반 위에서 일어나는 인간의 사회 가치적 허상을 기다리는 것에 불과 합니다. 현실에 있어서 최선이라는 것은 곧 크게 주목받음 없이 무난하게 거쳐가는 것으로서, 오히려 곳곳에서 인간의 사고능력의 헛점을 노리는 자연현상의 심술과 싸워야 하는, 「사고발생 예비상태」가 곧 과학하는 이들의 길이라는 것을 알아야 할 것입니다.

모름지기 과학 일반은 평준한 들판을 정신없이 달리다가 어느 날 높이 솟은 화려한 봉우리에 오르는 것이 아니고, 어디 숨어있을지 모르는 함정에 빠짐이 없이 평원을 무사히 지나오기 위한 하나하나의 조심스런 발걸음입니다. 일전의 대량붕괴(大梁崩壞)나 지하누기(地下漏氣)와 같은 함정에의 추락이 있을 경우에만 주목받는 이들이 과학을 하는 사람들입니다.

본교의 입교를 계기로 본격적인 과학기술자의 길을 걷기 시작하는 여러분들은 과학의 길에 대한 잘못된 환상에 현혹되지 말고 자신이 진정 인류 전체를 위해 기여하는 길이 무엇인지를 항상 마음에 새기기 바랍니다. 교장의 훈시는 어려서부터 무언가 모두를 위해 절대적인 가치가 있는 일을 해 보려는 아림의 뜻과 합치했다. 아림은 더욱더 자신의 뜻한 바 포부를 펼치기 위해 학문에 정진(精進)했다.

유정은 때때로 아림에게 당부했다.

『아림아, 넌 꼭 이 언니보다는 사회에 보탬되는 훌륭한 사람이 되어야 해.』

아림이 훌륭하게 자라남은 언니 유정에게도 기쁨이었다. 유정은 아림을 위해 해 줄 수 있는 많은 것을 아끼지 않고 아림은 언니의 기대에 부응하기 위해 더욱 열심히 노력하니 집안 생활은 행복과 보람으로 차 있었다.

이런 중에도 아림의 마음 한구석에는 채워지지 않는 아쉬움의 빈 칸이 있었다. 언니와의 생활에 행복을 느끼다가도 가끔 혼자 생각하는 시간이 날 때마다, 그녀는 지금의 생활이 무언가 더 있어야 할 것이 없는 부족함의 상태로만 느껴졌다.

「난 언니한테 불만은 없는데. 우리 집이 다른 애들네 보다 못한 게 있는 것도 아니고…‥」

아림은 궁궐에 남은 동생 화자도 생각났다. 지금의 자기 생활이 아무리 이 사회에서는 남부럽지 않은 생활이라 할지라도 어머니와 지내고 있을 화자의 생활이 부럽기만 했다. 어머니가 그리우면 그럴수록 아림의 마음속의 허전함은 더해 갔다.

아림이 새라를 처음 알게 된 것은 국립영재학교에서였다. 둘은 이 우주를 이루는 원리와 아림과 새라는 첫 만남부터 서로 마음이 잘 통했다.

인간은 그 안에서 무엇인가 하는 등의 화제로 밤마다 시간가는 줄 모르고 토론하곤 하며 꿈같은 절정의 학업시절을 같이 보냈다.

『저 별을 봐. 저 별은 사실 수천 수 만 년 전에 만들어진 것인데 우리는 그것을 보고 있는 것이지.』

새라는 하늘을 가리켰다.

『저 광대한 우주에 비하면 우리는 한낱 먼지에 불과해.』 아림도 하늘을 보며 말했다. 『하지만 그 가운데서 오직 이 곳에 우주를 사유(思惟)하는 생명이 존재함을 생각하면, 인간 존재의 의미는 결코 그 물리적인 부피로만 평가될 수는 없겠지...』

달빛에 나무 그늘이 드리워진 그네들의 얼굴은 희끄무레하게 어둠 속에서 움직였다.

그러면서도 그네들의 초롱한 눈은 별빛을 받아 반짝이고 있었다.

『우리가 나날을 살아가면서 제각기 자기 목적을 위해 기를 쓰고 노력하는 것도 다 우습게 보여. 후훗. 우주를 생각하면.』

새라는 다시 아림을 바라보며 살짝 웃었다.

아림은 새라의 손을 잡고 있었다. 그러다가 그녀는 손을 풀었다. 그러나 손이 자기에게로 돌아오지는 않고 그대로 내려와 새라의 허벅지 위에 머물러 있었다.

새라는 무심코 하늘만 바라보고 있었다.

아림은 손바닥에 살짝 힘을 주어 새라의 허벅지를 움켜잡았다. 그리고는 치마 밑으로 집어넣어 조금씩 그녀의 하체 중심부로 손을 이동했다.

『참 물질로서 보면 인간은 얼마나 하찮은 것인지... 하지만 네 말대로 생각한다는 자체가 인간의 위대함을 나타내는 것 같애. 응. 그런데...』

새라는 아림의 자체가 자신의 배뇨기에 닿아 있음을 알았다.

『아림아 네 손이 왜 여기 와있니? 정신없었구나.』

『으응. 그냥.』

아림은 자기도 모르게 손이 그리로 간 것이 몹시 부끄러워 어쩔 바를 몰랐다. 새라는 아림의 손을 살짝 집어들어 돌려주듯 하고는,

『넌 참 비범한 면이 있으면서도 엉뚱한 면이 있다. 호호.』

아림은 몹시 멋쩍었지만 새라는 그냥 재밌어하기만 하는 듯했다.

아림은 그녀와 친하게 되면서부터는 자신을 진정 행복한 사람이라 여기게 되었으며 어머니와 궁궐에 대한 미련도 어느 정도 잊고 지낼 수 있었다.

선(線)이 지고 이지적인 용모의 아림과 둥그스름하니 귀여운 인상의 새라는 공히 우수한 학업 능력과 준수한 외모로 그네들을 아는 교내의 모든 학생들에게 인기가 있었다. 둘은 교내 많은 학생들의 선망의 대상이 되었다.

늦은 봄날 오전, 아림은 등나무 장목(長木椅)에 앉아 혼자 새소리와 바람 소리를 들으며 사색하고 있었다. 새는 왜 소리를 내며 바람은 왜 부나를 마음속으로 따져보기도 했다.

『아림이구나. 넌 혼자 가만히 있는 일이 많더라. 심심하지 않니?』

고개를 돌리니 얼굴은 본적 있지만 한 번도 같이 얘기한 적은 없는 한 키 작은 학생이 옆에 서 있었다.

『그냥 문제 풀이 생각하고 있는 거야.』

아림은 멋쩍은 표정으로 대답했다.

『새라는 어딨니? 요새 새라하고는 어떠니? 참 잘 지내지? 좋겠다 둘이서.』

이미 다른 학생들은 두 사람의 친밀한 교제 관계를 그네들의 화제로 삼고 있을 정도

였다.

그 학생은 말하고 나서는, 가지 않고 아림의 옆에 와서 앉았다. 무언가 이야기가 진행되어야 할 것 같은데 아림이 계속 조용히 있으니까 어색한 분위기가 되었다. 이때 새라가 그 자리에 나타났다. 먼저 학교에 온 아림은 그녀를 기다리고 있던 중이었다.

『야, 새라구나. 너희들 여기서 만나기로 했던 거니?』

아림보다 그 학생이 먼저 인사를 했다.

『응, 희자야. 그냥 우린 아침 수업 전에 여기서 만나기로 했던 거야.』

새라는 아림의 옆에 와서 앉았다. 그런데 아림을 사이에 두고 건너편에 있는 희자는 계속 새라에게 말을 걸었다.

『너네 둘은 생긴 게 공통점이 있으면서도 대조적이야. 둘 다 예쁘긴 하지만 예쁜 방식이 서로 달라. 호호』

『뭘, 훗, 내가 더 못하지. 아림이가 더 예쁘지 않니?』

『너네 둘은 공부하는 방식도 서로 다를 것 같애. 누가 뭘 물어보고 누가 뭘 대답해 주니?』

『그런 게 뭐 있니? 그냥 하는 거지. 근데 나도 좀 답답한 때가 있어. 공식 같은 건 그냥 외우면 될걸 아림이는 자꾸 왜 그런지 캐보려고 하더라. 대천재들이 수천 수만년을 걸쳐 이뤄놓은 것을 단시간에 자기가 해보려고 하다니. 꿈도 야무져. 그래서 그 때는 내가 설득하지, 그냥 그런 줄 알고 있으라고...』

『아니, 내가 푼다고 해서 뭐 처음부터 혼자 다 하는 거니? 다 어느 정도 기초를 알고 난 다음에 하는 거지. 그런 비유는 무리이지 않니?』 새라에게 고개를 돌려 말하는 아림은 저쪽 편의 희자를 의도적으로 피하려는 듯, 새라에게만 통할 말만 하고자 세도 비틀어 있었었다.

"그래도 넌 너무 고지식한 게 많아. 공부란 외우는 거야. 자연원리의 탐구를 위한 철학의 습득도 결국 기존의 진리를 외우는 것으로부터 출발하는 거란 말야. 희자야 그렇지 않니?"

"뭘, 호호. 우리 같은 애들은 이해나 할 수 있어야 외우지. 어떻게 하든 점수나 잘 받을 수만 있으면 좋겠다."

"때로는 이해는 나중에 하고 먼저 외워도 돼. 그러다 보면 이해는 저절로 따라오는 가야."

"그런 것도 다 실력이겠지. 우린 그런 건 꿈도 못 꿔. 어떻게 이해도 못하는 공식을 응용해서 문제를 풀 수 있단 말야. 새라가 모른다고 해도 어느 정도 아니까 그게 가능했겠지."

이 때 희자의 친구인 듯한 학생들 대여섯 명이 그 자리로 왔다.

"희자야, 먼저 왔니?"

"어, 새라하고 아림이도 있네."

그네들은 희자보다는 아림과 새라가 있는 곳에 더 가까이 모였다. 아림이 별로 본체만체하고 말을 안하니 새라가 있는 주위에 둘러서다시피 했다.

"그래, 너희들 이번의 과제 준비는 어떻게 했니?"

"이번에는 이등하고 삼등 차이가 얼마나 날까? 일이등이야 미리 정해져 있는 거고."

둘러선 학생들은 저마다 다투어 새라에게 사소한 질문을 던졌고 새라는 웃는 낯으로 일일이 대답해주면서 그네들 하나하나에게 호의를 베풀었다.

『준비랄 거 뭐 있니? 평소에 할 것 다 하고 놀 것 다 놀면서 그냥 다시 외우는 거지.』

『삼등이 누가 될지도 모르는데 뭘. 그런데 이번에는 아림이가 참 열심히 해서 나하고 별 차이 안 날지 같애.』

새라는 이렇듯 자기네를 선망하는 많은 학생들의 주목을 받으며 그네들하고 같이 어울리기를 즐겨했다.

『아니 아림아 어디 가니?』

갑자기 일어나 자리를 뜨려는 아림을 보고 새라는 물었다.

『응, 나 먼저 교실에 가 있으려고.』

아림은 말하고는 뒤돌아보지 않고 나무 그늘을 떠났다. 새라는 계속해서 여러 친구들과의 담소를 즐겼다.

아림은 이렇게, 친해지려고 접해해오는 여러 학생들을 피하고만 싶어졌다. 아침이건 오후이건 한가한 시간에 외진 그늘의 나무 의자에 앉아 둘만의 대화에 빠지며 행복감에 젖어 있는데, 그네들을 본 다른 아이들이 삼삼오오 다가와 둘만의 대화를 더이상 지속 못하게 하는 것은 그녀에게 참지 못할 분노였다. 그 때마다 아림은 아예 자리를 떠나버리곤 했다.

아림의 이런 태도는 새라와 그들에게 접근하는 동료들 모두를 어리둥절하게 만들었다. 서로의 사이는 어색해지면서 둘의 관계는 흔들리기 시작했다. 자신의 마음을 채우는 친구 새라가 다른 아이들을 만나는 것을 볼 때마다 그녀는 절망감과 배신감의 심한 마음의 몸살을 앓아야만 했다.

더 이상 두고 볼 수 없었던 나머지 아림은 말을 꺼냈다.
「새라야. 우리 사이에 불필요하게 끼여드는 애들 좀 떼 놓자. 우리가 나눌 수 있는 대화의 기회를 자꾸 잃게 되는 것 같애.」
「어머, 너 참, 별 얘기를 다 한다.」
「아무튼 제발 별로 의미 있는 얘기도 같이 나누지 못하는 다른 애들 때문에 우리의 우정이 흐려지지 않았으면 좋겠어.」
「나도 물론 아림이 너를 소중히 생각해. 하지만 나는 친구를 넓게 사귀는 것을 좋아해.」
「넓고…‥. 얕게?」
아림은 넓은 친구 관계는 그만큼 얕고 피상적인 의미뿐인 친구이지 않느냐고 새라에게 다그쳤다.
새라는 잠깐 어리둥절한 듯 하더니, 다시 웃으면서 아림의 어깨를 툭 쳤다.
「그래. 넓고 얕게. 어차피 서로 다른 사고방식과 가치관을 가진 것이 인간인데 서로간에 굳이 깊은 속마음을 털어 놓아야만 하겠니? 그래봐야 부담스럽고 피곤하기만 할 뿐이야. 마음을 열고 여러 친구들을 많이 사귀는 것이 얼마나 즐거운 일인데. 너도 너무 나만 생각하지 말고 다른 친구들도 많이 사귀어 봐.」
아림은 새라의 손을 잡고 다시 말했다.
「너만을 진정 생각해 주는 친구는 나밖에 없다는 것을 너는 모르니? 응? 내가 얼마나 너를 좋아하는지 알아줄 수 없겠니?」
새라는 팔목까지 파고드는 아림의 손을 밀쳐내면서
「또 그러는 구나. 그런 건 바라지 않아. 자기 인생은 자기를 믿고 살아가면 될 뿐

학부대신 아림

이야. 그리고 넌 너무 자꾸 내게 손을 대는 경향이 있어. 가끔 친밀감의 표시로 손을 대는 것은 좋은데 이렇게 오래 잡고 있는 것은 느낌이 이상하단 말야.』

하고는 아림의 옆을 떠났다.

새라는 아림의 부탁은 아랑곳하지 않고 계속 다른 여러 친구들과 가까이 지냈다. 다시 아림의 마음속의 빈 칸은 생겨나고 그녀의 마음 상태는 불안해져 갔다. 집의 언니 유정은 일도 바쁠 뿐더러 애초부터 같이 할 수 있는 이야기의 한계가 있기에 아림 이 이 일을 상의할 수는 없었다.

밤마다 아림은 끝내 완전한 자기의 사람으로 붙잡지 못하는 새라를 생각하며 어둠을 지새웠다. 어디 아무도 없는 곳에 그 애와 내가 둘이서만 같이 지낼 수는 없을까? 왜 그렇게 할 수가 없단 말인가.

아림은 다시 새라에게 호소했다.

『새라야, 나도 나를 따르며 좋아하는 애들은 많아. 그렇지만 난 너만을 내 곁에 두고 싶은 거야. 난 너만을 좋아하니까. 그래서 난 개네들도 별로 가까이 않고 있단 말야. 그런데 너는 왜 자꾸 개네들과 같이 휩쓸리니?』

『너는 너무 서로간의 관계에 대해 깊이 생각하는 것 같아. 그러지 마. 너도 널 좋 아하는 애들하고 같이 잘 지내면 되잖아.』

『네가 그런 생각이라면 우리 아예 같이 지내지 말까?』

아림은 질투심에 못 이겨 화난 목소리로 내뱉었다.

『참. 내。。。』

새라는 아예 어이가 없어 웃고 말았다.

같이 있을 때마다 다른 친구들에 의해 훼방되는 것이 괴로와 결국 아림은 일부러 새라를 멀리하고 말았다. 그러면서 둘의 관계는 더욱 어색해져, 그저 같은 동료로서 가끔 필요한 말만이 오갈 뿐 사실상 초기의 진한 우정은 퇴색되고 말았다.

이러는 중에 이윽고 전 교과과정 수료의 시기가 다가왔다. 아림은 다른 학생들과 함께 연구 개발 과제의 수행에 들어갔다.

전산기의 구조에 대해 가르치는 하란(霞蘭) 선생의 시간이었다.

가는 테의 안경을 쓰고 호리한 몸매에 지적인 용모의 그녀는 교단에서 학생들을 둘러보며 한 질문을 던졌다.

『전산기의 원반 기억장치25)와 중앙처리장치26)는 우린 인간에 비한다면 무엇과 비유될 수 있을까요? 자 이에 대해 설명할 수 있는 학생은 말해봐요.』

이 때 새라가 나섰다.

『원반 기억장치는 받아들이는 정보를 저장하는 일을 하므로 사람의 기억력에 해당하고 중앙처리장치는 사고력에 해당합니다.』

선생은 다시 새라에게 물었다.

『좋아요. 그렇다면 원반 기억장치의 용량이 크고 작은 것과 중앙처리장치의 처리속도가 빠르고 느린 것은 사람에 비유하면 무엇과 같다 할 수 있을까?』

새라는 자신 있는 표정으로 말을 이었다.

『원반 기억장치의 용량이 큰 것은 사람으로 치면, 자기의 지나온 기억을 낱낱이 잘 기억하는 사람 즉 기억력이 좋은 사람이고, 중앙처리장치의 속도가 빠른 것은 사람으로 비유하면 이른바 두뇌 회전이 빠른 사람 즉 자기 앞에 닥친 문제에 대해 즉각적으로

---

25) 하드디스크(hard disk)
26) CPU (Central Processing Unit)

신속한 결정을 내릴 수 있는 사람에 비유될 수 있습니다.』

『역시 새라야말로 우리 학교의 최우수생다워요.』

선생은 칭찬하고 학생들도 선망의 눈길로 새라를 보았다.

하란 선생은 다시 학생들을 향해 물었다.

『그럼 전산기의 주기억장치27)는 사람의 무엇에 비유될 수 있을까요?』

새라는

『그것도 사고력에 해당되지 않을까요?』

라고 대답했다.

그런데 하란 선생은 고개를 갸웃하고는 다시 모두를 둘러보며

『혹 다른 사람 없어요?』

하고 다시 누군가 대답해주길 바라는 것이었다.

그러나 학생들은 묵묵부답이었다.

이윽고 한 학생이

『새라도 잘 모르는 걸 우리가 어떻게 알 수 있겠어요?』

하니 하란 선생도 씩 웃고

『그래 그럼 나중에 얘기하지오 이 문제는...』

하고는 모두에게 말했다.

『여러분에게 과제를 주겠어요. 개인용 소형 전산기를 하나씩 만들어 오는데 그 성능의 요구사항28)은 다음과 같아요. 여러분의 집에 있는 전산기에는 나날의 일과를 영

---

27) 램(RAM)
28) 영문 표현은 specification

상으로 담아 기록하는 기능이 있지요? 거기에 연결해서 테이타를 읽어내고는, 그 중에 같은 배경이 있는 날들을 찾아내, 자기의 평소의 日課 생활이 어느 장소에서의 어떤 행위로 주로 이루어져 있나 분석해서 결과를 얻어낼 수 있는 정도면 됩니다. 전령체(電靈體)29)는 미리 있는 것을 써도 좋고 새로 만들어도 좋고... 과제물 제작은 정해진 비용 한도 내에서만 할 수 있어요. 자 그럼 다음 주 이 시간에...』

아림은 과제물을 만들면서 새라와 같이 하고 싶었다.

『새라야 우리 같이 상의하며 만들어보자.』

『응. 그래 먼저 영희, 미애, 순자도 같이 하자고 했으니 다섯이서 같이 만들어보자.』

『아니 우리 둘이서...。』

『너 또 그러니?』

새라는 딱하다는 표정을 짓고는 어쩔 수가 없다 여기고 더 말을 않았다. 아림은 결국 혼자 할 수밖에 없었다. 그녀는 여전히, 새라가 다른 친구들과 정답게 말을 나누는 것조차 보기 괴로왔다.

하란 선생은 각 학생들이 과제로 만들어 온 소형 전산기들을 살다음 주가 되었다. 펴졌다.

『잘 들 작동되나 시험 좀 해 보고 왔니?』

그러나 학생들은 별로 자신 있는 대답이 없었다. 선생은 학생들 자리 사이로 들어와

---

29) 전기적인 기계의 영혼, 즉 **소프트웨어**

여기저기 둘러 봤다.

『이것 뭐야. 제대로 된 게 별로 없네. 쓸데없이 원반 장치의 용량만 크고....... 데이타는 외부로부터 받으니까 그럴 필요는 없는 거 아냐?』

선생은 새라의 곁으로 왔다.

『새라의 것은 원반 장치는 알맞게 작은 걸로 쓰고 그걸로 절약된 비용으로 중앙처리장치를 고속의 것으로 했구나.』

『예. 정보를 분석하는 기능은 사고력의 기능이지 기억력이 아니잖아요. 기억력에 해당하는 부분은 외부에서 해결해 주니깐.』

『그래 맞아. 그런데 잘 되니?』

『어떤 날 것은 잘 분석하는데 어떤 날의 것은 읽고 동작하려다가 멈추곤 해요.』

『어디 여기서 다시 해 보자.』

선생은 학습실 전산기의 수업영상 기록자료를 새라가 만든 전산기로 처리해 보도록 했다.

『음. 역시 속도는 꽤 빠르구나.』

그러나 새라의 것은 얼마 안 가 동작을 멈추어 버리는 것이었다.

『중앙처리장치를 고속의 기종으로 하는 것은 해결책이 될 수 없어.』

그리고는 다시 다른 학생들의 것을 둘러보는데, 문제를 아예 손도 못 댄 학생들이 대부분이었다. 새라와 같이한 학생들만 새라의 것을 좀 흉내냈을 뿐이었다.

선생은 아림의 옆으로 왔다.

『어디 한번 아림이의 것도 시험해 보자.』

우선 만들어진 형태를 훑어 본 선생은

『아니! 이게 바로 내가 원하던 식이야. 어쩜 이렇게 잘 만들어질 수가 있나?』

하고는 다시 아림의 것으로 아까 했던 시험을 했다.

과연 아림의 것은 학습실 전산기에 있는 영상 자료를 훌륭히 처리해냈다.

『아림아, 네가 만든 것에 대해서 한 번 설명해 봐라.』

『아니요. 나중에 보고서로 쓸게요. 지금은...』

아림은 그냥 넘어가 달라고 하란 선생에게 말했다.

『그러지 말래도. 자기가 아는 것을 발표하는 방법을 익히는 것도 중요한 공부야. 어서 한 번 어떻게 해서 네가 만든 것이 이렇게 적은 제작비용으로 다량의 정보처리가 가능하도록 할 수 있었는지 설명해 주려무나.』

선생의 다정하면서도 엄명과 같은 말에 아림은 할 수 없이 자기의 과제 수행에 대해 모두에게 설명했다.

『나날의 영상 정보 기록은 대용량의 데이타이며 이것을 처리하며 각 날의 장면들을 비교해 상호간의 공통점을 추출하는 것은 상당히 복잡다양한 계산량을 요구합니다. 다시 말하자면 그것은 심층적(深層的)인 연산(演算) 동작을 요구합니다. 단순한 다회(多回)의 반복 연산을 수행할 때에는 중앙처리장치의 속도가 그대로 효과를 보지만, 이 경우에는 연산과 동시에 임시 결과 값의 계속적인 관리가 요구됩니다.

그래서 저는, 본래 이 과제물의 제작 요구사항이 정보 저장의 기능은 외부에서 대신하는 것으로 되어 있고 또한 정보처리의 속도에 대해서는 무리하게 요구된 바가 없으므로, 원반 장치와 중앙처리장치를 최저가의 것을 사용했습니다. 반면에 이로 인해 절약된 비용으로 주기억장치 용량을 최대한으로 늘려, 日課 기록 영상 정보처리가 가능한 일반 상품전산기의 수준으로 했습니다.』

『좋아요. 아림 학생, 그러니까... 전산기의 주기억장치는 사람에다 비유하면 무엇과도 같다 할까요?』

『전산기의 주기억장치의 충분함은 한 번에 복합 심층적인 연산 처리를 가능하게 하는 것으로서, 인간으로 비유한다면 복합적 의미를 가진 사물에 대해 진지한 고찰을 할 수 있는 사람 즉 생각이 깊은 사람에 비유될 수 있는 것입니다.』

전산기의 주기억장치가 인간의 깊은 사고에 비유된다는 것은 지난번 수업 시간에 선생이 질문했을 때에도 아림은 알고 있었다. 그러나 그녀는 그 때 나서지를 않았다. 연정(戀情)을 가지는 친구 새라를 위해 아림은 학기초와 다름없이 일부러 자신을 낮추면서, 항상 친구에 버금가는 위치인 양하며 지내왔었다.

『정말 훌륭한 해석을 해주었어요. 여러분 아림 학생에게 박수를...』

하란 선생은 활짝 웃는 낯으로 아림을 모든 학생들 앞에서 치하했다.

이후로 하란 선생은 수업 시간마다 아림이 모든 이들 앞에서 자기의 빼어남을 감추지 말고 나타낼 수 있도록 그녀를 독려했다.

『아림이는 진정 우리들의 최우수생이었구나 여태 그걸 몰랐다니...』

아림의 연구 능력이 사실은 새라보다 우수하다는 것을 알게 되자 동료 학생들은 아림에게서 많은 것을 얻고자 그녀의 주위에 모여들었다.

『오늘 우리 같이 저녁이나 하면서 얘기 좀 하자.』

그네들은 아림과 어찌해서라도 만나고 이야기할 기회를 갖고 싶어했다.

그러나 그럴 때마다, 아림은

『아냐, 생각 없어.』

하고 거절하는 것이었다.

아림이 최우수생으로 인정받음에 따라 먼저 학생들 사이에 인기가 많았던 새라는 동료들의 관심에서 멀어지는 것 같았다. 아림은 새라가 혹 소외감을 가질까 염려되어 다른 동료들과 가까워지기를 꺼렸다. 그녀의 마음속은 어찌하면 새라의 마음을 자기에게로 돌릴까의 고민으로 차 있었다.

결국 아림과 가까이 지내려던 학생들은,

『쳇, 저 애는 뭐 저래. 우리와 같이 어울릴 줄도 모르고...』

『얘들아 우리 재하고는 상대하지 말자.』

하면서 아림과 멀어졌다.

이제 아림은 동료들의 의도적인 기피 대상이 되었다.

『역시 새라가 우리들을 위해 제일 좋은 친구야. 사람이 공부만 잘하면 뭘하니? 인간성이 올바라야지.』

『그래, 사람 됨됨이가 중요한 거야.』

『아림이는 우리들을 자기보다 못하다고해서 무시하곤 하지만 새라를 봐, 우리에게 얼마나 잘 대해주는가를...』

아림은 동료들과 새라의 곁으로 모여들었다.

다시 동료들은 새라에게 군이 접근하기도 꺼려했지만, 그렇다고 해서 남들이 없는 새에 그녀와 단둘이 있을 수 있는 기회도 이제는 거의 없었다.

아니, 아림이 새라에게 가까이 말을 붙일 듯 하면 새라는 고개를 돌려 다른 친구들을 대하며 일부러 말을 피했다.

이제 새라는 되찾은 자기의 자리를 지키기 위해 아림을 멀리하기로 한 것이었다.

새라에게 버림받은 아림은 그 대신 다른 한 친구라도 가까이 지내볼까하고 생각했다. 그러나 동료들은 그녀가 접근하면 피하곤 했다. 이미 그들 사이엔 합의가 이루어져 있었다.

이후 학교를 마칠 때까지 아림은 동료들로부터의 의도적인 따돌림 속에서 지내야만 했다.

「내가 왜 이래야 할까? 왜 나만 내 의도와는 다르게 이런 고통을 당해야만 할까?」

자기는 분명 아무런 악의를 가지지 않고 친구를 위하는 마음만으로 지냈음에도 왜 이러한 지경에 이르러야 하는가는 그녀를 매우 괴롭게 했다.

아림은 고통스러운 학교생활에서 벗어나 마음의 안정을 찾아보고자 혼자 여행을 가기로 했다.

『언니, 나 좀 여행 좀 떠나려고 하는데. 학교 끝마치기 전에 잠시 마음을 정리 좀 하려고…』

『그래? 네가 요즘 통 학교도 안 나가고 말이 없고 우울하기만 한 것 같은데 한번쯤 기분 전환을 좀 해보는 것도 좋겠다. 그런데 어디로 가려고 하니?』

『남쪽으로 가 보려 하는데. 언니』

『거긴 기분 좋게 쉴만한 곳이 마땅치 않지 않니? 옛날 선사 시대에 그곳은 선천인류가 많이 모여 살았다고 하는 곳이 있는데, 하도 환경파괴가 심해서 우리가 다시 개척하기를 포기한 곳이란다. 가봐야 보기 흉한 옛날 건물 부스러기들밖에 없을 텐데. 차라리 북쪽 바닷가가 좋지 않니?』

『난 사람 많이 모이는 곳은 싫어. 사람들 사이를 떠나려고 여행을 가는데 왜 또 사람들이 많이 모이는 곳엘 가? 난 별로 볼 건 없지만 그냥 사람들이 없는 곳엘 가고 싶어.』
『네가 가고 싶다면 가야지. 오히려 너처럼 탐구심 많은 애는 혹시 그 곳에서 옛날 문명의 잔해들을 보다 보면 거기가 얻어질 수 있을지도 모르겠구나.』
『언니 한달 정도만 갔다 올께요.』
『그래. 차 정비 잘하고 차에서 나올 땐 야생 동물들 조심하는 걸 명심해야 한다. 호신용구도 잘 챙겨 갖추고 가거라.』
『알았어요. 언니.』
젊은 여자 혼자 떠나는 여행이지만 후천의 시대에서 사람을 조심하라는 인사말은 필요치 않다.
아림은 아사녀황국 건국 이전부터 전래되어 온 소형 다방향쌍무한궤도차를 몰고 남쪽 땅으로 여행을 떠났다. 인적이 드문 곳을 때로는 차를 몰고 가고 때로는 차를 세우고 한가로이 거닐면서 그녀는 지친 마음을 달랬다.
아림은 계곡 물이 흘러나오는 한 그리 크지 않은 산의 기슭에 차를 세우고 밖으로 나왔다. 그리고는 물가로 가서 바위 위에 앉아 잠시 동안의 사색에 들어갔다.
저 앞에서 다람쥐 한 마리가 바삐 뛰어가는 것이 보였다.
『동물들은 다들 혼자서도 잘 살아가는 것 같은데 어째서 인간은 이렇게 남들과 부대끼며 마음의 상처를 받으며 살아가야만 하는 것일까? 왜 원하지도 않는 많은 사람들과 자꾸 어울려야 하는 것이지? 나는 오직 한 사람만을 마음에 두고 그를 생각하며 살아가는 것이 훨씬 안정적이고 편안하게 느껴지는데...』
『하지만 이렇게 많은 사람들끼리의 사회가 없다면 인간도 저 다람쥐나 토끼들처럼 매일같이 먹을 것을 찾아 바삐 헤매기만 하는 생활을 할 것이고 이렇듯 편리한 문화생활을 누리지는 못할 거야. 그리고 저들은 한 마리 한 마리가 새끼를 낳기 위해, 저토록 다른 생산적인 일에 할애할 노력을 버리고 있지.」

바로 밑에 개미들이 왔다갔다하는 것이 보였다.

「아. 개미. 하나 하나로 보면 메뚜기나 거미보다 나을 것이 조금도 없는 존재들. 그러나 이렇게 모여 삶으로 인해 그들과는 비교될 수 없는 강력한 힘을 이루고 있구나. 이들은 우리 인간과 마찬가지로 생식을 위한 노동력의 손실이 있지도 않고 서로가 집단의 왕이 되려고 하는 다툼도 하지 않는다. 이러기에 다른 암수 생식의 불안정한 집단을 이루는 동물보다 훨씬 안정된 사회를 이루고 있다.」

아림은 날이 더운 것을 느끼자 자신의 옷을 벗어 던지고 물로 뛰어들었다.

후천 시대 일사람의 여름옷은 이러하다. 윗도리는 몸의 체온 유지에 필요한 만큼의 소매 없는 셔츠이며 정장(正裝)일 경우에는 조끼와 비슷하게 생겼다. 아림은 먼 여행을 떠나 온 경우라서 조끼와 같은 상의를 걸치고 있었다. 하의는 그냥 짧은 치마이다. 그것은 여성적인 매력을 주기 위해서가 아니라, 겨울에는 바지 형태의 옷을 많이 입기도 하지만 여름에는 치마의 형태가 통풍 등의 효과로 인해 더욱 편리하기 때문이다. 치마는 자리에 앉거나 물건을 조금 많이 나를 때 등에 편리하게 이용된다. 치마 안에는 더 이상의 불필요한 추가의 착용물은 없다.

아림은 맑은 물에 몸을 담그고 하늘을 쳐다보며 크게 심호흡을 했다. 서로서로 그림자를 드리우면서 연녹색의 투사광을 비치는 나뭇잎들 사이로, 들이치는 햇살이 약간은 눈부시면서 그런 대로 바라보기에 좋았다. 물에 젖었던 그녀의 어깨와 가슴 끝 그리고 무릎 등의 부위가, 그녀의 약간의 움직임에 따라 물 위로 다시 드러나, 드문드문 비치는 햇빛에 무색광(無色光)을 되비치며 반짝였다. 그녀가 얼마간 기분 좋게 자연을 만끽하고 있을 때였다.

『아얏! 어마.』

아림의 오른쪽 발가락이 아팠다. 보니까 유리 조각이 아림의 발가락을 찔러 피가 났다. 아림은 얼른 상처 난 발을 물위로 올리고 물밑의 유리 조각을 살펴봤다. 그것은 조그만 손거울이 부서져 있는 것이었다.

아림은 그것을 손에 집어들고 물위로 나왔다.

『참 작게도 만들어져 있다. 이런 건 아마 선사 시대 유물일 것 같은데….』

아림은 깨진 거울 조각이 붙어있는 반대편에 희미하게 남아 있는 그림을 보았다. 그것은 한 여인과 그녀가 안고 있는 아기의 모습이었다.

『이 모습은 옛날에 나의 어머니였던 우리 女皇폐하의 모습을 많이 닮았네. 그런데 안고 있는 것은 아기는 아긴데 왜 이렇게 크지? 아기는 女皇폐하의 손바닥만해야 할 텐데….』

조금 생각하던 아림은

『아 참. 이건 아주 오래 된 선사 시대 유품이지. 그렇다면 우리가 말로만 듣던 인간의 개별 양육 시대의 것이구나.』

하고 깨달았다.

아림은 한참 동안을 그 조그많고 흐릿한 그림을 들여다봤다. 그리고는 다시 밖에 나오니 상처는 곧 아물었다. 그녀는 치마를 둘러 입고 조끼를 걸쳤다. 그리고는 다시 차에 올라타 저 아래 회색의 건물 잔해가, 우거진 수풀 사이로 숱하게 눈에 띄는 곳을 향해 갔다.

이러한 선사 시대의 유적이 밀집되어 있는 곳이라도 女皇國시대의 사람들은 그다지 큰 관심을 두지는 않았다. 후천개벽 시절의 과거 역사 말소 이후로 사람들은 애써 과거의 일을 들추려고는 하지 않는 사고방식을 가졌기 때문이었다. 단지 女皇國의 역사만이 그들에게 중요한 것일 뿐이었다.

아림은 다른 사람들과는 달리 왠지 이들 유적에 관심이 갔다. 그녀는 조그만 공터에 차를 세워두고 가까이 보이는 큰 건물의 잔해로 다가갔다.

이 때

『푸르륵.』

아림이 부서져 있는 건물의 한 칸에 들어가 보려 하자 그 안에 은신해 있던 멧돼지 한 마리가 불쑥 뛰쳐나왔다.

『아앗.』

아림은 재빨리 몸을 피했다. 다시 그 짐승이 방향을 돌려 자기를 향해 습격해 오자, 아림은 슬쩍 옆으로 몸을 피하면서 품에 있던 은장도(銀粧刀)로 짐승의 목 급소에 일격을 가해 간단히 처치했다.

아림은 일사람들 중에서 그다지 몸이 날랜 편도 아니다. 오히려 문약(文弱)한 체질이라 조금 둔한 편일 수도 있다. 그러나 그녀도, 생육을 위한 각종 부대기능(附帶技能)이 생략되고 오로지 삶의 능력만을 위해 몸이 발달한 후천 시대 일사람의 하나였기에, 이처럼 신속한 대응을 할 수 있었다.

『휴우.』

아림은 들어가 보려던 곳으로 갔다. 그런데 거기에는 새끼 여러 마리가 젖을 먹이던 어미가 없어지자 갈팡질팡하며 울고 있었다.

『아아. 이런.』

아림은 측은한 생각이 들었다. 그러나 달리 해줄 수 있는 일이 없으니 어찌할 수도 없었다. 그러면서 아림은

「아아, 이렇게 새끼들을 저마다 따로따로 기르니까 이와 같은 위험에서도 대처를 못하고 당하고 마는구나. 역시 인간의 양육 방식이 만물의 영장답다. 어느 누가 철저한 보호 속에 자라나는 인간의 자손을 해할 수 있으랴.」

하며 새삼 인간의 자손 양육 방식이 얼마나 발전된 형태인가를 깨달을 수 있었다. 그 안에는 많은 선사 시대 유적이 흩어져 있었다. 대부분은 지금도 쓰이고 있는 물품들이었다.

「응. 선사 시대에도 전산기 비슷한 것이 있었네. 한번 보자.」

아림은 구석에 비닐로 싸여 있던 조그만 컴퓨터의 스위치를 눌렀다. 그러나 물론 작동되지 않았다.

「아 참. 전기를 넣고 수리를 해야지.」

아림은 차에서 전기를 뽑아오고 공구와 재료를 가지고 와서 컴퓨터를 수리했다. 비닐 속에 단단히 싸여 있었기에 그토록 오랜 세월에도 보존이 되어 있었지만, 그나마 조금씩 새어든 공기로 인해 웬만한 연결선은 다 부식되어 있었다. 그러나 후천 인간의 뛰어난 실용과학기술수준이 있는 여건에서, 게다가 과학 분야 전문인 아림에게 있어 그 수리는 그다지 어렵지 않았다. 아니 수리라기보다는 가지고 있던 관련 재료 소자들을 가지고 그 구조를 본떠 다시 만드는 것이다. 아림이 필요로 하는 것은 그 안에 저장된 정보를 복원하는 것이었다.

반나절을 걸려 수리하니 선사 시대의 전산기는 다시 쓸 수 있었다. 안에 있던 여러 가지 모양의 원반들 중에 다른 원반들에 있는 정보는 다 없어졌지만 그 중에 얇고 반짝

이는 원반만은 정보를 해독(解讀)할 수가 있었었다. 오랜 세월 꼭꼭 숨어 깨지지 않은 채로 있었었던 화면기(畫面器)에 불이 들어왔다. 그리고 한 영상이 나타났다.

거기에는 한 여자가 나왔다. 아림이 보기에는 女皇族의 모습이었다.

『으음. 아직 어린 皇世女이구나 이렇게 서서 잘 걸어다니는 것을 보니……』

아림은 중얼거리며 계속 화면을 응시했다.

그런데 그 여자는 친구인 듯한 여섯을 만나고 있는 것이 보였다.

『응? 皇世女가 이렇게 많을 수가 있나?』

그러다 아림은 곧 다시 깨달았다.

『아! 이것은 바로 선천의 인간들의 모습이구나.』

아림은 다시 흥미를 가지고 화면을 뚫어지게 쳐다봤다.

그런데 화면이 정지하고, 한 구석에는 갈쿠리에 방울 하나가 달린 그림이 떠올랐다.

아림은

『음. 좀 동작시켜주라는 뜻이겠구나.』 라고 생각하고는, 무조건 자판에 있는 가장 넓은 키를 눌렀다.

그러자 화면의 중앙에 있는 여자가 앞으로 걸어나오며 확대되었다. 그리고는 웃저고리를 벗었다. 다시 갈쿠리가 나오고 아림은 넓은 키를 쳤다. 여자는 옷을 또 하나 벗었다. 몇 번 반복하니 여자는 완전한 나체가 되었다.

『우리 女皇폐하보다는 못하지만 제법 아름답구나. 배경을 보니 몸 크기는 일사람들과 같은데 몸매는 일사람보다는 女皇폐하에 가깝게 생겼다.』

아림은 중얼거리면서 계속 컴퓨터를 동작시켰다. 여자는 뒤에 있는 소파에 누웠다. 그리고는 손을 자기의 하체에 갖다 대었다.

『응? 저긴 오줌이 나오는 곳인데. 닦으려면 수건을 가지고 하던가 물을 뿌리거나 할 것이지 맨손은 왜 갖다 댄담?』

여자는 손으로 하체를 누르는 듯 했다. 조금 있다 손가락 두어 개는 몸 안으로 들어가 보이지 않았다. 그리고는 손을 떨기 시작했다. 나중에는 손이 상하로 격한 왕복운동을 했다.

아림은 불현듯 자기도 흉내내고 싶은 마음이 생겨났다.

그녀는 치마를 들추고 손을 아래로 밀어 넣었다. 조금 불결한 느낌이 들었지만 아까 방금 물 속에서 목욕했으니까 별 상관없겠지 하면서 손을 될 수 있는 한 깊숙이 집어넣었다. 그리고는 컴퓨터 화면의 여인의 동작을 흉내내기 시작했다.

『아아. 음마야.』

생전 느껴보지 못한 쾌감에 절로 나지막한 신음이 터져 나왔다. 한동안 정신없이 따라하다 보니까 지직.

하고 이 오래된 선사 시대의 유물은 더 이상 화면을 보여주지 않았다.

아림은

「음. 이 반짝이는 얇은 원반만 가져가면 되겠다. 예나 지금이나 정보의 저장은 色과 空의 조합30)으로 이루어져 있구나. 그러면 우리 현대의 전산기에도 이 시대의 정

─────
30) 색(色)은 1 공(空)은 0 이로서 정보는 1과 0의 조합이다.

보양식을 따른 해독(解讀) 장치만 해 놓으면 볼 수 있을 거야.」
하고는 원반을 소중히 주워 챙겼다. 그리고 주변을 뒤져 같은 모양으로 생긴 반짝이는 원반을 몇 개 더 주웠다.

아림은 더 많은 것을 수집(蒐集)해 오고 싶기도 했지만 애초에 여행의 주목적은 자연을 더불어 쉬고 싶은 것이었으므로 이 정도로 하고 이곳 폐허의 지역을 떠났다. 계속해서 바닷가 등을 돌아보며 마음을 정리한 뒤 아림은 집으로 돌아왔다.

「무사히 잘 왔구나. 아림아.」

「응. 언니. 많은 걸 구경했어. 특히 선사 시대의 유물을 수집해 왔는데.」

「선사 시대? 역시... 그래 어쩌지 네 연구에 좋은 힌트를 줄 수는 있을 거야. 하지만 이미 의미를 잃은 그 유적들에 너무 관심 둘 필요는 없어. 그런 건 찾아보려고 하면 우리 동네 뒷동산에도 많이 있어. 너무 대단하게 생각하진 말아 후후.」

「언니 조금 있다 재밌는 거 보여줄 테니까 기다려.」

아림은 얼른 다락채로 들어가서, 집에 있는 전산기에다 가지고 온 원반의 정보 저장양식을 따른 해독 장치를 만들었다. 그리고는 먼저 여행지에서 보았던 그것을 다시 틀었다.

「언니! 이리와 봐. 이것 재밌어.」

유정은 아림이 부르자 아림의 방에 들어와 바로 그 여자가 자기의 손을 움직이는 장면을 보았다.

「이게 뭐야? 이건 어떤 불순한 불평 불만 분자들이 우리 女皇폐하의 모습을 가지고 장난 노는 거야. 이것 버려.」

「아네요. 이건 선사 시대, 즉 선천 인류 시대의 생활상의 한 단면이에요.」

「그럴 리가…」

「언니 내 말을 못 믿어요? 폐허에서 찾아낸 것이어요.」

아림은 이미 치마를 들추고 화면상의 동작을 흉내내고 있었다.

「굉장히 기분 좋아요. 해 봐요. 언니.」

「응? 그게 뭐니? 불결하고 망측한데.」

「씻고 와서 해보면 좋을 거예요.」

언니 유정은 일상사에서 재미를 못 느끼고 살아오는 편이었다. 그나마 아림이 가끔 자기는 생각지도 못한 기발한 이야기를 해 주든지 재미난 물건을 만들어 보이든지 하는 것으로 낙을 삼아 왔었다. 따라서 그녀는 비록 좀 멋쩍긴 해도 아림이 말해주는 대로 화장실에서 하체부를 씻고 아림의 옆에 앉았다. 그녀의 몸은 아림보다 더 매끈했다.

유정은 아림이 하는 대로 따라 해 보았다.

「언니, 어때? 기분 아주 좋지?」

「…。」

「안 좋아?」

「별론데…. 저 화면에 나오는 대로 더 하기만 하면 아프기만 할 것 같아.」

「이상하다. 난 아주 재밌는데.」

「호홋. 넌 원래부터 특이하지 않았니? 그냥 남들이 이해 못하는 짓이나 하고. 너 나 잘 놀럼. 너무 심하게 하지는 말아라 응。」

유정은 그만 하고 나왔다. 그녀는 아림의, 남들에겐 별나 보일 행동들에 대해서 집 안의 언니로서 포용해 주곤 했다.

아림은 유정이 나간 뒤에도 한참을 보고 흉내내다가 화면 속의 진행이 다 끝나고 나서 조금 피곤했는지 이 행위를 그쳤다.

그리고 다른 원반들을 살펴봤다.

『응? 아까 저건 빨갛게 칠해 있는데 이것은 녹색으로 칠해 있네.』

바꿔 넣으니 이번에도 여인의 모습이 나왔다. 그런데 아까의 여인답기만 하지는 않고 수더분한 생김새에 몸이 몹시도 뚱뚱했다. 그리고는 여러 사람이 둘러있는 앞에서 통으로 된 옷을 훌랑 벗고는 가운데 드러누웠다. 둘러선 사람들은 초록색의 천으로 온 몸을 가리고 눈만 내놓고 있어 어떤 유형의 사람인지는 알 수가 없었다. 조금 있다 그 뚱뚱한 여자의 하체부가 클로즈업되었다.

『앗 저긴 아까 그 쾌감을 주던 곳 아냐? 그런데…』

거기가 조금씩 벌어지더니 그 곳에서는 아기가 나오는 것이었다.

『아! 바로 저것이 선천 시대의 아기 낳는 모습이구나. 그런데 왜 그리 힘들게 낳지?』

아기 낳기까지의 여자의 고통스런 과정을 지켜본 아림은 과연 말로만 듣던 선천 시대 여인의 힘겨웠던 생활을 알 수 있었다.

『저렇게 애써 낳아놓고 그 공로는 남자와 신에게만 돌렸었구나. 정말 불쌍하다 옛날의 여자들은…』

아림은 새삼 다른 일사람들과 마찬가지로 만백성의 어머니 貴順 女皇폐하에 대한 마음이 다시 일어났다. 비록 자신은 도중에 품을 떠나오는 슬픔을 겪었지만 만인을 위해 출산의 무거운 짐을 혼자 떠맡은 女皇폐하의 마음을 좀더 달래 드리지 못한 것이 안타까웠다.

화면 속의 아이가 다 밖으로 나왔다. 그리고 가운데 두건을 쓴 자들에 의해 여자의 품에 안기어 졌다. 그러자 여자는 행복한 웃음을 지으며 아이를 안고 있었다. 무심코 화면을 바라보던 아림은 갑자기 화면 속의 여인이 되고 싶은 충동을 느꼈다. 먼저 번에 그냥 화면을 보고 따라 하던 것 이상으로 이번에도 똑같이 하고 싶었다. 그러나 흉내 낼 수 없음은 물론이었다. 그녀는 마음속으로 상상하는 수밖에 없었다.

「어, 내가 왜 이러지? 저 불쌍한 옛 여인이 뭐라고...」

아림은 자신도 모르는 수수께끼를 또 언게 되었다. 그녀 자신도 도무지 자기를 이해할 수가 없었다.

아림은 벗어날 수 없는 정서적 불안정 속에서도 마음속의 순수한 뜻을 키우기 위해 노력했다. 교육과정이 끝나니 이제 그녀도 본격적으로 일사람들의 사회에 나가게 되었다.

학문의 길을 계속하고자 하는 그녀 앞의 진로는 세 가지 길이 있었다. 첫째는 자연과학의 근본이해를 위해 매진하는 것이고 둘째는 기존의 이론을 어떻게 인간 사회에 실제적으로 도움을 줄 수 있게 하는가를 연구하는 것이고 또하나는 자기가 습득한 지식을 차세대에 전수시키는 역할이 있었다.

첫번째의 진로는 일견 참으로 흥미있는 것이긴 했다. 그러나 자연현상의 근본이해에 대한 여러 이론은 이미 선천시대의 모든 것이 그대로 전승되어 있고 그 위에 덧붙일 만큼 덧붙여져서 이제 남은 것은 우주자체의 생성원리 등 학자마다 저마다의 가설이 분분한 것들뿐이었다. 인간이 선형함수(線形函數)의 발걸음으로 진리를 캐내려 다가가면 어느 새 진리라는 것은 지수함수(指數函數)로 내달아 버렸다. 이 길은 자칫하면 명예를 위해 공리성(公利性)을 등한시하는 공허한 지적유희(知的遊戲)에 불과할 수 있다고 많은 일사람들이 첫번째의 이상(理想)을 어느 정도 포기하면서도 우선 나아가고자 하는 진로가 세번째의 진로였다. 이것은 일단 자리를 잡으면 여생을 안락하게 보내면서 그다지 서운치 않은 사회적 지위도 누릴 수 있기에 대다수의 바램은 가능한 한 차세대 학술전수(學術傳授)의 길로 나아가는 것이었다. 그러나 실제로는 학술전수의 직을 원하는 이들은 많은데 그러한 사람이 필요한 곳은 적어 이른바 학술전수직 종사자들의 상당수는 학술전수(學術傳受)의 뜻이 없는 학생들 앞의 형식적인 자리만을 가지고 있을 뿐이었다.

결국 그녀는 언니 유정으로부터 받은 영향과 입학때의 훈시로 부터 받은 감화 등에 결과하여, 이미 이루어져 있는 이론적 성과의 인간사회를 위한 유익한 활용의 연구 즉 실학(實學)의 길로 나서기로 했다.

그녀는 국립실용기술연구소에 취직했다. 이 곳에 있으면서 역시 연구개발의 업무를 충실히 계속한 그녀는 점차 실용학술 연구분야에서 우수한 역량을 나타내게 되었다. 그녀가 이곳에 있던 기간 중의 업적에 두드러진 것은 옛부터 이론으로만 이어 내려온 초정밀 과학기술 여러 가지를 실제 활용가능하게 한 것이었다.

아림은 초경량밀폐건축기술(超輕量密閉建築技術)의 개발에 의해 이제까지 호기심에 의해 무작정 왔다갔다 하기만 했던 달을 휴양지로 쓰게끔 했다. 아림 이전 자기들이 살고 있는 땅 이외의 곳에 있는 달에 대한 관심이 별로 없는 女皇國시대의 사람들에게 서도 밤만 되면 하늘에 떠 보이는 달은 호기심과 궁금증을 줄 수에 없었다. 아림 이전의 과학자들은 전래된 문헌을 토대로 발사기와 우주선을 만들어, 달에 우주선을 보내는 개가를 올렸었다.

그런데 처음 달에 사람을 보냈을 때는 전국민이 열광했으나 예닐곱 번씩 갔다 오기만 하고 나서는 무작정 왕복의 무의미함 때문에 달 탐험 계획은 예산을 더 이상 책정할 수 없어 중단되고 말았다. 아림은 이러한 사정을 알자 매우 안타까웠다.

『달에 건물을 지어야 합니다. 조립식 밀폐건축기술을 개발해서 원격 조종에 의해 달에 건설하도록 해야 하겠습니다.』

아림은 이렇게 발표하고는 달 탐험 계획을 당국에 요청했다.

사실 이제까지 탐험의 그럴듯한 명문이 없어 중지되었던 것이지 다시 시작하기는 그렇게 어려운 것이 아니었다. 아림은 계속해서 발사되는 우주선에 초경량 밀폐건축 자재를 싣고 가도록 해 그 곳에서 재 조립 하도록 했다.

다섯번째 우주선의 달 파견 인력은 거기서 조립주택을 완성해 시험적으로 약 한 달 동안을 살아 보고 성공적으로 달의 휴양소 시설 건축 완료를 보고했다.

이후로 세상사에 얽매어 과중한 정신적 부담을 지고 있는 자 들이, 말 그대로 지구를 아예 떠나 마음의 평온을 찾을 수 있는 장소로 달은 자주 이용되었다.

아림은 이제까지의 달 보다 훨씬 안락한 무륜저상차(無輪低床車)31)를 개발했다. 이 차는 차체 내의 적응증폭형(適應增幅形) 대응자극장치(對應磁極裝置)의 지구 자기장(磁氣場)에 대한 척력(斥力)을 이용해、땅 표면을 자기부상열차처럼 미끄러져 가는 자동차로서、그 모양은 둥그스런 차체에 방향 조정 꼬리날개가 달려 마치 넓적한 몸체에 앞날개가 없는 비행기와도 같았다.

무륜저상차는 곧 대형의 아름다운 장식의 차체를 가진 女皇용으로도 제작되어 황궁에

---

31) 영문명 Wheelless Low Floored Van

학부대신 아림

진상(進上)되었다.

『폐하, 황실 전용의 새 차가 제작되어 진상되었사옵니다.』

貴順摩耶姬姑는 수행관(隨行官)으로부터의 보고를 들었다.

『지금 쓰는 것도 불편은 없는데 웬 일이오? 어떤 특별한 이유라도 있어요?』

『이번에 새로 개발된 차의 추진력은 지구의 보유 자력을 이용한 것이라 하여 어떠한 험한 지형을 지난다 하더라도 미끄러지는 듯한 안락함을 느낄 수 있으며 비행기와는 달리 정숙성, 안전성, 무공해성을 지니고 있다 합니다.

비행기란 기구는 이들 사회에서는 그 사용이 극히 제한적이다. 자기들이 살고 있는 곳 이외의 넓은 곳에 대한 정확하고 체계적인 정보가 없으므로 관제소 같은 것도 없다. 그러므로 잠깐동안의 근거리 오락용으로만 가끔 쓰일 뿐이다.

『그럼 어디 한번 보도록 하지요.』

貴順摩耶姬姑는 신개발 차를 맑은 봄볕 아래의 태화각 앞뜰에서 보도록 청했다.

곧 바람 가르는 소리가 들릴락 말락 나더니 女皇용 무륜저상안락수레가 미끄러져 들어와 그녀의 앞에 섰다.

일반 소형 무륜저상차보다는 다섯 배정도 긴 차체에 상하 개폐식의 문이 달려있고 분홍 계통의 꽃무늬로 도색(圖色)된 새 차의 운전을 맡은 일사람은 안에 들어앉아 있는 채로 그녀에게

『폐하 어서 시승해 보시옵소서.』

하고 승차를 청했다.

차의 상하개폐문이 위로 들려지자 貴順摩耶姬姑는 그녀를 위해 안에 마련되어 있는 45도 각도의 좌석에 앉았다. 수행원 셋이서 같이 탔다. 그러자 이 차는 앞 뜰 위를

달리는 것 같기는 한데 풀잎 스치는 소리 하나 나지를 않았다.

『이건 비행기 아네요?』

그녀가 물었다.

『비행기와는 다르옵니다. 운전을 맡은 안내자는 말하기를 말투를 쓰지 않는다. 그녀는 자신의 수하(手下)가 아닌 일반 백성들에게는 하대(下待)의 전혀 연소 작용에 의한 에너지를 쓰지 않습니다. 전적으로 자기(磁氣)의 힘을 이용한다는 것이 다릅니다.』

하고는 다시 속력을 내었다. 차는 곧 태화각 앞뜰을 벗어났다.

『철도(鐵道)도 있지 않은데 어떻게 이렇게 갈 수 있지요?』

『지구가 가진 고유의 자장(磁場)과, 차체가 나아갈 방향을 고려해 변화하는 차체 내 전자석(電磁石)의 자극(磁極) 간의 반발력이, 자성증폭장치(磁性增幅裝置)에 의해 강하게 증폭되어 자기부상(磁氣浮上) 현상을 일으켜 나아갑니다. 따라서 웬만큼 험한 지형이라도 지상으로부터 한 두 자(尺)의 높이를 유지하면서 미끄러지듯 정숙하게 달릴 수 있게 됩니다.』

『참 안락하고 좋은 차네요. 가장 큰 장점이라면 무엇이 있겠읍니까?』

『비행기는 추락 등의 위험이 있지만 이 차는 그럴 염려가 전혀 없습니다. 앞의 장애물을 운전자가 혹 모르고 가더라도 차내의 자석은 지구상에 접해 있는 모든 물체를 지구자석의 일부로서 간주하므로, 차체와 장애물과의 척력이 생겨나서 저절로 피해가게 되므로 매우 안전합니다.』

게다가 전혀 공해를 일으키지 않으니 이보다 더 좋은 차가 어디 있겠읍니까?』

貴順摩耶姬姑는 황궁의 뒷산을 한 바퀴 도는 시험 주행을 안내자와 함께 마친 뒤에 태화각 앞뜰로 돌아왔다. 그리고는 의젓하게 우아한 자태를 뽐내고 있는 女皇용 무륜

학부대신 아림

저상안락수레를 보고
『참으로 훌륭한 자동차이다. 이것이 내가 고향을 출발할 때 있었더라면 훨씬 더 이 나라의 건국을 앞당겼을 텐데….』
하며
『이것을 개발한 이가 누구라고 했더라?』
하고 새삼 되물었다.
수행관은 대답하기를
『아림이란 국립실용기술연구소 직원의 창안이라고 하옵니다.』
하면서 품에 지니고 있던 관련 서보(書報) 자료를 보였다.
貴順摩耶姬姑는 보도 사영(寫影)을 보고, 그녀가 이전에 품에서 자랐다가 떠나보낸 딸이란 것을 확인했다.
그녀는 곧 수행관에게 명했다.
『그녀를 내게 들라 이르라.』
『분부 거행하겠사옵니다.』
수행관은 대답하고는 곧 아림에게 사람을 보내어 궁중에 들라 전했다.
이렇게 해서 貴順과 아림은 거의 사십년만에 모녀 상봉을 하게 되었다.
『고맙다 아림아 이렇듯 훌륭히 자라 다시 보게 되다니….』
貴順은 나직이 아림에게 말했다.
『어…. 아니 폐하 황공하옵니다.』
대신들이 모여있는 공적인 자리에서 皇世女나 부를 수 있는, 女皇에 대한 「어머니」의 호칭은 용납 못되었다. 아림은 그리던 자신의 어머니를 만난 감격에 엉겁결에 나온 말을 곧 접어두고 나라의 지존에 대한 예를 취했다.
貴順은 소리를 가다듬어 정식으로 옥음(玉音)을 전했다.

『그대를 우리 대쥬신 아사녀황국 온 백성들의 생활 복지 향상을 위한 신 기술 개발의 정책을 입안(立案)하는 신설 부서인 學部의 大臣으로 임명하노라.』

『폐하 성은이 망극하옵니다.』

아림은 관직의 영예는 차치하고 그리던 자신의 어머니와 같이 있게 되었다는 데에 무한한 기쁨과 보람을 느꼈다.

이렇게 하여 젊은 시절을 통해 성실히 업적을 쌓은 아림은 女皇國의 학술 분야를 관장하는 직책인 학부 대신의 자리에 오르게 되었다. 이후 아사녀황국은 아림의 크고 작은 연구 개발 업적의 힘을 입어 더욱 부강하고 번창했으며 貴順摩耶姬姑도 자신의 한 때의 기른 정마저 깃들인 아림을 총애했다.

十七、 새라와 영화

아사녀황국이 반도에 정착해 생활하게 된 지도 꽤 오래되었다. 살림의 마당이 넓어짐에 따라 근방에 미리부터 자리잡아 살고 있었던 주변의 나라들과도 국경을 마주하게 되어, 그들과의 빈번한 협상과 교류의 필요성이 생겨나게 되었다. 주변 나라들도 나름대로 자기네들의 영향권을 확대하며 침투하려는 경향이 있었으므로 이들 주변 나라로부터 자국의 세력을 지킬 필요가 있었다. 貴順摩耶姬姑의 女皇國은 이제 자신들의 삶을 행복하게 하기 위한 기존의 여러 일뿐만 아니라 이웃간의 세력 경쟁에 관련한 일에도 적잖이 신경을 써야만 하게 된 것이다. 그 중에서도 특히 그들이 건국을 위한 여정에서 지나 왔던 길의 남쪽에 있는 광활하고 기름진 벌판에 위치한, 女皇 시알뉘와샤오제(喜兒女女喬少姐)가 다스리는 큰 나라 초패희(楚覇姬) 女皇國은 여간 경계가 되는 것이 아니었다.

이 시기에 그녀와 같이 아사녀황국에 중추적 역할을 했던 주요 인물들이 있었는데 바로 새라(新羅)와 영화(英花)였다.

아림의 친구였던 새라는 그후 아림과는 별다른 교제가 없었다. 그녀는 아림과는 다른 길을 걸었다. 그녀는 활달하고 모험심이 강해 군무(軍務)에 종사하여 아림보다 먼저 군부대신의 자리에 올랐다.

군대 업무라고 해서 싸워서 상대방을 죽이는 방법을 연구하는 것은 아니다. 자기 나라의 종족과 세력의 유지라는 대 명제를 위한 전반적인 업무가 그 역할이다.

광해 二百四十年 초패희女皇國 女皇 시알뉘와샤오제의 사신(使臣) 란잉(蘭英)이 그들의 다른 주변 국가와 마찬가지로 아사녀황국도 그들에게 해마다 조공을 바칠 것을 요구하며 찾아왔다.

손님에 대한 예를 다해 아사녀황국 대신들은 그녀를 영접했다. 그녀의 청에 따라 女皇의 배알이 이루어졌다.

머리 위를 한데 묶어 마치 모자와 같이 장식하고 붉은 옷에 검은 띠가 처있는 옷차림새의 그녀는 貴順摩耶姬姑의 앞에 나서며 말했다.

「우리 초패희女皇國은 대시조 희영대시녀황의 법통을 이은 중화국(中華國)으로서 해동(海東)의 귀국(貴國)의 건국과 번성(蕃盛)을 축하하여 반겨 마지않는 바입니다. 이제 해마다 귀국의 특산물을 아국(我國)의 女皇 시알뉘와샤오제 폐하께 진상케 하여 서로의 우의를 돈독케 하고 싶습니다.」

貴順摩耶姬姑는 이 말에 어찌할 바를 몰랐다. 그들의 의도가 무엇인지는 알 수 있었지만 그녀의 성품에서는 어떤 단호한 대답을 하지 못했다.

잠시 바삭바삭 눈을 깜빡이던 그녀는 살짝 미소만을 머금은 채로

"예. 우리가 먼저 사신을 보내 인사를 드렸어야 하는데 미안해요. 란잉 족하(足下)를 위해 오늘 저녁 만찬을 베풀 터이니 잘 드시고 내일까지 우리의 말씀을 전하기로 하지요."

라고 대답하고는 새라를 바라보며

"새라 공(公)이 손님을 잘 대접해 주세요."

했다.

이 일의 해결에 대해서는 군부대신 새라에게 기대하기로 했다.

저녁에 사신 일행을 대접하기 위한 만찬이 열렸다. 연회장을 가득 메운 연등불 아래 아사녀 황국의 멋들어진 노래와 춤이 소개되었다.

『해동국의 가무(歌舞)는 마음에 파고드는 것이 있어 참으로 좋습니다. 그런데 가락이 좀 단조롭습니다. 춤의 의상도 채도(彩度)가 덜하고···.』

란잉은 그녀의 입장에서 나름대로 평을 했다.

『아국의 내력을 더 자세히 아시면 이해하게 되시겠지만 오랜 세월에 거친 역경과 고초로 인해 아국의 국민들은 근심이 끊일 사이 없었습니다. 그 때문에 노래와 춤에도 그것이 배여 있습니다. 가무를 할 때에도 그 즐거움에만 빠져 원초적 미학을 추구하기가 어려웠던 것입니다.』

새라는 설명하면서 아사녀 황국의 내력(來歷) 이야기를 덧붙였다.

소리꾼과 춤꾼들은 모처럼 바다 건너까지 자기들의 솜씨를 선보일 기회를 의식했는지

더욱 열심히 그들의 기예(技藝)를 선보였다.

예술은 그 놓인 환경이 반영될 수밖에 없는 것인가. 그들의 노래와 춤은 먼 옛날 선천 시대 이곳에 자리한 부족의 그것과 너무도 비슷했다.

단지 다른 것은 갑절로 다양한 그들의 의상과 감정 표현이었다. 한참 동안 흥이 고조되어만 가더니 무용수들은 하나 둘 몸 가득히 치장한 의상을 모두 벗었다. 인간 본연의 면모에 대한 근원적 고찰에 입각한 표현을 위해서였다. 이렇다 할 돌출부 하나 없이 매끈하기만 한 그들의 육체가 휘황한 조명 아래 반짝거렸다. 그들의 노랫소리 또한 콧소리 숨소리가 자유로이 뒤섞여 인간 감정의 다양함을 자유자재로 나타내었다. 한 마디로 순수 예술적 인간 표현이 제한 받을 어떠한 이유도 그들에겐 없었다.

만찬의 흥이 더해 가는 중에도 나라를 대표하는 두 대신들은 서로 대화가 깊어지며 각기 자국의 입장에 관해 더욱 상세한 이야기를 교환했다. 란잉은 다시 자기네 나라의 오랜 역사와 이른바 정통성을 강조하기 시작했다.

이에 대해 새라는 다시 말했다.

『희영대시녀황의 시화녀황국은 女皇 희영 二十七世가 직계 상속자를 낳지 못하고 승하하였기에 당시의 향희(香姬) 女皇國 청하(靑霞) 十六世의 밑으로 병합된 것으로 알고 있어요. 그리고 향희녀황국도 청하 二十四世에 이르러 마찬가지 이유로 인해서 상희(裳姬) 女皇國의 만옥(慢玉) 十九世에 병합되었고‥‥ 법통을 이은 女皇國이란 있을 수 없어요.』

『그들을 계속 승계해 이은 나라가 바로 우리란 말이에요. 우리 나라는 후천개벽의 그날부터 내리 삼만 년을 이 땅에 자리잡아 대대로 이어 온 정통국이니 귀국에서는 우리 시알 女皇폐하께 예를 보이실 것을 권하는 바예요.』

『그렇게 따지면 우리는 단지 희영대시녀황 이래로 대륙을 시계 방향으로 돌고 왔을 뿐이지 女皇國의 법통을 이은 것은 조금도 다를 바가 없어요. 우리의 건국은 귀측에서 생각하는 것처럼 그렇게 쉽게 생각할 것이 아니니 섣부른 평가는 말아주세요.』

새라는 건배를 한 잔 청하고 난 뒤에 가다듬어 말했다.

『란잉公, 내 귀공(貴公)과 함께 귀국의 女皇폐하를 알현해 우리 나라에 대해 이야기해드려 보는 것이 어떻겠어요?』

『글쎄. 음. 일단 한번 같이 가 보도록 하지요.』

란잉은 그러잖아도 아사녀황국 측에서 한번 방문이 와야 한다고 생각했기에 쾌히 응낙했다.

새라는 두 나라의 올바른 관계 정립을 위해 란잉과 함께 초패희女皇國으로 건너가 보기로 하고 만찬을 마쳤다.

다음 날 새라는 출발했다. 가는 길은 서남의 해안으로부터 뱃길로 서쪽으로 향하는 것이었다. 란잉이 타고 온 배편으로 새라는 몇 안되는 수행원만을 데리고 란잉 일행의 귀국 길에 동행했다. 배 위에서도 새라와 란잉은 서로 자기 나라의 이야기를 하면서 논쟁의 꽃을 피웠다.

『해동국의 貴順 女皇 폐하께서는 어찌 그리 발이 크십니까? 발을 자라게 할 영양분으로 엉치를 더 키우시는 것이 종족 번성에 더욱 좋지 않을까요?』

『글쎄요. 조금 유리하긴 하겠죠. 하지만 우리 貴順 女皇 폐하는 일년에 한 번 이상은 우리 일사람 백성들의 인간으로서의 자부심을 고취시키기 위해, 백성들 앞에서 그 아름다운 몸을 일으켜 보이신 답니다. 그러기 위해서는 貴順 女皇 폐하의 큰 발이 아사녀황국 백성들을 위해 매우 요긴하게 쓰이는 것입니다.」

「어머, 그럴 수가… 부끄러우시지 않아요?」

「물론 그러하시죠. 그러나 백성을 위해 할 수 있는 일이라면 무엇이라도 하시는 분이에요.」

「우리 일사람들이야 그냥 놔둬도 제각기 다 잘 살아가지 않아요? 女皇폐하가 아이 많이 낳아주는 것 말고 달리 해줘야 할 일이 뭐 있을까요?」

「육신(肉身)을 만들어 주었으면 그만큼 정신(精神)도 살찌워 주어야 한다고 생각하시는 것입니다.」

「무슨 말인지 잘은 모르겠네요.」

「저도 완전히 이해하고 있지는 못해요. 그러나 아국에서 女皇폐하는 아이 낳아주는 것 말고도 우리 일사람 백성들에게 매우 귀중한 분이신 것만은 확실합니다.」

「女皇폐하 귀중하지 않은 나라가 있나요? … …」

「정신적인 면에서도 말입니다.」

「… … ? … …」

둘은 뱃머리에서 앞의 바다를 바라보며 대화하고 있었다. 문득 새라는 고개를 돌리며 팔을 뻗어 멀리 보이는 물줄기를 가리켰다.

「어머, 저길 보세요. 물이 희게 뿜어 올라오고 있죠? 고래인가 봐요.」

「정말 보이네요.」

「참 위용이 대단해요. 우리가 땅위를 다스리듯 고래는 바다를 예로부터 다스린다고 봐야겠죠.」

「그런데 고래의 아랫문과 女皇族의 하성문(下聖門)은 어느 쪽이 더 클까요?」

『글쎄, 아무리 그래도 고래의 것만큼이나 하겠어요?』
『우리 시알 女皇 폐하의 것은 더 클걸요, 아마. 호호.』
『아이, 참. 아무리 그럴까…. 호호.』

어느덧 배는 란잉의 초패회女皇國의 해안에 다다랐다.
포구에는 측면에 사륜월주월쾌차(四輪越走越快車)라고 씌어있는 그들의 사신 접대용 차가 미리 대기하고 있었다. 이 차는 납작하고 기다란 유선형의 몸체에 가운데가 불룩 솟아 있고 그 안에 여섯 명 정도가 탈 수 있는 좌석이 마련되어 있었다. 새라와 란잉은 같이 올라탔다.

『이 차의 이름은 어떤 뜻이죠?』

새라가 운전자에게 묻자 운전자는 대답하기를

『바퀴의 지면과의 마찰열과 엔진의 열 등 주행 과정에서 생기는 모든 열을 차 후미의 축열지(蓄熱池)에 모아둡니다. 그리고는 열이 충분히 쌓이면 부가 에너지로서 방출해 차를 가속합니다. 그러므로 달리면 달릴수록 적은 연료로 쾌속 주행을 할 수 있다는 뜻입니다.』

『나온 지는 얼마 됐습니까?』

『한 이 천년 전쯤일까 일 겁니다. 숙정(淑淨)이라는 과학자에 의해 만들어졌습니다.』

『훌륭하네요. 몇 년 전이라니요. 그럼 지금은 어떻다는 얘기지요?』 옆에서 듣던 란잉이 물었다.

『아참 란잉꽁께 보여드렸어야 하는데... 아직 많이 생산되지는 않았답니다. 새로운 무공해 차가 개발되었거든요. 다음 기회에 보여드리도록 약속하죠.』

얼마 안되어 새라와 란잉은 초패희 女皇國의 황궁 아방궁(雅芳宮)에 도착했다. 아방궁은 기나긴 세월을 증축하고 재건한 터이라 그 웅장함과 화려함은 이루 말못할 정도였다.

새라는 란잉의 안내를 받아 궁궐 안으로 들어갔다.

시알뉘와샤오제는 모황 쟝메이뉘와(張美女女皇)(朋)하여, 국상을 치러 화화릉(嬅花陵)에 영구(永久) 국보예체(國寶藝體)로서 안장하고 난 뒤에, 즉위한지 이제 겨우 이년 되는 일백삼십구세의 어린 女皇이었다.

초패희 女皇國의 어전에서 새라는 시알뉘와샤오제를 만나 예를 보이고 난 뒤

『우리 아샤녀황국의 건국을 이루기까지는 귀국에서 깨닫기 어려운 우여곡절이 많습니다. 페하께서는 소신의 말씀을 들어주시기를 감히 여쭙나이다』

라고 청했다.

울긋불긋하기 이를 데 없는 황상(皇床)위의 시알뉘와샤오제는 몸 전체를 굵은 금실로 둘러 장식했으며 머리 위에는 노리개 실 장식이 주렁주렁 달리고 비취 구슬이 알알이 박힌 부채꼴의 금관을 쓰고 있었다. 그녀는 양 눈자위가 불그스레하고 속눈썹이 바깥까지 길게 삐쳐 나왔으며 새카만 밖 눈썹은 양옆으로 치켜 올라가 있어 무척이나 강한 인상을 주었다. 흡사 옛 시절 그녀의 영토가 위치한 곳의 부근에서 행해지던 경극(京劇)이라는 공연물의 단역(旦役)32)으로 분장(扮裝)한 모습이었다.

32) 여자의 역할

그녀는 새라에게 말했다.

『어서 말해 보시오. 우리는 대대로 삼만 년을 이 자리에서만 살다 보니 당신들의 여행담은 흥미가 끌리지 않을 수 없구려.』

새라는 정좌를 하고 그녀에게 貴順摩耶姬姑의 고향 출발에서부터 건국까지의 역사를 자신이 아는 모든 지식을 동원해 말해 주었다.

시알뉘와샤오제는 듣다가 가끔씩 눈을 번쩍 뜨기도 하고 간간이

『저런! 쯧쯧.』

『아니! 어쩜. 그럴 수가!』

하면서 새라의 이야기를 경청했다.

시알뉘와샤오제도 역시 극단여성(極端女性)으로서의 女皇族인지라, 그녀는 새라의 이야기를 다 듣고 난 후에는 눈시울이 더욱 붉어지고 훌쩍거리며 말했다.

『아국이 너무 귀국의 지나온 고초를 알지 못했던가 봐요. 단지 이 근방에 먼저 자리잡았다는 것만을 너무 내세우기만 하고. 짐(朕)은 앞으로 이곳과 이곳 부근의 기후와 살아가는 방식 등 이곳에 자리잡아 터득한 모든 정보를 귀국에게 까다로운 조건 없이 제공해 주도록 하겠어요. 그 대신 귀국에서는 대를 이어 대륙을 이동해 살아오면서 겪고 언게 된 폭넓은 경험과 지식을 아국에게 들려주도록 해요.』

『존경하는 시알 女皇 폐하의 후덕에 감사하옵니다. 정착의 경험과 방황의 경험은 상호 보완적인 것이니 어느 쪽도 상대방에게 자측(自側)의 기득권을 주장한다는 것은 합당치 아니 하온 줄로 아옵니다.』

『잘 알겠어요. 貴順 女皇 폐하께도 나의 안부를 전해주고 앞으로는 우리 서로 잘 도와가며 지내도록 해요.』

새라는 이렇게 성공리에 면담을 마치고 돌아왔다. 이 이후로는 貴順摩耶姬姑의 아사녀황국은 시알뒤와 샤오제의 초패회女皇國과 원만히 우애와 선린의 관계를 가질 수 있었다.

이러한 공으로 새라도 역시 貴順摩耶姬姑의 총애를 더욱 받게 되었다.

아림과 새라의 동기 출생으로서 일사람 영화가 있었다.

영화는 어려서부터 전산기의 사용을 즐겨해, 아사녀황국의 모든 정보처리를 담당하는 정보부대신(情報部大臣)의 자리에 올랐다.

그녀는 이제까지 국가의 대소사를 치를 때마다 시행착오에 의한 예산 낭비가 심하다는 것을 알고는, 이 문제를 해결하기 위해, 큰 규모의 일을 실행하기 이전에는 우선 한번 전산기에 의한 가상(假想) 실험을 해 보는 장치를 개발했다.

이 장치는 국가 예산의 절감 효과가 막대하여 그녀 또한 貴順摩耶姬姑의 이상국에서 없어서는 안 될 중요 대신이 되었다.

어느 날 영화는 어전에서 자신의 신개발품인 도시개발 가상실험장치를 설명하고 있었다. 이것은 나날이 번창해 가는 아사녀황국의 새 성시(城市) 개발을 효과적으로 하기 위해 매우 긴요한 것이라고 하여 모두들 기대가 큰 것이었다.

『설명드린 바와 같이 이 장치를 이용하면 새 성시의 교통량이 앞으로 몇 년 후에는 어떻게 될 것이라는 것을 알 수 있기 때문에, 이것은 새 성시의 적정한 도로망 건설 규모 등을 미리 가늠하는데 큰 도움을 줄 것입니다.』

창백한 얼굴에 금테 안경의 영화는 차가운 인상을 주었다.

『영화 공, 잠시 이리 가까이와 주시겠소? 짐이 친히 자세히 묻고 싶은 것이 있소이다. 貴順摩耶姬妁는 영화를 살짝 가까이 오라고 했다. 그리고는 바로 앞에 온 그녀의 귀에다 입을 가까이 대고 살며시 확인하여 묻기를

『영화. 그대가 만든 것은 우리가 상상하는 무엇이든지 「실제 해보면 어떨 것이다.」라는 결과를 보여줄 수가 있단 말이지?』

했다.

『그러하옵니다. 폐하. 실제로 실험해 볼 때의 막대한 경비의 부담을 덜 수 있는 것이옵니다.』

『그러면... 음...』

『무엇이옵니까? 폐하.』

貴順摩耶姬妁는 매우 수줍어해진 얼굴로 머뭇머뭇 했다.

한동안 말을 못하고 입만 벙긋하자 그녀의 입김이 영화의 옆얼굴을 덮어 영화의 빰은 후끈 달아오르고 물방울이 송글송글 맺혔다. 영화는 습기에 짜증이 난 표정을 지었다. 그러자 어쩔 수 없이 貴順摩耶姬妁는 손을 입가에 대면서 살짝 속삭이기를

『숫사람과 나와 같은 크기라면 어떻게 될까 한번 알고 싶은데...』

했다.

이 말에 영화는 무슨 소린가 한 동안 어리둥절했다. 그러다가 피익 웃음을 지으며 대답했다.

『폐하도 참. 엉뚱한 생각을 다 하십니다 그려. 아니 좀 징그럽기도 하군요. 배와 배꼽이 같은 크기라면 어떻게 될까 실험해 볼 필요가 있겠읍니까?』

『아니, 그 그냥 한번 농담으로 심심해서 했을 뿐이야.』

貴順摩耶姬姑는 부끄러워 얼굴이 발개지면서 더 이상 말을 않고 얼른 얼버무렸다.

영화는 속으로 생각했다.

「참 주책이시다. 사람이 무조건 오래만 산다고 좋은 것은 아니구나.」

十八、 아림의 情分

아림은 학부대신 임명 후 우량 종인 개발 방안 및 실례 연구를 위한 학회 행사에 초청 연사로 참석하게 되었다. 대회장은 선천 인류 시대에 있었던 여느 학술 대회와 다름없는 분위기였다. 그녀는 단상에서 우량종인 개발 과제의 의의(意義)에 관해서 연설했다.

『우리 배달 민족의 나라는 지금 선천의 전설 시대와 후천의 역사 시대의 다른 그 어느 나라보다 모범적인 국가로서 발전해 나가고는 있지만、 아직도 그 백성의 수효가 충분히 많지 못해 기존의 이웃 나라들과의 세력 경쟁에서 위축될 위험이 다분히 있어요. 이러한 때에 보다 강력한 생식력과 우수한 유전 형질을 갖춘 숫사람들을 집중 육성해 차세대 민족의 우량화를 도모한다는 것은 실로 뜻깊은 일이라 아니할 수 없겠어요.』

아림은 치사를 끝내고 연단 뒤에 일렬로 위치한 초청인사석에 앉았다. 이어서 각 학교 연구팀들의 연구 결과에 대한 발표가 있었다.

그리고 다음 차례는 바로 이 학술 대회의 중심사(重心事)로서、 우량 종인의 실례(實例)로서의 숫사람들이 직접 나와서 선보이는 차례이다.

곧 이어 다섯 명의 숫사람들이 나와서 일렬로 늘어섰다. 그들은 단지 전시(展示)를 위해 나온 자들이므로 일절 말을 한마디하는 경우는 없었다.

사회자가 그들을 하나하나 소개했다.

『맨 왼쪽의 돌쇠는 기초 체력의 면에서 뛰어난 형질을 보유했고 그 다음의 길동은 민첩한 행동 능력으로, 세 번째의 철수는 선량한 심성으로, 네 번째의 영수는 숫사람으로는 드물게 보이는 지적(知的)능력으로, 그리고 맨 오른쪽에 있는 강쇠는 우수한 생식 능력으로 각기 우량 종인으로 선발되었어요. 이들의 우수 형질을 종합해 차세대 우리 겨레를 길러낸다면 우리 나라는 틀림없이 부강한 나라가 될 거예요. 저도 그렇게 믿거든요.』

사회자는 자기도 이들의 모습이 흡족한 듯 신이 나서 청중들에게 수다스럽게 얘기했다.

「아앗! 저들은...」

아림은 이 때 이들 다섯 명을 보고, 예전부터 무언가 알 수 없게 있었던 허전함 감정의 공백이 메워지려는 듯한 느낌을 받았다.

그리고는 주체할 수 없이 가슴이 두근거렸다.

그녀는 이전에 새라와의 관계가 있은 후에도, 자주 주변의 어느 한사람에게로 마음을 두는 일이 있어 왔다. 그러나 그네들과 무한정 가까워지기에는 한계가 있었다. 또한 그네들과의 만남에서도 그녀 감정의 완전한 충족감까지는 이르지 못했다.

그녀는 예전에 선천 시대의 기록 원반에서 조금 남자를 보기는 했었고 궁궐 내의 숫사람에 대해서도 대강은 알고 있었지만, 이제 직접 가까이보고 나니 비로소 이전에 제대로 느껴보지 못했던 감정이 일어나게 되었다. 생전 처음으로 그녀는 정서의 포만감이 느껴졌다.

아림은 그 중에서도 맨 마지막에 소개된 강쇠에게로 더욱 느낌이 갔다. 그러나 지금

아림의 정분

이 자리에서는 달리 어떻게 할 방도가 없었다. 그녀는 가만히 이 행사를 지켜보면서 학술발표회가 끝나기만을 기다렸다.
발표회가 끝난 후 아림은 주최측의 사무실로 찾아갔다. 그리고 담당 직원에게 물어보았다.

『이들 숫사람들에게 따로 연락 취할 방법은 있나요?』
『아림대신님 무슨 일로 그러십니까? 저들은 어전 내실 관리 담당관들의 승인을 얻어 연구자료 제공의 목적으로 특별 외출을 허가 받아 데리고 나온 겁니다.』
『음. 나도 연구를 좀 하려 하는데...』
『그러면 제가 한번 연락해 드릴까요?』
『그래 고마워요. 차세대 우리 겨레 번성을 위한 생식력 강한 종인 육성을 위해 내가 한번 강쇠를 연구해 보고 싶다고 내실 관리 담당관들에게 말해주세요.』
아림은 간단히 자신의 서명이 든 서신도 써 주면서 부탁했다.
다음날 아림이 자신의 집무실 겸 연구실에서 기다리고 있을 때 똑똑 문을 두드리는 소리가 들렸다.

『들어오세요.』
문이 열리자 젊은 일리자 병사 두 명이 강쇠를 데리고 들어왔다.
『아림대신님, 일주일간의 연구 목적 위탁 허가서예요.』
병사 하나는 서류를 내보였다. 서류 봉투에는 허가서 외에도 숫사람을 다루기 위한 주요 지침도 있었다. 혹시나 있을지도 모르는 불상사를 대비하기 위해 유사시에는 동봉(同封)된 초소형 마취 총을 어떻게 사용하느냐는 방법도 적혀 있었다.
『내실관리청에서는 조수를 두어 명 보내드릴까 하던데요. 괜찮으시다면 그냥 저희가 맡아드릴 수도 있도록 허락을 받았습니다.」
「아녜요. 괜찮아요. 전 필요 없어요. 자 수고했어요.」
「그럼. 감사합니다. 이만들 가겠습니다.」
그들은 다시 잘 부탁한다는 말을 전하고 돌아갔다.
그런데 바라던 대로 그들이 떠나고 혼자 강쇠와 남게 되자, 아림은 그러잖아도 두근거렸던 가슴이 후들후들 떨리면서도 우선 차분히 강쇠를 보고, 앞의 손님 접견용 소파를 가리키며

「저어기......, 앉아.」

했다. 강쇠는 좀 어리둥절했다. 그냥 실험용 침대에 얌전히 누워 며칠 동안 잠이나 자라는 것이 이제까지 연구 조사를 받을 때의 경우였는데 이번은 좀 의외였다. 강쇠는 자리에 앉았다. 그를 두고 무슨 안건을 논의할 것은 아니므로 아림은 일단 자기의 책상에 가 앉았다.

그러더니 그녀는 이내 일어나 강쇠의 맞은 편의 소파에 와 앉았다. 계속 안절부절 하다가, 다시 일어나 그녀는 강쇠가 앉은 옆자리로 옮아앉았다. 그리고는 그에게 가까이 다가가서 말하기를

「너의 우수 형질을 증명하는 부위의 형태 관찰을 좀 해보자.」

했다.

강쇠의 옷은 내려졌고 아림은 일단 유심히 살펴보기 시작했다.

「아무래도 좀 더 자세히 관찰하려면 저기 실험실로 갈 수 밖에 없겠구나. 자 가자.」

아림의 정분

강쇠는 순순히 아림을 따라 실험실로 갔다. 그리고 중앙의 테이블 위에 아림이 지시하는 대로 탈의하고 누웠다. 아림은 염의 실험 작업용 걸상에 앉았다. 그리고는 테이블 염의 강력 조명 스탠드를 켜서 강쇠의 주요부를 다시 세밀히 관찰했다. 한동안 지켜보던 아림은 이제는 손을 내밀어 그의 주요부를 촉무(觸撫)하기 시작했다.

강쇠는 이전에 다른 곳에서 관찰을 받을 때는, 그냥 자세와 위치 조정을 위해 연구관들이 가끔 손으로 잡는 경우는 있었지만, 이번의 경우는 이해가 안되었다. 자세와 위치에는 아무런 변화도 주지 않으면서 무작정의 작위적 마찰만을 반복하는 것이었다.

『아림대신님 이런 관찰은 처음입니다. 좀 이상한데요.』

갑작스런 질문에 아림은 잠깐 멈칫했다. 그러다가 다시 말소리를 가다듬어 애기했다.

『아. 그건 보다 세밀하고 정확한 관찰을 위해서는 시각(視覺)에 의한 정보만으로는 부족하기 때문이야. 아까 내가 조명을 환하게 켜 놓고 네 몸을 촬영하여 시각적인 자료를 수집했듯이, 지금 내 손에 연결된 신경파(神經波) 전송 장치를 통해, 즉 촉각(觸角)에 의해 너의 우수 형질에 대한 더욱 심도 있는 정보를 수집(粹集)하고 있는 중이란다.』

한참 동안의 촉각 정보 수집이 끝났다. 이번에는 아림은 고개를 숙여 그녀의 얼굴을 강쇠의 하부에 가까이 접근시켰다. 그녀는 입은 다물고 있으면서 들릴 만큼 크게 숨소리를 내며 더욱 가까이 가는 것이었다. 역시 강쇠가 이상하다고 묻자 아림은 그 자세를 계속 유지하면서 얼른 대답했다.

『시각과 촉각만으로는 부족해. 마찬가지로 후각(嗅覺)에 의한 정밀 자료 조사가 절실히 요구되기 때문이야.」

강쇠는 이제 더 이상 묻지 않았다. 그냥 순순히 아림이 하는 대로 몸을 맡기고 있었다.

이번에는 아림은 그녀의 구강(口腔)을 사용하기 시작했다.

「아림대신님 점점 더 이상해지네요. 이번에는 정말 이전에는 느껴보지 않은 묘한 기분인데요.」

「별것 아닙니다. 시각, 후각만으로는 부족하다. 미각(味覺)에 의한 정밀 관찰이야말로 인간 형질의 탐구에 가장 긴요한 것이란다.」

강쇠는 아직도 뭐가 뭔지 잘은 모르지만 그래도 뭔가 의미는 통하는 듯 계속 순순히 자신을 내맡기었다. 그도 기분이 별로 싫지는 않은 것 같았다.

둘은 저마다의 기분에 취해 잠시 동안의 시간을 저희들 마음대로 소리도 내면서 보냈다. 이윽고 조금 지친 듯 강쇠의 가슴 위에 옆으로 머리를 기대고 쉬던 아림은 다시 말했다.

「완전한 관찰을 하려면 오감(五感)을 다 동원해야 하는데 아직 청각(聽覺)에 의한 것은 충분히 하질 못했어 네가 좀 도와주련?」

그녀가 귀를 강쇠의 입 가까이 대자 강쇠는 그녀에게 무언가 귓속말을 하려는 듯이 입을 움직이다가 이내 아림이 원하던 그대로의 동작으로 들어갔다.

다시 처음부터 반복하여 한참 동안의 유희가 끝나고 그들은 휴식에 들어갔다. 아림의 연구실은 숙소도 겸하고 있다. 아림은 강쇠를 위해 식사와 잠자리를 마련해 주었다. 그리고 저녁에 조금 남은 일을 마치고는 그와 함께 잠자리에 들 준비를 했다.

잠자리에 들기 전에 강쇠가 옷을 입으려 하자 아림은 그를 제지했다.

『안돼! 아직 연구는 끝나지 않았어.』

하고는 오히려 자신의 옷을 모두 벗었다. 그리고 그녀는 말했다.

『나는 이번에 너에 대해서 어느 누가 했던 연구 이상으로 철저히 하거든. 그러려면 아까 했던 다섯 가지 감각에 의한 철저한 조사도 물론 중요했지만 이제는 나의 몸 자체로 너를 받아들여 보는 것이 필요할 것 같아. 자내가 자세를 해 보이겠으니 한번 나에게 네가 들어와 봐.』

『아니 어떻게 제가 아림대신님의 몸안에 들어간단 말입니까?』

『몸전체가 아니라 주요부만... 이란 말야 이 답답한 친구야.』

아림은 강쇠의 앞가슴을 손으로 툭 치고 웃으면서 속삭이듯 가벼운 핀잔을 주었다. 그리고는 눈을 살짝 흘겼는데 그 눈매는 제법 선천 시대의 여느 고혹적인 여자의 자태와 유사했다.

『아림대신님 거기는 오줌이 나오는 곳 아닙니까?』

양각간(兩脚間)의 각도가 둔각(鈍角)을 이루며 침대 위에 있는 아림에게 강쇠가 말했다.

아림은 답답해 짜증이 난 듯 찡그리며 다시 강쇠에게 핀잔주었다.

『자세히 봐. 바보야. 우리 女皇폐하의 것과 닮은꼴이잖아? 모양이 다른 데가 어디 있어? 너도 女皇폐하를 접할 때에는 서로 입력해 보려고 다툼하는 숫사람들 중의 하나가 아니? 그런데 지금 경쟁자도 없이 너 하나만을 위해 열려 있는데 무엇을 망설이고 있니?』

강쇠는 얼마 동안 그냥 멍하니 있었다. 그러다가 아림이 손을 뻗쳐 그의 하부에 연달아 자극을 주자, 이윽고 그의 하부도 강한 반응을 나타내면서 아림에게 다가가 아림의 원하던대로 그녀의 위로 엎드렸다. 그 뒤로는 비록 어색하지만 선천 시대의 너무나 도 흔한 장면이 연출되었다.

 아림은 이날 자기의 일평생 쌓였던 응어리를 푸는 꿈같은 하룻밤을 보냈다. 그리고 역시 그 다음날도 또 그 다음날도 같은 행위를 강쇠와 함께했다.

 아림은 자신의 집무실에 걸려 있는 女皇 貴順摩耶姬姑의 사영이 마음에 걸렸다. 그 아름다움은 그녀에게 질투심까지 유발하게 했다. 女皇의 모습을 보고 질투심을 갖는다 는 것이 일사람으로서는 정상이 아님은 물론이다.

 『나도 한번 모습을 우리 貴順 女皇폐하와 비슷하게 만들어 볼까?』

 그녀는 혼자 중얼거리고는 오후의 여가를 이용해 인체와 어울릴 수 있는 색소 개발을 시도했다.

 숱한 경이적인 기술개발의 경력이 있는 그녀로서는 이러한 물질의 개발은 매우 쉬운 일이었다. 그녀는 반나절이 못되어 자기의 모습을 女皇과 비슷하게 하는 각종 물질을 실험실의 약품으로 합성 조제했다.

 그것은 흡사 미술품을 만들기 위한 도구와 같이 다양한 형태로 만들어졌다. 입술에 바를 붉은 색의 도료(塗料)는 굵은 색연필(色鉛筆)과 같은 막대 형태로 만들어졌고, 손 톱에 바르는 것은 진한 그림물감을 붓으로 찍어 바르듯이 하도록 되었다. 눈가에 그리 는 것은 흑연필과 같이 만들었으며 얼굴 색을 女皇과 비슷하게 하는 데에는 그리 가루로 된 뽀얀 분홍 색소를 묻히는 방식으로 했다. 그리하여 강쇠와의 애정 행위를 하기 전에 꼭꼭 자신의 얼굴을 치장했다. 아림을 이 행위를 화장(化粧)이라고 이름했 다.

 『강쇠야, 어떠니? 내 모습이.』

초저녁 첫 화장을 하고 나서 아림은 누워 자는 강쇠를 깨우면서 물었다. 강쇠는 처음에는 깜짝 놀라는 듯이 보이다가 다시 찬찬히 훑어 보고는 말하기를

『아림대신님, 처음 보았을 때보다 한결 예뻐지신 것 같습니다. 마치 작은 우리 女皇폐하를 보는 것 같은데요.』

했다. 강쇠의 이 말에 아림은 매우 즐거웠다.

머무르고 싶었던 하루하루는 사정없이 지나갔다.

『아이, 날짜가 벌써 다 되어가네...』

아림은 예정 위탁 기간이 다 되자 위탁 기간 연장 신청을 위한 통신문을 당국에 보냈다.

『강쇠의 우수 형질 연구를 위한 정보 수집이 현재 진행 중임. 시각 정보, 촉각 정보, 후각 정보, 미각 정보, 청각 정보 들의 다중매체(多重媒體)[33] 정보 수집(蒐集)을 통해, 그가 가진 모든 형질의 구성 요소들을 분석하여 유전자 구조와의 상호 연관성을 가설검정(假說檢定) 방식으로 추론(推論)하고 있는 중임. 현재 목표량의 육 할(割) 정도 끝냄. 보다 면밀하고 정확한 조사 연구를 위해 대여 기간 연장을 신청함.』

곧 답장이 왔다.

『아림 합하(閤下)의 그간의 탁월한 연구 실적으로 미루어보아, 충분히 그 만큼의 유용한 연구 조사의 결과가 나올 것임이 기대되는 바 위탁 기간의 연장을 허가함. 단 사흘 뒤에는 폐하의 수정연습식이 있을 것이므로 혹 복귀를 명하는 일이 있을 지도 모르니 그 이내에 마무리하기 바람.』

33) 멀티미디어 (multimedia)

당국으로부터 연장 신청이 받아들여져 사흘간의 위탁 기간 연장이 이루어졌다.

열흘째 되는 날 아림에게 다시 전갈이 왔다.

『강쇠를 女皇폐하가 부르심. 속히 보내주기 바람.』

아림은 이 통신문을 보고 시무룩했다.

그녀는 강쇠를 돌아보고는

「어떡하지? 강쇠, 난 너를 보내기 싫은데....」

했다. 강쇠는 아무런 표정이 없었다. 아직 강쇠는 한창 나이니 女皇의 수정식을 위해서는 물론, 위안부(慰安夫)로도 자주 호출되고 있는 것이다.

더욱이 낭패스러운 것은 아림은 이제 다시 강쇠를 부를 명분이 없어진 것이다. 먼저 약속대로 일주일을 데리고 사흘을 더 연장해 맡겨 주었는데 이제 다시 또 보자는 것은 그 동안 연구 조사를 하지 않고 무엇을 했느냐는 의심을 받기 쉽고 女皇폐하에게도 누가 되는 일이었다.

그러나 아림에게서 강쇠와의 정분을 끊는다는 것은 있을 수 없는 일이었다.

「톡톡.」

밤중 자기의 방문을 두드리는 소리에 강쇠는 깜짝 놀랐다. 모두들 세상모르고 자는 이 시각에 누가 자기를 찾아온단 말인가? 그는 문을 살짝 열었다.

「아니 웬일이십니까?」

「쉿.」

아림은 손가락을 입에 갖다 대며 조용하라는 표시를 했다.

「들어가도 되겠지?」

아림의 정분

『예, 됩니다마는...』
『그럼.』
아림은 들어와 앉았다. 그리고는 강쇠를 향해 물었다.
『너희들의 생활은 어떻게 지내니? 궁금한데...』
『그야, 어릴 때는 저기 궁궐 후원의 양육소에서 멋모르고 자라다가 열 다섯 살쯤 되어서 이 곳에 자리가 생기면 들어오게 되죠.』
『이리 와서는 주로 어떻게 지내는데?』
『두말할 필요가 있겠읍니까? 오로지 女皇페하의 성은을 입는 날만을 기다리며 살아가는 것밖에는... 일년에 한번의 수정식이 있고 수시로 수정식 예행 연습 즉 위안식이 있지요.』
『행사는 얼마 정도 계속되는데?』
『한 일주일 정도이지요. 예행 연습은 너댓새면 끝나고요.』
『그렇다면, 가만있자... 나머지 기간은 어떻게 지내니?』
『아무것도 안하고 그냥 가만히 있으면 너무 답답하잖아요? 어릴 때 양육소에서는 줄곧 예로부터 전해 내려오는 오락기를 가지고 놀았는데 지금도 가끔 하고는 있지만 이젠 갈 데 까지 가서 별로 재미가 없어요.』
『오락기? 글쎄 바깥 사회에서도 가끔 보는 것이지만 그래 너희들은 어떻게 하니? 좀 보자.』
『예, 여기 해 보일 테니 보세요.』
강쇠는 방 한 구석에 조그마한 영상기에 연결되어 있는 오락기를 켰다. 그러자 곧 우주 전쟁 장면이 나오면서 외계인 침입자들의 공격 모습이 화면에 나타났다.

『음. 이건 나도 많이 보긴 했어. 내가 먼저 해 볼까?』

『해 보세요.』

아림은 먼저 자판을 누르면서 오락기를 실행시켜 보았다. 아림은 가끔 구경만 해 보았지 실제로 해 본 경우는 그렇게 많지 않았다.

『콰광.』

곧 아림이 움직이는 전차는 외계인의 폭격에 의해 부서지고 말았다.

『제가 해 보지요.』

강쇠가 자판을 잡았다. 그러자 그의 손가락은 눈에 보이지 않을 정도로 빠른 반복 동작을 계속했다. 강쇠가 움직이는 전차는 외계인의 폭탄 투하를 요리조리 잘도 피하면서 외계인의 침략 우주선을 하나하나 어김없이 격파시켰다. 점수 판의 숫자가 눈에 잘 보이지 않을 정도로 움직이면서 오르더니, 이윽고 상여(賞與) 시기(試技)를 부여한다는 뜻의 금관화음(金管和音)이 울려나왔다.

『야 참 잘하는구나.』

『아네요. 이 정도는 저의 동기 중에선 보통이지요. 길동이는 이걸 손에 잡으면 상여 시기를 알리는 소리가 쉴새없이 날 정도인데요. 그나마 요즘은 모두들 재미없다고 안하는 판이에요. 지금 있는 것들은 모두 거둬서 후원 양육소로 보내고, 새로 나온 오락기들을 곧 마련해 준다고 담당 궁인이 얘기하는데 빨리 좀 바꿔주질 않네요. 아마 다음 수정식 가까워서야 될 거라고들 해요.』

『그밖에는 뭐 좀 하는 거 없니?』

『그리고는..』

강쇠는 담배를 집어 물었다. 그는 아림은 상관 않고 점등기로 불을 붙인 후 연거푸 피워대기 시작했다. 강쇠의 작은 방은 곧 담배 연기로 자욱했다.

『이건 바깥 사회에서는 마약법에 의해서 금지되고 일부 불량 일사람들만이 사용하는 것인데... 그런데... 응. 켁켁.』

아림은 매운 연기에 손을 내저었다. 그러나 강쇠는 별반 개의치 않았다.

『저희들이야 필수죠.』

『강쇠야 내가 있을 때만은 좀 안하면 안되니?』

이렇게 말하며 아림은 강쇠의 손을 꼭 잡고 다가가 그를 안았다.

『조금만 참아 줘. 그 대신 내가 너 좀 즐겁게 해 줄게... 여기 찾아오는 사람은 없니?』

아림의 재차 물음에 강쇠는 대답했다.

『폐하의 부름이 있어 같이 모두 나가는 일 말고는 아무 일이 없지요. 오더라도 문 밖에서 부르기만 하는데, 여기 들어오려 하는 사람은 아림대신님이 처음입니다.』

『그것 좀 꺼 줘. 응.』

아림은 강쇠에게 입을 맞추고 자기의 옷을 벗을 시늉을 해 보이면서 다시 부탁했다.

『제게 다른 쾌락을 주실 수 있다면야 그럴 수 있죠.』

강쇠는 담배를 껐다.

『고마와.』

잠시 뒤로 물러선 아림은 약속을 지키려는 듯, 먼저 자기의 옷을 훌훌 벗었다. 그다지 보잘 것 있는 몸매는 아니지만 매끈하고 산뜻한 아림의 몸이 다시 드러났다. 가슴은 손바닥 두께 정도 만치 솟아나 있었다. 엉치는 여느 일사람보다는 조금 통통하게 벌어져 있었지만 선천 여인의 그것에는 물론 못 미쳤다. 하지만 허리에 워낙 군살이 없어 그런 대로 몸매의 균형 있는 조화미를 갖추고 있었다.

그녀는 강쇠의 손을 잡아끌고는 구석의 이부자리로 가서 같이 드러누웠다.

"그런데 아림대신님, 전에 연구실에서 보았던 모습이 참 좋던데요. 그렇게 하고 오실 수는 없습니까?"

강쇠는 이전에 아림이 얼굴 등을 치장한 모습을 떠올리며 물었다.

"아참 그거... 그런데 그렇게 하고 다니면 사람들이 이상하게 보는데... 그러면 내가 다음에는 그 화장 도구들을 가져오게 그리고 여기서 네가 좋아하는 모습으로 차릴게."

"예, 좀 번거롭더라도 그렇게 하시면 제가 더욱 아림대신님께 성욕을 가질 것입니다."

"그래 네가 좋아하고 원하는 것이라면 다 해 볼께."

아림은 곧바로 정사를 요구하지는 않고 우선 강쇠와 같이 얘기를 계속했다.

"그리고 또 뭐 하는 거 있니?"

"저희 맘대로 할 수는 없지만 수정식이나 위안식을 할 때에는 술이 제공되고 밤새껏 마시며 놀죠. 그리고 서로 마주앉아 모일 기회가 있을 때는 조각 종이(片紙) 놀이를 하죠. 놀이를 하면서 가려면 가고 서고 하는 거 있잖아요?"

"응, 그래 있지. 바깥 사회에서도. 그런데 어쩌다 한두 번 보았을 뿐이지. 그거 하는 건 안 좋다고 해서 하는 사람은 몰래 하고 들키면 손가락질을 받는데 너희들은 괜찮은가 보지?"

"저희들이 그걸 안하면 서로간에 만나서 무얼 하겠습니까? 달리 할 얘기도 없고... 서로 어색해지기만 할 거 아녜요?"

아림은 계속해서 이들의 생활을 물었다. 어릴 적 그녀는 한 두 번 먼발치에서 엄마와 만나는 숫사람을 본 적이 있는 것도 같았는데, 그때는 아무 것도 모르고 지나쳤으므로 이들에 대해 제대로 알 기회는 거의 없었다.

『아림대신님 뭐 해주기로 했잖아요?』

『아 참, 그렇지.』

아림은 손을 입가에 대고 잠깐 생각하다가、무슨 좋은 아이디어가 떠오른 듯이

『오늘은 먼저 내 방에서 했던 것보다 더 재미있는 새로운 것을 보여줄게.』

하고는 누워있는 강쇠 위에서 몸을 돌려 얼굴을 아래쪽으로 향했다. 그리고는 그의 하부를 열어 젖혔다. 그리고 예전에도 했던 미각탐색(味覺探索)을 다시 시작했다.

『아림대신님 절 맛보는 것은 좋은데 제 얼굴을 요강으로 하시려는 겁니까?』

아림의 하체 주요부가 자기 면상(面上)에 아른거리자 어리둥절한 강쇠가 물었다.

『댁。。。끼。 그런 뜻이 아냐! 너도 내가 하듯이 해 봐。 그러면 재밌을 거야。』

강쇠는 한동안 머뭇거리다가 이윽고 아림이 원하는 대로했다.

『어때? 괜찮지?』

『예、좀 묘한데요。。。。새로운 기분이네요。』

『그리고 상하주요부 동시성감(上下主要部 同時性感)을 느끼는 것도 처음이지?』

『예? 무슨 뜻인 지요?』

『위아래 양쪽이 동시에 즐거운 기분을 느끼게 하는 거잖아? 이런 건 나하고 아니면 아마 느끼지 못할 거야。』

『그렇긴 한데요。 어쨌든 참 재밌습니다。』

밤이 깊었다. 아림도 이제 자기 집으로 돌아가야 할 시간이다. 내일 아침 여기서 출근을 할 수는 없으니까.

그러나 강쇠는 시간관념이 없었다. 아무리 늦어도 이제 그만 가라는 애기가 없다. 아림도 이 아쉬운 시간을 조금이라도 더 늘리고 싶은 마음에, 초조해 하면서도 좀처럼 일어나지지가 않았다. 그러다가 새벽이 다가오는 丑時(축시)가 되어서야 아림은 할 수 없이 자리를 일어났다.

『강쇠야. 내일 저녁, 아니 오늘 저녁이라고 해야 되나 ? 다시 올께.』
『예, 그런데 제가 자리에 있을 지는 모르겠는데요. 언제 부르심이 있을지 모르니까요.』
『어쨌든 다음에 또 만나자.』

이때 이후부터 아림은 일과 후에 몰래 대신들과 궁인들의 눈을 피해 강쇠의 처소를 찾아가곤 했다.

『톡톡』
『‥‥‥』
『응, 강쇠 있느냐 ?』
『‥‥‥』
『대답이 없네…』

아림이 그냥 허탕치고 돌아간 날도 많았다. 수정식과 위안식이 있는 날이면 강쇠는 女皇에게로 다른 숫사람들과 같이 불려나는 것이다.

처음에는 조금 당황했던 강쇠는 곧 습관이 되어 아림의 방문을 자신의 생활로 받아들였다. 특히 해가 바뀌면서 강쇠는 女皇의 부름의 횟수가 줄어들게 되자 아림과의 만남의 기회가 자연히 늘어나게 되어, 어느덧 그도 둘의 관계를 즐기는 입장이 되고 말았다.

『폐하 궁중에 요즘 이상한 기미가 감돌고 있습니다.』

貴順摩耶姬姑는 궁인으로부터 보고를 받았다.

『수정식이 없는 날에는 당연히 조용해야 할 숫사람 집단 거처 웅인각(雄人閣) 주변에 밤마다 알 수 없는 수상한 기운이 감돌고 있습니다.』

『그들이 뭐 달리 할 일이라도 있겠어요? 필시 다른 외부에서의 잠입이 분명할 것이니 충명한 아림 대신을 시켜 일의 전말을 알아보고 해결하도록 해야겠어요.』

『예 분부대로 거행하겠사옵니다.』

그러나 잠시 후 궁인으로부터의 보고는

『아림 대신은 지금 사회에 외계인의 침입 같은 것은 없는 것이니 별 개의치 않아도 된다고 하더이다.』

였다.

貴順摩耶姬姑는 잠시 생각하더니

『그러면 중신(重臣) 회의를 소집해야겠어요. 오늘 저녁에 모두 불러주세요.』했다.

이날 저녁 중신회의가 소집되었다.

『요즘 궁중 안에 전에 없던 이상한 기운이 밤마다 떠돈다고 하는데 무엇을 두고 하는 말인가요?』

女皇의 물음에 정보부대신 영화는 호기심에 찬 유난히 반짝이는 까만 눈을 빛내며 우선 답했다.

「그건 혹 외계인의 잠입이 아닐까요? 선천 시대에 어느 외계인들이 지구를 방문해 지구 생물의 대표 집단을 만나보려고 했는데, 인간은 덩치도 크고 지구 물질의 면으로는 지배하고 있었지만 종족끼리의 동포애와 희생정신 등에서는 개미와 벌에 한참 미치지 못해, 외계인들은 어느 쪽을 지구의 대표 생물로 인정하여 만날까 자기네들끼리 의견이 분분하다가 결국 결론을 내리지 못하고 그냥 돌아갔다고 합니다. 지금 이 시대에는 인간이 모든 면에 있어서 지구의 온갖 생물 중 으뜸가는 덕목을 지니고 있으니, 그들이 지구 생물의 대표로 두말없이 인간을 지목해 찾아올 법도 합니다. 더군다나 人間史 이래 일찍이 없었던 이상적(理想的)인 나라인 우리 아사녀황국의 貴順 女皇 폐하께는 오히려 때늦은 감도 있을 것입니다.」

공보부(公報部) 대신 진아도 거들었다.

「그렇습니다. 그들이 어려워하지 않고 외계인이 발견되면 서둘러 영접을 해 주어야 할 것 같습니다. 망을 보게 하여 외계인이 발견되면 서둘러 영접을 해 주어야 할 것 같습니다.」

아림은 이에 대해 말했다.

「그것은 요즘의 이상기후(異常氣候)에 의한 대기층의 불안정으로, 체감(體感) 기후가 예년과는 다른 현상에 기인(起因)한 것으로 사료(思料)되옵니다.」

「아림대신님답지 않은 말씀이구려... 기후가 변화무쌍한 것은 어느 시대 어느 때라도 흔한 일 아니에요? 전 잘 모르지만...」

잠시 잠자코 있던 새라는 무언가 깨달은 듯 말을 꺼냈다.

아림의 정분

『여러분, 너무 외계인만을 기대하진 말아요. 기대가 너무 크면 실망도 크게 돼요. 외계인이 왔다면 태고적이나 지금이나 이 지구의 삼분의 이인 바다를 평화적으로 지배하고 있는 고래를 만나러 갔을지도 모르잖아요? 아마도 우리와 같은 인간이 잠입했을 가능성이 가장 크다고 생각되는데요. 지금 지구상에 우리 족속 우리 나라만 번영하고 있는 게 아니잖아요? 적국으로부터 잠입했거나 그쪽의 사주를 받은 첩자가 숨어들었을 지도 몰라요. 제가 직접 궁궐 곳곳을 살펴 그 진상을 밝혀 내겠어요.』

貴順摩耶姬姑와 각 중신들은 모두 이의 없이 그녀에게 임무를 맡기기로 했다. 다만 아림이 무척 당황했지만 그렇다고 해서 무어라고 말할 수 있는 것은 아니었다.

새라는 자신의 근무지로 돌아와 휘하의 황궁 수비 대원 스무 명을 불렀다. 그들은 지상에 날아가는 제비를 순식간에 몸을 날려 맨 손으로 낚아챌 수 있을 정도의 뛰어난 민첩성과, 자신의 거웃 속에 숨어들어 피를 빠는 이벌레를 눈으로 보지 않고 족집어 낼 수 있을 만큼의 예민한 수색 능력을 갖춘, 女皇國 군사 중의 최정예 요원들이었다.

『너희들에게 오늘 중요한 임무가 있다.』
『무엇이옵니까? 새라 대자(大姉)님.』
『내전의 웅인각 주변에 밤마다 수상한 자의 침입이 있는 것 같다. 이는 필시 우리 女皇폐하와 평소에 가까이 지내는 숫사람을 통해 우리 나라의 기밀을 빼내가려는 첩자일 것임이 분명하다. 하루라도 더 빨리 잡아내지 않으면 어리석은 숫사람들에 의해 나라의 기밀이 유출되어 버릴 수가 있다.』
『오늘 밤부터 웅인각의 입구에서 경계를 펼쳐야 할까요?』

『그러지 말고 안에 들어와 주요 장소에 잠복하라. 나도 친히 그곳을 감찰할 터이다. 침입자란 예사롭게 침입하는 것이 아니니 경계를 철저히 해야 한다.』

『예, 분부 명심하겠습니다.』

그날 이후부터 황궁 수비대는, 저녁마다 웅인각 주변의 담장에 흩어져 매복해 침입자의 출현을 기다렸다.

이 날도 사위(四圍)는 자그마한 벌레 소리 뿐 적막 속의 긴장만이 감돌고 있었다.

『바사삭.』

기와 담장 위에서 무언가 움직이는 소리가 들렸다.

『파박. 턱.』

밑에 숨어 있던 대원 하나는 그 소리가 끝나기 조금 전에 담장 위로 튀어 올라 어둠 속에 움직이는 무엇을 붙잡았다. 마치 잠그어 있던 제동장치를 푸는 소리가 나자마자 밑에 숨어 있던 용수철이 튀어오르는 것 같았다. 거의 본능적으로 그녀는 움직이는 생물체의 목덜미를 움켜쥐었다. 상대방의 동작을 일시에 정지시키며 단번에 제압하기 위한 것이었다.

그러나 그녀의 손에 잡힌 것은 커다랗고 억세 보이는 늙은 고양이 한 마리뿐이었다.

『켁、야옹.』

『쳇 재수 없어.』

그녀는 곧 고양이를 내던지고는 사뿐 자기가 있던 자리에 내려와 앉았다.

『아。 따분하다.』

그녀는 은경이라는 중고참 대원이었다. 계절은 이미 가을로 접어든지 오래지만 이 일 사람 군사는 아직 여름철의 옷을 입고 있었다. 워낙 활동적인 생활을 하니까 날이

아림의 정분

좀 쌀쌀해도 가뿐한 차림새로 있는 것이다. 다만 이번 밤의 매복 작전에서는 어둠 속에 몸이 눈에 뜨이지 않게 검은 긴소매 셔츠에 검은 치마 그리고 검은 색 장말(長襪)을 착용하고 있었다.

이런 차림새로 가만히 있자니 몸에 한기가 느껴져, 그녀는 조금씩 달달 떨며 어서 재미있는 일이 없을까 기다리고 있었다. 후천의 사회에서는 혹 싸움을 한다 해도 인간끼리의 살상이란 거의 없으므로 일사람 군사로서 자신의 임무 수행은 곧 가장 재미있고 보람있는 일 이외 아무 것도 될 수가 없다.

『음. 오줌이 마려운데.』

그녀는 한 두 번 두리번 하더니 가만히 앉아 짧은치마를 손으로 붙잡고 일을 보기 시작했다.

『샤아.』

그런데,

『콩.』

곧 그녀의 뒤통수에 알밤이 먹여졌다.

깜짝 놀란 그녀가 돌아보니 거기에는 새라가 서 있었다.

『앗. 새라대자님 죄송합니다.』

당황해서 곧 일어서려 엉거주춤했으나 아직 일어날 수는 없었다. 난처해하는 그녀를 보고 새라는 그녀의 강렬한 목소리를 낮추어 엄하면서도 부드러운 어조로 말했다.

『이년 은경아. 볼일 보는 것은 좋은데 가만히 땅위에 바싹 엎드리고 치마로 가리고 보든지 해야지. 어둠 속에 네 하얀 알 궁둥이만 들썩이며 빛나니까 멀리서도 다 네가 여기 있는 것이 보이잖아? 모든 일에 항상 철저히 만전을 기하도록 명심하렷다.』

『예, 예 큰언니, 조심할게요. 그런데...』

새라는 은경이 일어서기를 기다리지 않고 대답도 다 듣지 않은 채로 가까이 있는 문을 돌아 나갔다.

『이쪽은 궁궐과 연결되어 있는 통로이니 침입할 가능성이 별로 없는 곳인데. 좀 적이 나타나기 쉬운 곳으로 옮겨 달라고 하려 했는데...』

은경은 샐쭉한 표정으로 일을 다 본 뒤 몸을 추스러 일어났다. 일사람들은 소변을 자주 보면 활동에 불편하므로 하루에 한 두번 정도밖에 안 본다. 그 대신 한 번에 걸리는 시간은 조금 길다. 그녀는 자리를 약 이 미터 정도 옮겨서 어둠 속에 자기가 보이지 않게 다시 앉아 매복했다.

조금 있다 새라가 나간 궁궐 쪽의 출입문으로부터 한 사람의 그림자가 보였다. 그림자는 이쪽으로 들어왔다. 그쪽의 문을 통해 女皇의 거처 부근에 밤새도록 밝힌 등불 빛이 들어오고 있으므로 그 사람은 곧 얼굴이 보였다.

다름 아닌 아림의 모습이었다. 그녀는 푸른 관복 정장 차림으로 퇴청하고 있었다. 은경은 좀 의외라 느끼면서도 앞으로 나가 아림의 앞에서 인사를 했다.

『아림대신님. 웬일로 이리로 퇴청하십니까?』

『응? 내 숙소 있는 방향이 이 방향이라서 요기만 통해 서문으로 나가는 것이 그냥 동문으로 나가는 것보다 훨씬 가깝거든. 그런데 자네는 왜 폐하의 태화각 주변에 안 있고 이 곳에 있지?』

『그냥 요즈음에는 이곳 담장을 지키라고 새라대신님이 그러셨어요. 첫, 그래봐야 여태 고양이 한 마리밖에 못 잡았어요.』

『그래, 불순분자는 언제 어느 쪽으로 침투할지 모르니까 어디 담장인들 잘 지켜야

아림의 정분

한다.

『예, 안녕히 가세요. 아림대신님.』

은경은 총총히 서문 방향으로 멀어지는 아림의 뒷모습을 무심코 보다가 다시 자기가 지키고 있던 자리에 가 앉았다.

『아-함.』

따분한 그녀는 하품을 했다. 그런데

『욱.』

입에 무언가 둥글고 뭉툭한 것이 물려있지를 않는가. 앞을 보니 새라가 자신의 장검을 칼집에 꽂은 상태로 은경의 입 속에 집어넣고 있었다. 새라는 곧 칼을 빼다.

『앗. 죄. 죄송합니다. 새라 큰언니.』

새라는 웃으면서

『뭘. 이녀석아. 그냥 네가 귀여워서 장난 한번 해 본 것 뿐이야. 하지만 언제 어느때 단 일초라도 허점을 보이지 않도록 해야 함은 명심해야 한다. 그래 그동안 별 기미는 없었느냐?』

하고 물었다.

『아이, 저도 따분해 죽겠어요. 아까 처음에 고양이 하나 잡아본 것 외에는.... 그리고 아림대신님이 잠시 지나가셨어요.』

『응? 웬일로?』

『그냥 이쪽을 통해서 서문으로 나가는 것이 빠르다고 하시던데요.』

『음?』

새라는 잠시 곰곰 생각했다. 그리고는 은경에게 이르길

『은경아 담장만 지키지 말고 안마당을 훑어서 무언가 움직이는 것이 있나 찾아보아라. 그리고 침입자가 발견되거든 곧바로 잡지 말고 그자가 불순한 행동에 들어가고 난 뒤 나의 명령에 따라 체포해라. 동료 대원들을 만나면 걔네들에게도 그렇게 전해주고.』

라고 한 뒤 어서 가보라는 손짓을 했다.

『예? 침입한 건 아무것도 없는데요.』

은경이 어리고 순진해 뵈는 두 눈을 깜빡이며 물었다.

『우주인이 눈에 보이게 오냐? 그들은 우리 인간으로서는 알지 못하게 올 수 있어. 단지 그들이 여기서 일을 꾸미려면 우리에게 들리거나 보이지 않게 행동하긴 힘들 거야. 그러니 그냥 하라는 대로 해봐.』

『예 물론이죠. 그냥 궁금해서 한번 물은 거예요.』

은경은 따분한 일에서 해방되어 즐거운 듯 거수경례를 붙이고는 웅인각 건물이 있는 앞마당으로 사뿐 사뿐히 걸음을 옮겼다.

『귀여운 것.』

새라는 잠시 그녀의 뒷모습을 보며 슬며시 혼자 미소를 짓고는 다시 그 자리를 떠나갔다.

은경은 가다가 웅인각 한 귀퉁이에서 나는 뒤치락거리는 소리를 들었다.

『응? 웬 소리가…. 저기는 지금 이 시간에는 아무 소리 없이 조용해야만 할 곳인데….』

담벼락을 따라 늘어서 있는 정원수 사이를 살금살금 지나며 소리가 나는 쪽으로 그녀는 걸음을 옮기고 있었다.

이 때 어둠 속으로부터 갑자기 튀어나와 은경의 목을 덥썩 움켜잡는 흑의인(黑衣人)이 있었다.

『크억.』

은경의 몸은 그와 같이 나뒹굴었다.

그러나 곧 서로 얼굴을 알아보자 그는 은경의 목에서 손을 놓았다.

흑의인은 다름 아닌 동료 대원 수연 이였다.

『쳇, 재미있다 말았다. 은경아. 왜 맡은 자리를 떠나서 이리로 오는 거니?』

『컥, 아니, 대자님이 우리보고 안마당을 수색하라고 하셨어. 지금 수상한 소리가 나는 곳이 있어서 가고 있는 중이야. 너희들도 같이 수색하라 하셨어.』

『그래? 그럼 찾아보자. 그러잖아도 좀 이상한 낌새는 나도 느끼고 있었는데...

지키는 것 보담 훨씬 재미있지.』

은경, 수연과 다른 대원들은 웅인각 한 귀퉁이에서 나는 수상한 소리를 따라 서서히 포위망을 좁혀 들어 갔다.

그들은 귀퉁이의 한 방에서 나오는 나지막한 속삭임을 들었다.

일고여덟 명의 대원들은 소리 없이 살랑살랑 튀는 발걸음으로 그 소리가 나는 쪽으로 모여들었다.

일동은 긴장 속에 숨을 죽이며 동태를 살폈다.

새라도 어느 사이에 이 곳에 와 있었다.

이렇게 하여 새라의 일행은, 마침내 이 날 아림의 정사 현장을 잡아내기에 이르렀

十九、超女의 恨

貴順摩耶姫씨는 각부 대신들과의 다망한 궁중 생활 중에 또 다른 자신만의 일과를 만들어 나가고 있었다. 아니 일과라기보다는, 자신의 외로운 마음을 스스로 달래주기 위한 방편을 찾는 것이라고나 할까.

그녀의 女皇國이 갈수록 번창하고 백성들의 존앙(尊仰)을 받는다 해도, 본질적으로 하나의 女皇族, 그것도 오랜 시간의 흐름을 거친 진화에 의해 女人性[34]이 강조될 대로 강조된 후천의 지배자 女皇族에게 행복이란 무엇일까?

선천의 여자와 다를 바 없이 행복을 위한 그녀의 바램은 역시 사랑 받음이었다. 어느 때부터인가 그녀는 혼자 공상하는 버릇이 생겼다. 그러면서 그녀는 마음속으로부터 우러나오는 이상형의 남자를 그렸다.

그녀는 공상을 자신의 잠의 세계로 끌어들였다.

밤마다 잠자리에서 그녀는 자기의 환상 속의 연인을 만났다. 꿈속에서 그이는 저산 너머에서 摩耶를 손짓하며 오라하고, 그녀는 그이에게로 달려가 품에 안겼다. 그리고는 그 품에 안긴 채 사랑의 열기가 일어날까 하는 즈음, 번번이 깨어나곤 했다. 잠에서 깨어 날 때마다 헐떡이는 가쁜 숨을 몰아쉬며 때로는 커다란 서운함과 배신감에 울먹이는 그녀는, 영문을 모르는 기상식 집전관 등 궁중 일사람들에게는 걱정이 아

---

[34] 여성적 성질

닐 수 없었다.

『폐하의 건강을 자세히 검진해 보아야 하겠습니다.』

그들은 貴順摩耶姬姑에게 청했다.

물론 그녀는

『아냐. 괜찮아. 필요 없어요.』

하고는 사양하지만 이런 문제만은 정말로 그녀 스스로의 뜻대로 넘어갈 수는 없는 것이었다.

『조금 부끄러우시다고 그러시면 아니되옵니다. 모든 백성의 행복이 달린 폐하 아니십니까?』

그녀는 어쩔 수 없이 건강 검진을 받았다.

그러나 정밀 신체검사 결과 그녀의 건강은 아무런 이상(異常)이 없는 것으로 밝혀졌다.

이에 따라 종합 건강 담당 어의(御醫)는 말하기를

『그것봐요. 처음에 폐하의 이 부끄러워 상기된 혈색을 보아도 폐하의 건강에 아무런 이상이 없는 증거라고 말하지 않았습니까? 보세요! 폐하의 이 아름다운 홍조를! 건강에 이상이 있으시다면 이토록 고운 빛깔은 나지 않는 법이에요.』

하고는 젖은 눈을 한채 명하니 있는 貴順摩耶姬姑를 보며

『공연히 불필요한 수고를 끼쳐드렸군요. 황공하옵니다.』

하고 모두는 이의 대신해 사배(謝拜)했다.

그러자 이때 이의(異議)를 제기하는 다른 어의가 있었다.

『아닙니다. 폐하의 건강은 이상이 있습니다.』

모두들 놀라 고개를 발설한 어의에게로 돌렸다. 말한 이는 작은 키에 다부진 체격의 한 정신과 담당 어의였다. 그녀는 둥그스름한 얼굴을 무표정한 채로 두면서, 눈을 조금 치켜 뜨고 계속 말하기를...

『육체 곧 폐하의 성체의 건강만이 전부는 아닙니다. 폐하의 성심(聖心)의 건강에 이상이 있는 것입니다.』

『...』

『폐하는 지극히 정과 사랑에 주리고 계십니다. 인간이란 육체를 통한 들고 나감이 균형을 이루어야 하듯이 정신에 있어서도 그러해야 하는데 폐하는 마음의 주고받음이 심히 불균형 상태에 있습니다.

너무나도 다정다감하신 폐하께서는 당신의 신하와 백성을 끔찍이도 사랑하시어도 불구하고, 정작 당신 스스로께서는 충분한 사랑을 받지 못하시기 때문입니다.』

『그렇다면 어떻게 해 드려야 하겠소?』

모든 어의와 참관 대신들이 이구동성으로 물었다.

『황공하옵게도 저도 잘은 모르겠어요. 그저 우리로서 할 수 있는 온갖 정성을 다해 보살펴 드리는 것밖에...』

아무런 구체적인 방안은 제시되지 못했다. 단지 그 이후부터 궁인들을 비롯한 일사람들은 그들의 女皇이 혹 외로울까봐 더욱더 그녀 주위에서 떠나지 않고 마음써 모시려고 했다.

그러나 그녀는 아무런 차도가 없이 매일같이 그 현상을 그대로 반복했다. 이제는 일사람들도 그냥 버릇이거니 하고 크게 문제 삼지는 않았다.

그녀는 계속해서 밤마다 자기의 사랑의 꿈을 꾸었다.

그이의 이름은 반야(般若)라 했다. 그녀는 언제부터인가 신앙처럼, 언젠가는 그이가 자기에게 현실로 나타나리라는 막연한 기대를 갖게 되었다. 그리하여 그녀는 그이를 생각하며 기다리는 마음으로 일상을 사는 것이었다. 밤마다의 그이와의 만남의 시간에 그녀는 자기의 참마음을 어떻게 줄까 생각했다.

貴順은 날마다 궁중의 일과가 끝나는 오후부터 해질녘까지, 잠자리에서 만날 그이를 기다리며, 자신의 몸을 베틀 삼고 긴 손톱의 손가락들을 바디[35]로 삼아 자신의 옷 외에 그이의 옷도 하나 베를 짜서 지었다.

해는 기울어 노을 빛이 摩耶姬姑의 거실에 스며들어 그녀의 얼굴을 붉게 물들이고 있어도, 그녀는 개의치 않고 자신의 일에 빠져든 채로 있었다.

저녁 술시(戌時)가 되어 그녀가 잠자리에 들을 시간이 다가왔다. 그녀에게 취침 시간 고지(告知) 담당 궁인이 다가와 말을 건넨다.

『貴順女皇폐하 이제 잠자리에 드실 시간입니다.』

그러나 貴順摩耶姬姑는 한 번에 그 말을 듣고 알아채지는 못한다. 자신의 일에만 열중하기 때문이다. 그 일은 마음속을, 곧 꿈속에서 뵈올 그이에 대한 환영(幻影)으로 가득 채우는 일이기 때문이다.

다시 와서 흔들어 대자 그녀는 비로소 알아챈다.

『응, 알았어. 이제 잘 준비를 하지요.』

그녀는 베 짜던 일을 정리하고 침소로 향했다.

침소에 도착하니 침상의 주위에 미리 와서 도열해 대기하고 있던 취침 준비 담당관

---

35) 베틀에서 실을 고르는 부속물

일행과 취침식 집전관 일행이 자세를 가다듬어 그녀를 맞이한다.
아직 황복을 입은 채로 있는 그녀가 침상의 난함에 한 팔을 짚고서 다소곳이 앉아 자세를 취하니, 취침 준비 담당관 일행 중 하나가 그녀의 앞가슴에 묶인 매듭을 풀어 그녀의 황복을 열어 젖힌다. 그리고 염료의 담당관은 그녀의 옷소매를 잡아당긴다. 청실, 홍실의 줄기에 금은 꽃이 어우러진 넝쿨이 백옥의 절벽을 미끄러져 내린다. 다시 한 팔을 짚고 다른 팔을 내미니 나머지 한 소매도 젖혀져 미끄러져 내렸다. 또다시 그녀는 수줍은 나신이 된다. 하루 동안의 일과를 마친 그녀의 모습은 아침의 모습보다는 잔잔한 평화가 어린 듯 하다.
곧이어 그녀의 잠옷이 위에서부터 씌워진다. 담당관 둘이 작업대를 딛고 올라서서 그녀에게 잠옷을 덮어 내리고, 양쪽의 어깨 끈을 묶어 그녀에게 잠옷을 입히는 절차를 마친다.
그녀가 침상에 눕자 곧 취침식의 집전관 일행이 아사녀황국 女皇 貴順摩耶姬姑의 성스러운 하루의 생활을 마무리하는, 경건하기 이를 데 없는 취침식의 집전에 들어간다. 그들은 貴順摩耶姬姑에 대한 자장가의 봉창(奉唱)으로써 취침식을 삼는다.

우리마마 삼기심은
사랑받기 위함일새
우리臣僚 한결같이
님을위해 몸바쳐도
님에게서 받은恩德
만분지일 못갚으니

님을위한 사랑바침
人力밖의 일이로다
님이시여 오늘밤은
사랑단꿈 얻으시어
人間에서 못한사랑
靈界에서 얻으소서

선천, 후천 어느 하늘 아래서건 간에 詩人은 사람의 마음을 들여다보는가. 그녀가 사랑에 주려 외롭다는 사실은 감성 있는 자라면 알 수 있는 것이기에, 궁중시인은 그녀에게 이 자장가를 지어 바쳤다. 그러나 詩人은 그 사랑을 얻을 길을 제시하지는 않는다. 그들의 존재 근거가 되는 바탕을 굳이 소멸시킬 이유는 없다. 단지 그 사랑의 실체가 무엇인지는 막연한 대로, 잠 속에서라도 사랑의 위안을 그녀가 얻기를 기원한다.

貴順摩耶姬姑는 노래를 다 듣자 곧 잠이 들었다. 취침식 집전관 일행은 곤히 잠들어 있는 그녀를 향해 재배하고 조용한 발걸음으로 물러나왔다.

摩耶는 이름 모를 꽃들 만발한 山 頂上의 高原 위에 서 있다. 날은 맑고, 눈부신 하늘에는 흰 뭉게구름이 여기 저기 떠다닌다. 바람은 약하지도 강하지도 않게 한결같이 불어와 그녀의 얇은 옷자락을 나풀거리게 한다. 멀리 구름이 하나 둘 걷히면서 어느 덧 저 앞의 봉우리에 반야의 모습이 보인다. 그 얼굴의 모습은 또렷하지 않다. 그것은 멀리서부터 그녀를 휘감아 오는 사내의 짙은 기운이다. 그녀의 님은 다가온다.

摩耶는 진종일 기다림의 한이 풀리는 벅찬 마음에 그의 있는 곳을 향해 두 팔을 벌리고 달려가 와락 그의 넓은 가슴에 안긴다. 그이의 굳센 팔의 압박감이 그녀의 몸에 강한 포옹압(抱擁壓)을 주어 그녀를 숨결을 불규칙하게 한다. 그이의 품안에서 숨가쁜 사랑의 희열을 느끼는 그녀의 체온은 상승한다.

헐떡이는 그녀 몸의 긴장은 계속 고조되다가, 어느 순간 일시에 풀어지며 그녀는 깊은 사랑의 아득한 심연에 내맡기어져 하염없이 빠져든다.

그이와의 만남과 달려감, 안김 그리고 그 품에 깊이 빠져듦이 반복된다. 그러다 이윽고, 그이와의 더 깊은 사랑의 열락에 들어가려 할 즈음 그녀의 단잠은 끝난다.

二十、女皇의 落淚

諸生無常[36].

그 옛날 한 때 지구상을 지배했던 중생대의 공룡은 우직스러운 巨大指向의 定向進化[37]만을 거듭하다 환경의 변화무쌍함을 이기지 못하고 멸망했다.

---

36) 세상 만물이 돌고 변하여 한 가지 상태로 머물지 않는다는 「제행무상(諸行無常)」의 말뜻처럼, 모든 생명(生命)가진 것은 한 가지 상태로 머물지 않는다는 것.
37) 정향진화(定向進化)는, 생물이 어느 특정한 성질이 강화되는 쪽으로 일단 진화를 하기 시작하면, (그것이 그 생물의 생존에 계속 유리하게 작용하는가의 여부를 떠나) 계속 그 방향으로 진화하게 된다는 설(說).

이후 새로이 번성한 생물 중에 만물의 영장을 자처하며 지구상의 삼라만상 모든 것들을 자연의 허락 없이 소유하면서 無所不爲의 지배권을 휘둘렀던 前生代의 남자들도 발빠른 환경적응과 경쟁 우위의 정향진화로만 치닫다가 역시 그로부터의 모순으로 몰락했다.

올곧은 女性 指向의 그녀들 女皇族도 貴順摩耶姬姞에 이르러 고비에 다다르는가. 품에 안겨 사랑 받고자 함은 갈수록 더해만 가니 풀지 못할 恨은 지녀야 할 숙명으로 남는가. 아림과 같이 性에 눈뜬 일사람이 계속 나와서는 숫사람과 같이 함이 세상 부귀영화 무엇보다 행복하다 알게 된다면 그네들은 女皇族을 버리고 저들만의 삶을 도모할 것이다. 그리하면 훗날 그네들 凡人族의 사회에서는 女皇族의 이야기는 여인의 맺힌 한이 스며있는 아득히 먼 전설로 내려오는 옛 신화로만 남아 전해질 것이다.

『쿠르릉. 쾅.』

화자이자나미는 가까이 크게 들려오는 천둥소리에 오후의 선잠을 깼다. 손에는 아직도 읽고 있던 커다란 붉은 책을 들고 있는 채였다. 어느덧 비는 주룩주룩 내리고 있밖을 쳐다보니 한 무리의 차량 행렬이 들어와서 모황의 거처인 태화각을 향해 미끄러져 가고 있었다. 그녀들의 분위기는 그렇게 가벼워 보이지 않았다.

그녀는 읽었던 책을 다시 고쳐 잡고 나머지 부분을 다시 읽어 내려갔다. 다시 책에서 전개되는 내용은 방금의 꿈속에서 어렴히 본 듯 했다.

밖의 행렬은 다름 아닌 범법자 아림의 호송 행렬이었다.

아림은 법의 절차에 따라 곧 재판에 회부되었으나 재판관들은 그녀의 진술을 도무지 알아들을 수가 없었다. 그리하여 범인(凡人)의 사고(思考)로는 판결이 불가능할 것이며, 또한 女皇의 측근 대신의 범죄이니, 결국 상(上)의 판결을 받을 수밖에 없다 정된 것이다.

녁 대의 무릎저상차는 태화각 앞에 멎었다. 그리고 그 중 한 대에서는 아림이 회색의 죄수복 차림으로 병사들의 호송을 받으며 내렸다. 모두는 태화각 내의 어전 회의장으로 향했다.

일전에 女皇 貴順摩耶姬姑의 총애하던 인재로서 女皇國을 위해 많은 업적을 남긴 바 있던 학부대신 아림은 어전 회의장에 끌려와 심판을 받게 되었다.

어전 회의장엔 군부대신 새라와 정보부대신 영화 등 주요 대신들이 죄인 아림을 꿇어앉히고 도열하여 貴順摩耶姬姑의 입장을 기다렸다.

『폐하 자비를 베푸소서...。』

아림은 女皇이 아직 나오지 않은 것도 알지 못하고 연거푸 고개를 조아려 용서를 빌고만 있었다.

궁─.

전면(前面) 옆자리에 세워 있는 해바라기 모양의 북이 저절로 울리면서 주위를 환기(喚起)시켰다. 곧이어 女皇의 입장을 알리는 어전 담당관의 소리가 실내를 울렸다.

『자비(慈悲) 영명(英明)하신 대쥬신 아사녀황국 女皇 貴順摩耶姬姑 폐하의 입장이오.』

잠시 후 주위에는 스며드는 자욱한 안개처럼 여인의 진한 향기가 퍼져 들어 오더니, 인간의 미와 신의 덕을 두루 갖춘 반신반인(半神半人) 대쥬신 아사녀황국 女皇 貴順摩耶姬姑가 그녀를 받치고 있는 용상 수레와 함께, 방향옥체(芳香玉體) 주위의 후광 같은 여향(女香)을 풍기며, 대신들이 늘어서 있는 곳 앞 금실 수놓은 짙붉은 휘장이 천장 가득히 드리워진 곳에 소리 없이 미끄러져 들어와 자리했다.

그녀가 등장하자 그녀의 숨결과 체온이 온 어전의 분위기를 감싸안았다. 어전의 실내 온도와 습도는 어느 정도 올라갔음이 틀림없었다. 청홍 무늬 수놓은 피륙이 금난간(金欄干)에 둘러싸여 있고, 아래로는 붉은 포(布)가 사방으로 둘러쳐져 있는 침상에 모로 누운 그녀의 몸에서는 생명의 기운이 쉬임 없이 피어오르는 것이었다.

공사(公事)를 위한 범인족의 접견이라도, 자기의 몸이 보여지는 것이 심히 부끄러워 때마다 얼굴이 발그레히 상기되는 극단(極端) 여성 貴順摩耶姬姑. 청실홍실 짜여 있는 그녀의 황복은 촉촉한 습기 나는 그녀의 살갗에 신선한 바람이 쉬이 당게끔 냉성기게 짜여져 있고, 색실의 매듭마다에는 금고리, 은고리, 비취 구슬, 호박구슬들이 형형색색 서로가 제 모양새를 뽐내어 견주듯이 달려 있었다. 그러나, 것들의 사이사이 엿보이는 그녀의 연황백(軟黃白) 살결의 빛남에는 미치지 못하였더라.

인간으로서의 존귀함과 아름다움이 가히 그 극(極)에 달하여, 정말이지 여느 남자가 그녀를 마주한다면, 미처 가까이 가기도 전에 대한 면역 없는 선천 시대의에 그의 숫기둥은 팽팽히 달아올라 터져 모조리 결딴이 나고야 말게 할 그녀. 용상이 정지하자 그녀는 팔을 짚고 가만히 상체를 일으켰다. 그녀가 자세를 잡자 두 젖무덤이 한동안 출렁이고 젖꼭지가 흔들렸다가, 그녀가 이를 알고 저으기 부끄러워 냉큼 한 쪽 팔로 덮어 누르니 곧 멎었다.

그녀가 고개를 들어 앞을 보자 죄인은 바로 그녀의 애틋이 사랑하는 딸 아림임을 알게 되었다. 당혹한 마음이 앞섰으나 지금 이 자리는 女皇國의 공사(公事)이다. 사사로운 마음을 내색하는 것은 아니된다.

貴順摩耶姬姑는 마음을 차분히 가라앉히고 물었다.

『아림의 죄명이 무엇이오?』

貴順摩耶姬姑의 옥음이 발(發)하자 어전의 사방 창문에 드리워진 주홍빛 휘장들이 부르르 떨었고 창문이 덜컹거렸다. 그러나 바깥의 세찬 빗소리 때문에 그다지 현저하게 느껴지지는 않았다. 그녀가 말하는 중 실내의 온도와 습도는 더욱 높아졌다. 앞에 위치한 대신들의 면전에는 그들의 얼굴을 달구는 습온풍(濕溫風)이 스쳐지나갔다.

새라가 이에 대답했다.

『황공하옵니다, 폐하. 대역(大逆) 모반죄(謀叛罪)입니다. 나라의 기밀을 빼돌려 외국에 유출하려는 모의를 하다가 어제 체포되었나이다.』

『무엇으로 모반죄라 할 수 있소?』

걱정스런 눈빛으로 재차 묻는 貴順摩耶姬姑의 얼굴에는, 그러면서도 충성스런 대신의 마음을 헤아리는 인자한 미소가 감돌았다.

『폐하께서 근자에 가장 가까이 하옵시던 숫사람 강쇠의 처소에 까닭 없이 잠입해서, 그와 밀착해 밀담을 나누는 현장을 덮쳤사옵니다.』

아림은 이에 대해 용상을 올려보며 간절히 호소했다.

『아니옵니다. 소신은 단지 두 사람 사이의 정담만을 나누었을 뿐입니다.』

『죄인 아림은 잠자코 있지 못할까!』

대신들은 아림의 말을 가로막았다.

『폐하 반역죄입니다 극형에 처해야 합니다.』

군부대신 새라는 강경하게 진언한다.

『반역의 목적 이외에는 그런 불필요한 참행(僭行)을 저지를 이유가 없습니다.』

아림은 다시 울면서 호소한다.

『폐하 반역의 뜻은 전혀 없사옵니다.』

『소신은 단지 숫사람에 안기는 그 순간이 너무나도 좋습니다.』

이 말에 새라는 더욱 크게 소리내 죄인을 윽박지른다.

『웬 눈물인가? 감히 폐하의 흉내를 내다니!』

정보부대신 영화도 아림을 향한 힐문과 함께 의견을 말한다.

『그게 무슨 목적이 있는가? 그게 무슨 의미가 있는 행위란 말인가?』

영화는 고개를 貴順摩耶姬姑를 향해 돌리며

『이는 필시 폐하와 가까이 지내는 숫사람을 통해 우리 나라의 기밀을 탐지해 적국에 유출하려는 반역의 의도임에 틀림없습니다. 본디 단순한 숫사람들이 이 자의 말을 따라, 폐하의 신상에 관한 어떤 치명적 정보를 발설할지 모르는 것입니다.』

하고는, 다시 시선을 돌려 고개를 숙이고 있는 아림을 안경 너머 차가운 눈빛으로 내려다 보았다.

새라는 문 가까이 대기하고 있는 부하를 불러 준비했던 것을 가져오라고 했다. 곧 그녀에게는 조그만 상자가 주어졌다.
새라는 이 상자 안에서 물건 두어 개를 꺼내 보이었다.

『보십시오. 이 죄인은 이런 요사스러운 물건들을 만들어 가지고 감히 폐하의 모습까지를 흉내내려고 했습니다. 강쇠에게 물은 바 그와 가까이 할 때마다, 이것들을 갖고 자기를 마치 폐하의 모습처럼 보이게 꾸미곤 하옵니다.』

안의 물건들은, 하나는 손가락 만한 원통으로 생겼는데 그 안에서는 붉은 막대가 들락날락하게 만들어져 있었고, 작은 병 속에 빨간 액체가 있고 뚜껑에는 붓이 달려있는 것도 있었고, 원반형의 갑에 뚜껑을 툭툭 치면 가루가 날리는 것도 있었다.

『자기 얼굴에다 그림을 그리는 도구들이 골고루 갖춰있군.』

『도대체 무슨 목적으로 저런 이상한 물건을 만들어서 자기를 女皇폐하처럼 보이게 하려고 애쓸까?』

조금 멀리 있던 하급 신하들도 이 광경을 보고는 고개를 갸웃거리며 수군수군 했다. 女皇 貴順摩耶姬姑는 한참을 잠자코 듣고만 있었다. 아림을 이 지경에 이르게 한 원인은 그녀도 짐작할 수 있는 것이었다. 그렇다고 그에 대한 마음의 충격을 이 자리에서 나타낼 수는 없었다.

그러다가 어느 순간, 그녀는 갑자기 참다 못한 속내가 터져 비오듯한 눈물을 흘리기 시작했다.

흐르는 눈물은 그녀의 가슴까지 흘러 내려와 뚝뚝 떨어져 침상을 적셨다. 그리고는 곧 낮은 울음소리로 이어졌다.

『어흐, 흑흑.』

어전의 바닥은 서있는 자의 다리를 후들후들 떨리게 하는 저주파의 진동으로 가득했

여황의 낙루

그것은 잡혀오게 된 아림에 대한 연민이 아니었다. 자신이 이룰 수 없는 꿈을 현실에서 가지는 아림에 대한 질투심 섞인 부러움이었다. 그것은 기약 없는 오랜 기다림의 외로움에 지친 그녀의 감정을 북받치게 했다.

우르릉. 쾅.

천년만년 변함없는 천둥소리가 다시 가까이서 울려왔다. 그와 함께 늦가을의 장대비는 모란성의 長大한 누각들을 흠씬 적시면서 더욱 쏟아져 내리 퍼부었다.

내린 빗물은 어느 덧 도랑이 되어서 누각들의 기둥 사이를 세차게 돌아 흘러 내려갔다.

갑작스런 女皇의 울음에 도열한 대신들은 잠시 침묵했다. 女皇의 울음이 드문 일은 아님은 그녀를 가까이 보좌하는 중신이라면 익히 아는 사실이지만, 이러한 경우에도 터져 나오는 것은 조금은 뜻밖이었다.

貴順摩耶姬姑는 오래지 않아 다시 마음을 가다듬어, 청아한 목소리로 그녀의 판결을 계면조(界面調)의 저음에 실어 낭독했다.

『광혜 二百五十년, 대쥬신 아사녀황국 女皇 貴順摩耶姬姑는 죄인 아림에게 그의 정부(情夫)와 함께 성외(星外) 추방령을 내린다.』

신하들은 앞 다투어 극력 진언했다.

『폐하 아니되옵니다. 극형에 처하심이 마땅한 줄로 아옵니다.』

『대쥬신 아사녀황국 女皇 貴順摩耶姬姑의 자비로 반역자 아림에게 그의 정부(情夫)와 함께 성외(星外) 추방령을 내린다.』

『폐하의 자비도 미칠 곳이 따로 있사옵니다.』

貴順摩耶姬姞는 앞을 가리는 눈물의 흐름에 무거운 손을 들어 시야를 훔쳐내면서 모두를 둘러 보며

『그대들의 충정(衷情)은 이해하나 짐은 이 죄인으로 인해 女皇國을 다스림에 크나큰 반성의 계기를 얻게 되었으니 이것으로 이 사건의 의미를 두고, 이에 따라 그녀를 방면키로 하였노라. 차후 女皇族의 후예는 성년이 되어 독립하기 이전까지는 일체 범인족과의 신체 접촉은 물론 대면도 금한다. 아림은 이제 두번 다시 이 땅에 나타나지 말도록 할지어다.』

하고는 다시 고개를 내려 얼굴을 용상의 바닥으로 향했다. 수북한 머리칼이 그녀의 얼굴을 가렸다.

아림은 부복하여 조아리며 기쁨과 감사의 눈물을 흘렸다.

『폐하의 자비에 몸둘 바를 모르겠나이다.』

女皇 貴順摩耶姬姞는 고개를 서서히 안쪽으로 돌리면서

『사랑하는 나의 딸아 어서 가거라.』

『부디 행복하여라.』

하고 마지막 옥음을 내었다.

아림은 더욱 세차게 내렸다. 아림은 병사들에 의해 끌려나갔다.

나가면서 그녀는 갑자기 돌아서서

『어머니!』

하고 소리쳤다.

그러나 그 소리는 격한 폭우와 천둥소리에 가려 들리지 않았다.

후천女皇國을 탐방(探訪)한 객(客)의 질문과 주인의 답

問 ─ 먼 훗날의 미래를 그렸는데 문명은 오히려 퇴보한 것처럼 보이는데 어찌된 것일까요?

答 ─ 후천 女皇國의 사회는 인간사회의 복잡한 사회조직이 있지않고 女皇의 모성아래 이루어진 가족사회란 것은 누차 강조된 바 있을 것입니다. 은연중에 우리는 문명의 정도를 특히 소설 안에서의 척도는 전투무기의 발달정도로 재려하는 경향이 있습니다. 그러나 진정한 문명은 겉에 흥미있게 드러나는 그러한 것 보다는 사는 이들이 얼마나 복되고 알찬 생활을 누리는가에 있다고 봐야 할것입니다. 싸움의 무기 등은 후천개벽 당시의 살류무기말소 이후 원시적인 수준에 머물러 있지만 생활에 필요한 과학은 충분히 발달되어 있음을 후천인간의 각종 생활도구에 대한 언급에 나와 있습니다.

問 ─ 등장인물들, 특히 후천의 女皇國에서 나라를 운영하는 대신(大臣)들이 지위에 어울리지않게 마치 어린애같은 생각과 대화를 하고 있습니다.

答 ─ 사회구조가 단순하고 생존을 위한 술수가 필요치 않는 사회이므로 후천사회의 구성원들은 어린이의 마음을 그대로 유지하고도 생활할 수 있습니다. 길지않은 이야기에 그것이 반영되다 보니 결국 말투에 배여 나타나는 수밖에 없지 않을까 합니다.

問 ─ 진화를 위해서는 적어도 몇십만년을 건너뛰어 얘기하는데 어쩌해서 불과 몇천년 간에 그런 진화가 일어납니까?

答 ─ 사육되는 식물과 동물의 그 품종개량이 자연상태보다 현저히 빠르다고는 진화론

에도 나와 있습니다. 이유는 선택교배에 의한 자웅도태에 따른 것이지요. 女皇族의 간택은 한 배에 나오는 많은 다른 아이들 사이에서 선택되어지는 것입니다. 그러니 당연히 현재의 사육동물들과 마찬가지로 급속도의 진화를 한다고 볼 수 있겠습니다.

問 - 본문 속의 생명과 인류의 역사에 대해 서술한 것을 보면 창조론과 진화론이 마구 뒤섞여 있습니다. 이것은 일관성이 결여되어있지 않습니까? 어느쪽인가 분명히 가려져야 옳을 것 같지 않습니까?

答 - 그렇다면 지금 우리의 현실사회는 어떻습니까? 현실도 창조론과 진화론이 뒤섞이어 그 중 무엇이 옳다는 것은 적어도 의견상으로는 일치를 보고 있지 않은데, 본디 현실보다 더 실제성이 결여된 소설에서 실제보다 더 명확히 창조론이 옳으냐 진화론이 옳으냐는 확실하고 명확한 결론을 갖추기는 어려운 것입니다.

問 - 女皇 하나에 의해 한나라가 이루어지고 그 안에서 계속 자국의 숫사람들과 女皇이 통정한다면, 결국 숫사람들도 女皇에게로부터 나왔을 터인데 그렇다면 근친상간이 되는 것 아닙니까? 그런 식으로 몇백년을 지나간다면 문제가 생기지 않을까요?

答 - 허허, 그럼 선천의 한반도에서는 같은 한 민족 한 핏줄인 오누이들이 어찌 서로들 통혼하고 교잡하며 살아들 간답디까?

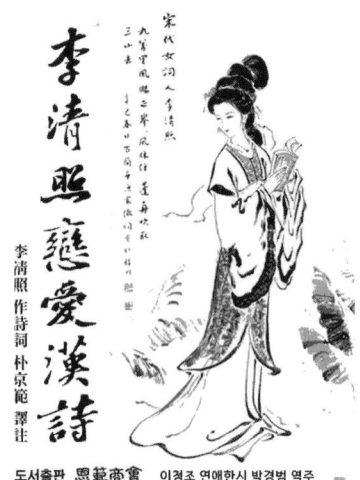

007년 중국 산동성(山東省) 제남(濟南)에서 이청조 념관을 목격하였다. 이백(李白)과 두보(杜甫)처럼 ᅟ교에서 배운 文人은 아니나 당시의 풍요로운 선진 ᅟ宋이 北方의 金에 침략당해 실향민이 되어 떠도는 ᅟ은 우리 현대사와 공감되어서 관심을 두게 되었다.

이후 중국의 관련서적과 百度(www.baidu.com) 에서의 자료를 토대로 이청조의 詩詞를 해석하고 관련된 주변정황을 추정하는 과정을 통하여 이청조의 각 詩詞에 관하여 번역시와 더불어 해당하는 산문 역주(譯註)와 정황묘사소설이 더해짐으로써 本 작품이 이루어졌다.

譯註者 朴京範
도서출판 恩範商會

이청조연애한시

한시(漢詩) 하면 연상되는 것은 당(唐)시대의 이백(李白), 두보(杜甫)로 대표되는 오언절구(五言絶句), 칠언율시(七言律詩)에서 선비의 풍류나 우국정신을 노래한 것들이다.

그러나 한시에도 현대의 자유시에 해당하는 사(詞)가 있음은 그리 알려져 있지 않다. 송(宋)시대의 여류시인 이청조(李淸照)를 비롯한 문인들은 개인의 자유로운 연애감정 등을 사(詞)로 표현했던 것이다. 천 년 전의 연애시를 고전감상을 겸하여 음미해보는 것은 연애심리파악에 있어서도 온고지신(溫故知新)을 적용할 수 있음을 깨닫게 할 것이다.

이청조 사(詞) 43편 각편의 번역시와 해설산문, 정황소설 수록.
232면 18000원

천년여황	
改訂四版 發行	2025年 10月 1日
三版發行	2005年 8月 1日
二版發行	2001年 4月 14日
初版發行	1995年 12月 9日
著者	朴京範(박경범)
發行者	崔禎恩
發行所	도서출판 恩範商會(은범상회)
	京畿道始興市烏南洞171-21
	https://blog.naver.com/eunbeom24
申告番號	2024-000029號
電話	(○三一) 四○五-二九六二
값	17000圓